光文社文庫

長編推理小説

見えない貌《かお》

夏樹静子

KOBUNSHA

見えない貌《かお》

目次

見えない貌《かお》

第一章　「メル友に会いに行く」

1

魚料理店「あじ幸」は西伊豆の海に面した崖の中途につくられている。

店のガラス窓の正面に見える三四郎島の岩肌にほんのり茜色《あかねいろ》がさし始めると、そろそろ朔《さく》子《こ》の上がりの時間だ。

あらためて見回すほど広くもない店内では、カウンターと、フロアの中央に据えられた舟形の生簀《いけす》を囲むテーブル席に、客は四、五人、ほとんどが地元の常連である。

六月は比較的閑《ひま》な上、ウィークデイの夕方は大抵そんなふうだ。

この店が一番賑《にぎ》わうのは観光バスの団体客が立ち寄る昼食時で、その間は二階の座敷も一杯になる。それで朔子の勤めは午前十時から午後五時までと決まっていた。

カウンターの内側でイサキをさばいている店の主人の石崎《いしざき》に目顔で尋ねると、「いいよ」という感じで小さく頷《うなず》いた。

「なんだ、サクちゃん、もう帰るのか」

石崎の前に腰掛けていた客が目ざとく察して、身体を捻《ひね》って振り向いた。今年（二〇〇四年四月）「伊豆市」になった土肥《とい》で整骨院を開いている五十前の男性で、休みの日によく顔を見せてくれる。

「いつも俺が来るとすぐ帰っちゃうんだからな」

無論朔子のシフトを知っての上でいう。

「いやあ、サクちゃんは忙しいからねえ、これからまた民宿の手伝いでしょう？」

生簀を覗《のぞ》きこんでいた別の客が、誰にともなくいって、最後は朔子に笑った目を向けた。仕事明けに来る観光ハイヤーの運転手である。

「いえ、今日はないんですけど」

「とにかくサクちゃんは働き者だし、愛想もいいから、どこでも引張り凧だもんなあ」

朔子はほどよい挨拶を返して、裏へ回ると、石崎の妻の純江《すみえ》がさりげなくビニール袋をさし出してくれた。

「今日は常節《とこぶし》と、メバルが少しね」

魚介類の余りものが出ると分けてくれるのだ。

「すみません、いつも」

貝の重みのある袋を受けとりながら、ああ、もう海女が潜っているのだったと、朔子は思った。

夜は石崎夫婦が二人できり回している店をあとにして、朔子は崖伝いにジグザグの石段をのぼった。

上の国道沿いに出ている店の看板の陰に、朔子の濃紺のワンボックスカーが駐《と》めてある。

運転席に掛けて、窓を開けると、梅雨《つゆ》時特有の生暖かい夕風が流れこんだ。

でも空には久しぶりの晴れ間がひろがり、沖合に散らばる小島やブロックで囲われた海からは穏やかな波音が立ちのぼってくる。

エンジンを掛ける前に、朔子は手さげ袋から携帯電話を取り出した。開くと、待ち受け画面は娘の晴菜《はるな》と朔子のツーショット。昨年十二月に晴菜が帰省した時撮ったものだった。

晴菜は神奈川県川崎市で夫と二人で暮らしている。二年前に結婚し、今年二十四歳になるが、いつも遠くを見ているような眸《ひとみ》と先の丸い小さな鼻が、いつまでも稚《おさな》い甘えっ子の雰囲気をたたえている。が、子供の頃から親に心配をかけたこともない、朔子には最高の独り娘だ。

携帯電話の待ち受け画面には「着信あり」や「メールあり」の表示はなく、朔子はがっかりした。

それでも着信履歴を開けてみる。

この間の日曜の六月二十日十五時十三分、〈ハコ〉からの着信に留守電マークが付いている。機能ボタンを押すと、すぐさま晴菜のほんの少し舌足らずのような声が流れ出す。

「ちょっと電話しただけ。メール送っとくね」

日曜も朔子は「あじ幸」で働いているから、この時は携帯をマナーモードにして手さげ袋に入れたまま、出なかったのだ。短いメッセージはすでに何遍か聞いていた。

着信履歴は今朝見た時と変わっていなかった。一番新しいのは昨日火曜の六月二十二日午後、陶芸教室の友だちからの電話で、それ以降の着信はない。

日頃晴菜からは電話よりメールのほうが多い。独り暮らしの母親を気遣ってか、三日か四日に一回は短いメールをくれて、朔子もこまめに返信する。忙しいが変化に乏しい生活の朔子には急ぎの電話などめったになく、携帯は晴菜と常に繋《つな》がっているために持っているようなものだった。

つぎは〈受信メール一覧〉をスクロールする。最新の受信は、六月二十日十五時十四分、〈ハコ〉から〈ママへ〉のメールで、留守電メッセージのあとすぐに送ってくれたものだろう。やはりそれ以後の受信はなかった。朔子からは日曜に「あじ幸」の仕事が終ったあと返信し、昨日もまた短いメールを送ったのだったが。

日曜の晴菜のメールをもう一度読む。

〈元気!? 今日も輝男《てるお》さんはお昼から出張。ハコは午後友だちが来て、今はドライブ中だよ🚗。
今日はお天気好《よ》くて☀、人が大ぜい出てる。そっちはどう?
ママ、今度いつ来る? とっても会いたいネ❤。
働きすぎないで、ママ、元気でね☺。ハコ〉

〈ハコ〉は幼い頃からの晴菜の愛称だった。「元気」を二回も書いてくれている。朔子は思わずほほえみ、晴菜の携帯電話の短縮番号をプッシュした。

「この電話は現在電源が切られているか、電波の届かないところに——」

女性の機械的な声がして、そうだったと朔子は気がついた。晴菜は今仕事中なのだ。彼女は東京・代々木にある小さな人材派遣会社で週二回事務のアルバイトをしていて、水曜はその日に当たっていた。部長が口やかましい人で、勤務中は携帯を切っておくようにいわれていると、以前聞いた憶《おぼ》えがあった。

朔子はとりあえずまた、連絡を待っている旨のメールを入れておいた。

今夜家からゆっくり電話を掛けることにして、朔子は車をスタートさせた。

伊豆半島の西側、西伊豆町の駿河湾に沿った136号線を、自宅とは反対の北の方向へ走り始める。

ほどなく道路は下りにかかり、安良里《あらり》漁港にさしかかる。

まるでイタリア半島の長靴を太くしたような形で入江が切れ込み、油を敷いたような海面に祠《ほこら》のある岩島が浮かんでいる。長い堤防の下には、一日の仕事を終えたたくさんの船たちが繋がれ、ゆるやかな波にたゆたっている。

朔子の車は北側の岬のふちの細い土道へ入っていった。山と防波堤との間の斜面に十戸ほどの家々が間をあけて建ち、その一つが義父の日野伸造《ひのしんぞう》の住居だ。今年七十六歳の伸造は、以前は小型船を持つ漁師だったが、七十前に腰を痛めて引退した。三年前に義母が亡くなり、昔からの家に今は伸造が独りで暮らしていた。

朔子の夫精一《せいいち》は伸造の長男だが、漁師を嫌って、高卒後三島の運送会社に就職した。西伊豆出身の朔子とは、人の仲立ちで結婚し、ずっと三島で暮らしていたが、精一は五年前、四十八歳の若さでガンで亡くなった。朔子が四十一歳、晴菜は東京の短大一年の時で、その後朔子は西伊豆へ帰ってきて働き始めた。

結局伸造とは一度も同居したことはなかったのに、精一の他界後に近くに住んで、週に二、三回訪ねるようになったのも何かの縁だろうかと、朔子は考えている。

伸造は、自宅の平家《ひらや》の前の葦簀《よしず》囲いをした小さな畑の中にいた。枯れ木のような身体にダブダブのシャツとズボン姿でしゃがみこみ、枝豆を引き抜いている。

朔子が「お爺ちゃん」と声をかけながら、かなり近づくまで、伸造は顔を上げなかった。やっと気がつくと、伸造はゆっくりと背筋をのばした。赤銅《しやくどう》色が染みついた顔の中で、そこだけ真っ白な長い眉毛の下に窪《くぼ》んだ目を細めて笑顔をつくった。「おう」といった低い声があとから出る。

だが、その様子で、今日も変わりはなさそうだと、朔子には察しられた。彼は耳が遠いだけで、朔子が付き添っていく公立病院の検診でも大きな問題は見つかっていなかった。

彼がまだ畑にいるので、朔子は縁側の網戸を開けて家に入った。

二間続きの座敷の中には物が散らかっているが、勝手に片づけたりすれば嫌がることはわかっている。

朔子は台所へ入り、重ねられたままの皿や鍋を洗った。

それから「あじ幸」でもらってきたメバルを出して、出刃包丁で鱗を取り始める。伸造の家へ来た時には何かしら惣菜《おかず》を拵《こしら》えていく習慣だった。

畑から上がってきた伸造が、収穫の茄子《なす》と枝豆を横の台に置いた。

「半分、持って帰るといい」

「ありがとう」

伸造は呆《ぼ》けてはいないが、耳が遠い上、生来の無口なので、会話は多くない。が、朔子に向ける目にはいつも笑いが溜まっている。若い頃はきつい人だったと夫から聞いていたが、朔子にはあまり実感がなかった。

そのまま座敷に戻りかけた彼が、ふとまた口を開いた。

「ハコは元気にしてるか」

朔子はなぜか一瞬ドキリとした。なぜなのか、自分でもわからなかった。そんな心の反応に、かえってまたかすかな動揺を覚えた。

「ええ、元気ですよ」と朔子は笑って答えた。

「赤ん坊はまだか」

「そうですねえ」

「ハコにも大分会ってないなあ」

「あら、去年の十二月に帰ってきたじゃありませんか」

「ああ……あれは十二月だったかなあ」

遠い日を思い返すような口調で伸造がいった。それにしても半年以上は経《た》っているわけだが。結婚してから、晴菜は夫の輝男に遠慮してか、めったに帰省しなくなった。せいぜい一年に一回か。でも、赤ちゃんでもできれば、もっとゆっくり帰ってくるようになるだろうと、朔子は楽しみにしている。

「うん、あの時はここへも来たな」

仲造が急に思い出した声になった。

「なんか儂《わし》にねだっていったんだ」

珍しく、可笑《おか》しそうに含み笑いした。

「……？」

仲造には質素な暮らしには充分な程度の蓄えはあったが、それにしても、晴菜がお爺ちゃんにものをねだることなどあるだろうか？

朔子は少し怪訝《けげん》な気がしたが、訊《き》きただすほどのことでもないと思った。

朔子の車が136号線へ戻る頃には、空も海もいちだんと鮮やかな茜色に染まり始めていた。

さっき来た道路を南へ戻る。

「あじ幸」の看板を過ぎ、大きな観光ホテルが建ち並ぶ区域を通り抜けると、堂ヶ島の温泉街へ下っていく。

堂ヶ島の海辺にも多数の小島が点在し、奇岩や洞窟が散らばっている。その先にまもなく真っ赤な日が沈むのだ。

見慣れた海岸風景があたたかい夕陽の幕に包まれていく時刻が、朔子にはいちばんの安らぎのときだ。

さっきまでは、何かの拍子に心の隅にひそんでいるぼんやりとした不安感を意識していたが、そのことも気にするほどではないと思えてきた。

松崎港の赤い灯台が見えてくると、西伊豆町は終り、松崎町へ入る。朔子の独り暮らしのマンションは、灯台から五百メートルほど退《さが》った素朴な住宅街にある。

が、朔子はもう一ヵ所寄っていくことにして、車の進路を変えた。それを思いついてから、なぜか気持がほのかに浮きたつのを覚えていた。

那賀川《なかがわ》にぶつかり、ときわ大橋は渡らずに左へ曲がる。この一画には「なまこ壁」と呼ばれる菱形の瓦と白い漆喰《しっくい》を塗り固めた由緒ある屋敷や土蔵が保存されていた。

川沿いをしばらく遡《さかのぼ》った先にある家は、なんということもない木造の二階家で、自然のまま放置されたような前庭に、今はおしろい花や青シダなどの夏草が生い繁り、玄関脇の石榴《ざくろ》の木が緋色の花をつけていた。

木陰になったドアの横に、「秋水窯《しゅうすいがま》」と目立たない黒地のプレートが下げてあるのが、わずかにこの家の特徴を物語っている。

朔子はドアを開け、ほの暗い廊下の奥へ「ごめんください」と声をかけた。

返事はなかったが、そのまま廊下を進んでいく。

家の中には粘土や釉薬《ゆうやく》などの馴染みの匂いが溶けこんでいる。

短い廊下が終ると、明るいフロアがひらけた。手前に電動轆轤《ろくろ》が三台並び、中央には乾いた土のこびりついた広い作業台が二つ、そして突き当たりのガラス戸のすぐ下に川が流れている。

朔子が週一回通っている陶芸教室の工房だった。

もう一度声をかけようとした時、ガラス戸の横のドアが開いて、秋元康介《あきもとこうすけ》の黒いTシャツに綿パンの大柄な姿が現れた。

朔子を認めた彼は「やあ」といって、彫りの深い顔に穏やかな笑みを浮かべた。無造作なオールバックの髪には白いものが大分混じっているが、日灼《ひや》けしてつやのある肌や、太い腕の盛り上がった筋肉などを見れば、還暦を過ぎた人とはとても思えない。

「すみません、お電話もしないで。——いえ、この間の茶碗とか、もう焼き上がっているかなと思って……」

「ああ、できてますよ。ちょっと待って」

そんなことには慣れている様子の秋元は、すぐに踵《きびす》を返しかけた。

「あ、先生、それと、今日お店で常節をいただいたものですから、少し……」

朔子は後ろ手に提げていたビニール袋を差し出した。この辺で獲《と》れるあわびより少し小さな巻貝が彼の好物なことを、朔子はいつかの雑談で聞き知っていた。

「やあ、それはどうも」

彼はまた屈託なく笑って袋を受け取ると、今しがた入ってきたドアを開けた。秋元は工房と地続きの母家《おもや》で、妻と長男の家族など五、六人の暮らしらしかった。

朔子が一年余り前から秋元の陶芸教室に通うようになったのは、彼の作品を堂ヶ島のギャラリーを兼ねた喫茶店で見かけたのがきっかけだった。大振りでいてきびしく引き締まった黒い焼きしめの皿や花器に、思わず目をひかれて、いつまでも見入ってしまった。

「あじ幸」の定休日の木曜、午後のクラスに入って、主婦や初老の男性たちと一緒に土ねりから習い始め、半年で轆轤を引けるようになった。

釉薬まで掛けた作品は、ここに預けて帰り、秋元が電気窯で焼いておいてくれる。つぎの時にそれをもらうのも楽しみの一つだが、焼き上がりが無性に早く見たくなる時もあった。

秋元が窯のある部屋から、小皿とご飯茶碗、湯呑みなど六脚ほどを板にのせて戻ってきた。作業台の上にそっと並べる。天目釉《てんもくゆう》といわれる焦げ茶の地に、白い釉薬で飾りを施したものだった。

秋元はまず朔子自身の感想を尋ねるように、彼女の横顔を見守った。朔子は少し照れて肩をすくめたが、内心では割に気に入っている。小さめの茶碗は晴菜に送ってやろうか。

「轆轤の引き方が悪くて、よくこんなふうに歪んでしまうんです」

朔子が皿のふちを指さしていった。

「でも、白化粧が生きて、やわらかい雰囲気が出ていますよ」

それから秋元は、また短い批評や注意を付け加えた。

「今度は織部《おりべ》なんかに挑戦してみたらどうかな」

「はい」と、朔子は声を弾ませて頷いた。秋元の作品に鮮やかな緑の映える織部風の大皿があった。自分もいつかあんなものを焼いてみたいと思っていた。

「先生の個展ももうじきですね」

「そうだねえ」

七月には修善寺にある名の知れたギャラリーの貸スペースで、彼の個展が開かれる予定だった。

「準備の時はみんなでお手伝いさせていただきますから」

「ありがとう。まあ、無理のない範囲でね」

朔子は工房の隅に備えてあるクッション材入りのビニールをもらって、自分の作品を包みながら、時々手を休めて、ガラス戸のほうへ目を移した。

母家のドアとは反対の隅には、デスクとパソコンが置かれている。秋元は釉薬の調合などのデータをパソコンに保存しているようだった。

きれいに磨かれたガラス戸の斜め下に、那賀川がゆるやかに流れている。もう河口に近く、二十メートルほどの川幅があり、青緑の水に川床が透けて見える。川べりまでの斜面は野草に被《おお》われ、楓《かえで》や柿などかなり大きな木も繁って水面に影を落としていた。

工房からの眺めはいつもなんとなく、朔子の心をやさしく寛《くつろ》がせてくれる。

焼きものを包み終えて、ふと振り向くと、こちらを見守っていたような秋元の視線とぶつかった。眉が濃くて面長の、一見すると端整で物静かな風貌だが、ごくたまに眸が何かを見きわめようとするように鋭く深い光を帯びることがある。そんな時、朔子は彼が若い頃、反骨、気鋭の新聞記者だったという話を思い浮かべる。

「朔子さん、少し疲れてるんじゃないですか」

再び微笑で眸を和ませながら、彼がいった。

「そうですか。そんなに見えます？」

「うん、なんとなくね」

「……………」

「まあ、あんまり頑張りすぎないように」

「先生こそ、あんまりお仕事の根を詰めすぎないでくださいね」

思いきって朔子がいうと、二人は目を見合わせて軽い笑い声をたてた。

朔子が秋水窯を辞去した時、空からは茜色が消え、川の対岸に聳《そび》える山の稜線が群青の宵闇に溶けこもうとしていた。

人影の少ない松崎町の古い商店街を抜けて、朔子は賃貸のマンションへ帰ってきた。

三階建マンション最上階の西南向き2DKが朔子の住居だ。

伸造にもらってきた枝豆と、茄子も煮て、小瓶のビール一本。テレビを視《み》ながら夕食をすませると八時を過ぎていた。

後片づけも終ってから、朔子は部屋の隅のベッド脇にある電話機の横に座り、おもむろに受話器を取りあげた。あまり早く掛けるとまだ留守かもしれないという気持から、九時まで待つつもりだったが、結局八時五十分頃、晴菜のマンションの短縮ダイヤルをプッシュした。

コール音が鳴り続ける。

十回待っても誰も出なかった。

十二回でいったん切り、もう一度鳴らしてみたが、結果は同じだ。留守電にもなっていない。

つぎに晴菜の携帯の短縮ダイヤル。

「この電話は現在電源が切られているか、電波の届かないところに——」

昼間と同じ答えが返ってきた。

晴菜の夫の溝口《みぞぐち》輝男の携帯ナンバーは、いつか聞いてメモした憶えはあったが、短縮に入れてなかった。念のため早見帳を繰ってみたが、彼の会社の番号しか記入してなかった。

朔子は溜め息をついた。日曜の午後三時過ぎ以降、これで三日半晴菜と連絡がとれていない。今までそんなことがあったかと思い返してみると、四、五日音沙汰のないこともあるにはあったと思う。でも、その時には理由がわかっていたのだが——。

急に夫婦で旅行にでも出掛けたのかもしれない。

晴菜より六つ上の三十歳になる輝男は、中堅クラスの製薬会社の営業マンで、月二、三回は地方出張している。新婚当時は晴菜が出張先で落ち合って、二人で温泉に泊まってきたと話していたこともあった……。

心配するほどのこともない。

とにかく今夜は諦めよう。

風呂から上がって、新聞を読みかけたが、気が入らないので閉じてしまった。

ふだんの通り、十時過ぎ頃ベッドに横になった。

網戸の窓から涼しい海風が流れこんでくる。

枕に頭をつけていると、かすかな波の音が快い刺激になって伝わってくる。

なんだか長い一日だったような気がした。時々頼まれる民宿の手伝いも今日はなかったので、変わったことといえば、秋元の工房に寄っただけなのに。

短い時間だったが、それがある種の充実感を胸のうちに残してくれている。

まもなく睡魔が忍び寄ってきた。

しかし、朔子の一日はまだ終ってはいなかった。

電話のベルで眠りを破られた。

すぐ身体を起こし、枕元のライトを点《つ》けた。目覚ましの針が十一時四十分を指しているのを見ながら、受話器を耳に当てた。

「もしもし」

「あ、お義母《かあ》さんですか」

輝男の声だった。

「はい」

「夜遅くに申し訳ないですが……」

娘婿はいつものどこか他人行儀に響く口調でいった。

「お義母さんのほうに、ハコから何か連絡はなかったでしょうか」

2

翌朝、朔子が伊豆箱根鉄道の修善寺駅へ着いたのは六時四十五分頃で、空のタクシーが並ぶ駅前に通勤通学の人影がちらほら姿を見せ始めていた。

昨夜はほとんど眠れないまま、今朝は五時五分松崎始発のバスに乗った。修善寺まで一時間四十分。空には重い雲が垂れこめていた。

バスの中では時たままどろんだような気もする。が、その間にも、昨夜の輝男の電話の声が切れ切れに甦ってきた。

「ぼくは日曜の昼すぎから出張してたんですよ。今日の午後池袋の会社へ戻って、夕方も会議が長引いて、そのあと知合いと飯を食う約束があったもんで……」

輝男は「武元《たけもと》製薬」で以前は晴菜の上司だった。晴菜は三島の高校を卒業後、東京にある女子短大の家政学部へ進学した。もともと薬学部が志望だったが、合格したのは短大だけだった。それでもどうしても東京へ行きたいとせがまれると、一人娘に甘かった夫はしぶしぶ許した。卒業したら三島へ帰ってくると、誓約書まで書かせていた。

ところが、翌年には夫はガンで急逝してしまい、晴菜は東京で就職試験を受けて武元製薬の事務職に採用された。

張り切って就職した晴菜は、一年も経たないうちに上司の溝口輝男と恋に落ちて、就職後二年目であっさり寿《ことぶき》退社したのだった——。

「ぼくが家に着いたのは十時半頃だったんですが、その間二回ほど家に電話を入れてたんですよ。だけど出ないし、ハコの携帯も通じない。家に帰ってからも、ハコはちっとも帰ってこないし、電話も何もないもんだから、遅くて申し訳ないと思ったんですけど——」

朔子に問合せの電話を掛けたのだといった。

「ハコの行き先に心当たりはないんですか」と朔子は尋ねた。

「友だちは二、三人知ってるんですが、もう時間が遅いし、あとは〈ベストリンク〉だけど、事務所も閉まっているわけで……」

ベストリンクは晴菜のバイト先で、水曜は出勤日だった。きちんと行っていたのかどうか──そこまで思い至ると、朔子はいっそう胸苦しく動悸が打った。

「万一朝までに連絡がなければ、すぐ問合せてみるつもりですが」

何かわかれば何時でも知らせ合うことにして切ったが、枕元の電話はそれきり空が白むまで鳴らなかった。

とにかく川崎まで出向く決心をした朔子は、四時に起きて、いつでも出掛けられる仕度を整えてから、始発バスに間に合うギリギリまで待って輝男に電話した。しばらく鳴ってから出た輝男は、

「いやあ、結局連絡なかったですねえ」と寝覚めらしいかすれ声で答えた。仕度が無駄になるかもしれないという朔子の一縷《いちる》の期待はそれで断ち切られた──。

朔子は改札を通り、三島行の電車が出るフォームの先端まで歩いていった。バスの中で晴菜からの携帯の受信履歴を読み返そうとしたのだが、揺れがひどく、気分が悪くなって諦めた。

周りに人のいないところで、それを続けることにした。

六月二十日日曜十五時十四分受信の最新メールは、昨日の昼間にも何回か見た。

その前は、十七日十三時四十八分。

タイトルは〈お隣り〉

〈ママ、どうしてる？　お隣りに新しい人が引越してきて、奥さんが挨拶に来たよ。幼稚園と3歳の子がいるから騒がしくてご迷惑をかけるかもしれないって。ほんとにすっごくうるさい。これからもずーっとそうかと思うとちょっとユーウツ。　ハコ〉

若いコのメールは絵文字だらけだ。

その前は十四日月曜十九時二十分。

タイトル〈お腹すいた〉
〈ママ、月曜はいつも仕事が忙しいけど、今日はとくに銀行が混んでて待たされちゃった。それでも会社へ帰れば、遅かったねなんて、部長にイヤ味いわれるんだから。
今は夕食の仕度が終ったところ。でも輝男さんは帰ってこないし、電話もない。今日はうちで食べるっていってたのに。　ハコ〉
やはりほぼ三日に一回はメールが来ていたのだ。内容はほとんどが日常生活の断片みたいなこと。小、中学生の頃から学校の出来事を毎日話してくれた晴菜は、いくつになっても朔子には少しも変わっていなかった。
六月九日水曜には、
〈昨日はユッコと夕方から新宿で「ザ・ニューヨーカー」を観たよ。評判のミュージカルだけ

ど、私はそれほどでもなかった。帰りはパスタを食べてケーキを買った。今日のお昼はケーキの残り！🍰 ハコ〉

携帯メールではみんな稚くなりやすいというが、晴菜もその例に洩れず、朔子は思わず涙ぐんで電話機を両手で包みこんだ。

気持を落ち着けるために遠くへ目を投げると、山の先に小さな青い富士が見えた。そんなことまで明るい兆しに感じようとしている。

心配は要らない。

晴菜はきっと、なんてことなく帰ってくる——。

修善寺から三島へは電車で約三十分。

三島から新幹線・こだまで小田原まで、小田原で小田急に乗り換え、急行で九時四十分頃新百合ヶ丘駅に降りた。

こちらでは輝くような夏空がひろがっていた。

多摩川を挟んで東京と隣接する川崎市の北部の丘陵地を切り拓《ひら》いた百合ヶ丘一帯は、八〇年代から東京のベッドタウンとして人気が急上昇した。朔子の住む西伊豆の松崎とは、バスと電車の所要時間だけなら四時間余りなのだが、たびたびの乗り換えと待ち時間、半分は山の中を走るバスの長さなどのためか、ひどく不便な遠隔地のように感じられた。

ことに東京生まれの輝男は億劫《おっくう》がるらしく、結婚後は晴菜の足も遠ざかりがちだ。朔子にしても、日々の生活に追われ、娘の新居へはこれまで三回くらいしか来ていなかった。

明るい駅ビルのカラフルな化粧タイルを敷きつめた改札を抜け、ロータリーへ出ると、街がまた一段と垢抜けした都会に変わっていることに驚かされた。銀行やデパート、ショッピングビルのガラスの壁面が眩《まぶ》しい光を撥ね返し、それらに囲まれたロータリーにはほどよい緑が配置されて、若者や家族連れが木陰を楽しげに行き交っている……。

二人のマンションは南口から歩ける距離だったが、タクシーに乗った。輝男には今朝の電話で、朝のうちにそちらへ行くと知らせてあった。

スポーツセンターの近くにあるマンション「サンヴィレッジ」は、薄茶の十二階建、傾斜地の途中に造られているので、車を降りて見上げると聳え立つように高い。

植え込みの間の私道をのぼり、若い母親たちが幼児を遊ばせているマンション内の公園の横を通ってロビーへ入る。

ロビー奥のドアを通過するためには壁面の文字盤にルームナンバーをプッシュしなければならない。

室内から朔子の顔を確認した輝男が「はい」と返事して、ロックが外された。彼は午前中会社を休むといっていた。

エレベーターで八階へ上がる。

ようやく辿り着いた部屋のドアフォンを押すと、待っていたようにドアが内側から開かれた。浅黄色のポロシャツ姿の輝男が、重そうな朔子のバッグに手を掛けながら迎え入れた。

「どうもすみません、遠くから……電話してくだされば駅まで迎えに行ったんですが」

「それより、ハコからはまだ何も？」

「ええ……」

輝男に従《つ》いて、リビングへ上がる。エアコンのきいた部屋には応接セットやテレビが置かれ、キャビネットの上に昨年八月に来た時と同じ、夫婦のハネムーン写真が飾られていた。何も変わっていない。今にも晴菜が「ママ！」と奥から駆け出してきそうな気がして、朔子は発作的なパニックに襲われかける。

「暑かったでしょう？　こっちは梅雨のうちから毎日真夏みたいですから」

輝男は顔をしかめてそんなことをいいながら、朔子をソファに座らせた。冷蔵庫から麦茶の容器を取り出してグラスに注ぐ。が、七分目も入らないうちに容器は空になってしまった。彼はグラスに氷を足して朔子の前に置き、自分も向かい合って腰をおろした。

「それで、ハコのお友だちなんかにも訊き合わせてみました？」

性急に問いかける朔子に、輝男は眉根を寄せて神経質そうに眼鏡を押し上げた。身長百六十五センチくらい、今の三十代としては小柄で、顔立ちも小造りに整っている。しっかりしているが、日頃も明朗快活というタイプではなかった。

「勿論わかる範囲では電話してみたんですが、アドレス帳はハコが持って出ていて、うちの電話帳には友だちの番号なんか二、三人しか書いてないんですよ。それも留守が多くて。とにかく日曜以降にハコと話したという人はまだ見つかりませんね」

「………」

「電話帳にのってた駅前の美容室にも掛けてみたら、土曜のうちにハコから掛かってきて、日曜のカットの予約を延期したそうです。でも話したのはそのことだけで……あとはバイト先なんです」

輝男は多少語気を改め、いっそう重苦しい空気を眉間に漂わせた。

「今朝一番にベストリンクへ電話して訊いたわけですが、ハコは月曜から無断欠勤していたというんです」

「え……？」

「ハコは月曜と水曜、朝十時から五時の契約で、簡単な経理の仕事をしてたんですが、月曜には入金や支払いが溜まって、郵便局や銀行回りで結構忙しい日もあるようなんです。二十一日月曜には十時を過ぎても姿を見せないので、十時半頃から会社の人が彼女の携帯やこの家に何度も掛けたらしいんです。でも携帯は繋がらないし、家も出なかった。ぼくの会社へも問合せの電話をしたそうですが、ぼくは日曜から宇都宮へ出張してて、知らなかったんですよ」

「あなたには伝わらなかったの？」

「ベストリンクもぼくが出張中とわかると、それ以上何もいわなかったらしいんですね」

「じゃあ、昨日の水曜は？」

「だから水曜も無断欠勤になってたわけです。ベストリンクの部長の話では、朝携帯とこの家にまた掛けたけど、やっぱり出ないんで、ハコが仕事をすっぽかしてどこか旅行にでも行っちゃったんじゃないかと思ったそうです。彼女の前のアルバイトの女性でよくそんなことがあったとかで。まあそのうち出てくるかもしれないし、仕事も単純なものだから、自分たちでやったほうが早いと、片づけてしまったといってました」

「ハコがいないことを、あなたはいつわかったの」

「昨日の晩家に帰ったあとも、全然連絡がとれないんで……」

「出張中は話さなかったの？」

「まあねえ、とくに用もなかったので。でも東京へ戻ってからは、たびたび携帯や家に掛けてたんですけどねえ……」

今朝、午前九時にベストリンクへ問合せして、晴菜が月曜から来ていなかったことをはじめて知らされたのだという。

「ハコは今まで無断欠勤は一度もなかったそうです。ということは、月曜か、もしかしたら日曜に家を出たまま、帰ってない可能性があるわけです。これはもしかしたら、何かあったのかもしれないので……」

事故、誘拐といったことばが朔子の脳裡をかすめた。

「やっぱり、警察に届けたほうがいいんじゃないかと思い始めているんです」

ええ、と朔子は答えかけたが、喉がカラカラに渇いて声が出ない。手にしたグラスも空になっていた。

「すみません、麦茶がなくなって……水で我慢してください」

輝男が冷蔵庫からミネラルウォーターのボトルを出してきた。

晴菜がいなくなって、麦茶を沸かす人もいなくなってしまった……？

ハコがいない？

そんな馬鹿なっ！

朔子は身をよじって絶叫しそうになる——。

3

麻生《あさお》警察署は、マンションとは小田急線の線路を挟んだ先にあった。国道3号線の交差点に面した埃っぽい茶色の四階建で、指名手配犯の顔写真と警察官募集のポスターが並んで貼られた掲示板の前を絶え間なく車が行き交っている。

「お義母さんはお疲れでしょうから——」と輝男は止めたが、朔子は一緒に行くといい張って、二人で彼の車に乗って来た。

玄関脇の受付で輝男が事情を話すと、「それなら生活安全課に行ってください」と婦警が階段を手で示した。

多数のデスクが並ぶ広いフロアの奥に、〈生活安全課〉のプレートが下がっている。

〈課長〉の名札のある少し離れた席にいる男性の前に、輝男は歩み寄った。

課長は輝男の話に耳を貸しながら、後ろに立っている朔子のほうへも視線を投げた。やがて軽く話を遮《さえぎ》り、

「では、ご一緒にあちらへお掛けください」と、窓際に近い応接セットを指さした。

「係の者が詳しくお聞きしますから」

まもなく三十過ぎくらいの私服警察官が、並んで掛けている二人に近づいてきた。太り気味の丸い顔で、眉が下がって唇の厚い、親しみやすい刑事といった印象を朔子は受けた。彼は二人と対座して、

「生活安全課の池上《いけがみ》です」と自己紹介した。

輝男はさっき課長に話しかけたことを、もう一度最初から繰り返した。池上は時々メモを取りながら聞いていたが、輝男の話が一段落すると、「なるほど」と了解したように頷いた。

つぎには池上から質問を始めた。

「今まで奥さんが家出したことはありましたか」

「いいえ、一度も」

「家出というわけじゃなくても、気が向いてフラッと一人で旅に出るとか……？」

「いやあ、一人では。妻はどっちかというと、依存心の強いほうですから。たまに友だちと旅行する時は、勿論断わって行ったし」

「お友だちはおおぜいいらしたんですか」

「おおぜいってほどじゃないかもしれませんが、短大の友だちや、結婚するまで働いていたぼくと同じ会社の同期の女性とか……大抵もう結婚してるみたいですが」

「友だちとの間で何かトラブルが起きていたようなことは？」

「別に、聞いた憶えはないです」

「男友だちもあったんでしょうかね」

サラリと訊かれると、輝男はうすく笑って首を傾《かし》げた。

「まあ、あんまりいないと思いますが」

池上はまた記号のような文字を走り書きしてから口を開いた。

「ご夫婦の間では、最近揉め事とか、喧嘩などはなかったですか」

「いや……、全然してません」

「経済的なことなどでも、問題は起きてなかったでしょうか」

「さあ、とくには……」

「失礼ですが、生活費などはどんなふうにしておられたんですか」

「ぼくの給料は銀行振り込みで、通帳はぼくが管理しています。キャッシュカードを妻にも持たせてましたから、食費とか生活費はそれで……」

輝男の職種はMR（メディカル・リプレゼンタティブ）と呼ばれ、担当エリアの群馬、栃木、埼玉県内にある病院を定期的に訪問して新薬の説明や売り込みをするため、月のうち十日か二週間は出張していた。

仕事がハードなだけに、収入は同年配の一般サラリーマンより高めのようで、結婚する時、頭金を実家の父親にも援助してもらって現在のマンションを購入していた。

「奥さんの個人資産は？」

「三、四十万の預金があった程度ですね」

「日頃お小遣いなどは、割に自由に使えたほうですか」

池上の質問が続く。

「いやあ、うちもマンションと車のローンでけっこうギリギリなんですが、ただ、妻はバイトで月に五万円くらいの収入を得ていました。それで服や身の回りのものを買ったり、友だちとの交際費にしていたと思います」

ベストリンクのバイトのことは、すでに輝男が説明していた。仕事はあまり面白くなさそうだったが、とくにストレスが強かったようでもないと、彼は話した。

「すると、奥さんに借金があったとは考えられませんか」

「え？」

「消費者金融から金を借りていたとか？」

「ああ……いや、そんなことは——」

「主婦がご主人に内緒でサラ金を利用して、借金がどんどん嵩《かさ》んでしまい、突然姿を消すといったケースもたまにあるんですよ。たとえば最近高級な服やブランド品のバッグを家の中で見かけたとか、あるいは業者から督促の電話や葉書が来ていたとか……？」

輝男は少し考えていたが、

「いや、そういうことはなかったと思います」ときっぱり打ち消した。

続いて池上は朔子にも、晴菜の性格や、親子関係を尋ねた。朔子は緊張して、懸命に答えた。

「もともとあの子は、子供の頃からとても素直で真面目で、親に心配かけるようなことは何一つしなかったんです。主人が亡くなってからは、私には晴菜だけが生甲斐というか、あの子もそれはよく承知していましたから……よほどのことがなければ、黙っていなくなるようなことは……」

喋《しゃべ》り出すと、自分でも話の抑制ができなくなり、たちまち感情に迫られた。声が詰まって、朔子は両手で口許《くちもと》を押さえた。

「ええ、ええ、勿論わかりますよ」と、池上は宥《なだ》めるように何度も頷き返した。

「では、結婚後もお母さんがよくこちらに来られたりして……?」

「いえ、なかなかそうもいかなかったんですけど、大抵三日に一度はメールや電話で……晴菜は主にメールでしたが」

「最近のメールで何か気になるようなことはなかったでしょうか」

「二十日の日曜に私の携帯に入っていたメールでは、午後から友だちが来て、今はドライブ中だと……」

朔子はそのメールを開いて、池上に示した。彼は携帯を手に取って、全体に目を通した。

「この友だちに、お心当たりありますか」

朔子が頭を振ると、視線を輝男に移した。

「さあ、とくに誰かはちょっと……」

「奥さんが友だちとドライブに行くことは、今までにもあったんですか」

輝男は少し黙っていてから、

「まあ、車を持っている友だちはいたようですが……」

結局どちらともわからないような答えだった。

先程から二人のやりとりを聞いていた朔子は、輝男が家の中の様子はおよそ把握していたとしても、晴菜自身については案外無関心だったのではないかという印象を抱き始めていた。

池上は自分のメモを眺めて、「うーん」と低い声を洩らした。ボールペンの頭で厚い唇を叩きながら思案している。

「――すると、晴菜さんは家事とバイトのほか、とくに趣味とか習い事などはなかったわけですか」

「まあ、結婚当初は料理教室に通ってたみたいですが、ぼくが出張が多くて、あんまり食わないもんだから……」

彼はまた苦笑しかけたが、すぐにちょっと息をこらした。それから、やや陰鬱な口調でいい出した。

「これは趣味に入るかどうかわかりませんが、妻はメールが好きでしてね。パソコンはやらないんですが、携帯でいろんな友だちと毎日のようにメール交換して、一時パケット料がすごく嵩んだことがあったんです。携帯の番号は別ですが、妻のパケット料も家族割引でぼくの通帳から落ちる仕組みなもんですから」

とくに昨年夏から秋にかけて、晴菜のパケット料（通信料）が月三万円を超えることもあり、たまりかねた輝男が注意すると、晴菜は素直に謝り、十二月になってからは五、六千円台まで下がっていたという。

「どういう相手とメールをしていたんでしょうか」

「さあ、訊いてもあんまり詳しくいわなかったけど、やっぱり暇な主婦なんかじゃないんですか」

晴菜は母親の自分以外とも、そんなに頻繁にメールを送りあっていたのか。朔子は少し意外な思いがした。

「しかし、最近は減っていたわけですね」と池上が念を押し、輝男は「ええ、まあ」と頷いた。

「メールに嵌《は》まるというのも、一種の中毒みたいなもんですからねえ」と今度は池上がかすかに苦笑した。

脅迫電話、ストーカーの気配、自殺の可能性等々、さらに確認して、二人から否定の答えを得ると、池上はまたしばらく沈黙していた。

やがて、結論を下した様子で、背筋をのばし、大きく息を吸いこんで口を開いた。

「今の段階では、ちょっとまだ情報不足という感じなんですね」

「……………」

「それで、当面は家出人捜索願を提出していただくという方法があります。出されますか」

「はあ」と輝男が押されたように頷く。

「写真も付けてもらったほうがいいんですが、今お持ちでなければ、あとで届けてもらっても——」

池上は一度席を立ち、キャビネットの引出しから用紙を二枚出してきて、テーブルに置いた。

「家出人捜索願受理票」とあり、下は家出人の本籍、住所、職業から始まり、体格人相、着衣、所持金品、行動の特徴など多数の項目が朔子の目を刺すようにとびこんでくる。

「これを参考にして、捜査をしてくださるわけですか」

思わず訊くと、池上は何か複雑な表情を浮かべた。

「いいえ、差し当たり、捜査は行いませんが、もしほかから家出人や事故などの情報が入った場合に……」

「え?……でも刑事さん、晴菜がいなくなる理由はなんにもないんです」

俄《にわ》かに焦りと苛立《いらだ》ちが噴き上げて、朔子はことばがもつれそうになった。

「なのに、もう四日も連絡がなくて、携帯は通じないし……そんなはずはないんです。何か大変な事故に遭ったのか、事件に巻きこまれたか……刑事さん、一日も早く捜査していただかないと――」

「私は、刑事ではないんですよ」

池上の口許にまた宥めるような微笑が浮かんだ。

「生活安全課では主に家出人などの相談を受け付けるんですが、それが単なる家出人か、事故や事件の可能性があるか、判断することも重要な仕事なのです。特異家出人といって、犯罪や事故、あるいは自殺の恐れが具体的に認められるとか、病人や精神障害者などの場合には、直ちに刑事課へ連絡して捜査が開始されるわけですが、今回は微妙なケースでねえ、とくに事件性が強いとも考えにくいし、自殺の理由はないといわれる」

「でも、晴菜が自分から家出する理由もないんです」

「ええ、お母さんのお気持はよくわかるんですが、でもね、娘さんには娘さんの意志があったかもしれない。例えば……まあ、これはあくまで仮定ですが、しばらく家庭から離れて一人になりたかったとか、極端な場合には、男友だちと遊びに行ったとか。しかしそれはいわば本人の自由で、プライバシーの問題にも関わってくるんですね。それで警察でもあまり介入できない部分もあるわけです」

「いえ、晴菜に限っては絶対に——」

「いや、ほんと、お母さんのご心配は充分お察しできますよ」

池上はかぶせるようにいった。

「ご家族にしてみれば、晴菜さんの家出の原因などまったく思い当たらない。今回の場合、原因がなさすぎることが不審といえなくもないんですが——」

朔子は一瞬期待をこめて池上をみつめたが、彼はまた首を捻《ひね》った。

「このまま刑事課に上げても、事件として踏めるかどうか。例えば本人の携帯電話の発信歴によって、どこから発信されたかなどもわかるんですが、裁判所の捜索令状がなければ電話会社は調べられない。かなりはっきりした犯罪事実の疑いがないと、令状も取れないわけですよ。——まあ、こちらへもおよそ三日に一件は家出人の届け出があるんです。でもそのほとんどが、本人の意志で帰ってくるんですよ」

「………」

「とりあえず、捜索願を提出なさってはどうですか」

最後は輝男を見て、引き取るようにいった。

その用紙には、池上が輝男から必要なことを聞いて記入した。本人の血液型、歯、手術痕などの欄もあった。朔子はしだいに自分の身体から血が退《ひ》いて、全身が冷たくなるような気がした。

これは「捜索」のためより、変死体が挙がった時に照合するための資料ではないだろうか……？

4

マンションへ帰ってくると、朔子はぐったり疲れてソファに腰を落とした。警察へ届けたことで、晴菜の「失踪」がいよいよ現実になってしまったという思いに胸が押し拉《ひし》がれている。

輝男がまたミネラルウォーターのボトルを冷蔵庫から出して、グラスに注いでくれた。

朔子は喉を潤してから、思い出したように訊いた。

「板橋のご両親も、今度のこと、もうご存知なんですか」

「ハコから電話がなかったか、昨日問合せましたからね」

輝男の実家は東京・板橋区の常盤台にあり、今は両親二人で薬局を営んでいる。夫の転勤で福島に住んでいる妹にも電話を掛けてそれとなく尋ねてみたが、どちらへも別段晴菜から連絡などなかったらしいと、輝男は話した。

「すみませんねえ、皆さんにご心配かけて」

朔子は俯《うつむ》いて謝った。が、さっきから気になっていたことが、頭をもたげてきた。

「携帯電話の発信歴から、どこで発信したかわかると、池上さんがいってたでしょう?」

「ええ」

「ハコの携帯がここになくても、発信歴はわかるの」

「電話会社に記録してあるんですよ。ハコの携帯ならNMC、日本モバイル・コミュニケーションズですね。会社はそれを基に通話料を請求するわけですから」

当たり前の口調でいわれ、朔子もすぐに納得した。自分は頭が働かなくなっているのかもしれない。

「だけど、発信歴から、発信した場所までわかるの」

「どこかで発信すると、近くのアンテナが電波をキャッチするんです。するとその携帯がどこの基地局のアンテナを使って通話したかの記録が電話局に残るはずなんですよ。どれくらいのエリアで捉《とら》えられるのかは、会社によってちがうかもしれないけど、少なくとも何県のどのあたりくらいまでは推定できるんじゃないですか」

「そう……それだけでもハコが日曜にどこへ行ってたかわかるかもしれないのに……」

輝男はベランダの外へ目を注いでいたが、その顔を戻して、

「家の固定電話と、ハコの携帯電話の通信履歴を取ることは、ぼくらにだってできると思いま

すよ。もともと申し込みをしておけば、電話料の自動引き落としの通知に明細を打ちこんで送ってくるはずなんだから」

そういえば、妻が夫の携帯の発信歴をひそかに調べて、浮気相手を突き止めたという、テレビドラマを視たような気がする……。

「ちょっと訊いてみよう」と輝男が呟《つぶや》いて、キッチンの引出しなどを開けていたが、やがて書類を見つけ出した。

「うちはマンションの電話がNTCで、携帯はNMCだから……」

彼は書類で会社の番号を確認し、さっそく受話器を取る。

それぞれ五分ほどかかって、二回の電話を終えると、彼は得心した顔つきで朔子を振り向いた。

「固定電話は近くの局、携帯も支店へ行って申込書を提出すれば、二、三カ月前まで遡って電話の発信歴を出してくれるそうです。幸いハコの携帯もぼくが支払い者だったから請求できるんですが。ただし、下四桁《けた》は××××になるらしいですね」

「………」

「でも、掛けた先の局番がわかるだけでも、ある程度相手の見当がつくかもしれないから、その人に問合せてみることはできる。ただ、その携帯の発信地までは、ぼくらには教えてくれないかもなあ……」

「メールの発信先もわかるんですか」

「いや、メールはそう簡単にはいかないみたいです。とりあえず電話だけ。それも三、四日かかりそうな口吻《くちぶり》だったけど、ある程度事情を話して急いでもらいますよ」

輝男はこれから麻生署に晴菜の写真を届け、NMCに寄ってから、一度会社へ出るつもりだといった。

「そのあとベストリンクへも行って話を聞いてきますよ。もともとあそこが月曜の時点でぼくに連絡してくれてれば、もっと早くにこういう事態がわかってたんですよ」と口を尖らせる。

ベストリンクは製薬会社の新薬発表会などにも人材を派遣していたことから、輝男の知合いの口利きで晴菜がアルバイトを始めるようになったのだった。それだけに彼は一層腹を立てているふうだ。

「水曜にも無断欠勤したのに、まだ放っといたっていうんだから、バイトには冷たいもんだ」

でもそれは、バイト先に晴菜のことを本気で心配してくれる友だちがいなかったということにもなるのだろうか？

彼は一度荒い息を吐き、それから気を取り直したように、リビングの端にある本棚へ歩み寄った。下の段から二冊のアルバムを抜き出す。

テーブルの上でそれを開いたので、朔子も覗きこんだ。が、晴菜の顔が目に入った途端、今まで必死に抑えこんでいた涙がどっと噴き出した。

「ハコ！」

思わず呼びかけ、唇を噛みしめたが、涙はあとからあとから噴き溢《あふ》れ、朔子はタオルの中に顔を埋めて嗚咽《おえつ》と闘った。

輝男は晴菜の顔写真で適当な一枚を選び出すと、「アルバムも、またあとで調べよう」と呟いて、今は手早くそれを閉じた。

「お義母《かあ》さん、そんなに悲しまないでください。まだ何かあったと決まったわけじゃないんですから」

朔子は固い大きな塊を無理矢理飲み下して顔を上げた。

「そうよね、ごめんなさい」

彼は棚の時計に目を移した。

「ああ、お義母さん、お昼までしたよね。もう一時半になるんだ。ぼくは朝が遅かったからいいんだけど」

「いいえ、そんなことはどうにでもしますから」

「そうですか。じゃあ、ぼくはちょっと出掛けてきます。お義母さんは少しお休みになったらどうですか。今朝もずいぶん早かったわけだし」

「ええ、ありがとう。でもそれより――」

晴菜が日頃親しくしていた近所の主婦とか、学校や会社関係の友だちの連絡先を教えてほしいと朔子は頼んだ。今朝までに輝男もわかる範囲で問合せたが、みんなから話が聞けたわけではない様子だった。

「ご近所ねえ、それはちょっとぼくには見当がつかないなあ。隣りの奥さんにでも尋ねてみてください」

友だちの電話は、家にある電話帳に四人ほど記入してあるほかはわからない。そのうち連絡がついた二人は、最近晴菜とはコンタクトがなかったとのこと。あとの二人には留守電にメッセージを入れておいた。会社へ行ったら、晴菜と同期だった女性を摑まえて訊いてみようと輝男はいった。

「では、何かわかったら電話しますから。お義母さんもぼくの携帯に掛けてください」

念のためにと、輝男は名刺入れから一枚抜き取って朔子に渡した。会社と携帯の番号、Eメールアドレスなどが印刷されていた。

「ここ、内側からロックしてくださいね。――大丈夫ですよ、ハコは必ず帰ってきますから」

歯を見せずに笑って頷くと、輝男は外から玄関のドアを閉めた。

一人になると、また涙が溢れそうな朔子は、それにしても輝男は冷静だと、妙に驚嘆していた。冷静に対処してくれるのは頼りになってありがたいが、でも、あんなものだろうか？

妻が四日も行方不明とわかれば、気も狂わんばかりに心配なはずではないのか？

それを理性で抑えているわけだろうか？――

隣りといえば、晴菜のメールにあった幼児が二人いる家庭かと考えながら、朔子は踊り場へ出た。

そちらへ回りかけた時、反対のエレベーターホールから歩いてくる母子連れが目に入った。

小ざっぱりしたエプロンドレスを着た、晴菜と同年配くらいの女性が、三歳前後の女児の手を引いている。

彼女たちが向かいのドアへ歩み寄った時、朔子は小走りに近づいた。

「あの、すみませんが――」

振り向いた女性に、朔子は自分が晴菜の母であることを告げた。相手のドアの横には「佐々《ささ》木《き》」のプレートが嵌めこまれている。

「失礼ですが、佐々木さんの奥さまでいらっしゃいますか」

「はい、そうですけど」

意外そうな、多少戸惑ったような返事だったが、細い目をパチパチさせた顔は気の好い人柄を感じさせた。

「佐々木さんには、晴菜が日頃何かとお世話になっていたと思いますが」

「いえ、別にそんなこともないんですけど」

「でも時々はお話しする機会などはありましたでしょう?」

「さあ……あんまりそんなには」

朔子のがっかりした表情を読みとったのか、彼女は足許の幼児に目を落として、少しすまなそうにいい添えた。

「子供がいますと、ついそちらに手をとられて。外で遊ばせていても、溝口さんは出ていらっしゃいませんし」

今朝ここへ来た時に見た、若い母親と幼児たちが集まっていた公園風景が朔子の脳裡をかすめた。

「やっぱり、子供さんのある奥さま同士で……？」

「どうしてもそうなっちゃうんですよね。子育ての愚痴をこぼしあったりして……」

「回覧板なんかは？」

「たまに回ってきても、ドアノブに吊るしておくだけですから」

「ああ、顔を合わすことはないわけですね」

「そうですねえ、意外と近くでも、メールですませたりして。いえ、溝口さんとはそれもなかったですけど」

「では、日頃晴菜がよくお付合いしていた方などはご存知ないでしょうか」

どうしてそんなことを訊くのかと、彼女はちょっと不審げに朔子を見つめてから、ぐずり始めた子供を宥めた。

「すみません、ちょっとそういうことも……溝口さん、お勤めしてらっしゃるんでしょ？」

「ええ、まあ、週に二日ですけど」

「そのほかはあんまり外へお出にならないんじゃないですか。ほとんどお会いしたことないんですよ」

もうこれ以上の質問も見つからずに、朔子は礼を述べて頭を下げた。

目の前の扉が閉まり、ロックの音が響くと、朔子は隣りまで訪ねていく気力を失いかけていた。同じマンションの、目と鼻の先で暮らしていても、繋がりがなければ顔を合わせることもないらしい。

迷ったまま、ひとまず自室のドアを開けると、電話のベルが聞こえる。

朔子はハッと息を止め、つぎにはサンダルを蹴散らすようにして床へ上がった。

リビングの棚の電話機にとびついた。

「もしもしっ」

「………」

「もしもし？」

ハコ？　と声が出かかった時、

「あのう、溝口さんのお宅でしょうか」

晴菜ではない、若い女の声が訊いた。失望が大きな鼓動をつくり、ゆっくりと胸の中にひろがっていく。

「はい……」

「私、八十川《やそがわ》というものですが」

「あら、涼子《りょうこ》さん？」

晴菜の三島の高校の同級生だった。朔子もその頃から顔を知っている。涼子は東京の四年制大学を卒業して就職し、比較的最近確か銀行員と結婚して都内に住んでいたと思う。晴菜の友だちの中でも、朔子は涼子にとりわけ親近感を抱いていた。

「もしかして、ハコのお母さま？」

「そうですよ」

「まあ、お久しぶり。こちらへいらしてたんですか」

「ええ……」

「私、この間から三島の実家へ帰ってて、今さっき戻ってきたんですよ。そしたら、今朝ハコのご主人からお電話をいただいたみたいで——」

「……」

「電話してほしいというメッセージが入っていたので、何か急用でもと思って……」

朔子は少しの間唇を嚙みしめていたが、ふいに涼子に縋《すが》りつきたいように心が崩れた。送話口を押さえ、懸命に気持を静めてから、朔子は口を開いた。

「あのね、実は、晴菜が日曜から行方不明になっているんですよ。私は昨夜遅くに輝男さんから電話で聞いて、今朝一番でこちらへ出てきたんです」

涼子は息をのんでいるようだ。

「輝男はあなたにも晴菜のことを尋ねるつもりで掛けたんだと思うんですが」

またどれほどか間をおいて、涼子がゆっくりと答えた。

「日曜の午後一時半頃、ハコから私の携帯にメールが入っていたんです」

「えっ……？」

それなら朔子へのメールより二時間近く早かったことになる。

「でも、私がすぐ見れなくて、というのが、私が実家に帰ってたのは弟の結婚式のためで、それが日曜の一時からだったんです。披露宴のあともいろいろ忙しくて、携帯はずっとマナーモードにしてました……」

涼子が携帯を開けたのは日曜の午後七時すぎになり、その時はじめて晴菜のメールを読んだという。

「すぐに私も返信しましたけど、ハコからはそれっきりですし、携帯に掛けても通じないので、なんとなく気になってはいたんです。そこへ今日家に帰ってきたら、ご主人から留守電が入っていて……」

「日曜の晴菜からのメールは、どんな内容だったんですか」

携帯をスクロールする時間のあとで、涼子の声が聞こえた。

「最初のうちは、ふだんの調子で、元気？　とか、バイトがつまらないとか、ぼやきも入ってたけど……」

「………」

「最後に〈でも今日はこれからメル友に会いに行くところ。じゃ、またね、ハコ〉――それで終ってるんですけど」

「メル友って……」

「メールで知り合った友だちです」

「メールだけでなく、実際に会うこともあるわけ？」

「それはいろいろでしょうけど」

「日曜にハコが会いに行ったメル友って、どういう人か、涼子さん、ご存知ですか」

「いいえ、最近は聞いていません」

「最近……？」

「実は、ハコは去年の夏頃から、ちょっとメールに嵌まってた時期があったんですよ。何人もメル友と交信したり付合ったりして。今年は四月頃から私のほうの都合でしばらく会ってなかったので……でも日曜にはまたメル友に会いに行くなんてメールもらって、そこだけ楽しそうな感じだったから、今度はどんな人だろうって、私もちょっと興味があったし……」

「では、晴菜は最近もその、メールに嵌まっていたわけですか」

「さあ……以前ほどなのかどうか、よくわからないんですけど」

メールに嵌まる――

朔子には馴染みのないことばだった。でもそういえば、麻生署の池上もいっていた。「メールに嵌まるというのも、一種の中毒みたいなもんですからねえ」――。

晴菜の行方不明はそのことと関わりがあるのではないだろうか？

漠然とした朔子の直感だった。だがそれには、自分には想像もつかない、先の見えない洞のようなうす暗い怖さがまとわりついていた。

できればこちらへ来て、知っていることを話してもらえないかと、朔子は涼子に頼んだ。

「私が近くまで伺えればいいんですけど、もし留守中に連絡でも入ったらと思うと……」

涼子は、これから家事をすませて、できるだけ早く行くと約束してくれた。

電話を切った時、別の連想がするりと朔子の意識に滑りこんだ。

「メル友」ということばに接したのは、今日がはじめてではなかった。最近のテレビや新聞のニュースでたびたび取り上げられていたではないか。こちらが無縁な世界の出来事と思って関心を払わなかっただけだ。

メル友に会いに行く——

そのことばを残して、これまで何人の女性が二度と帰らなかっただろう……?

第二章　水中花

1

「ああ、今日は水がきれいだ」

二人乗りの巡視艇が湖岸を離れてまもなく、水運用課の加地《かじ》は素直な感想を口に出した。まだ明るい陽光の注ぐ青緑の湖水には一面に細波《さざなみ》がひろがり、山々の影を暗緑色にして受け止めている。風もサラリと快かった。

「ここんとこ降らないからねえ」

ボートを操縦している同僚の村井《むらい》も応じた。今週は週明けからほぼ快晴の日が多く、今日で四日目になる。標高約六百メートルの桂山《かつらやま》湖はもともと透明度が高いが、それでも雨のあとは水が濁るし、好天が続けば一層澄んでくる。桂山ダムの「洪水期」直前にあたる六月下旬としては珍しく水がきれいだった。

東西に細長い湖の、管理事務所近くの東岸から出発したボートは、大きな白いアーチ型の吊り橋の下をくぐり、湖の西側へ出た。

ダムの心臓部ともいうべき四門の洪水吐《こうずいはき》ゲートのある堤体を左に見て、北岸に沿って進む。

管理事務所では、水運用課の職員が週一回、朝早く湖水の水温と透明度を調べるほか、週二回ほど午後に湖内を巡回する慣わしだった。

見晴台や遊歩道などの施設のある東側では人影がちらほら動いていたが、西側は急に山陰に入ったような寂しい雰囲気になる。みっしりと木々の繁る岸辺に沿っては湖畔道路が一周しているが、こちらには車もほとんど走っていない。道路の後ろでは、また厚い樹層が山腹を被い、仰ぎ見るような頂きへとせり上がって行く。重畳たる山々はまもなく大菩薩峠に通ずる山梨県の東北部である。

まだ夕暮れには少し間のある時刻で、今日は霧も出ていなかった。

川の流入口の小さな滝の手前でターンしたボートは、今度は湖の南岸に沿って戻り始めた。

「だいぶん下がってきたねえ」

ハンドルを回しながら、村井がいった。

「水抜き開始から、今日でもう十日だからなあ」

加地も頷いた。湖岸では木々の下にコンクリートで塗り固められた湖底部が斜めに露出しているのだが、その部分が日に日に広くなっている。灰色に赤みを帯びた凹凸のあるコンクリートの中途には、黒ずんだ筋が横についていて、そこから下の色が濃い。その分だけ水位が下がった証拠《しるし》だった。

洪水調節の目的を持つダムでは、夏から秋の「洪水期」の間は制限水位まで湖の水位を下げておく。雨が降り続いても湖が受け皿になって、洪水を防ぐためである。

多目的ダムの桂山ダムでは毎年六月の後半、約二週間かけて十五メートル下げることになっていた。

今年も例年通り六月十五日から水抜きが始まり、一日約一メートル水位を下げて、その分の水は発電と上水用の水路へ放流されていた。今日で約十メートル水位が低下して、冬期には水面下に沈んでいたコンクリートの斜面が露出しているわけだ。水抜きはあと約一週間続けられる予定だった。

二人が短い会話を交わして五分も経たない頃、ボートの振動に身を任せて、冬期の水線を目で追っていた加地は、ふとその目を瞬《しばたた》かせた。

「ちょっと」と声を出すと、村井はボートの速度を緩《ゆる》めた。

「なに？」と問い返し、加地の視線を辿った村井の目も、その先で止まった。

「あれは、何かな」と加地が呟いた。

湖の南側ではとりわけ岸の出入りが激しく、ここでもちょっとした岬のようなものが這い出していた。二人が目を止めたのは、その岬の少し手前あたりの水面だった。

水の下にも三十度くらいに傾斜した湖底が透けて見える。その水面からさほど深くない水中に、ピンクや茶のような色彩の塊が認められた。自然物でないことは明らかで、かなりの大きさもあったので加地の注意を引いたのだ。

岬の端《はな》にさしかかっていたボートを、村井はいったん停《と》め、少しバックさせた。

今度はそろそろと、そのピンクの物体へ接近させた。それが舳先《へさき》から一メートルほどの距離になって、いよいよ速度を落とした。

近づくにつれて、まさかという思いと、そのまさかが徐々に現実味を帯びてくるただならぬ緊張で、加地の胸は音をたてて動悸を打ち始めた。

ボートがすっかり停止すると、水面も一層静かになった。

「人形じゃないよな」と、村井が掠《かす》れた声で呟いた。

「…………」

それは、水面下二、三メートルの場所で、まっすぐにこちらを向いていた。湖底部の傾斜にある程度身体をあずけながら、しかも上体はほぼ垂直に起きているようにも見えた。

ピンクはブラウスらしい。肩や襟元がヒラヒラしている。そこから両腕が横へのび、細い頸《くび》が小さな丸い顔を支えている。というか、むしろ頭全体が上へ吊り上げられているような感じだ。顔より上に頭髪が藻のように漂い出ているからだろうか……。

どれほどかの間、二人は魅入られたようにその姿を凝視していた。

ブラウスの下には茶色いスカートでもはいているらしい。二本の足はやや外向きに開いた形だが、その先までは見えなかった。

「あっ」と村井が小さな声を洩らした。

「重しがついてるんじゃないか?」

「え……?」

加地は水底のほうへ注意を集中した。よくよく見れば、両の足首の先のあたりに何か黒っぽい塊が括《くく》りつけられているようでもある。

鋭い恐怖が新たに彼の背筋を貫いた。

重しを付けられた女が湖中に沈んでいる。

それでも女は毅然として身を起こし、挑むようにこちらを見返している。

まるで湖に咲いたピンクの水中花のように——。

2

八十川涼子は三時半頃駆けつけてくれた。

マンションのドアを開けて涼子の姿を一目見た時、朔子はあら、と軽い驚きを覚えた。三島の高校時代から、涼子はもともと背が高くて体格も良かったが、今はその身体にござっぱりしたプリントのルーズなワンピースを着ていた。そのベルトのない腹部が心持ちせり出していたからだった。

「すみません、ご実家からお帰りになったばかりなのに」

「いえ……ハコから何か連絡でも?」

朔子は黙って頭《かぶり》を振り、涼子の前にスリッパを揃えた。輝男は出掛けたきりで、その後まだ電話も掛からない。

涼子をソファに座らせると、朔子は自分で沸かした麦茶をグラスに入れて、向かいに腰をおろした。

「もしかしたら、涼子さん、お目出度?」

「はい」と涼子は小さく微笑んで頷いた。

「まあ、おめでとうございます。予定はいつ？」

「十月なんですけど」

朔子は、さっきの電話で涼子が、今年は四月頃から自分のほうの都合で晴菜に会えなかったと話していたのを思い出した。

「悪阻《つわり》はもうすんだの」

「ええ、なんとか。でも四月五月はけっこうつらくて……」

案の定だった。

「ハコはあなたのお目出度を知ってました？」

「ええ、四月初めに会う約束だったのを、私がどうしても気分が悪くて出掛けられなくなって、電話でわけを話しましたから」

これもおおよそ予想した通りだ。そして、晴菜は自分よりあとに結婚した涼子が早くも妊娠したことに、ショックを受けたのではなかっただろうか？

お向かいの佐々木夫人と話した頃から、朔子は晴菜の心中の、これまで自分があまり考えもしなかった部分に想像をめぐらせていた。

「それで、例のメールのことなんですけど――」

気持を切り替えていうと、涼子はバッグから携帯を取り出した。

「さっきお話ししたハコのメールはこれなんです」

開けたところを朔子に向けて差し出す。

タイトルは〈しばらく〉、受信は日曜の六月二十日、十三時三十四分だった。

〈調子はどう？　赤ちゃんも元気？　ずっと会ってないね。私は相変わらず、バイトがつまんなくて、仕事の日はユーウツ。また早く涼子とお喋りしたいね。

でも、今日はこれからメル友に会いに行くところ。じゃ、またね。ハコ〉

朔子は何度も読み返しては、画面をジッと凝視《みつ》めた。だが、それは電話機の作り出した文字で、晴菜の筆跡であるはずもなかった。

「ハコはどこ行ってるんでしょうねえ、お母さんの心配も考えないで……」

涼子はそれ以上何といっていいのか、困惑したような溜め息をついた。

「あの、ハコは一時メールに嵌まっていたとおっしゃったわね。輝男さんもそんなことをいってたんですけど、あの子はそんなにおおぜいのメル友とどうやって知り合ったんでしょう？」

涼子はこめかみに指を当てて、いっとき思案していた。

「あの、おばさまは〈出会い系サイト〉って聞いたことおありになりますか」

「ええ、いろんな事件のニュースで……」

「もともとはそんな危ない面ばかりでもないんですけど」

涼子は控え目に首を傾げたが、

「でも確かに、事件の報道などで一般的には悪いイメージがひろがってしまったから、近頃大手の会社ではそれを払拭するために〈出会い系〉ということばを使わなくなっていますね」

「だけど、つまりどういうことをするんです？」

涼子はまたことばを選ぶように、少し沈黙していた。

「つまり、お互い知らない人同士がインターネット上で知り合うためのサイト、といえばいいのかしら。それを提供する会社があって、たとえば最大手のヨウフーなども、最初は〈出会いステーション〉というのを始めたんですけど、このごろは別の名前に変わっていると思いますよ」

インターネットビジネスの代表的な会社として、ヨウフーの名は朔子も知っていた。あんな大企業でも出会いのサイトを運営しているわけなのか。

「じゃあ、ハコたちみたいなユーザーというの、そのサイトを利用したいと思う人は、そこの会員になるとか……？」

「そう、会員登録するのがふつうですね」

その通り、というふうに涼子は頷いた。

「たぶんハコは〈ハーティネット〉の〈ハーティフレンズ〉に登録してたと思いますよ。ハーティネットもけっこう大手会社なんですけど」

「携帯電話でできるの？」

「パソコンからでも携帯からでも登録できます。ハコはパソコンを使ってなかったみたいだから、たぶん携帯で……」

「携帯を、どうやって……？」

朔子にはまだ具体的なイメージが描けない。それを察した涼子が、

「試しにやってみましょうか」と半分冗談のように訊いたが、朔子は真剣な顔で頷いた。

涼子はテーブルに置いたままの携帯を取りあげて、

「おばさま、こっち側へ来ていただいたほうがいいかも……」

朔子はいわれた通り、ソファの涼子の横に腰掛けて、彼女の手許を覗きこんだ。

「ハーティネットにはたとえば健康食品とか、就職や病院の案内とか、外国語学習とか、いろんな情報サービスがあって、ハーティフレンズもその一つなんですけど……じゃあ、ちょっとそのサイトに繋いでみますね」

涼子はブックマークを押して、その中の〈ハーティフレンズ〉を選んだ。すると涼子の携帯にもそのアドレスが登録されていたのかと、朔子はひどく意外な気がした。

「あなたもそんなサイトを利用していたわけ?」

思わず訊くと、涼子はなんでもない顔で、

「学生の頃に。今はやってませんけど、アドレスは携帯に入れたままになってるんです。それで以前ハコとお喋りしてた時、ハコもハーティフレンズの会員だとわかって……」

「ハコはどうやって知ったのかしら」

「ああ、こういうサイトのことは、友だちの間で年中話題になるし、週刊誌に広告が出てたり、女性誌なんかはよく特集してますから……」

涼子の携帯にはハーティフレンズのトップ画面が現れていた。

〈ゲストさん、ようこそ！　メール友達をわかりやすく気軽に探せるホームページです。あなたの名刺を作って、新しい友達募集をしてみませんか。ただし、十八歳未満の方は利用できません。あなたは十八歳以上ですか？

はい・いいえ〉

涼子が〈はい〉を押すと、画面が変わった。

〈メニュー：友達を探す・同じ趣味の友達を探す・結婚相手を探す・会員登録して名刺を作る……〉

多種類のメニューが並んでいる。

「友達を探す、から入ってみますね」

涼子がそこを選ぶと、続いて、

〈友達を探す地域を選んでください〉

日本の各地方と、海外という選択肢もあった。

「ひとまず、東京にしてみます」

つぎの画面には東京二十三区と、人気の盛り場が列記されている。

「ここは小田急線沿線だから、新宿と、渋谷、青山くらいにします？」

「そういうところに住んでいる友だちを探すという意味？」

「まあ、一応ね。だから、メールだけで全然会う気がなければ、北海道でも海外でもいいわけ。もっとも、ほんとかどうかはわからないんですけど」

最後のことばの意味が朔子にはよく理解できなかったが、今は黙っていた。

涼子が新宿、渋谷……と複数の地域を押す。とにかく拇指《おやゆび》の動きが朔子には信じられないほど速いので、みるみる先へ進んだ。

〈性別：男・女・どちらでも〉

「どちらでも、にしておきましょうか」

つぎは希望する年齢だ。

〈20歳以下・21〜25歳・26〜30歳……40歳以上〉

涼子は〈21〜25歳〉と〈26〜30歳〉を選んだ。

血液型、星座、相手が携帯かパソコンかといった選択が続き、〈気にしない〉とか〈なんでもいい〉という答え方もある。

〈探しているのは？：メール友達・ふつうの友達・友達以上・気にしない〉

涼子が思案している。

「友達以上って……」

朔子が呟いた。

「つまり恋人でしょう。〈メール友達〉はほんとにメールだけの付合いが希望。〈ふつうの友達〉は、会ってもいいという意味。気にしないを選べば、成り行きしだいでどこまでいってもかまわないということでしょうね」

涼子はちょっと笑いながら〈気にしない〉を、それから〈この条件で検索〉を押した。

〈登録している男性・女性のリスト〉と出て、朔子はまた息をのんだ。

小さな携帯の画面に豆粒のような顔のイメージイラストが並び、顔の横にはそれぞれの短い〈自己紹介〉が載っていた。

〈ヒマなお喋り好き。話題の豊富な人の気さくなメールを待ってます。ケイ・25歳・主婦〉

〈年上で思いやりのある男性と知り合いたいデス。みき・21歳・学生〉

涼子は朔子が読める程度の速さでスクロールしてくれる。

〈最近彼と別れて心が冷えてる感じ。親切で温かい人とふれあいたい。じゅん・26歳・派遣社員〉

〈アウトドア大好き。今度の日曜、渋谷で遊べる方。ケーコ・28歳・販売〉

〈独りは寂しい。軽い話、深い話、なんでもお喋りできて、大切に思いあう友達を。たまき・24歳・エステ〉

男性のものも登場した。

〈誰かとつながってるって、すごく素敵だ。いろいろ話せるコ待ってます。良一・28歳・設計事務所〉

〈小児科医をめざして猛勉強中。心がなごむメル友がほしい。洋平・26歳・研修医〉

〈つらい心を癒してあげたい。自分がもっと頑張れるために。タツヤ・29歳・旅行関係〉——。

「つまり、こういう人たちがメル友を求めているということ?」

「そう、性別は〈どちらでも〉を選んだから、両方出てくるわけです」

朔子はある種のショックを受けていた。メル友募集の自己紹介といっても、なんとなくもう少し控え目な内容を想像していたのだ。だが、携帯の小さな画面には、なにかむき出しの人恋しさ、もっといえば欲望のようなものが、これでもかとあふれているような気がした。

ところが、これは自己PRのほんの一部なのだと涼子がいった。

「〈名刺〉のヘッドラインが出てるだけなんです。この中で興味をひかれる人が見つかったら……たとえばここを押すと、ほら、名刺の内容が全部載ってるでしょ」

試しに涼子が開けてみたのは〈ヒマなお喋り好き。——〉のケイという女性だった。自己紹介の続きが読める。

〈結婚してるけど、毎日単調でむなしく過ごしてます。寂しい気持を埋めてくれる人、いろいろ趣味があったり、マメに構ってくれる頼れるタイプとお友達になりたいです。〉

〈名刺〉にはさらに詳しい情報欄が設けられていた。

〈　性格：寂しがりや、甘えんぼ

　好きなもの：恋愛映画、チョコ

　体型：ふつう

　芸能人で似ている人：女優の竹内結子

　ルックスの自己採点

　キレイ系：3　キャリアウーマン系：2　かわいい系：5　癒し系：4　〉——。

「男性のには身長とか年収まで書いてあったりするんですよ」

朔子はまたなんとなく嘆息が洩れた。ずっと涼子の携帯を使っていたことに気がついて、

「あ、こういうの、みんな有料なんでしょ？」

「いえ、名刺を見るところまでは無料なんです。新規に登録したり、自分からメールを送るのにはお金がかかるんですけど」

「それじゃあ、ハコはこういう自己紹介を見て、気に入った相手にメールを送ってたわけでしょうか」

「メールを送るためには会員登録をしなければならないんですけど――」

涼子は携帯をテーブルに置いて、麦茶に口をつけた。

「大抵女性の場合は、まず会員になって、自分の名刺を出すんです。するとたちまちメールが来るんですよ、一日に二十通も三十通も」

「女性から？」

「どちらでもを選んでおけば両方から。ほんといって、圧倒的に男性からでしょうけど」

「………」

「ところが男性のほうは、名刺を出してもほとんど来ないらしいですね。送信ごとにお金がかかるシステムですから、悪質な業者のサイトだと、さくらの女性を使って男性にメールを送り、男性からまたなるべく多くのメールを送らせようとすると聞いたこともありますけど。――だから、女性は名刺を出して、ただ待っていればいいんです。するとすごい勢いでメールが来るから、その中で選び放題……」

朔子は急に別のことが閃いて息を弾ませた。

「それなら、この中にハコの名刺もあるわけね。探して！」

すると、涼子の上品な口許が、なんともいえない表情で少しへの字に変わった。

「今も載ってるかどうかわかりませんし、とても、見つけられないと思います」

「なぜ？」

「だって、みんな必ず本当のことを書いてるわけじゃないから。年齢でも住んでる場所でも、性格やルックスのことだって、あくまで自己申告なんです。部分的には正直に書いてる人もあるかもしれませんけど、やっぱりみんな、どんどんメールが来るような魅力のある名刺を作りたいですからね。名前もハンドルネームといって、本名じゃないですし」

「じゃあ、みんなお互いに嘘をついて、それを承知の上で……？」

「嘘があるかもしれないと思いつつも、どこかピンとくる相手にメールを送るとか……」

ここでもハコに会えないのね。

朔子は落胆したが、口には出さず、唇を嚙みしめた。

「つまり、女は沢山来たメールの中から、気に入った相手を選んでメールを返信して、そこから付合いが始まるわけですか」

話を戻した。

「それが一番多いケースですね。初めのうちはハーティフレンズのサイト上でメール交換をするんです。だから相手の本名や連絡先などはわからないままね。でもそのうちもっと親しくなると、携帯やパソコンのアドレスを教えあう場合もあるんです。いちいちサイトを通すのは手間とお金がかかるし、その分パケット料も嵩むわけですから。それから、いよいよ発展すれば、実際に会おうということに……」

「ああ……メル友に会うって、そういうことなのね」

「勿論、みんなが会うわけじゃないですけど、会って、ほんとに恋愛して、結婚したカップルも私のまわりにいるんですよ。ハーティフレンズでも、結婚報告が何日に一通くるとか、ホームページに載ってましたね」

「失礼ですけど、涼子さんも？」

「いえ、私はちがいますけど、多少関係はあるかも……」

「……？」

「学生の頃、ハーティフレンズでメル友作って、二、三人と付合ったりもしてたけど、就職してからはパソコンで自分のホームページを作ったんです。会社での不満やストレスを発散したくて。そしたらいろんな人が書き込みしてくれて、メル友が十五、六人もできたので、いっぺんオフ会をしようってことに……」

「オフ会？」

「ネット上だけでなく、パブなんかで実際に集まって。その時、メル友の一人が連れてきたお友達を紹介されて……、それが今の夫なんです」

朔子は軽いめまいを覚えた。世の中のあちこちで、自分には想像もつかない異質な世界が生まれつつあるのだろうか。架空でいて、架空でないような……？

「――でも、お互いに嘘をついて、勝手に空想していたら、実際に会ってみて幻滅する場合もあるんじゃないかしら」

「それは、裏切られたような気がすることだってあるかもしれませんね」

「だから事件が起きたりもするわけね」

「まあ、サイトによってということかしら。ユーザーの側の問題でもありますよね。とにかくこういったサイトは数え切れないほどあって、良心的な会社ではエッチな書き込みをNGワードにして除外するとか、いろんな規則を作ってますけど、個人的な小さなサイトで、露骨に援助交際が目的とわかるようなのもありますからね。勿論ハコはそんなこととは関係なかったでしょうけど」

でも、結局は同じではないのだろうかと、朔子には思われる。

良心的な会社でも、そうでないところでも、「出会い系」という名称を使っても使わなくても、要は互いに何一つ知らなかった者同士、本来出会うはずのなかった者たちが、ネット上の会話だけで接近し、幻影と錯覚を抱いて、現実に会う。

その先で発生したいくつかの事件が、生々しく朔子の脳裡を駆けめぐった。被害者は圧倒的に女性だった。

「ちょっとごめんなさい」

朔子はつと立ち上がり、電話機に近付いた。早見帳には麻生署のナンバーも記入してあった。

番号をプッシュして、「生活安全課の池上さんを」と頼んだ。

まもなく「もしもし」と快活な声が聞こえ、太り気味の親しみやすい風貌が朔子の瞼《まぶた》に浮かんだ。朔子がさっき捜索願を提出した事情を話すと、

「ああ、あの時のお母さんですね」と彼はすぐ思い出したようだ。

「実は、あのあと晴菜の高校時代からの親友にお会いして話を聞いたら、新しいことがわかりまして――」

「ええ」

「晴菜は携帯の出会い系みたいなサイトでいろんな人と付合っていたらしいんです。それで連絡がとれなくなった日曜の午後も、その親友の携帯にメールが――」

下がり眉の丸い顔がしだいに緊張でこわばっていく様子を朔子は想像していた。

「これからメル友に会いに行く、というメールが入っていたそうなんです」

わずかの間、受話器は沈黙していた。それから、

「この頃はサイトで友だちをつくる人が多いですからねえ」

さっきまでと変わらない声だった。

「でも、それでいろんな事件が……」

「勿論まれには事件になる場合もありますが、ほとんどの人がふつうの友だちと同じような感覚で付合ってるんじゃないですか」

「ですけど、万一にも事件が起きないように、急いで捜査していただかないと……」

「しかし、それだけでは捜しようがありませんからねえ。——いやあ、この頃はわれわれもそのメル友に振り回されているのですよ」

軽い口調にこもる慨嘆とかすかな侮りの響きが、朔子の耳底にこびりついた。

3

桂山ダム管理事務所から所轄大月警察署へ電話通報が入ったのは、六月二十四日木曜の午後三時五十分だった。電話は事務所の所長が掛けてきたが、彼は重大事件という認識から、最寄りの駐在所より、直接本署への通報を急いだらしかった。

大月署では、ダムから約二キロ離れた集落の中にある駐在所へ、直ちに現場確認に向かうよう指示した。と同時に、その報告を待たず、刑事課と鑑識係の合計三名をダム湖へ急行させた。通報の確実性はほぼ信用できたからである。

大月は江戸時代から街道筋の宿場町として賑わった。今も市の中心は甲州街道（国道20号線）沿いにひらけているが、警察署は西へやや外れた場所にあった。

車は20号線をしばらく東へ戻り、中央本線大月駅の先で左折すると、線路をまたぎ、桂川の鉄橋を渡り、中央自動車道のトンネルをくぐって１３９号線をまっすぐ北へのぼっていく。

葛野川の深い谷に沿った急な山道である。時々鄙《ひな》びた集落にさしかかり、バス停の標識と、「塩小売店」などの看板が目に入る。あとはまた杉と檜《ひのき》の山々が重なりあって続いた。

長い隧道《すいどう》を抜けると、視界の先に湖面がひろがった。急いだので約三十分で着いていた。

助手席にいた三輪《みわ》警部補が携帯で管理事務所へ連絡した。

そちらへ回ると、建物の前にダークグリーンのユニフォームを着た職員二人が待機していた。若いほうの一人が、前方に駐まっていたバンの運転席へ入った。五十前後くらいの男性は三輪たちの車の後ろに乗りこんだ。彼は管理事務所・所長の大森と名乗った。

バンに先導されて、幅七、八メートルの湖畔道路を走り出す。左手にひろがる湖面は茜色の西陽に照らされていたが、それを取り囲む山襞《やまひだ》には早くもうす闇が湧き出している。

「今は湖水の水位が低い時期なんです。冬場よりすでに十メートル下がってますからね。それで発見できたんだと思いますよ」

大森がやや興奮した高声で説明した。

「ここんとこの晴天続きで水も澄んでましたしねえ」

「ボートや釣り人なども来ているんですか」と三輪が尋ねた。

「いや、土日には人が出ることもありますが、ふつうの日はあんまりね。それとボートは大抵あの白い吊り橋よりこっちの東側ですね。西のほうまで漕いでいく人はあんまりないんです。釣り人もいますが、問題の場所は立入り禁止区域なので、幸いまだ騒ぎにはなっていません」

湖の北側を走っていた車は、西端に近い赤い鉄橋を渡り、南岸の道路へ回りこんだ。

三百メートルも行かないうちに鉄のゲートが現れた。今は鉄柵の門扉が開放されていた。

「ふだんは閉まっていて、通行止の札が下げてあります。でも、外から手を回して閂《かんぬき》を外せば開けられるんです。工事車輛などもよく通りますからね」

ゲートの鉄柱と右側の山の崖、左側のガードレールとの間にも、人が通り抜けられるくらいの隙間があった。

二台の車は徐行して進んだ。

道路がゆるやかな弧線を描きながら小さな岬の尖端へ向かう途中に、別の車が一台と、駐在所のライトバンが駐まっている。大森と同じユニフォームの二、三人と、駐在所の巡査らしい小太りの制服警察官の姿も見えた。こちらはその手前で停まった。

降り立った大森が、「大月署の方が着かれた」と告げ、それからガードレールへ歩み寄った。大月署の三人もそれに続いた。

錆《さび》の浮き出した白いガードレールの下は雑木の繁る急斜面だが、ところどころ木が途切れて湖水が覗き見えた。水面までの落差は十七、八メートルくらいだろうか。

大森が立ち止まった場所では、ガードレールの足許から苔むした石垣がほぼ垂直に組まれ、その下にコンクリートで塗り固められた斜面が現れている。赤みを帯びた灰色の斜面は凹凸をつくりながら水中へ没している。

「あそこですよ」

彼が湖面の少し先を指さした。

黒っぽい頭部と、ピンク色の肩のあたりが、ようやく三輪の目に認められた。頭のまわりには髪の毛らしいものが漂っている。

それより下は青緑の水に被われているので、すぐには現実感が湧かない。

「このダム湖は、中心部は巨《おお》きな擂鉢型《すりばちがた》になっていて、九十メートルもの水深があるんです。周辺部ではある程度の傾斜で、徐々に深くなっているところが多いんです。それであんなふうに、途中で何かにひっかかって止まったんでしょうな」

たぶんまだ若い女が、すぐ先の斜面に腰をおろしている。自分はその小さな後ろ姿を見ているような気が、三輪にはした。

だが、その全身が水面下にあるわけなのだ。

実に不可思議な感じの中で、彼は声もなく目を瞠《みは》っていた。

甲府の県警本部から検視担当の管理官が到着するまで、それから一時間とはかからなかった。大月署では駐在所の巡査からの確認報告の直後に、県警本部へ管理官の臨場を要請していた。甲府から中央自動車道を大月ＩＣ（インターチェンジ）で降り、ここまでは約一時間の行程である。

それ以前に大月署からも刑事課長ほか四、五人が駆けつけてきた。

県警本部・刑事部捜査一課に所属する通称検視官、検視の最高責任者である俵《たわら》警視は、真っ白な頭髪と鷲鼻の大きな引き締まった細面がちょっと気難しそうな印象を与える人物だった。彼は管理事務所のボートに乗って、正面から死体に近づき、すぐ斜め横まで密着して停船させた。

それから自分の上体を傾けて、水中の死体を観察した。三輪と鑑識係の土居《どい》が同乗し、土居が写真を撮った。すでにあたりを夕闇が包み始めていたが、まだ死体を目視できる程度の明るさは残っていた。

「両足首にはブロックが結びつけられている。たぶん胴体のどこかにも付けられているんじゃないか」

水面すれすれまで顔を近づけた俵がいった。

「ああ、それで身体がこんなにまっすぐ立っていられるんですか」と、三輪は思わず訊いた。まさに等身大の死体のそばまできて、にわかな衝撃で多少声が震えた。

「胴体のほうが浮きやすいからね、重しがなければうつ伏せになる」

ようやく顔を上げた俵は、つぎには湖岸と死体との距離や落差を目測しているようだ。投棄された時の状況を思い描いているのか、しばらく何もいわなかった。その厳しい横顔から、三輪はまたハッと気がついた。

自殺の可能性にも着目しているのではないだろうか？

辛抱強く待って、検視官の見解を訊いてみたい衝動に駆られた時、彼が断を下す声でいった。

「とにかく揚げてみよう」

岸の上には、また一台、白い大型バンが到着していた。横腹に〈機動警邏隊〉の文字が見られる。

大型バンに乗ってきたのは、通称機動隊に属するスキューバ部隊の総勢八人だった。そのうち三人は、車を降りる時からすでに黒いウエットスーツを身につけていた。防水服を着た者もいる。

彼らは小さな岬を回った先の、道路から湖面までの傾斜がもっとなだらかな場所を選び、そこから専用のボートを下ろした。ウエットスーツと防水服の五人が乗りこんだ。指揮官を含むほか三人は、近くの路上から見守る態勢である。

ボートはまもなく現場に接近し、ウエットスーツの男たちが水に入った。

ピンクのブラウスに茶のスカートの比較的小柄な女性の死体が、黒い海坊主のような男たちの手で引き揚げられる。防水服の二人が上から手を貸す。

身体に括りつけられていたロープをナイフで切り、死体は慎重にボートの上に横たえられた。ブロック三個も収容した。

それを見届けると、ウエットスーツはすぐまた水中へ潜った。付近にはまだ他のものが沈んでいるかもしれない。女性は素足だったので、靴やバッグ、その他の遺留品が。日没までにそれらを回収したい気持が現れていた。

その間に、ボートはさっき着水した場所まで戻り、そこで待機していた三人と共に、死体を路上へ運んだ。

それは、地面に敷いたブルーのシートの上に、仰向けに寝かされた。

その場にいた全員がシートを取り囲んだ。

ずぶ濡れの頭髪が絡みつく顔はうすい褐色を帯び、ところどころ水でふやけたようになっている。が、さほど腐敗が進んでいる様子ではない。瞼はうすく開かれ、白目が覗いている。耳朶《みみたぶ》には銀の粒のようなピアスが光っていた。

身長は百五十センチから六十センチの間。中肉中背のようだが、スカートの裾から出ている二本の脚はか細く頼りなげに見える。

その両足首と、ウエストのあたりに、三個のブロックがナイロン製ロープで括りつけられていたのだった。

死体のそばにしゃがんで、まず全体を観察した俵は、やがて女の頸部へ視線を注いだ。左の鎖骨の上、頸の付け根近くに、五、六センチの長さで斜めに傷口が開いている。傷の縁も白っぽくふやけていた。

「これは、刃物の傷でしょうか」

しばらくして、大月署刑事課長の芝浦《しばうら》警部が多少遠慮がちな声で尋ねた。

「おそらく」と、俵は目を動かさずに答えた。

「深いですか」

「うん、ある程度は。もし頸動脈にかかっていれば、この傷による短時間の失血死が疑われるが、まだなんともいえない」

死体はこのあと署へ運ばれ、全裸にして検視官が再度調べるのだが、ふつうこの種の一見して事件性の強い死体では、検視には長い時間をかけず、速やかに解剖へ回す。その通例は芝浦も承知していたが、とりあえずわかるだけでも知りたいのは、身許の手掛かりと自他殺の判断である。

「推定年齢などは……?」

「水中死体ではなかなかわかりにくいのですが、子供ではないね。老人というほどの齢《とし》でもなさそうだ。着衣の感じからして、二十代から四十代の女性……」

やや狷介《けんかい》な初老の雰囲気をもつ検視官は、ゆっくりと話し、慎重に幅をつけた。

「死後経過時間はどれくらいでしょうか」

「これがまた難しい。水中の腐敗は地上より遅くて、夏期はふつう一週間から十日とされているが、水温によっても大きな差が出る。長くなれば、皮膚がすっかりふやけて、外傷などもわからなくなってしまうんだが、そこまではいってないですね。まあ、死後一週間以内と見ておこうか」

「頸に傷を負い、三個のブロックを身体に括りつけて自分で飛び込むことは、可能と思われますか」

足首で堅く結ばれたロープの瘤《こぶ》を凝視してから、芝浦がまた意見を求める。

「水中の位置から見れば、岸から飛び込めない距離ではない。しかし通常、入水《じゅすい》する人は、あまり身体を傷つけないですね。まして重しがついていれば、目的は達せられるのだから。傷の状態もまだよくわからないので、断定的なことはいえないが、他殺の可能性が濃厚ではないですか」

芝浦は無言で重く頷いた。わずかの間、あたりにも重苦しい沈黙がたちこめた。鑑識係だけがさかんに写真を撮り続けている。

死体が水中から引き揚げられて、まだ三十分とは経っていなかった。

ところが人々の眼前で奇怪な現象が進行していた。

死体が見る見るという速さで変化し始めたのだ。顔や手足が膨らみ、ピンクのブラウスの上半身も茶色いスカートの腹部もパンパンに張ってきた。二倍近くも膨らんだ顔の中で、眼球は徐々に飛び出し、口の中から舌が押し出された。最初の発見者が「水中花」と感じた死体は、たちまち無残に膨満していく……。

人々がはっきりそれと気づく頃には、女は収容された直後からは想像もつかないほど変貌していた。

「溜まっていた腐敗ガスが出てくるからですよ」と俵が低く呟いた。

「冷たい水の中では体内に溶けこんでいたものが、地上に出ると、水圧がなくなり、温度も上がるから、いっぺんにガス状になって、組織全体から噴き出してくる。見るまに別人のように変わってしまうのです……」

その声には、はじめて深い痛ましさがこもっていた。

4

死体はその日のうちに甲府の国立大学へ運ばれた。

翌六月二十五日金曜午前十時から、法医学教室で司法解剖に付された。

約二時間後、その所見が執刀医の教授から大月署の立会警察官に告げられた。正式の鑑定書が提出されるのは一月ほど先になる。

解剖所見によれば――

死体は身長百五十六センチ、体格は中肉の女性。

血液型・A型。

推定年齢二十歳から三十五歳。（解剖のメスが入ると体内のガスが抜け、生前に近い体形に戻るため、年齢も推定しやすくなる）

死因は左頸部の斜めの切創（長さ五センチ、深さ五ミリ）による左前頸静脈及び気管切開、それによる血液吸引窒息死と推定。

その他には目立つほどの外傷はなく、ためらい傷、防御創なども認められない。魚のつつき傷程度はいくつかある。

肺の中に十分な空気があり、胃中に水がないことで、溺死は否定的だが、今後臓器内の水中プランクトンの有無を調べれば確定できる。

死亡推定日時は、解剖時、死後三日から十日と見られるため、六月十五日から二十二日の間くらい。胃が空なので、最終の食事から三時間以上経過していた模様。

出産歴、手術痕、なし。

左頸部の傷は自分でも付けられるものではあるが、その後の広範な移動は難しいと思われるので、自他殺の判断は刃物が身近に残されていたかなどの周囲の状況によると考える――。

大月警察署には県警本部捜査一課から特捜第一係の一個班が応援に出動していた。

スキューバ隊も居残り、朝から再び桂山湖へ潜った。昨日は日没後もライトを照らして水中を捜索したのだが、目ぼしい発見はなかった。念のため、湖岸から沖にかけて、範囲を広げて再度の捜索が行われた。

だが、その結果も、靴、バッグ、携帯電話など、女性の所持品と思われるもの、刃物類、その他多少でも事件との関連を疑わせるものなどは何一つ見つからなかった。

死体に付いていた合計三個のブロックのうち、二個は縦三十三センチ、横二十センチ、厚みは十五センチで重さ五キロ。あと一個は厚みが十センチでやや軽量だった。どちらも標準タイプのブロックだが、相当に古く、角が欠けたものもある。

五キロのブロックが胴体と右足首に、やや軽いものが左足首にロープで括りつけられていた。ロープは荷物の梱包に使われる幅約六ミリの白っぽい梱包用バンドと呼ばれるもので、これが二本の束にして使用されていた。

ただ、結ばれた部位が胴と足首だから、絶対に自分でやれないとはいい切れない。

もし、あらかじめブロックを括りつけた上、自ら傷つけて飛び込んだとしても、付近にナイフなどが落ちていなければならない。湖岸にも湖底にも遺留品がまったく見当たらないというのはおかしい。

常識的にはこれでほぼ自殺の線は消えるのだが、広範な捜査を開始する前には、よほど念を入れてその可能性を潰しておく必要があった。捜査本部を立ててから、自殺の可能性が浮上したりすると、今さら引っ込みがつかないという心理と、一方では士気の低下とで、収拾のつかない混乱状態に陥ることがあった。

湖岸、湖中の捜索と並行して、女性の足取り捜査が進められた。

彼女はどうやって現場まで来たのか？

一人で来たのか、連れがいたのか？

「湖岸の道路などにあんなブロックが放置されていたとは考えられません。事務所では週二回、湖畔の巡回もしていますから、不要なものがあればすぐ取り除いたはずです」

大森所長が断言し、ほかの職員もそれに同意した。とすれば、ブロックの運搬も含めて車が使われた可能性が高い。

女が一人で運転してきて、飛び込み自殺したのであれば、あとに車が残っていなければならない。

ほかに想像されるのはタクシーかバスである。

現場に最も近いバス停は、桂山湖の東側を通っている139号線の〈桂山ダム入口〉だが、そこから現場までは湖畔の北側、南側のどちらを回っても二・五キロ以上あった。とても十数キロのブロックを抱えて歩ける距離ではない。

また、このへんでは夜間のバスの利用者はきわめて少なく、ほかの乗客や運転手の目についたはずである。

署では二十五日朝から、地元大月とその近辺のバス会社とタクシー会社に照会をかけた。この約十日間で、夜、女性の独り客や、女連れの客を桂山湖付近まで運んだ車はないか？

午前中に回答が出揃い、いずれも該当車なしという。

やはり女の単独行は否定的だった。

唯一残る可能性は、女が一人で遠方から、たとえば東京や甲府、富士五湖方面などからタクシーを使ってきたというケースだが、それを確かめるには高速道路などの広域な捜査が必要となる。

それ以外には、単数か複数の人間が女を殺害し、あるいは女の死体を車で運んできて、湖中へ遺棄して走り去ったと考えるべきである。

昼すぎに解剖所見が伝えられ、執刀医の意見も勘案して他殺の可能性がいよいよ濃厚になると、県警本部は捜査本部設置に踏み切った。

大月警察署に置かれた〈桂山湖女性死体事件〉捜査本部には、甲府の県警本部から捜査第一課長が出張して指揮をとった。捜査員は周辺の各署からも多数動員した。初期に大量の人員を投入し、網を広げられるだけ広げて、その中に犯人を入れておくことが捜査の要諦《ようたい》とされている。それからしだいに網を絞っていく。最初に網の外へ逃がしてしまうと、その先の捜査はきわめて困難なものとなる。

現場が辺鄙《へんぴ》な山間地だけに、本部では高速道路に注目した。

高速なら中央自動車道・大月インターチェンジが最寄りである。

ＩＣの出口では高速券を回収、保存している。念のため過去二週間の高速券と、ＥＴＣ（自動料金収受システム）の通過記録を取り寄せて調べる。これで高速を降りた車の日時と、その車がどこから高速に入ったかがわかる。

ＩＣの入口では常時ＶＴＲが回っている。これには車の通過日時と下二桁のナンバーが記録される。車全体や運転者まで映っている場合もあった。ただしこのＶＴＲは高速券ほど長期には保存されないから、破棄にストップをかけることと、保存されているＶＴＲを回収する。

ＥＴＣの通過記録はＩＣの入口にも残されている。

それらの調査によって、過去二週間にわたって大月ＩＣを通過した車の、その日時、車種、色、ナンバーの一部、どこから高速に入ったか、あるいはどこで高速を降りたか、などが判明するのである。

高速だけではない。一般の幹線道路には〈Ｎシステム〉と呼ばれる車両ナンバー読取装置が設置されているので、そちらをチェックする必要もあった。

近年の犯罪捜査でもう一つ重要な手掛かりになるのが、被害者の携帯電話の通信記録である。だが、携帯の有無やそのナンバーを知るためには、身許が判明しなければならない。それによって死亡時期が絞られ、動機関係が浮かんでくる場合も多い。身許がわかれば半分解決したようなもの、といわれるほどの急務だった。

身許の手配は鑑識課の仕事である。

二十五日午後早く、甲府の県警本部から東京警視庁と各道府県警本部へ、死体の特徴を列記したファックスが発送された。

〈そちらでこれに合致するような家出人捜索願は出ていませんか。あればご連絡ください〉といった文書を添えてある。各警察署に提出される捜索願の二枚綴りの一枚は、そこの県警本部で保管されているのだ。

するとと、各本部から、多少でも符合するような人の捜索願がまたファックスで返送されてくる。

捜査本部が設置され、事件がマスコミで報道されると、捜索願を出していない人でも「実はうちの家族が行方不明になっているが――」と、届け出てくる場合もあった。

「着衣が剝がされてなかっただけでも、まだしも救いだったな」と、解剖所見の報告書を読み終えた俵検視官がいった。水中に長く置かれた死体は、魚に食われたり、膨満などで人相が変わってしまう。着衣は大事な手掛かりになる。

「歯の治療痕も二カ所ありますね」と、鑑識課長は大学病院から届けられた解剖時のレントゲン写真をまた手にとって眺めた。

俵は白髪頭をゆっくりと縦に振った。

「今度の仏さんは、案外早く割れるんじゃないか……」

第三章　偽メール

1

　マンションの上には朝から曇り空がひろがっていた。

　八階のベランダの外にある眺望は、若草色のグラウンドの一部と、その横の金網をめぐらせた何かのコート。それを取り囲むパーキングと車の群。それらの向こうには、無数の家々の屋根、屋根、屋根――。

　屋根の密集のまた遥か先で、わずかな緑の起伏が地平線を形づくり、その上には何本ものアンテナや鉄塔が立っている……。

　うす白い雲に被いつくされた空から、時々バラバラと雨が落ちてくるような天気では、風景の色あいは朝も昼も、そろそろ午後も遅くなるのに、少しも変化しないように感じられた。

　そうでなくても、二日でもう見飽きた眺めだ。

　朔子は首を回して、テーブルの上に視線を落とした。

　そこには四つ折にした新聞と、一枚のプリントアウトが置かれていた。昨日輝男が会社のパソコンで打って持ち帰ったものである。

〈04／6／21　18：24　送信者・ハコ　タイトル・ユッコ、元気？

今私は新宿に来てるの。買物を楽しんでます。また会おうね。ハコ〉

昨日は八十川涼子が辞去してまもなく、輝男が帰宅した。

「ハコは月曜まで東京にいたことがわかりましたよ」

朔子の顔を見るなりいった。

「会社の女の子に、ハコが勤めてた頃親しくしてた人を尋ねていたら、同期の山口由美《やまぐちゆみ》さんの名前が出てね。彼女は今年の春まで会社にいて、四月に辞めたばかりなんですが、そういえば、ハコがよくユッコとどうしたとかいってましたよ」

「え……？」

ユッコなら晴菜のメールに時々登場した名前で、朔子にも憶えがあった。

「連絡先もわかったので、電話してみたら、彼女は月曜の夕方、ハコから携帯にメールをもらったというんです。それでぼくは、今日の午後由美さんに会ってきたんですよ」

彼女の住居は武元製薬のある池袋から山手線ですぐの駒込で、彼女が駅の近くの喫茶店まで来てくれたという。

「ハコとは二週間前の火曜の夕方、新宿でミュージカルを観て、帰りにご飯を食べたといってました」

「ええ、確か水曜に私の携帯にもそんなメールが……」

「火曜のハコの様子なんかも聞いてみたんですが、別に変わったことは気がつかなかったと。

ていうか、由美さんは来月結婚式を控えているので、話題もそのことがほとんどで、主に彼女が喋ってたみたいなんですよ」

「月曜のメールというのは？」

「パソコンに転送してもらって、ぼくが会社でプリントアウトしてきたんですが」

輝男が鞄の中から取り出した紙が、今もテーブルの上にのっているのだ。

「月曜の午後六時二十四分に、由美さんの携帯にこのメールが入ったんですね」

読んだあとで、朔子は確認した。

「そうです。だからその頃にハコは新宿にいたわけです」

それまでは、二十日日曜の午後三時十四分に朔子の携帯に入っていたのが晴菜の最新のメールだと、二人は考えていた。その日時が月曜の夕方まで延長されたわけなのだ。

それは喜ぶべきなのかもしれないが、朔子はただ不安な戸惑いに揺れるようで、気持は少しも明るくならなかった。輝男もどこか複雑な顔をしていた。

「月曜はバイトの日なのに、ハコは無断欠勤してたんですよ。でもそのことには全然触れてない」

「由美さんはメールの返事を送ったのかしら？」

「すぐ簡単に返信したそうです。だけどハコからはそれっきり何もいってこないと……」

今までバイトを怠けたことのなかった晴菜が、どういう事情で無断欠勤し、同じ日の夕方新宿で買物を楽しんでいたのか？

輝男も見当がつかずに当惑している様子だった……。

今朝、玄関ドアの内側から新聞を取り出して開いた彼が、急に息をのむ表情を浮かべた。立ったまま目を走らせてから、朔子に社会面の記事を示した。

〈桂山湖に女性の変死体〉という大きな見出しが朔子の視界にとびこんだ。

見出しの割に記事の内容はさほど多くはなかった。

昨六月二十四日午後三時半頃、山梨県の桂山湖で、ブロックを括りつけた女性の死体が発見された。年齢は二十代から四十代、服装はピンクのブラウスに茶色のスカート。死因や身許は不明——。

朔子は目の前が霞んで声も出なかった。

晴菜が家を出た時どんな服を着ていたと思うかと、麻生署で訊かれた時、輝男はほとんど具体的に答えられなかった。が、それは朔子も同じだ。ただ、ピンクは晴菜が高校の頃から好きな色の一つだったと思う……。

「そりゃあ、たまにはピンクの服も着てたかもしれないけど……わからないですよ、まだ」

しばらくして、輝男は無理にも心配を打ち消すように強く頭を振った。

朔子が用意したトーストと目玉焼きなどを一通り食べて、彼は今日も会社へ出勤した。勿論何か情報が入りしだい、知らせあうことになっている。

輝男が出掛けてしまうと、朔子は夫婦の寝室になっている北側の部屋へ入った。多少抵抗はあったが、ジッとしていられなかった。

ツインベッドと鏡台、キャビネットなどがスペース一杯に押しこまれた感じで、ベッドの足の側に造り付けの洋服箪笥がある。

扉を開けると、右側には輝男の背広類、左側に晴菜の洋服が掛けてあった。

朔子は晴菜の服の間に手を入れて、一枚一枚見ていった。もうすっかり夏もので、麻と化織が混じったような黒のスーツ、ベージュのパンツスーツ、ジャケットやスカートなどが並んでいる。

その下にはブラウスとTシャツが畳んで重ねてあった。ピンクのTシャツも何枚か混じっている……。

だが、そうしているうちに、朔子は急に心臓が湧き立って息が止まるような、なんともいえない苦悶に襲われ、胸を押さえてその場に蹲《うずくま》ってしまった。

長い時間、朔子は晴菜の匂いの中に浸されていた。

ハコが無事に帰ってきてさえくれたら、自分はもうこの先の人生で何も望むことはない……。

3DKのマンションには、キッチンの裏側に四畳半ほどの一室があって、朔子が来た時にはいつもそこで寝起きしていた。布団を上げたあとには、小型のデスクと、いくつか引出しのついたスチールのキャビネットがあり、壁に寄せて雑誌類が積まれている。

デスクは主に輝男用らしく、上には薬品関係の案内書やファイルなどが重ねてあった。引出しを開けてみると、こちらもほとんどがその種の資料で一杯だったが、下の二段は晴菜が使っていたものとわかった。

中には、表紙が黄ばんだノートが数冊、古そうなCDやアクセサリーとかカード類とかお守りとか……。

朔子は一つ一つ検《あらた》めた。ノートは昨年の日付の家計簿と、料理教室のレシピ。気に入りの詩や散文を書き写したようなノートもあったが、どれも白い頁のほうが多い。

どこにも晴菜の失踪の背景を物語るようなものは見つけられなかった。

リビングに戻ってしばらくぼんやりしていた朔子は、マンション内での聞き取りがまだ不十分だったことを思い出した。昨日はお向かいの主婦の話を聞いただけだ。

朔子は気を取り直して、時々ベランダ越しに幼児の声が聞こえる隣家を訪ねてみることにした。これだけの規模のマンションなら、管理人もいるはずだろう。

――だが、惨めさや徒労感、わけもない屈辱感、それによって倍加された疲労を抱えてまた同じ部屋に戻ってきた時は、午後一時を回っていた。

朔子はぐったりとソファに腰を落として、ベランダの外の変わらない風景に目を投げた。

自分は晴菜を命より大事なほど愛していたつもりなのに、その晴菜のことをどれくらいわかっていたのだろう?

小まめなメールで日常の出来事を知らせてくれる娘に、子供の頃と変わらず安心していた。晴菜にとっても自分は、誰よりも何でも話せる絶対の愛情と信頼の対象なのだと信じきっていた。

でも、彼女の意識のもっと大きな部分を占めていたものがあったのではないだろうか?

それはどんなことだったのだろう?

晴菜はメールに嵌まっていたという。

「メル友に会いに行く」といい残して出たまま帰ってこない。

晴菜の本当の心は、携帯電話に封じ込められていたのだろうか。掌で握れるほどの、銀色の小さな玩具のような機械の中に……?

今この時にも、晴菜の身に変事が起きてはいないかと、叫び出しそうな恐れと焦燥が断続的に襲ってきた。

輝男の夕食の買い物に行かなければ、と唐突に思ったりもする。でも、今は動く力がなかった。

西伊豆で生活している時は、一日くるくる立ち働いても疲れなど覚えたこともなかったのに。

伸造はどうしているだろうかと、今さらのように気がついた。まだ何も知らせていない。あと二、三日もすれば、朔子が姿を見せないことを訝《いぶか》り始めるかもしれない。

それに、昨日は木曜で陶芸教室の日だった。一昨日の水曜夕方、「あじ幸」の仕事帰りに秋元の工房へも寄って、焼き上がっていた作品をもらってきたのだった。

ガラス戸の下に川が流れ、水面に木々が影を落としていた工房からの眺めがありありと瞼に浮かんだ。それは束の間、朔子の心をやわらかく包んでくれた。秋元康介の彫りの深い端整な面差しや、彼と交わした短い会話も思い出されたが、もうずっと以前のことのように感じられる。

だが実際には、ああして工房へ立ち寄った翌日に、朔子が断わりなしに教室を休んだのだから、彼は多少不審に感じているかもしれない。

彼のパソコンに携帯でメールを送ろうかと考えた。Eメールアドレスは何かの連絡のために教えられていた。

朔子は自分の携帯を取り出して開いた。

登録してある彼のアドレスを打ち出す。この作業も、朔子になにかしら生気をもたらしてくれるようだった。

〈秋元先生、お変わりないですか。先日はありがとうございました。昨日は教室を無断でお休みしてしまって、申し訳ございません。実は、昨日の朝から急用で娘の家に来まして――〉

そこで朔子の拇指が止まった。急用の中味を何と説明すればいいのか。いや、外部にはまだ洩らさないほうがいいだろう。それでいて、秋元には本当の事情を知っておいてほしいという気もした。

でも二百五十字のメールでは、やはりとても伝えられそうにない……。

その時、マンションの電話が鳴り出した。

朔子はドキリとして、携帯をテーブルに置いた。棚の上の受話器を取って耳に当てた。

「もしもし」

「あ、お義母さんですね」

輝男の声が微妙な緊張を含んでいた。

「すみませんが、ハコの診察券を探してもらえませんか」

「診察券？」

「歯科のです」

「え？」

「ハコは駅前のほうのデンタルクリニックに通ってたことがあるんですが、そこの名前が思い出せないので」

「どうしてそんなことが必要なの？」

「実はね、今さっきぼくの携帯に、山梨県警の捜査本部の人から掛かってきたんですよ。捜索願にぼくの携帯ナンバーも書いておいたから」

輝男は声のトーンを落としていた。

「念のためにハコの歯の治療痕を調べたいので、歯医者を教えてもらえないかといわれたんです。たぶん診察券がキッチンか、四畳半の引出しあたりに入ってるんじゃないかと……」

それらしいプラスチックカードが、さっき調べたばかりの四畳半の引出しで見つかった。

朔子はカードに打刻されたクリニックの名前と、電話番号を輝男に告げた。

「わかりました」と答えてから、彼は一段と声をひそめた。

「それでね、お義母さん、もしかしたらあとで、山梨県警本部の刑事さんがそちらへ寄るかもしれませんので……」

2

「あれが桂山湖です」

車が隧道を出た時、助手席にいた三輪警部補が口を開いた。重苦しい沈黙を破る声だった。細かな雨に烟《けむ》るフロントガラスの先に、青灰色の水面がぼんやりと顔を覗かせていた。あちこちが霧に隠された切れ切れの湖だ。

「ふだんは静かな湖水なんです。囲《まわ》りは高い山ばかりで、近くにキャンプ場などもないから、ほとんど人の来ない……」

誰も答えないでいると、彼は少し間をおいて、また続けた。

「水が深くてきれいなので、ご遺体もあまり傷まないうちに発見されたのだと思います」

三十すぎくらいの真面目そうな警部補が、遺族の心を気遣いながら話していることは、後ろに掛けている朔子にもわずかに感じられた。

「冷たかっただろうなあ」と、また少したって、傍《かたわ》らの輝男が呟いた。

車は橋を渡り、湖水を左にして走り続ける。

とうとうここまで来てしまった——。

その思いに迫られながらも、朔子の意識は目の前を流れすぎる視界のようにぼんやりと虚《うつろ》だった。何もかもが作り話か、怖い夢の中にいるような感じがする。だが、悪夢が始まってから、空白のような時間が幾度も過ぎて、ふと気がつくたびに、事態は一コマずつ後戻りできない方向へ進んでいるのだった。

昨日は輝男の電話のあと二時間ほどたって、地味な背広の二人連れがマンションを訪ねてきた。四十前後と二十歳代くらいの人で、「山梨県警本部の者」と自己紹介して手帳を示した。

二人をリビングへ通してまもなく、輝男も帰宅した。

「今さっき、駅前の畠《はた》デンタルクリニックに寄ってきたところです」と四十年配の常井《とこい》と名乗った人がいった。それは朔子が晴菜の診察券を見つけて輝男に伝えた歯科医院の名前だった。

「クリニックに保存されていた晴菜さんのレントゲン写真と、解剖時の写真を院長に比較してもらうと、歯型と治療痕がほぼ一致するといわれるんですね。それでこちらも鑑識で照合するため、クリニックの写真を借りてきたわけなんですが」

それから常井は、前の日に輝男が麻生署へ提出した捜索願のコピーをひろげ、記入された内容をいくつか確認した。

「耳にピアスははめておられましたか」

「ええ、確か……」

服装については二人から確答が得られないと知ると、常井は額に皺を寄せて苦渋の表情を浮かべた。

「ご家族には申しにくいことですが、桂山湖で発見された女性の死体と、晴菜さんには、いくつかの共通点が認められるのです。歯型もおおよそ一致したようですので、念のため、写真を見ていただけますか」と、最後は輝男に視線を当てた。

「死体の、ですか」

「ええ、まあ、水中死体というのは、膨満などで人相が崩れやすいので、まず解剖後の写真だけでも。解剖後には膨満は退《ひ》いてますから」

結局輝男は承諾し、二枚ほどのカラー写真を手渡された。捜査員は朔子にはあまり見せたくない様子で、朔子も望まなかった。輝男の横顔からも目を背けていた。

どれほどかして、

「もしかして、妻かもしれないと思います」と、彼は掠れた声を押し出すように答えた。顔色が蒼ざめ、下顎が細かく震えていた。

すると捜査員はまた意外な申し出をした。

「では、最終的な確認のため、ご自宅に残されている晴菜さんの指紋を採取させて頂けませんか。在宅指紋が死体と一致すれば、それでもう人違いということは考えられなくなるわけです」

「鑑識係」という若いほうの人が、晴菜が日頃、よく手を触れた場所を輝男に尋ねた。それから彼は手袋をはめ、まずキッチンから随所に刷毛で銀色の粉をふりかけ始めた——。

彼らが引き揚げて約二時間後に、マンションの電話が鳴った。受話器を取った輝男は何回か短く応答していたが、やがて、

「いや、自分の車で行きますから、結構です」と答えて切った。朔子を振り向いた顔はやはり蒼白だったが、声はさっきよりむしろ落ち着いていた。

「指紋が一致したそうです」

輝男が運転する車で大月警察署へ着いた時は午後十一時を回っていた。

夜更けでも署内には各室にライトが光り、人々が慌ただしげに行きかっていた。

輝男と朔子は一室に通されて、数人の係官から話を聴かれた。質問にはほとんど輝男が答えた。それも長い時間ではなく、つぎには署の車に乗せられた。解剖後、縫合された死体は、署へ戻され、近くの斎場に安置されているということだった。

斎場は黒々とした闇に包まれていたが、ロビー横の部屋にだけ灯《あか》りが点《とも》っていた。朔子たちは係官に従い、そちらへ入った。朔子はおそらくなかば無意識に、祭壇の前で花々に囲まれた柩を想像していたのかもしれなかった。

だが、今度は室内にいた職員二人がみなを先導する形で薄暗い廊下へ出た。

エレベーターで地階へ降り、別のドアの前まで行って、職員がそれを開いた。

電灯が点されると、そこは冷え冷えとした広い部屋で、空気の底に日常では嗅ぐことのない異臭がこもっていた。奥に真鍮《しんちゆう》のような光沢のある扉がある。職員がそこへ近づくと、一度みなを振り返ってから、コックを捻《ひね》り、厚く重い扉を引き開けた。

白く烟った冷気と共に、柩が引き出され、職員二人の手でその蓋が取り除かれた。

朔子の目の下で、女が仰向けに横たわっていた。瞼を閉じた灰褐色の顔は、つやのない石膏の造り物のように見えた。鼻と口に綿を詰められているためか、唇をうすく開き、先の丸い鼻は少し横に張っている。その左小鼻の脇に、特徴ともいえなかった小さなソバカスが三つ四つ散っている。

ゆるくカールした髪が顔をとり巻き、父親譲りだった肉厚の耳朶《みみたぶ》にピアスの穴が残っている。

ピンクのブラウスは、見れば袖口のフリルに憶えがある気もした。

だが、朔子には、女の顔も身体も、全体が晴菜に似せた作り物を凍らせたようにしか見えなかった。

これはハコじゃない。

私のハコは別にいる……。

「晴菜にまちがいないです」

輝男の低い声が耳のそばで聞こえた時、朔子の心は激しく叫んでいた。

これはハコじゃない！

それから後の記憶は、また切れ切れになるが、署へ戻ってもう一度事情を聴かれたように思う。今度は朔子もいくつかの質問に答えなければならなかった。ことに捜査員は、六月二十日日曜に朔子の携帯に入っていた晴菜の留守電メッセージとメールに関心を示した。

「ちょっと電話しただけ。メール送っとくね」

二十日十五時十三分の晴菜のメッセージは警察のテープに録《と》られ、何回も再生された。

そのことば通り、晴菜からのメールは直後の十五時十四分に受信されていた。

〈――ハコは午後友だちが来て、今はドライブ中だよ。今日はお天気好くて、人が大ぜい出て

る。──〉

この時、晴菜は車で人出の多いところへ来ていたようだが、その場所に心当たりはないかと訊かれた。輝男は首を捻るばかりで、朔子にも無論わからない。

「ただ、月曜の午後六時半頃、晴菜は新宿にいたらしいのです」と、輝男が山口由美の携帯に入ったメールについて話した。捜査員はそれにも目を光らせた。

「──ぼくはそのメールを転送してもらってパソコンで出力しておいたんですが、家に置いてきてしまった。でも、由美さんの連絡先はわかりますから」

輝男が手帳を示すと、捜査員はさっそくメモを取った。

しばらくして、伴藤《ばんどう》と名乗る中年すぎの指揮官らしい大柄な人物が再び朔子に話しかけた。

「お母さんは三日に一度くらい、晴菜さんと携帯で話したり、メールを交換していたといわれましたね」

「はい……」

「もしさしつかえなければ、携帯に残されているメールや電話の履歴を、捜査資料として見せていただけませんか」

朔子がどうしていいかわからずにいると、彼は重ねていった。

「少しの間、携帯をこちらでお借りして、内容をパソコンに移させて頂けると助かるんですが。機械がありますから、大した時間はかかりません」

いわれるまま、朔子は携帯を渡した。夕方秋元に送ったメールのことがちらと脳裡をかすめたが、人に見られて困るようなものではないと思い返した。

ほかの係官が同じことを輝男に求めると、彼はちょっと当惑したような、警戒的な面持になった。

「会社の取引関係のことなんかも入ってるので……」

「では、奥さんとの通信だけでも」

「はい、それなら……メールは相手によってホルダーにまとめてありますから。まあ、家内とはあんまりメールもやらなかったんですが」

輝男は晴菜とのメールの画面を開け、係官が一々写真を撮った。

それが終ると、輝男はやや苛立ちを露出した声でいった。

「家内はいつ、どこで殺されたんでしょうか」

「それを早急に明らかにします。犯人は必ず逮捕しますから」

伴藤が太い声で答え、輝男と朔子の一人ずつに頷き返した。

昨夜二人は、斎場の和室に泊まった。朔子の希望で、居残っていた職員たちが柩を運んできて簡単な通夜の祭壇を設《しつら》えてくれた。

今朝は九時に三輪警部補が迎えに来た。桂山湖の遺体発見場所を見に行くためだった。三輪とは昨夜も会い、彼がダムの管理事務所からの連絡を受けて、署から最初に現場へ赴《おもむ》いたと話していた——。

制服警察官の運転する車は、赤い鉄橋を渡った先で左へ大きくカーブした。

やがて、崖縁に寄せて停まった。

「このあたりなんですが」

三輪がいって、乗っていた四人は車を降りた。雨はさほどではなく、山の冷気がしんと肌にしみた。

三輪が歩み寄った足許には、錆《さ》びたガードレールの下に花束が置かれ、線香を供えた跡も残っている。今はみな雨に濡れそぼっていた。

「あのへんの水中に沈められていたのを、ダム湖の巡視艇が発見したのです」

樹木が途切れた先を指さして、三輪がいった。やはり霧が濃くて、水面ははっきり見分けられない。

しばらくそちらを見ていた輝男は、頽《くずお》れるように花のそばにしゃがみこんだ。湖水に向かって両掌《りょうて》を合わせ、深く頭《こうべ》を垂れた。低い啜《すす》り泣きを洩らしたようだった。

朔子は、ただ黙然と立ちつくしていた。

やはり何もかも作りごとのようにしか思えなかった。

私のハコはもっと別にいる——。

車へ戻りかけながら、三輪が二人を振り向いた。

「この湖水にお心当たりなどはないですか」

それは昨夜も署で問われたことである。

「以前ご家族で来たとか、晴菜さんが友だちと行ったような話をしてたとか？」

「いやあ、桂山湖という名前もぼくはよく知らなかったくらいで……」

朔子は黙ったまま小さく頭を振った。

「このへんは外灯も全然ないんですねえ」

輝男が周囲を見回して呟く。

「そうですねえ、管理事務所のほうからも死角になってますね」と三輪が短く嘆息した。輝男は少し声をひそめた。

「晴菜はここで殺されたんでしょうか」

「いや、まだはっきりとはわからないんですが、犯行はほかの場所で、犯人が死体をここまで運んできたという見方のほうが強いのです」

再び四人が乗った車は、さっきと同じ方向へ走り出した。湖を一周する形だった。

やがて、前方に巨大なコンクリートの壁が出現した。それが湖水を遮断し、上には機械を入れた大きな箱のような部屋が四つ五つ並んでいる。少し霧が晴れて、それらの建造物が車の動きにつれてフロントガラスの中に接近してきた。

「いや、しかし、ご遺体が発見されたことは、ともかくもよかったと思います」

再び訪れた重い沈黙に耐えられないように、三輪がまた話し始めた。

「この桂山湖は、昔から人が落ちたら浮かないといわれていたそうですから」

「どうしてですか」と、輝男が沈んだ声を返した。

「水深があるのと、海抜も高くて水が冷たいので、腐敗が進まないからでしょう。ことにあのけですから」

「……」

「管理事務所の所長に聞いた話ですが、二十年くらい前、堤体の上から人が飛びこんだ形跡があるのに遺体が浮かばない。スキューバ部隊を頼んでようやく見つけたということがあったそうです。でも今度は場所がちがうし、水抜きの時期に当たっていたのも幸いしたのです。ご遺体が見つからなければ、捜査のきっかけもなかったわけですから」

車はその堤体の上にさしかかっていた。右側に放水ゲート、左に湖がある。湖面は霧のような雨を吸い取って灰色に静まっている。いくつかの小さな岬が出入りし、その陰に赤い鉄橋の一部が見えた時、朔子は「あっ」と小さな声を洩らした。

「ちょっと止めて……」

それで車が停止した。助手席から三輪が朔子を覗きこんだ。

「さっきの場所は、あのへんなんですね」

朔子が遠くの岬の端を指さして訊くと、三輪も首を回した。

「そうですね。あれの向こう側が発見現場です。――降りてみられますか」

朔子が頷くと、三輪はすぐ助手席を出て、朔子の横のドアを開けてくれた。

「ここが一番高いところで、湖全体がよく見えるんです」

堤体上の道路には金網の柵が施され、ここにはたくさんのライトや監視カメラなどが設置されていた。

朔子は湖の側に沿って戻るように歩いた。さっきの場所は岬に遮られて見えない。ただ、ちょっとでも一人になりたい気持が働いていた。

立ち止まって、足許を覗いた。ずっと下に水面がある。この辺りの水は美しい青緑をたたえ、吸いこまれるように深く澄んでいた。

それを凝視《みつ》めていると、なぜか心がいい知れぬ懐かしさに包まれるような気がした。

ふと、水の中に晴菜の顔が揺れた。一緒に暮らしていた頃と同じ、はにかんだような稚《おさな》い笑顔——。

ああ、ハコはここにいたのだ！

歓びが朔子の胸に充ち溢れた。

ハコ、やっと会えたね。ここでママを待ってたのね。

ずっと一人ぼっちで、寂しかったね。すぐに行ってあげるから——

朔子は深い息を吸った。

爪先立ちになり、胸より低い金網の柵に両手を掛けた。

3

「ショックなんて……そんなことばじゃとてもいい表せないですよ」

米倉《よねくら》コズエはまるで怒ったようにいって、捜査員たちに強い目を向けた。その目許が赤らんで、涙が滲む。

「いや、本当に痛ましい結果になって、お友達として大変な衝撃をお受けになっているところへ、またわれわれがあれこれお訊きするのは非常に心苦しいんですが、ご主人の溝口さんに、米倉さんは日頃晴菜さんととりわけ親しくされていたと伺ったものですから……」

山梨県警本部捜査一課から出動しているベテランの安奈見《あなみ》は、むしろ労《いたわ》りの眼差を相手に注ぎながら続ける。

「晴菜さんとは、ふだんよくお会いになっていたのですか」

「いえ、この頃はそれほどでもなかったんです。今年になって私の仕事が忙しくなってしまったもので。代わりにメールはわりとまめにやりとりしてたんですが」

「最近はいつメールを……？」

「月曜の午後にもらって……」

「今週の、二十一日ですか」

「ええ」

「何時頃？」

「夕方六時半頃でしたね」

安奈見は思わず連れの津川《つがわ》と目を見合わせた。

「さしつかえなければ、そのメールを見せてもらえませんか」

コズエはちょっと考えてから頷いた。

「いいですよ」

喫茶店のテーブルの端に置いていたポシェットから、携帯を出して開け、安奈見のほうへ差し出した。

〈04／6／21　18：21　送信者・ハコ　タイトル・コズ、元気？
今新宿に来て、お茶飲んでるとこ。また早く会いたいね。＞▽＜ハコ〉

「同じ時でしょうね」

横から覗きこんでいた津川が囁く。山口由美へのメールと同じ時の発信という意味だ。由美にはここへ来る前に聞込みしてきたばかりだった。

「あっちは十八時二十四分受信だったから、続けて打ったんだろうな」と安奈見も同意した。

家族とは二十日日曜から消息を絶っていた晴菜は、月曜の午後六時台にはまるで何事もない様子で新宿から二人の友達にメールを送っていた。

そのことは、犯行日時を絞りこむための重大な手掛かりになるだろう。

と、考えつつも、安奈見の胸に、ある種の不審感が湧き出している……。

六月二十五日夜半、桂山湖の女性死体の身許が判明した。

溝口晴菜、二十四歳、主婦。

遺体は傷みが激しかったため、二十六日午後、大月市の火葬場で荼毘《だび》に付された。

母親の日野朔子は、その朝には発作的にダムに投身しかけるほどのショック状態だったが、晴菜の夫に支えられるようにして、二人で遺骨を自宅へ持ち帰った。

同日から、本格的な捜査活動が開始された。

まだ被害者の遺族から事情を聴いただけの段階だが、その限りでは、彼女のメール友達が事件に関与していた疑いが強かった。

夫の溝口は、昨年夏から秋にかけて、晴菜の携帯電話のパケット料が三万円を超えるほど高くなり、注意すると、暮頃から従来の五、六千円台まで下がったこと、とはいえ晴菜の一番の楽しみは友達とのメール交換だったようだと話した。

また朔子によれば、高校時代の同級生八十川涼子から、晴菜がメールに嵌まっていたこと、晴菜と連絡がとれなくなった六月二十日日曜の午後一時三十四分、涼子の携帯に晴菜のメールが入り、〈これからメル友に会いに行く〉と書かれていた、などの話を聞いたということだった。

桂山湖の現場付近では、晴菜の所持品は何一つ見つかっていない。が、彼女の携帯電話会社はNMCで、ナンバーも判明した。

二十六日土曜朝、捜査本部では裁判所へ捜索令状を請求し、昼すぎに発付された。本来ならその日のうちに、NMC本社や、晴菜が会員登録していたというインターネット情報サービス会社・ハーティネット等々へ捜査員が赴くはずなのだが、あいにく週末にかかってしまった。

会社に電話すると、どちらもコンピュータのメンテナンス担当者が出て、週明けまでは警察の捜査に対応できないという。

結局二十六日午後、遺族たちが帰宅したのを追う形で、十名の捜査員と鑑識係が川崎市百合ヶ丘のマンションへ向かった。

捜査員四人と鑑識係はマンション室内の捜索と、近隣での聞込みが主目的である。

安奈見らの二組もまずマンションへ立ち寄ったのは、溝口から晴菜の友人の氏名、住所、電話番号などを聞くためだった。自宅の番号帳などを見なければわからないと溝口がいったのだが、そこでも友人たちの氏名は五人ほどしか挙がらなかった。番号帳には先方の自宅の番号が記され、携帯ナンバーは付記されていなかった。五人のうち八十川涼子と山口由美とには連絡がとれている事情はすでに聞いていた。

それにしても、捜査側としては全員に会ってみる必要がある。こちらは土曜が幸いしてか、自宅にいた者が多く、二組が手分けして聞込みに出向いた。

安奈見たちはまず都内の駒込に両親と同居していた山口由美を訪れた。

晴菜とは約二年前彼女が寿退社したあとも、しばらく同じ料理教室へ通ったり、時々一緒に映画や食事を楽しんでいた。メールの交換は週二、三回、話題は日常的なことがほとんどだったと由美は答えた。

「ハコは可愛いタイプだから齢《とし》より稚いように見えたけど、けっこう行動的で華やかな面もあって、男性社員に人気があったんですよ」と、在社当時の晴菜を評した。

「でも、溝口さんの下に移ってからは、半年くらいでパッと結婚しちゃいました。それもハコらしいといえばいえたかも」

だが、質問が晴菜の家庭内や、メル友の話に及ぶと、由美は急に口が重くなった。

「まあ、ご主人の留守が多いのは、ハコもわかった上で結婚したわけだし……去年はけっこうメル友が増えちゃって忙しいなんて聞いてましたけど、とくに誰かと会ったなんていう話は……」

聴取が始まって小一時間もたつと、母親が顔を出して、由美は来月早々結婚式を控えているなどと話し、早く切り上げてほしい意向を匂わせた。なるべく事件と関わりを持ちたくないことは明らかだった。

彼女の家を辞去したあと、二人は新宿で京王線に乗り換え、三駅目の笹塚で降りた。つぎは晴菜の短大の同級生でバツイチという米倉コズエの住所地へ向かった。四時半を回り、朝からの冷たい雨は上がっていた。

溝口は晴菜の行方不明に気がついて以後、木曜と金曜に何回かコズエの番号に掛けたが出なかったといっていた。が、今日の午後三時頃津川が掛けるとすぐに通じた。

「昼間は会社に行ってますから。木曜と金曜は帰りも遅かったし」とコズエは答えた。会って話を聴きたいと申し入れると、「捜査の役に立つなら」と承諾し、笹塚駅からの道順などを教えてくれた。

窓の間隔から一目で単身者用マンションを感じさせる四階建の前まで来て、津川が携帯で室内に掛けた。

まもなく、黒のTシャツにジーンズの女性が金網の扉を開けて道路へ出てきた。髪を後ろでまとめ、前髪を五、六本ほど額に垂らしている。背が高く、化粧気のない小麦色の顔を見て、スポーツ選手のような雰囲気を安奈見は感じた。

話はその へんの喫茶店でと、コズエは希望した——。

「晴菜さんとはまめにメールの交換をされていたということですが、どういった内容のメールだったんでしょうか」

津川が質問を引き継いだ。

「まあ、大抵はなんでもないことで、単に今どこにいるとか、テレビのトレンディドラマの話なんか……」

「最近のメールでとくに気がついたことなどは……？」

「そうですねえ、近頃はちょっと短くて素っ気なくなってたかしら。でも急に元気そうなメールをくれたり。もともとハコは気持の揺れが大きいというか、気がのると衝動的に行動しちゃうタイプだったから」

「元気そうなメールというと？」

「メル友から素敵なメールが来たとか」

「メル友」がコズエの口から出て、二人は内心で緊張した。

「最近でもおおぜいのメル友と交信していたんでしょうか」

「おおぜいかどうか……」

「去年はパケット料のことで、ご主人が注意したといっておられるんですが、お聞きになってましたか」

「ああ、その頃ハコはちょっと落ちこんでましたよねえ」

当時を思い出したのか、コズエはブルーのマニキュアをつけた指先をこめかみに当てて睫毛《まつげ》を伏せた。

「ご主人の話では、注意をしたのは昨年の十月頃だというのですが、その頃晴菜さんはどういった様子だったんですか」

「ですから、ハコはショックを受けてましたね。ただお金の問題だけじゃなく、どうしてこんなに高くなるのかって、問い詰められたらしくて……」

「ほう、それで？」

「ご主人には、私たち友だちとメールをやりすぎたみたいとかいって、謝っといたそうですけど……」

「本当は、やはりサイトで知合ったメル友とのやりとりが多かったわけですね」

「……………」

「その中で、とくに誰かと実際に会ったなどという話はお聞きになりませんでしたか」

コズエの目の中に緊張と迷いが漂い出す。安奈見が語調をやわらげて尋ねた。

「大体にそういった話も、メールで？　それとも直接晴菜さんと会ってですか」

「まあ、両方ですけど。去年は私も仕事が週三で暇だったから、よく新宿で彼女と遊んでたんです」

晴菜と同じ短大を卒業したコズエは、別の会社に就職し、今から二年前、晴菜と同時期に結婚した。が、約一年で離婚に至り、その後昨年夏からは人材派遣会社に登録して働いていると、彼女は問われるままに話した。

子供のいない契約社員のコズエとは共通点が多く、晴菜には気楽に何でも打ちあけやすい相手だったのではないか？

そう感じた安奈見は、冷めたコーヒーをゆっくりとかきまぜて質問のタイミングを計る。

「そもそも晴菜さんは、どうしてそんなに、嵌まるほどメールに熱中したんですかねえ」

津川が先に訊いた。

一呼吸おいて、コズエは顎を上げて前髪をかきあげながら、思いきったようにいった。

「もともとはご主人のせいでもあると思うんです」

「え？……それはどうして？」

「出張、出張で留守が多くて、ほんとに出張だけかしらって、いつかハコがポロッといってたことがありました」

「ご主人には尋ねてみたんでしょうか」

「何かちょっと訊いても、かえって怒ったり不機嫌になるって。ご主人は六つも上だから、ハコはあんまりいえなかったんじゃないかと思います」

「すると、家庭はあまりうまくいってなかった……？」

安奈見がやんわりと水を向ける。

「いつもそんなふうではなかったかもしれませんが。でもハコが、あの人はもう私のことを女として見てないのかもしれないなんて、冗談みたいにいったこともあるんです。どこか実感がこもってましたね。そんな寂しさから、メル友募集を始めて、だんだん嵌まってしまったんじゃないかと……」

「なるほど。するとやはり晴菜さんにはサイトで知り合ったメル友が何人もいたわけですね？」

話を戻して確認する。

「何人も、かどうかはわかりませんけど」

「逆に、特定の誰かと深く付合っていたということですか」

しばらく黙りこんでから、コズエは心を決めた面持で安奈見を見返した。

「三十五歳の、フリーライターの男性と付合っているという話は、聞いたことがあります」

「それはいつ頃？」

「私が聞いたのは去年の九月でしたけど、会うようになったのは七月頃からみたいでした」

「メールだけでなく、実際に会っていたわけですね」

「そうみたいです」

「三十五歳のフリーライター、そのほかにも聞いたことはないですか。どこに住んでいるとか、どんなものを書いているとか……?」

「割とかっこいい人で、仕事柄話題が豊富なので会ってても楽しいというようなことを……」

「どこで会ってたんでしょうか」

「大抵彼がマンションの近くまで車で迎えに来てくれて、ドライブに行ったりご飯食べたり……」

「ホテルなどへも?」

「さあ、そこまでは……」

コズエは首を傾げたが、まったく否定している顔でもなかった。

相手の住所、本名、ペンネームなど、安奈見はつぎつぎ質問したが、

「そういうプライベートなことは、ハコが口止めされてたみたいです。だから私も尋ねなかったんです」と、今度ははっきり頭《かぶり》を振った。

「では主にその男性とのメールで、パケット料が嵩んだんでしょうね」と、メモをとりながら津川も念を押す。

「ええ。会うようになるとよけいメールが増えるんです。会った時の感じなんかをまたメールで送りあったりして」

コズエにも経験のありそうな口吻《くちぶり》だ。

「それでご主人に咎《とが》められた?」

コズエは肩を落として溜め息をついた。

「ほんというと、私、その時ハコにメル友との付合いはもうやめたらって、勧めたんですよ。ハコだって家庭がどうなってもいいわけじゃないんですから」

「それに対しては何と？」

「ハコは意外とムッとしてたみたいで、コズならもう少し私の気持をわかってくれるかと思ったなんて……それでちょっと気不味《きまず》いムードになったんです。でも、別れぎわには、考えてみる、とはいってました」

　その後しばらくはメールが途絶え、今年に入るとまたどちらからともなく復活したが、晴菜のメールが比較的短くなったと、コズエはいう。

「やっぱりご主人に遠慮してたんでしょうね。私も二月から派遣先の会社が変わって、仕事も毎日で忙しくなったんです。それでも短いメールは続いていて、ハコとは新宿で時間が合えば会ってました。私も通勤で毎日新宿を通ってますので」

「フリーライターの男性との付合いは、最近まで続いていたのでしょうか」

　安奈見はその線に焦点を据えている。

「ハコと三月に会った時は、去年のうちに別れたといってました。今はもっと若い人とやってるよ、なんて、私への意地でいったのかもしれないけど。でも、四月半ばにも新宿で落ち合って、一緒に買物なんかしたんですけど、その時、去年の彼からまたメールが来たんだとかって、ちょっと笑ってましたね」

「フリーライターとよりを戻したということですか」

「さあ、その後のことはどうか……」

「四月半ば以降にはお会いになってないんですか」

「ええ、あれが最後になって……ほんとにまだ信じられないくらい……」

「では最近のメールに、メル友のことが具体的に書かれていたことはなかったでしょうか」

「メル友はやはりいたみたいですけど、あんまり詳しくは……」

「事件の前、不審に思ったようなことはないですか」

するとコズエは、何かひっかかっていた様子で、さっき二人に見せた二十一日午後六時二十一分の晴菜のメールを再び開いた。

「新宿に来てお茶を飲んでる、また早く会いたいと書いてありますね。その時は私もちょうど会社から新宿駅に向かって歩いていたので、〈これから会わない?〉ってすぐ送ったんです。でも、それっきり返事がなくって……」

「それが不自然に感じられた?」

「ふつうなら、ハコは絶対私と会ってたと思うんです。それで、もしかしたらその時、ハコには連れがいたんじゃないかと。喫茶店にいて、連れの人の携帯に電話が掛かってきたりすると、その間退屈なので、自分も短いメールを打ったりはよくしますから」

「なるほど……」

だが、その日の晴菜はバイト先を無断欠勤していた。前日から家族との連絡も途絶えていたのだ。もしコズエのいう通りだとすれば、「連れ」は事件と密接な関係があった疑いが強い。

「由美へのメールが三十七字、こちらは三十五字、文字数が近い上に内容も似ています」

津川が小声でいった。

「しかも、三分ちがいの着信。送信先は携帯の中の履歴を見れば適当に選べる……」

津川はコズエとは別の可能性を示唆していた。同時に、最初このメールを見た時の不審感が安奈見の胸にも甦った。

これは犯行日時を擬装するための、犯人の偽メールではないか？

犯人がすぐ身近にいるような、かすかな戦慄を彼は覚えた。

第四章　第二の湖

1

〈名刺〉の頭には前髪を横に垂らし、くるりと大きな目をした女の顔のイメージイラストが載っていた。その横に三行のキャッチコピー。

〈さみしがりで構われたがりです。楽しいメールで乾いた心を癒してくれるお友達を。ハミ、21歳、アルバイト〉

「ははあ、これが溝口晴菜の名刺というものですか」

大型パソコンに映し出された文字を読み終えて、大月警察署のベテラン巡査部長の中島《なかじま》はどこか怪訝そうに問い返した。六月二十九日火曜午前九時、中島たち二人組は晴菜がメル友募集サイトを利用していたという「ハーティネット」を訪れている。

「いえ、これはキャッチコピーで、名刺のごく一部です。友達募集の掲示板には多数の登録会員のリストを載せなければなりませんので、ここでは自己紹介のヘッドラインを出しているだけです。リストの中からこの人に興味を持った方は、〝続きを読む〟をクリックして名刺の詳しい内容を読めばいいわけです」

「ハーティネット・デジタルコミュニティ事業部・第6グループリーダー」という肩書きの名刺を捜査員たちに渡した小山内《おさない》が歯切れよく答えて、マウスをクリックした。
自己紹介の続きと、もっと詳しい情報欄が現れた。
〈毎日むなしく暮らしています。ふだんは元気だけど、一人になるとしゅんとしちゃう私。悩みや本当の気持を話しあって、心のふれあうお友達を待ってます。思いやりのある、頼れる人が理想です。
住所：神奈川県　生年月日：四月三日　星座：牡羊座　血液型：A型
性格：甘えたがり、でも甘えさせたい
好きなもの：山や湖、パスタ、ケーキ
体型：ふつう
芸能人で似ている人：小倉優子
ルックスの自己採点
キレイ系：3　キャリアウーマン系：1　かわいい系：5　癒し系：4
探しているのは？：メール友達、ふつうの友達
地域：東京、関東地方
性別：男・女・どちらでも

希望する年齢：26歳～30歳、31歳～35歳
血液型：なんでもいい
星座：気にしない〉

「一応これで、溝口晴菜さん、ニックネーム・ハミさんの名刺は全部なんですが」

「なるほど。——しかし、晴菜は昨年六月に会員登録したということでしたね」

「はい、二〇〇三年六月三日が最初のアクセスです」

小山内は画面の端に出ている日時をマウスで示した。

「すると、四月生まれの彼女は二十三歳になっていたはずだが。二歳若くサバをよんでいたわけですか」

「そうなりますね」と小山内も付合うように苦笑したが、すぐ冷静な顔になり、

「ユーザーの方は年齢や生年月日を必ず表示する義務はないんです。弊社としては、出会い系サイト規制法に基づいて、十八歳未満かどうかだけは最初に確認するわけですが」

だがそれすら、相手が嘘をつけばそのまま通ることで、少年少女の利用を禁じた規制法がザル法といわれる所以《ゆえん》なのだと、刈田《かりた》は考える。二十代後半の彼は、山梨県警本部捜査一課の中でとくにネット犯罪を多く扱う特捜第二班に所属していた。

「これでは主婦であることもわからないね。独身ＯＬという印象が強いくらいだ」と中島は首を捻る。

「ユーザーさんの自己紹介では、独身か既婚かの選択もとくにないんです。住所地も省略自由ですし、お名前は好みのハンドル・ネーム、うちではニックネームといってますが、それを付けていただくだけで、本名も必要ありません」

「もっといえば、性別だって事実とは限らないですよね」と刈田。

「ネカマなんてのもあるくらいだから」

え？　という顔で中島が見返すと、

「ネットオカマ。男が女のふりをしてメールを送るんです。相手は若い女や、男の場合もあるようですが」

「それじゃあ、百パーセント嘘をつけない項目は一つもないわけか……」

「むしろ弊社としては、あまり詳しい個人情報を公開しないように、あらかじめ利用規約の中でご注意しているくらいなのです」

小山内が話を戻す。マウスを動かして、〈利用規約〉を画面に出した。

「会員登録と名刺作成の前に、これをユーザーさんに提示して、ご同意をいただいています」

利用規約の中の〈禁止事項〉には、〈公序良俗に反する掲載（わいせつな表現、他人のプライバシー、援助交際、売春、買春等）〉、〈犯罪行為に関する掲載（脅迫、麻薬、その他の違法行為等）〉などのほか、〈個人情報の掲載（本名、住所、電話番号、メールアドレス、その他の連絡先）〉も挙げてある。最後に断わり書きが添えてあった。

〈プライバシーの公開は各ユーザー様の判断により、厳重に自己管理してください。ハーティフレンズでの掲載から生じたトラブルや損害についての責任は、各ユーザー様自身が負い、ハーティネットでは一切の責任は負いません。ご理解とご了承をお願い致します。〉——。

六月二十八日月曜の週明け以来、捜査本部の活動はいよいよ事件の核心に迫りつつあった。土日には業務を停止していた電話会社やネット関連会社が月曜から再開し、それを待ちかねるように二組の捜査員が朝早く上京した。

一組は晴菜が携帯を使っていたNMC本社、もう一組は彼女が会員登録していたインターネット情報サービス会社・ハーティネットへ赴いた。どちらも裁判所の捜索令状を提示の上、晴菜の携帯ナンバーを告げて、捜査に必要なデータの提出を要請した。

NMCでは、通常三カ月保存の電話の発信歴と着信歴、メールの送信歴と受信歴。六月二十日から二十一日にかけて発信された電話とメールの発信場所の記録。

ハーティネットでは、メル友募集サイト・ハーティフレンズでの晴菜の利用履歴を知りたい。それらが出力されれば、晴菜が最近誰と頻繁に接触していたか、家族や友人との連絡が途絶えた六月二十日日曜から二十一日月曜にかけて、彼女がどこにいたかなどが、歴然と判明するはずである——。

中島と刈田のコンビは、まず二十八日月曜の朝十時にハーティネットを訪れた。会社側では担当者らが協議した末、事件捜査には全面的に協力するが、履歴《ログ》の提出までは今日一杯時間がほしいと回答した。

その日二人は、晴菜のバイト先・ベストリンクや、結婚するまで勤めていた武元製薬などの聞込みに費やし、二十九日火曜の午前九時に再びハーティネットを訪問した。会社は品川区東五反田の高層オフィスビルの六、七階を占めていた。

小山内と若い女性社員が二人を昨日と同じ応接室へ案内した。防音装置の効いた窓のない部屋には、応接セットのほか、デスクの上にパソコンが一台置かれていた。すでに検索されたユーザー履歴も、すべてプリントアウトして用意されていた――。

「――すると、晴菜が携帯からハーティネットへアクセスし、会員登録と名刺の作成をしたのが昨年の六月三日、名刺が掲示板に載ったのが翌四日ということですね」

中島が渡されたデータに目を落として確認した。

「はい。弊社では二十四時間以内に名刺の内容をチェックして、利用規約に反するNGワードなどがないことを確かめた上で、登録者リストの掲示板に掲載するわけです」

「ユーザーがアクセスした時点で、会社側にはその携帯ナンバーがわかるんですか」

「すぐにわかるのではありませんが、ご承知の通り、携帯電話には一つ一つ端末IDが付いてますね。車のナンバーみたいなものです。こちらにはユーザーさんご使用の携帯の会社名と機種名、それとIDが自動的に記録される仕組みになっています。ですから必要が生じれば携帯電話会社に問合せ、ナンバーと契約者なども特定できるのです」

ハーティネットでは、捜査本部から晴菜の携帯ナンバーを聞くと、NMCに照会してその端末IDを知り、それによって自社のログを検索したのだという。

「女性の名前が掲示板に載ると、たちまちメールが来るんだそうですね」と刈田。

「それはもうすごい数で来ますね。うちではポケットに入るほどの短いメールといった意味でポケメールと名付けていますが、二十件来るとメールボックスが一杯の表示が出ます。一方、名刺の主のほうでも、届いたメールを読んで、興味のないものは削除します。五通削除すれば、また新しい五通が先着順に入るという形ですね」

「男女どちらからも来るんですか」

「いや、女性の名刺にはほとんど男性からですね」

「パソコンと携帯との区別などは……」

「どちらも使えますが、アクセスの時から手順が多少ちがいますから、こちらにはすぐわかります。比率はと申しますと……」

小山内が資料を探していると、そばに掛けていた女性が手許の書類を見て答えた。

「全体の会員数はパソコンのほうが多いのですが、ポケメールなど実際のアクティブユーザーは逆に携帯の方が三分の二になっています」

「パソコンでも契約者はわかるんですね」と中島が質問を挟んだ。

「はい。パソコンには一台一台、IPアドレスという番号が付いています。それが自動的にこちらにわかります。ただ、そのうち動的IPといって、複数のパソコンに使い回しされるものもあるそうですが、プロバイダーには、いつ、誰に、どのIPアドレスを割り振ったかという記録が残っているので、それと突き合わせれば、契約者の名前が出てくると思います」とまた小山内が回答した。

かなりマニアックな操作でIPアドレスを誤認させる方法もあると刈田は聞いていたが、そうした稀《まれ》な例外でない限り、パソコンのユーザーも特定できる。つまり会社側では最初からすべてのユーザーの身許を押さえているのだ。

そういうわけで、二人に手渡された晴菜のポケメールの送受信履歴は、日時と、相手の携帯のID、またはパソコンのIPアドレスの記号と数字の羅列によって示されていた。

それらを見ていくと、晴菜は名刺を出した約一週間後の六月十一日に、多数のポケメールの中から一通を選んで最初の返信をしたことがわかる。

同じ資料に指を当てて、小山内が状況を説明してくれた。

「大抵のユーザーさんの傾向として、名刺を出した直後は毎日メールボックスを覗いて、つぎつぎ届いたポケメールを読まれます。その中で、最初から興味のないものは削除し、ちょっと気になるメールは残しておいて、一週間なら百通くらいは読んでるんじゃないでしょうか」

「ポケメールって、一通何字なんです?」と中島が訊く。

「最大で百五十字です」

「携帯のメールは……」

「NMCの携帯ですと一回二百五十字ですから、全部入りますね。仮りに百通読んだとして、その中から気に入ったものをだんだん絞っていって、この人とならメル友になってもいいかなという相手にポケメールを返すというパターンがふつうだと思いますが」

ログでは、最初に返信した相手には、あと一回送っただけで終っている。すぐに興味を失ったのか。

翌日にはまた別の二人に返信。どちらも四、五回の交信が続いたあと、同じ記号は登場しなくなる。

「ポケメールの文面はわからないんですかね」と中島は歯痒そうにいう。

「はい、弊社では、送受信のユーザーログは一年間保存しますが、内容は二ヵ月で消えるようになっています。サーバーの容量の都合もあるもんですから」

「男からのポケメールってのはやっぱり、ぜひぼくとメル友になりましょうというようなもんですか」

「そうですね。一応年齢や性格などの自己紹介をして、パイロットとか弁護士とか、自信のある人は職業なども書き、自分はこんなメル友になりたい、よかったら返事を下さいというものが多いと思います」

「無論それも全部自己申告でしょう？」

「まあそうですが」

データをザッと見たところ、昨年六月初めから月末までの約二十五日間に〈ハミ〉のメールボックスへは約百五十通のポケメールが届き、ハミからはそのうち六人に返信していた。二通でやめた相手もいれば、十通以上交換が続いた時もある。が、七月二日を最後に、ポケメール送信はいったん終り、それから二週間後の十六日で受信も途絶えていた。

送受信が再開するのは四ヵ月後の十一月に入ってからである。

「これはどういう状況を意味しているわけですか」と刈田が尋ねた。

「さっき申しましたように、名刺を出したユーザーさんは、たくさんのポケメールを読んで、その中の気に入った相手に返信します。何人かと何回か交換して、自分と合わないとわかった相手とは打ち切り、また別の相手と始めたりしているうちに、この人だと思えるメル友が見つかったとしますね。すると大抵、その相手とお互いの個人メールアドレスを教えあって、直接メール交換を始めるんです。いちいちこちらのサイトにアクセスして、メールボックスを覗いて読んで、返事もまたサイト経由で送るというのは手間暇がかかるし、そのぶんパケット料も嵩むわけですから。で、ユーザーさんが個人アドレスで直接コンタクトを始めた時点で、ポケメールのやりとりはやめることになります」

「ほかの人からのメールも来なくなるんですか」

「名刺を出したユーザーさんが十四日間アクセスしないと、名刺は掲示板から自動的に消去される仕組みになっています。勿論会員登録はそのまま生きていて、名刺の内容もこうして保存されるわけですが」

「なるほど、名刺が掲示板に貼られていなければ、新たなポケメールも来るはずないわけですね」

「名刺を出したい希望者は非常に大勢いらっしゃいますので、それもこちらの容量の都合で、動きのないものは消去していきませんと……」

刈田はこれまでの流れをおよそ頭の中で整理してみた。

昨年六月四日から七月二日までの間に、晴菜がポケメールで交信した相手は六人。そのうち、一人とは限らないが、誰かと「メル友」になることに決めて、個人メールアドレスを教えあい、直接やりとりを開始したわけだ。六人の身許は、携帯の端末IDやパソコンのIPアドレスによって遠からず特定可能だが、その中の誰と個人アドレスを教えあったのかなどは、ポケメールの内容が消えてしまっているため、すぐにここではわからない——。

「ポケメールの中身は、個人の携帯やパソコンには残っているんですか」

「いえ、残りません。それはふつうの携帯やパソコンのメールとちがい、ハーティネットのサイトへの書き込みです。弊社のサーバーの上で書いたり読んだりしていただくものですから」

「それにしても……」

中島がちょっと皮肉な笑いを浮かべた。

「利用規約の禁止事項の中に、メールアドレスの掲載も含まれていたでしょう。それなら、おたくでチェックしてもいいはずじゃないかと思うんだが」

「確かに、新規登録時の名刺作成では厳密にNGを出しますが、ポケメールまでは手が回らないというのが実状ですね」

小山内はサラリと受け流した。

「なにぶん数が多いので。名刺を覗きにくるだけの人まで入れたら一日七、八万人という世界ですから。——ただまあ、携帯やパソコンのメールアドレスを教えただけでは、まだ個人の身許はわかりません。やりとりするうち、相手がいやになればやめればいいわけです。断わっても迷惑メールがくるとか、最悪の場合でも、アドレスを変えればすむことです」

しかし、実際には、メールアドレスだけでは止まらず、メル友の多くはさらに先へ進む。「会いたい」「会いましょう」というムードが高まり、お互いの住所や携帯ナンバーまで教えあって、生身の出会いが生まれる……。

「七月初めにいったん途切れて、十一月九日からまたポケメールが来始めていますね。彼女も数人に返事を書いている。これはどういうことなんですか」と、刈田が話を進めた。

「はい、ここで想像されることは、彼女は七月三日以降特定の誰かと直接メール交換していた。でも結局、その相手とはやめることになって、十一月九日にまた名刺を掲示板に貼り付けた。メル友募集の会員リストの中に〈ハミ〉が復活したわけです。するとたちまちポケメールがメールボックスに溜まって……」

十日後の十一月十九日に〈ハミ〉はその中の一人にポケメールを返信している。以後、合計三人とのやりとりが記録されていたが、十二月七日までで彼女の返信は途絶え、その十五日後にはおそらく彼女の名刺が掲示板から消去されて、ポケメールの着信もゼロになった。

以来今年六月の事件まで、〈ハミ〉のメールボックスは復活することなく終っていた。

「するとこれは、十一月からまた新しいメル友とのポケメールを再開したが、十二月七日までに三人のうちの誰かと個人アドレスを教えあう間柄になり、以後は直接メール交換をしていた。そういうことですね」と刈田が確認した。

「ええ、それか、あるいはメル友にはもう興味を失われたということでしょうか」と小山内が軽く首を傾げた。

「経済的な事情も絡んでいたかもしれないな」と中島がいう。

「ご亭主の話では、去年の秋は晴菜の携帯の通信料が高くなりすぎたので、注意したら、十二月頃から下ったということだった。大体、ポケメールを頻繁にやりとりしていると、月々いくらくらい掛かるものなんです？」と小山内を見た。

「携帯のユーザーさんの場合は、会員登録された時点から月額四百円の料金がかかるシステムで、携帯電話会社から通信料と一緒に引き落としになります。その代わり、何回ポケメールを出しても、ハーティネットとしては四百円以上掛からないのです」

「ただ、サイトを利用すると、携帯電話の通話料は掛かりますよね」と刈田。

「そうですね」

「パソコンも同じ？」

「多少のちがいはありますが、ポケメールコースはやはり一律四百円です。パソコンのユーザーさんにはクレジットカード番号を登録していただいて、そちらで落とす方法をとっていますが」

「そうすると、サイトの料金と個人メールの両方で金が掛かるわけだなあ。ご亭主に叱られて、十二月からは大分縮小したのか」と中島は腕組みした。

しかし、晴菜がメル友にすっかり興味を失ったということはないだろうと、刈田は考える。

それでは、六月二十日日曜の午後、彼女から八十川涼子に送られたメールの説明がつかないのだ。

〈今日はこれからメル友に会いに行くところ。じゃ、またね。〉

通話料は節約していたかもしれないが、やはり晴菜は昨年十二月七日までにサイト上で特定のメル友と親密になり、そのまま個人メールを交換していたと推測するべきではないか。

その相手と六月二十日に初めて会ったのか。それともすでに何回も会う間柄になっていたのか。

それは誰か？

昨年六月以来、晴菜は合計九人の相手とポケメールを交換した。

相手は九人の中の一人で、それも十一月から十二月までの三人の中に含まれている確率が高いのではないだろうか。

もし昨年六月に知合ったメル友との付合いが続いていたら、十一月に再度名刺を出して、また複数のメル友と交信する可能性は少ないと思われるのだ。

「──最初はポケメールで相手を選び、気に入れば個人アドレスで直接やりとりして……それでもって、ふつうどっちから会おうといい出すものですか」

自分の思考を辿っていた中島が、小山内を見て訊いた。

「弊社のアンケートなどでは、やはり男性からのほうが断然多いみたいですね」

「何回くらいメール交換をすると、会おうという話になるんですかね」

「それはまあケースバイケースでしょうが……どうかな」と小山内が横の女性を見返った。彼女はまたデータを選び出して、

「これもアンケートですが、平均十回やりとりしたら、会いたいという気持になるようです」と答える。

「ずいぶん早いんですねえ」と、中島が呆れたように口を開けた。

「ポケメールは一回百五十字が限度、携帯だって二百五十字くらいまでで、仮りに十回ずつ交換したって、お互いの情報量は知れたものでしょう。それでもう二人で会おうというのは……ことに女性の側の危険が高い気がするけどねえ」と、中島は世代のちがう刈田を振り向いた。

「いやあ、近頃の若い女性は大胆というか、メールを打ってるうちに、なんとなくピンときちゃう感じがあるらしいんです。それに、相手の住所や会社名なんか聞き出すと、もう知合いになったような安心感を持つみたいですね」

刈田はほかのケースを思い返しながらいった。

「だって、そんなものみんな嘘かもしれないだろうに」

「最近では、会うまでの期間がいよいよ短くなる傾向にあるようです」と、小山内が付け足した。

「それだけネットやメールが日常的な、ふつうのツールになっているのかもしれませんね。まあ、いずれにせよ、弊社のサービスはポケメールまでで、その後の成り行きは捉えようがないわけですが」

ハーティネットでの聞込みはひとまずこのへんかと、中島と刈田は軽く目を見合わせた。晴菜とポケメールを交換した九人はハーティネットに会員登録しているわけなので、九人全員の〈名刺〉をプリントアウトしてくれるよう、小山内に重ねて依頼した。

当面の対象は九人。彼らの身許は早晩割り出される。そしてその中の誰が事件直前まで晴菜と密着していたかは、やがてＮＭＣから提出される彼女の携帯電話の通信履歴がおのずと明らかにしてくれる。

この種のネット犯罪は、被害者の危険と同じくらい、犯人にとっても避けられない危険を伴う。随所に履歴《ログ》が残ることによって、必ず犯人逮捕に結びつくのだ。

捜査の網がいよいよ絞られつつあるという手応えを二人は覚えた。

「好きなものの中に、山や湖と書いてあるねえ」

もう一度晴菜の〈名刺〉に目を落としていた中島が、どこか感慨深げに呟いた。

「これも事件と関わりがあるのかなあ」

2

〈桂山湖女性殺害事件〉の捜査本部は、山梨県警大月警察署に設置されている。署内の「特捜部屋」と呼ばれる広さ二十畳ほどの一室がその本拠地《ヘッドクオーター》であり、ドアには事件名を大書した紙が貼り出されている。

六月二十四日午後に桂山湖で女性の死体が発見されて以後、県警本部捜査一課から特捜第一係の一個班が大月署へ応援に出動した。

死体の身許が判明したのは二十五日深更だったが、被害者は東京に近い川崎市百合ヶ丘に住む主婦で、インターネット絡みの広域事件と見なされた。社会的な影響も考慮され、翌二十六日にはさらに特捜第二係の一個班が動員され、広域管理官が直接の指揮をとることになった。

多方面の聞込みに回った捜査員たちが本部へ引き揚げてくるのは、原則として午後五時から六時の間。六時からは彼らがつぎつぎ個別に特捜部屋へ報告に来て、すべての情報はここに集約される。勿論深夜に帰ってきたり、何日も出先に泊まっている組もいた。

二十九日火曜の午後七時、安奈見と津川のコンビが特捜部屋に姿を見せた。二人は三日前から東京、川崎方面へ泊まりこみで出張していた。

特捜部屋に腰を据えているのは、広域管理官の伴藤警視と、特捜二個班の班長の警部二人、署の刑事課長など四、五人である。

まず安奈見が、被害者の友人関係からの聞込みの成果を報告した。とくに目ぼしい情報は二件、第一は晴菜の短大の同級生米倉コズエと、武元薬品の元同僚山口由美の二人に、二十一日月曜午後六時二十分台に三分ちがいで晴菜から新宿にいるというメールが届いたこと。二人ともすぐ返信したが、それきり晴菜からメールは来ていない——。

安奈見は、その時晴菜には連れがいたのではないかというコズエの意見と、津川の擬装メール説との両方を告げた。

第二点は、晴菜が昨年夏頃からメル友の「三十五歳のフリーライターの男性」と深い付合いをしていたらしいというコズエの話だ。

「今年三月には、去年のうちに別れたと晴菜がいっていたそうですが、四月半ばに会った時には、また彼からメールが来たといって笑っていたとか。もっと若い人とメール交換していると匂わせたりもしたようですが、確かなことはわからないということでした」

それにしても「三十五歳のフリーライター」という具体的な話は有力な聞込みなので、安奈見はその日のうちに東京から携帯でおよその報告を入れていた。携帯電話絡みの犯罪が多発する一方、携帯は捜査の能率アップにも大いに役立っている。

「中島君と刈田君がハーティネットの調査に入っている。彼らもひとまず今日中に帰ってくる予定なので——」

特捜第一係班長の角《すみ》警部が二人を犒《ねぎら》ってからいった。

「サイト上でのメール交換のログは、ハーティネットの記録からわかる。おそらく三十五歳のフリーライターと称する男も相手の九人の中に含まれているはずだから、詳しい身許もそれで調べがつくだろう」

最終的には晴菜の携帯メールの履歴と突き合わせれば、いつ、誰と直接コンタクトしたかが明白に浮かんでくる。

「月曜の午後六時台に二人の友だちにメールが届いたということだが——」

「……?」

「それにはまだ続きがあるんですが——」

角が見守り、安奈見も促すように頷く。

「今日の午後四時頃、念のため百合ヶ丘のマンションでもう一度母親の朔子さんに会ってみたんですが、とくに新しい話は聞けませんでした。その帰りがけに、ちょうどマンションロビーで新聞配達と出くわしたものですから――」

津川は配達の青年に咄嗟《とっさ》に声を掛けた。

学生アルバイトだという青年は、いっとき真剣な面持で記憶を確かめてから、津川の質問に答えた。

「ぼくは夕刊だけ配っているんですが、二十一日月曜の夕刊を入れる時、819号室の郵便受けの中にまだ朝刊が挟まっていたような気がします。その上から夕刊を入れてきたわけですが。火曜の夕方からはもっと一杯で、無理に押しこまなければなりませんでした」

この「新聞」に関しては、大月署で死体が確認された時点で、捜査員が夫の溝口輝男に尋ねていた。それに対して溝口は、

「六月二十三日夜、ぼくが出張から家に帰った時、郵便受けに新聞が一杯溜まっていたので、まとめて持って上がったことは憶えています。そのあと、番号帳で友達のナンバーを調べて、何人かに問合わせしました。しばらくたってから、新聞のことに気がついて、調べてみると、月曜の朝刊から読まれていない感じでした。ただ、家内は新聞を持って上がっても、読まずに積んでおいたりすることもありましたから、何日から溜まったままになっていたのか、今、はっきりお答えする自信がありません」――。

マンションを出た二人は、新聞販売店に立ち寄った。朝刊の配達をしているやはりアルバイトの男子学生に連絡をとると、彼がバイクで販売店まで出向いてくれた。

「彼も、溝口宅の郵便受けに前の日の新聞が詰まっていた憶えがあり、それは二十二日火曜の朝からだったと思うということでした」

彼らの証言により、月曜の朝刊から取りこまれていなかった可能性が強化された。それは、晴菜が日曜の晩家に帰らなかった可能性をも示唆している。

津川の話を聞き終えた角が「なるほど」と呟いて、斜め後ろにある黒板を見返った。

そこには晴菜の失踪前後からの主要な事柄が、日を追って列記されている。

6月20日（日）・13時34分、八十川涼子へメール。〈メル友に会いに行く〉
同日・15時13分、朔子へTEL。留守電メッセージ。
同日・15時14分、朔子へメール。〈ドライブ中〉

6月21日（月）・ベストリンクを無断欠勤。
同日・18時21分、米倉コズエへメール。〈新宿でお茶を飲んでる〉
同日・18時24分、山口由美へメール。〈新宿で買物〉

6月24日（木）・15時30分、桂山湖で女性の死体発見

6月25日（金）・捜査本部設置
同日・23時30分、家族が遺体確認

「晴菜が日曜の夜、家に帰ってないと仮定すれば――」

角が続けた。

「仮りに晴菜は二十日日曜の午後二時から三時の間にメル友と会い、ドライブに行ったとして、その後の行動ですが、一つの可能性はその晩男とどこかに泊まった。翌日月曜も男と一緒にいて、バイト先を無断欠勤。夕方に新宿へ来て、女友だち二人にメールを送った。この場合は、二十一日月曜夜から二十二日火曜にかけて殺害され、桂山湖に遺棄されたか。――あと一つの可能性は……」

みながその想像をめぐらせる。角は確認する形で続けた。

「晴菜は二十日日曜の午後三時十四分に朔子へメールを送ったあと、同日中に殺害された。死体遺棄はその晩から月曜朝にかけて。つまりこの場合は、月曜夕方の二通のメールは犯人のアリバイ工作のわけで、その時点ではすでに犯行を終えていたと見るのが自然……」

司法解剖では、晴菜の死亡は六月十五日から二十二日の間と推定されていた。

しばらくの沈黙をやり過ごしてから、伴藤が口を開いた。五十代半ば、がっしりとした体格で、安定感のある風貌の人物である。

「偽メールの疑いが強い気がするね。従って、犯行は日曜午後から月曜朝の公算が高いように思われる」

二通のメールの字数と文章の近似。どちらも気楽そうな内容が、勤め先をはじめて無断欠勤した晴菜にふさわしくない印象。逆にもし本当に気楽な状態なら、コズエたちの返信に、また返信するのが自然ではなかったか、などの理由を彼は挙げた。

「すると、犯人はおそらく犯行後の月曜午後六時台には、新宿にいたということになりますね」と、署の刑事課長がなぞるように問い返す。

「いや、新宿にいるというメールが、必ず新宿から送られたとは、今の段階では決められないわけです」

特捜第二係の羽仁《はに》警部がことばを挟んだ。彼らの班はネット絡みの犯罪を扱った経験が豊富だった。

「発信場所の特定も、いずれ晴菜の携帯メールの履歴を解析すれば可能になります。ログが出るまでの時間の問題ではあるんですが——」

実際、その時間が問題なのであった。

中島と刈田の組が帰ってきたのは、午後十時を過ぎてからだった。二人は主にハーティネットの調査を担当していたが、今日夕方は携帯電話会社・NMCへ回り、月曜朝から依頼してあった晴菜の携帯の記録を受け取って、担当者から詳しい説明を聞いた。

「携帯電話の通話歴は、当月を含め過去三カ月のデータが入手できました。四月、五月、六月分です」

報告は羽仁の班に所属する刈田が引き受け、まずNMCの件から始めた。

携帯のナンバーさえわかれば、会社に保存されている電話の通話歴が比較的短時間で出力されることは大抵の者が知っていた。会社によって多少の差はあるが、NMCでは二日以内に発信、着信とも、通話時間と先方のナンバーが数字で打ち出されるから、見るのも簡単である。

問題は携帯メールの記録だった。

「メールのログは？」

羽仁は何よりもそれを早く知りたそうだ。

「事件の重大性を考慮してもらって、可能な限り急いで、一ヵ月か、できれば四週間くらいで出してほしいと頼みこんできました」

「うーん」

まだ不満そうに、羽仁は苦い顔で唇をへの字にした。

携帯メールの通信記録も、その月を含めて過去三ヵ月分保存されるのが原則である。本部では六月二十八日月曜にNMCと連絡がとれた時点で、過去の記録の消去にストップをかけていたから、四、五、六月の実質でほぼ三ヵ月分が入手できる。これが七月に入っていたら、四月分は消去されていたところだ。

それにしても、携帯メール関連の事件捜査では、電話とちがい、メール通信記録が出るまでに時間が掛かることが最大のネックになっていた。

発信場所が即座に特定できるGPS機能が付いている携帯や、誘拐事件での逆探知装置など、特別の例を除けば、携帯電話会社のセンターでメールの送受信記録を出力してもらうにはふつう二カ月くらい掛かるといわれる。電話の通話記録とは取り出し方が異なる上、全国各地の警察から依頼が集中する。近年の事件では大なり小なりメールが絡んでいるのだ。しかもセンターでは、二十四時間態勢の作業はできないという。三カ月といわず、一部だけでも早く出してもらうことも不可能だった。

これに関してだけは、捜査側としても、待つしかない。

「とにかく、電話のログだけは手に入ったわけだ」

羽仁が表情を切り替えて訊く。

「はい」

刈田はNMCから提出された記録のファイルを上司へ差し出した。羽仁が開くのを見守りながら、

「晴菜が最後に携帯電話を掛けた先は、やはり母親の朔子でした。二十日日曜の午後三時十三分。それ以後の電話の発信はありません」

「朔子のほうは留守電だったんだろう？」

「そうです。朔子の携帯には、留守電メッセージのあと、晴菜のメールが届いたわけですが」

「日曜の朔子への電話で、晴菜が留守電メッセージを入れ、それで発信場所が記録されたわけだね」

伴藤の落ち着いた声が心持ち緊張を帯びている。

「はい、その通りです」と、刈田も力をこめて答えた。

「晴菜の携帯が発信した電波を、どこの基地局のアンテナが捉えたか、記録が残っていました」

電話会社では、主として利用者への料金請求のために通信記録を保存しているわけなので、もし晴菜が留守電テープが鳴り出す前に切ってしまっていたら、通話としての記録は残っていなかったかもしれない。

「基地局はどこですか?」

伴藤の問いに、一同は息を凝らした。

「神奈川県藤野町、中央自動車道の東南にある基地局でした。エリアは半径約三キロの円内で、そのエリア内から発信されたと考えられるとのことでした」

そこまでいって刈田は立ち上がり、壁に貼られた地図へ歩み寄った。

山梨県の大きな地図だが、隣接する東京都や神奈川県などの一部も含まれている。

藤野町は山梨県東端部から県境を挟んですぐ東の隣り町で、中央自動車道が町のまん中を東西に横切っている。

「基地局はこのへんにあります」

刈田は指し棒で基地局の位置を示し、そこを中心におよその円を描いてみせた。

「相模湖だ」と誰かが呟き、かすかな嘆声のようなものがひろがった。

「そうなんです。相模湖がほぼすっぽり納まって、高速までは入っていません。あとは藤野町と相模湖町の一部ですね」と刈田。

再び沈黙が落ちると、一同はおのずと相模湖のイメージを脳裡に浮かべた。湖はここ大月市から真東へ二十キロ余りしか離れていない。中央自動車道を使えば、大月インターから、間に上野原ICを挟んで相模湖ICまで約十五分の行程だから、大抵の者が何回か訪れている。

「相模湖にもダムがありますね。ダムでできた人造湖ですよ」

「桂山湖よりずっとひらけた感じで……」

「湖畔に大きなラブホテルがいくつかあったんじゃないか……」

会話を耳に入れながら、伴藤は再び晴菜のメールを反芻《はんすう》する。二十日日曜の午後三時十四分、母へ送った、おそらくは晴菜の最後のメールだ。

〈――ハコは午後友だちが来て、今はドライブ中だよ。今日はお天気好くて、人が大ぜい出てる。――〉

やはり「相模湖」の印象が強い。

百合ヶ丘のマンション近くで「メル友」の車にピックアップされたとして、相模湖へのドライブは自然なコースと考えられる。

インターに近い湖の東側にはきれいな公園が造られ、噴水や遊覧船乗り場などもあった。休日なら人出も多かっただろう。

晴菜はそのへんを走行中か、もしくは車外に出た時にメールを打ったのかもしれない。時間的にも符合する。

確かに公園付近は明るくひらけた雰囲気だが、湖の南にはうっそうとした山林が横たわっていたと思う。

〈働きすぎないで、ママ、元気でね。ハコ〉

このメールのあとで、どのような暗転が発生したのであろう？

そして死体は桂山湖に沈められた――。

3

相模湖は一九四〇年代に造られた相模ダムによって生まれた人造湖で、周囲十二キロ、首都圏からのアクセスの良さと、湖畔につぎつぎ大規模なレジャー施設が整備されて一層多数の観光客を集めるようになった。

六月二十日日曜、晴菜が母・朔子の携帯に掛けた最後の電話の電波は、隣りの藤野町にある基地局のアンテナでキャッチされ、そのエリア約三十平方キロの大半は湖水と、湖岸の「ピクニックランド」や「自然公園」で占められていた。

電話の直後、朔子に送られたメールの内容、またメル友募集サイトの〈名刺〉で晴菜が〈好きなもの〉に〈山や湖〉を挙げていたことからも、日曜のドライブで相模湖に寄った可能性は大きいと考えられた。そこが最終目的地であったかどうかは別としても。

百合ヶ丘から行くには、国道20号線（甲州街道）から調布ＩＣで中央自動車道に上り、相模湖東出口で降りて湖畔へ、というルートが一般的で、昼間ふつうに走って一時間から一時間二十分。時間的にも矛盾はなかった。

六月三十日水曜朝から、数十人の捜査員が相模湖一帯の聞込みと捜査活動を開始した。重点区域を大まかに五分している。

1、中央自動車道・相模湖東出口と相模湖ＩＣ、その周辺。
2、湖の東北岸、相模湖公園一帯の観光拠点。
3、東部丘陵地のピクニックランド。
4、湖南にひろがる自然公園。
5、中央本線相模湖駅から湖畔まで。その間の古い町並の中には、釣り客などのために小さな旅館や民宿が点在している。

また、駅より西の相模湖ＩＣから相模湖公園までのくねくねした20号線沿いには、それらとは対照的にピンクや白の派手な色彩の尖塔や古城風のラブホテルが四、五棟、意外に深い樹林の上から遠目にもそれとわかる姿を現していた。

多数の捜査員による聞込みは、「目的欺騙《きへん》捜査」の手法で進められた。捜査の目的を聞込みの相手には告げない。

というのも、失踪当日晴菜が相模湖付近にいたという「事実」は、そのまま犯人の行動と重なるわけで、高度の捜査秘密と考えられた。犯人逮捕後、容疑を裏付けるための決定的な材料ともなる。従ってうかつに公表できない。どこかからマスコミに抜かれる危険も警戒して、本部全体にも知らせていなかった。

そこで捜査員たちは、聞込み先で単に「ある捜査の参考に」と断わって、晴菜の年恰好と、おそらく男と二人連れで車を使っていたことを告げ、六月二十日日曜に出入りしなかったか、どこかで見かけなかったかなどと訊く。聞込み相手は「あの事件か」とは案外察しないものだが、興味を示して問われれば「とにかく広範に情報を集めているので」などとことばを濁した。

二日目の午後、中島と鳥居《とりい》の二人連れは、湖の東岸に沿う412号線を走り、南の端まで来て右折した。そこからは南岸を西へ走ることになる。

昨日は薄日もさしていたが、今日は昼から雨といわれ、すでに灰色の雲が空を被っている。そんな天気を繰返しながら、あと一週間ほどで梅雨明けの予報が出されていた。

ハンドルは三十前の鳥居に任せていた。四十代後半にかかる中島は大月署の主任（巡査部長）で、先週まで特捜第二係の刈田とともに東京へ出張していた。ハーティネットの調査と資料差し押さえが一通り終った段階で、データの解析は第二係が一手に引き受け、中島は署の係長（警部補）とともに相模湖一帯の聞込み捜査の指揮をとる立場になった。

童顔の鳥居は大月の南の都留市の署から応援で本部に加わっていた。

「こっちへ来ると急に山なんですねえ」

彼がフロントガラスに身を乗り出すようにして空を見あげる。杉や檜が屋根のように被さって、空は狭く、道が暗い。

「公園側はあんなにひらけているのにな」

その対照が極端なほど、鬱蒼とした森林の中に入って、道路は上ったり下ったりした。

やがて、「憩いの森キャンプ場」の古ぼけた看板が現れた。そこから右へさらに細い道が分かれ出ている。こちらは町営施設のはずである。

ガードレールの付いた弓なりの道を下っていくと、広場に出た。

高木の疎林に囲まれた土の広場には、木造平家の「管理棟」と、簡易シャワー、簡易トイレが二つずつ。トタン屋根の付いた水道と流し台。公衆電話ボックス。あとは金属にペンキを塗ったテーブルとベンチが何組か配置されている。

設備といってはそれだけだ。外灯は二、三本立っているものの、夜はずいぶん暗いだろう。大型アトラクション設備のあるピクニックランドのキャンプ場とは打って変わった寂しさだった。

テントを張ったり、キャンピングカーを駐めるスペースは充分ありそうだが、キャンプ場として利用されている形跡はあまり感じられなかった。管理棟には雨戸が立てられて、無人らしい。キャンプや火気使用の場合は管理人の許可を得るようにといった「お願い」が板壁に貼られている。

車を降りた二人は湖の方向へ歩いて行った。

樹林に被われた岸が両側から張り出す先に、湖面が少しばかり顔を覗かせていた。さっき車で渡ってきた相模湖大橋と、周辺の道路も見えた。

「ぼくはずっと以前、ここへ来たことがありますよ」と鳥居がいい出した。

「キャンプはしなかったけど。夜になると、湖の外周にライトが点くんです。ここからの夜景は意外ときれいだったような気がしますね」

キャンプ場を後にして、二人はさらに森の中を進み、藤野町との境あたりで引き返した。

中島はキャンプ場でメモしてきた管理人のナンバーへ、携帯を掛けてみた。先方は町役場の施設管理課だとわかった。

相模湖駅へ向かう途中の役場に寄った。

課長補佐の細川《ほそかわ》と名乗る眼鏡をかけた五十代半ばの男性に「憩いの森キャンプ場」の利用状況を尋ねた。

「ピクニックランドができてから、格段に少なくなりましたねえ」と細川は苦笑混じりで答えた。

「利用者数ですか？　そうねえ、六月から八月のシーズン中でも、月に二、三組も入るか、入らないか……」

「今年の六月はどうでしたか」

「月初めに大学生グループがバーベキューパーティをやると断わってきましたが、キャンプはなかったですね」

「先週日曜の六月二十日にも利用者はいなかったですか」

「届けは出ていませんね。ドライブの途中で寄るくらいの人はいるかもしれないんですが」

「では休日などは車で混みあうこともある？」

「いやあ、それほどでもないいんじゃないですかね」

場所の感じからしても、そんな光景は想像しにくかった。

その時、中島の携帯が鳴り出し、彼は「失礼」と断わって立った。

役場の外で応答すると、相模湖周辺捜査のリーダーの係長が精力的な声でいう。

「本部からの連絡で、マンション付近で目撃者が見つかった」

「え？　百合ヶ丘のですか」

「ああ、マンションから約三百メートルの路上で、ガイ者に似た女性が車に乗るところを見たという主婦がいる――」

別の捜査員グループが、晴菜の住んでいた「サンヴィレッジ」の周辺五百メートルをターゲットに、多数ある大小のマンションや団地、住宅を一戸一戸尋ねて歩いていた。

係長の話によれば、そこは変電所のコンクリート塀に沿ったゆるいカーブで、六月二十日日曜の午後一時半から二時の間、ピンクのブラウスを着た若い女が歩いていたところ、後ろから来た白っぽい車が近付いて停まり、女は素早く助手席に乗りこんで走り去った。目撃者は近くの団地に住む主婦で、捜査員の告げた年恰好から、そのことを思い出して話したという。

「若い女は赤いショルダーバッグをかけていたともいっている。車は白っぽい普通車で、運転席には男性の頭が見えていた。場所や時間の記憶がしっかりしているので、ある程度信用できると思う」

役場内の応接セットへ戻ると、鳥居が細川に晴菜の身なりなどを説明している。

少し経ってから、

「先週の日曜は久しぶりの上天気で、とりわけ人出も多かったですからねえ」

細川はゆっくりした声で答え、眼鏡を押し上げて溜め息をついた。その程度の話で今さら「情報」など入るはずがないと、その顔に書いてあるようだ。

捜査の九十九パーセントは無駄なのだと、若い頃上司にいわれ続けたことを中島は思い浮かべた。数えきれぬ無駄を重ねているうちに、ある時何かが的中《ヒット》する——。

今の目撃者の話も、二つの大型団地を含む、おそらく優に千戸以上を聞込みした末にぶつかった情報なのだ。

「車は白の普通車、女は赤いショルダーバッグを提げていた可能性があるんですが」

中島は細川の、眼鏡の奥の気乗りしていない眸を覗きこむようにしていった。

4

晴菜がメル友募集サイト・ハーティフレンズの掲示板に自分の〈名刺〉を掲載し、ポケメールを利用していたのは、合計約二カ月間だった。昨年六月四日から七月二日までと、十一月九日から十二月七日までの二回で、合計三百通以上のポケメールが〈ハミ〉のメールボックスへ届いた。その中から、彼女は男性九人に返信していた。

掲示板の女性へポケメールを送るためには、男性のほうも会員登録し、自己紹介の名刺を作らなければならない。もっとも、男性は名刺を掲示板に載せてもめったにメールは来ないので、載せない者のほうが多いというが。

そんなわけで、晴菜と交信した九人の〈名刺〉を、捜査側は入手することができた。それはハーティネットのホストコンピュータから出力され、プリントアウトして手渡されていた。

刈田たちが東京から帰った翌日、特捜第二班の四人が集中的にそれらの資料の分析を開始していた。

九人の年齢は、二十代三人、三十代四人、四十代二人。氏名は〈ニックネーム〉だけで、年齢も自称だからそのまま信用はできないわけだが。

「だけど、もともと晴菜は、メル友の希望年齢を二十六歳から三十五歳までと自分の名刺に書いてたんじゃなかったかな」

班長の羽仁警部が資料をめくり返す。

「そうなんですよ。でも男性たちはそんなことにはお構いなく、数撃ちゃ当たるの気分で同じメールを多数の女に送るらしいんです。女のほうも、多少年齢オーバーでも条件がよければ反応するんじゃないですか」と刈田。

男性の〈名刺〉には女性のにはない〈身長〉や〈年収〉の欄があり、〈ルックスの自己採点〉も微妙にちがえてあった。

〈(キャッチコピー)テニスクラブで指導してます。見た目は20代後半。スクールの生徒はオバサマばかりなので、新鮮な若い女性との出会いを求めてます。スマッシュ・33歳・スポーツインストラクター〉

性別、居住地域、生年月日、血液型などのあと、

〈性格：明朗快活
好きなもの：飲み会、車のメンテ
芸能人で似ている人：江口洋介
身長：184cm 年収：500万円台

ルックスの自己採点
イケメン系：4 やさしい系：4 頼りがい系：4 お笑い系：3

探しているのは：ふつうの友達、友達以上
地域：東京、神奈川
希望する年齢：20歳以下、21歳〜25歳
血液型：なんでもいい
――〉

〈小さな会社の副社長の職にあります。40歳をすぎてもう一度人生にときめきの花を咲かせた

くなりました。一緒にワクワクしてみませんか。ヨウスケ・42歳・会社役員

性格：まじめでストレート
好きなもの：オーディオ、尺八、朝風呂
芸能人で似ている人：八嶋智人
身長：171cm　年収：800万円台

ルックスの自己採点
イケメン系：2　やさしい系：4　頼りがい系：5　お笑い系：2――〉

〈職場は男だけで女性と知合うチャンスがありません。何でも話せてほっとできる人、思わず守ってあげたくなるような女性と出会いたいです。KEI・28歳・警備保障会社（元警察官）

性格：能天気
好きなもの：ロック、バイク
芸能人で似ている人：ケイン・コスギ
身長：177cmのがっしり型　年収：300万円台後半

ルックスの自己採点
イケメン系：2　やさしい系：3　頼りがい系：5　お笑い系：4――〉

能天気な元警察官が登場すると、さざ波のような笑いが室内に漂った。

「いい大人がこんなことやってるんだなあ」

二班の中では最年長の森島《もりしま》が呆れたように嘆息する。

「いやあ、五十代、六十代が男性ユーザーの一割いるそうですよ。ほんとはもっと上かもしれない。登録者の男女比も男が八十五パーセント以上で断然多くて、職業も公務員、学校の先生とか裁判所の職員とか、固い仕事の人が意外に多いといってましたね。まあ、それも自己申告なんですが、とにかく中年男性もネットでの出会いを求めて頑張ってるわけですよ」

ハーティネットで聞いた話を刈田が披露すると、

「警察をリタイアした先輩で、メル友とメールだけを楽しんでいる人は結構いるんだよ」

羽仁が真顔で認めた。

〈ドラマではないリアルな気持を共感できる相手が欲しいなと思っています。メールでなら誰にもいえない本音を話せるかも。ＨＩＫＡＲＵ・34歳・ＴＶ制作会社〉

パソコンから登録のこの〈名刺〉にぶつかると、室内は一変した緊張に包まれた。四人とも同じ連想をしている。
「三十五歳のフリーライター」——。

〈性格：ロマンチスト
好きなもの：ギター、森林浴
芸能人で似ている人：別所哲也
身長：１７３㎝　年収：６００万円台

ルックスの自己採点
イケメン系：３　やさしい系：４　頼りがい系：４　お笑い系：２

探しているのは：メール友達、ふつうの友達
地域：関東地方
性別：女性
希望する年齢：21歳～25歳
血液型：なんでもいい
星座：気にしない〉

「昨年晴菜が、三十五歳のフリーライターと付合っていたという聞込みがある」

羽仁が改めて口を切った。それは最初安奈見と津川のコンビが晴菜の短大の同級生米倉コズエから得た情報である。その後ほかの捜査員も、晴菜の高校以来の友達から同様の話を聞き出していた。

「このHIKARUからのポケメールは六月十八日が最初で、翌日には晴菜が返信し、両方で合計十八通交換されています。最後は七月二日のHIKARUからで、その日までで晴菜のサイト上でのポケメールはいったん打ち切られています」

刈田が九人分の個別の資料を見ながら、その記録が意味するところを説明した。

「ポケメールがメールボックスに届くと、晴菜は発信者の〈名刺〉を開けて読むこともできます。そして興味をひかれ、翌日返信した。その後交信が繰返されたあと、どちらかが、個人メールアドレスを教えあって、いわゆる直メールで直接やりとりしようと誘った。ふつう男のほうからが多いといいますが、晴菜もOKして、メールの交換が始まった時点で、彼女はサイト上のポケメールはやめてしまったわけでしょう」

「名刺では、三十四歳で、テレビ制作会社か……」と森島。

「年齢や職業の詐称はざらですからね。現に晴菜も二歳若く登録していました。HIKARUがもし晴菜の友達の話に出たフリーライターなら、テレビの制作会社とも関わりがあっておかしくないし、会ってから実は三十五歳だと打ちあけたのかもしれませんね」

コズエの話によれば、彼女が晴菜からフリーライターの話を聞いたのは昨年九月だった。実際に会うようになったのは七月頃からで、「大抵彼がマンションの近くまで車で迎えに来てくれて、ドライブに行ったりご飯を食べたり」ともいっていたという。

それは、晴菜に似た身なりの若い女が白っぽい車に乗るのを見たというマンション近くの目撃情報とも合致するものだ。

しかし、二人の付合いが昨年夏以来ずっと続いていたのなら、晴菜はなぜ十一月にまたメル友募集の名刺を掲示板に出したのか？

羽仁がその疑問を提示すると、再び刈田が勢いこんで発言した。

「晴菜がコズエに洩らした通り、ＨＩＫＡＲＵとはいったん別れたのかもしれません。でも、コズエが四月半ばに晴菜と会った時、去年の彼からまたメールが来たといって笑っていたという話でしたね。二人はよりを戻して事件当時まで会っていたとは考えられませんか」

いや、十一月から十二月の間にポケメールを交換した三人のうちの誰かと新たに付合い始めた可能性も充分にある。コズエに「今はもっと若い人とメール交換している」といったという話も無視できない、との意見も出た。

当然、九人全員の身許やアリバイなどを徹底的に洗う必要があった。

九人のうち、六人が携帯電話から、三人はパソコンからハーティネットに会員登録していた。会員登録の時点で、会社側には、携帯電話なら端末ＩＤ、パソコンならＩＰアドレスが自動的にわかる。刈田たちはその情報も入手した。

その後は携帯電話会社と、パソコンのプロバイダーを訪れて、契約者の照会を行った。

携帯の契約者は短時間で判明したが、パソコンの場合、同一のIPアドレスで複数のパソコンに使い回しされるものもあるため、その場合にはプロバイダーに、いつ、誰に、どのIPアドレスを割り振ったかの記録と、ハーティネットの記録とを突き合わせ、一致する契約者を探す作業が求められた。

刈田たちはそれを依頼して、いったん大月署へ戻っていた。

プロバイダーからの回答も七月一日に出揃った。

九人の契約者の住所は大半が都区内、三人が埼玉県と神奈川県だった。

〈HIKARU〉のパソコンの契約者は——

真田《さなだ》智一《ともかず》、35歳、住所・神奈川県伊勢原市×町。職業・自由業。

何の偶然か、それとも必然か、伊勢原市は百合ヶ丘と相模湖とを結んでつくられる逆三角形の一点に位置していた。

第五章　第二の携帯

1

駅前ロータリーの中に浮かぶ小島のような木立の群が逞《たくま》しい緑を繁らせていた。眩しく光る白い舗道の上には、その木々のくっきりと濃い影絵が落ちている。

いつのまにか夏が来ていた——。

強い陽射しの溢れる昼下がりのロータリー沿いには、Tシャツとジーンズの若者グループや、日傘をさした中年の女性たち、子供連れの家族などが談笑しながら歩いている。その横を、赤とクリーム色のきれいなバスがゆっくりと回っていく。

ハコもこの風景を何度も見ていたのだ……。

バスの後ろを、ピンクのブラウスの若い女性が横切るのが見えると、朔子はずきりと胸を衝《つ》かれ、反射的に目を逸《そら》した。

窓から顔を離すと、ミックスジュースのストローに口をつけていた八十川涼子が、かすかに気遣う視線を朔子に注いだ。涼しげな縞柄のマタニティドレスを着て、その腹部が十日あまり見なかった間にいちだんと膨らんでいる。

「すみませんでしたわね、暑い日にわざわざ出てきて頂いて」

「いえ、大丈夫です。今はむしろ適度に運動しなさいっていわれてるくらいですから」

昨年秋に銀行員と結婚した涼子は、世田谷区桜丘の銀行の寮に住んでいた。朔子が晴菜の行方不明を聞いて西伊豆から駆けつけた日にも、涼子は心配して百合ヶ丘のマンションを訪ねてくれた。

昨日の七月五日夜、朔子は事件後はじめて涼子に電話を掛けた。涼子からは輝男と朔子宛にお悔やみの手紙が届き、さしつかえなければお線香を上げに伺いたいと書かれていた。

「今夜お電話したのはね、ハコは日頃どんなところに出掛けていたのか、教えていただきたいと思って」と朔子はいった。

「ハコがよく行った場所へ、私も行ってみたいから」

涼子は少し思案してから、

「私たちが会う時には、私のほうから百合ヶ丘へ伺うことが割に多かったような気がします」と答えた。

「私は結婚する前も今と近いところに住んでいたんです。小田急の駅までバスで五分くらいの。でもその辺にはお店なんかほとんどなくて、百合ヶ丘のほうがずっと賑やかですから……」

「じゃあ、いつもこのマンションまで?」

「それか、駅で待ち合わせして、二人でお買物したり、お茶を喫《の》んだり……」

そこで今日も涼子が出掛けてきてくれて、晴菜とそうしたように、小田急線の改札を出たところで朔子と落ち合った。

涼子は駅ビルにあるショッピングモールや、近くのデパートの中で晴菜の気に入りだったという店に案内してくれた。若い女性好みのブティックなどへ入ると、今にも晴菜がショーケースの陰から「ママ、これ似合いそう?」などといって出てくるような気がして、朔子は幾度もジッと目を瞑《つむ》って立ち止まっていた。

疲れた様子の朔子を、涼子はやはりそこも晴菜とよく入ったという駅ビル二階の明るい喫茶店へ誘った。幸い店内は静かで、二人はロータリーを見下ろす窓際に腰を降ろした——。

「ねえ、涼子さん」

朔子も同じジュースで喉を潤して、考えこみながら話しかけた。

「あなたはハコがメル友と付合っていたこと、いつから知っていらしたの?」

「メル友募集を始めたことは、去年の六月にすぐ聞きました。ハコが、ハーティネットのサイトに名刺を出したんだ、なんて、私にメールをくれて……」

「何かきっかけでもあったのかしら」

「いえ、そんな特別のことはなかったと思いますけど」

「ハコは去年の夏頃からメールに嵌まっていたと、涼子さんはこの間おっしゃったわね」

「名刺を出したら驚くほどメールがきて、たちまち夢中になってしまったんだと思いますが」

「でも、メールだけでなく、実際に相手と会っていたんでしょう?」

涼子はしばらく黙っていた。

「まあ、何回かメールを交換していると、なんだかとても理解しあったような気持になって、相手が希望するなら会ってもいいと思うことがあるんですね。その感じは私にもわかるんですけど」

涼子も学生時代、メル友をつくって付合っていたと、先日話していた。とりわけ真面目そうで上品な雰囲気の涼子でも、そのへんまでは抵抗がないのだろうか？

それどころか、彼女はメル友の世界の延長で現在の夫と知り合い、結婚したのだった……。

涼子はストローを回しながら、まだグラスの中に目を落としていた。ちょっと意を決したように、再び口を開いた。

「それと、やっぱりハコは寂しかったんじゃないでしょうか。マンションでは周りが子供さんのいる主婦ばかりで、話が合わないといってました。バイト先でも、部長直属の経理事務だから、ほかの女性社員とは孤立してたみたいですね」

「ええ……」

「家でもご主人は出張が多かったし。そういう愚痴なども、顔の見えないメル友には不思議と気楽にいえちゃうんです。会って話せばもっとわかってくれるんじゃないかと思うんですね……」

「どういう人と会っていたんですか」

朔子は何とかそれを正確に知りたい。当然警察でも調べているだろうが、捜査の進捗《しんちょく》が改めて遺族に報告されることは一度もなかった。

涼子は大事な話をする面持で口許を引き締めた。

「七月には、何人かと個人メールアドレスを教えあったみたいですけど、それからあとは聞きませんでした。そのうち、三十代のフリーライターの人とメル友になったというメールがきて、とても楽しそうでした。そのことは、私が警察の人に訊かれた時にも話したんですけど」

山梨県警の刑事たちはまだ時々マンションに立ち寄るが、この間来た人も、「三十五歳くらいで自分でものを書くような男性」の心当たりを朔子に尋ねていた。警察でもその人物に目をつけているのか。

「その人とはほんとに会ったわけですね？」

「たぶん、七月のうちに」

「どういう人？」

「大人の雰囲気で、いろんなこと知ってて話が面白いと……」

「何という名前で、どこに住んでいるとか、家族は――？」

「いいえ、そういう個人的なことは、ハコのメールには出てきませんでした」

「ハコも聞かなかったわけ？」

「聞いてなかったか、口止めされてたか、なんかそんな感じがしましたね」

メル友付合いとはそんなものなのか。

「でもとにかく、たびたび会ってた？」

「九月頃にはますます盛り上がってましたね。その人の車でよくドライブしてたみたいですし」

「ドライブして、それから？」

その先で何があったのか？

食い入るような朔子の視線を、涼子はちょっと辛そうに顔を逸せて溜め息をついた。

「ハコもご主人があるわけだし、あんまり具体的なことはいいたくなかったようでした」

「じゃあ、涼子さんにもいえないようなことをしていたわけかしら？——ねえ、あなたの率直な感じで、その三十五歳の男の人と、ハコは深い関係になってたんでしょうか」

「さあ……それは、どちらとも私にはわかりません」

「だけど、メールには書かなくても、会えばまたいろんなことを話したんじゃありません？」

「それが、九月の中頃からか、ハコからのメールがちょっと少なくなって、来てもなんとなくおざなりな内容で、会おうというような話も出なかったんです」

「それは、どうして？」

「もしかしたら、メル友とのメールにすごく熱中して、私たちとはお付合い程度になってたんじゃないかと」

「そんなことがあるの？」

「時によっては。それと、私も十月に結婚して、披露宴にはハコも来てくれたんですけど。その前後はバタバタしてたから、私のほうも素気ないメールしか送ってなかったのかもしれません」

「ずっとそんなふうだったんですか」

「いえ、十一月初めには、ごぶさた、みたいな長めのメールが来て、久しぶりにハコと会いました」

その時は渋谷の喫茶店で待ち合わせしたという。

「ハコはちょっと沈んでて、パケット料のことで十月にご主人に叱られたとか」

「メル友のほうは？」

「そっちもいろいろあって、別れるかもしれないって……でもその話になると、ハコはあんまり喋りたくなさそうで、私が訊いてると、苛々《いらいら》してくるみたいだったから、私ももう触れないようにしたんです」

「つまり、十一月初めには、メル友と別れるかもしれないといったんですね」

涼子はまた少し躊躇《ためら》ってから、

「ハコって、一時的にパーッと盛り上がったり、でも何かうまくいかなくなると、ストーンと落ちこむみたいな、そんなところが少しありましたよね」

いわれてみれば、高校入学頃から、晴菜の気持の浮き沈みが朔子にも時々感じられることはあったように思う。でも思春期の多感な時期なのだと、とくに気にかけてはいなかった。それに、原因は大抵学校の友達関係とか、部活での出来事などで、母子《おやこ》喧嘩に発展したことなどは一度もなかった。

そう、母と子の間にはいつも温かい風が穏やかに流れていた。ハコはやっぱり理想の娘だった！

「そんなわけで、その日はお買物でもして気晴らししようなんていって……」

涼子は昨年十一月の話を続けていた。

「年内にまた会おうねって約束して別れたんです」

「ええ、それで？」

「十二月にはハコが伊豆へお里帰りしたりで、とうとう会えなかったんですけど、一、二月には元気なメールが来て、またメル友と楽しくやってますなんて……」

「去年の男性と？」

「それはとくに書いてなかったですけど」

三月に涼子の妊娠がわかり、それを知らせて以来、晴菜のメールは少し距離をおいたような、退《ひ》いた感じに変わった。

「ハコとしては、私の身体や心を気遣ってくれてたのかもしれませんけど」

というより、晴菜は涼子にひけ目を感じ始めていたのかもしれないと、朔子は察した。自分より後に結婚して、まもなく妊娠し、「母」になろうとしている涼子と、メル友と遊んでいる自分とを引き比べて――？

四月に会うはずの約束も、涼子の悪阻《つわり》でキャンセルになった。

「メールもしなくなったの？」

「いえ、それは切れずに続いてました」

「その頃はどんな話を……？」

「私の赤ちゃんのことを尋ねてくれたり、やっぱりメル友とどこかへ行ったとか、すごくハイなムードの時もありましたよ」

「そのメル友は、去年のフリーライターと同じ人？」と朔子は重ねて訊く。

「いえ……私の単純な感じだけいえば、なんかちがう相手のような印象も受けました」

「では、やはり去年の人とは別れて、今年から新しいメル友と付合っていたわけでしょうか」

「うーん」と、涼子は首を捻りながらも、

「ここ二カ月ほどはハイばかりでもなくて、虚しいとか、苛々しちゃうとか、焦ってるような感じもありました。でもこの間の日曜のメールには、これからメル友に会いに行くところ、なんて、弾んでいる様子だったから、なんとなくホッとしてたんですけど」

六月二十日日曜のそれが涼子への最後のメールになったわけだった。

事件までのこの約一年、晴菜の心がたえずアップダウンしたり、不安定に揺れ続けていたことが、涼子の話から推察できた。その浮沈はどこから来たのだろう？

「ハコの性格もあるかもしれませんけど、ハコは何か不安だったんじゃないかと……」

涼子がしばらく考えてからいって、朔子も頷いた。

「そう、不安で、疑いや恐れもあったのかもしれないわね……」

純真な晴菜は、メールの楽しさに嵌まり、メル友を信じて付合い、でもどこか不安で、怖かった。騙されてるんじゃないか、裏切られるんじゃないか、何かとり返しのつかない落とし穴にはまりはしないか、楽しさと恐れの間で揺れ動いていたのではないだろうか？

それでもメル友と繋がっていなければいられないほど、寂しくて孤独だった。

そして最後には、晴菜の不安をはるかに超える恐ろしい結末が待ち受けていた。

私が早く気付いていれば！

朔子は鋭い刃で胸を抉《えぐ》られ、息が止まるような気がした。

「でもなぜなの？　なぜハコは私には何も打ち明けてくれなかったんでしょう？」

縋るように涼子を凝視《みつ》めた。

涼子は再びしばらく黙っていたが、今度は懸命に朔子の目を見返しながら話し始めた。

「ママにはとても感謝してるって、ハコはいつもいってました。パパが亡くなったあとも、ママが働いて東京の大学を卒業させてくれたし、こちらで就職したいっていったら、それも許してくれた。ママは一人で働きづめで、私が独身で勤めてた頃もずっと仕送りしてもらってた……」

「………」

「ハコはママに感謝して、とても大事に思っていたから、心配かけたくなかったんじゃないでしょうか」

涼子のことばには、ただの気休めではない響きがこもっていた。

「それに、ハコだってある程度の罪悪感は持ってたみたいだから、ママにはいいたくなかったのかもしれません」

「罪悪感？」

「メル友の男性と付合って、もしかしたらご主人を裏切るようなことまでしてたかもしれないんですから」

「……」

「いえ、ママも裏切ってしまったと思ってたのかもしれないんです。いつか電話で、三島の高校時代のことなんか話していて、ハコはほんとにママと仲良しだったよねって私がいったら、これからもママとだけは仲良しでいたい、自分はずっとママの良い子でいたいんだって、ハコがいったんですよ」

「良い子……」

何事もなく、大抵は他愛ない晴菜のメールが、断片的に朔子の脳裡に甦った。

いや、どこかに晴菜の孤独や不安が顔を覗かせてはいなかったか。無言のサインが潜んでいたかもしれない。きっとそうだったにちがいないのだ。

自分はそれを見落とした。メールの文面だけで安心していた。電話機の上の小さな文字には、声や表情や、息遣いもないのだから。

ハコの孤独はメル友に癒されたのだろうか?

いや、その男は癒すふりをして、ハコを弄んだあげく、無残に殺してダムに沈めた！

朔子は目が眩《くら》み、全身が戦慄した。

ダムの水底で揺れていた晴菜の顔が、ふいにありありと現れた。

はにかんだような稚い笑顔が、「ママ」と呼びかける。

ハコは目の前にいた！

許して、ハコ、今まで何もしてあげられなかったね。

でも、これからはちがう。

ハコのためなら何でもする。

あなたの魂を癒すためなら、ママはどんなことでもしてあげる。

2

「主任、相模湖町の役場から電話です」

部下にいわれて受け取った受話器からは、さして若くはない、少し鼻にかかった男の声が流れてきた。

「中島さんですか。管理課の細川ですが」

その声を聞くと、中島の脳裡には、眼鏡をかけて頬骨の張った男の顔が奇妙なほど鮮やかに浮かんできた。施設管理課・課長補佐の細川だ。

「ああ、先日はお邪魔しました」と中島は答えながら、あれはいつだったかと素早く思い返す。相模湖周辺での広範な聞込み捜査は六月三十日と七月一日の二日間で行われたから、すでに十二日経っていた。

二日目の午後、中島は若い鳥居巡査と二人で湖の南側を回り、意外に深い山林の中を通って〈憩いの森キャンプ場〉にも寄った。管理棟に表示されていたナンバーに掛けると、町役場の施設管理課に繋がった。

聞込みに立ち寄った中島たちに、細川の対応はあまり協力的な感じとはいえなかった。キャンプの届け出はシーズン中でも二、三件あるかないか、晴菜たちが相模湖に来たと思われる六月二十日日曜にも利用客の届けは出ていない——。

「この間県警の方が来られたことは、課長に伝えまして、管理課の者たちにも、お問合せのような女性を見かけたなどの話を聞いたら届け出るようにとはいっておいたのですが……あいにくあの日は係長が外回りしてたものでねえ」

「係長?」

「いや、キャンプ場の管理は無論うちの課全体で行っているんですが、役場が休みの日に万一何か不都合が生じた場合のため、電話機に音声メッセージを設置してあるわけです」

それには緊急の連絡先として、係長の携帯番号が録音されていた。

「係長は水道補修の件を一応書類で課長に報告してたんですがね。工事ってほどのことでもなかったので、係長もほとんど頭に置いてなかったようで……」

また少し話が飛んだ。

「水道の補修工事というと?」

中島が詳しく聞き直したところ——

細川が中島たちの聞込みを内部に伝えた時、清水《しみず》係長は不在だったため、その話を聞いていなかった。

そのまま細川はなかば忘れていたが、今朝、七月のキャンプ場使用の届け出があり、それで彼はふと思い出して清水に聞込みの件を話した。すると、係長が意外なことをいい出したという。

「あれは確か六月二十日日曜の午後四時半頃、ぼくの携帯に掛かってきましてね、少し年配らしい男の人の声で、ドライブの途中でキャンプ場に寄り、水道を使ったあと蛇口を閉めようとすると、閉まらなくなったというのです」

もともと水がポタポタ落ちていたが、今は出っ放しの状態なので、一応届けておくという話だった。

「ぼくの携帯は勿論音声メッセージで知ったわけです。でもその時ぼくは私用で町田のほうまで来てたもんですから、甲斐田《かいだ》管工の社長に電話して、できれば直接見に行ってくれないかと──」

日頃、役場の管轄の水道工事は大抵そこに頼んでいたので、社長の甲斐田は日曜でも快く承諾した。

小一時間して、彼から清水に補修が終わったという電話報告が入った。蛇口のパッキングを付け替え、ほかの蛇口もチェックして、水洩れなどを防いでおいたという。

その経緯を改めて細川に報告したあと、清水は少し思案してからいった。

「甲斐田さんがぼくに電話してきたのが五時半頃でしたからね、五時頃には彼はキャンプ場にいたはずなんですよ。ちょうど聞込みの対象になってる日ですから、何か変わったことでもなかったか、念のために聞いてみましょうか？」――。

「それにはわたしも賛成して、清水に問合せの電話を掛けさせたわけです。すると甲斐田社長がいうには、自分がキャンプ場に着いた時、白っぽい車が一台、湖水のほうを向いて駐まっていた。補修を始めかけていたら、ちょうど若い女が仮設トイレから出てきて、トイレのそばの水道で手を洗い、車のほうへ歩いていった。車の運転席には男がいたようだったと――」

細川の電話から約一時間後の七月十三日午前十一時半、相模湖南岸の〈憩いの森キャンプ場〉に五人の男が姿を見せた。捜査本部から中島と鳥居、役場から細川課長補佐と清水係長、それに甲斐田管工の社長が大型ワゴンを運転してやってきた。清水係長は三十代なかば、甲斐田も四十そこそこの若さに見えた。相模湖町内で父親の代から水道工事の会社を経営し、従業員は四人ほどだが仕事は信頼できると、清水が中島に紹介した。

高木の疎林を切り拓いたようなキャンプ場には、梅雨明けのキラキラした陽光が射し、十日余り前に中島たちが曇天下で見た時よりずっと晴れやかな雰囲気に変わっていた。それでもほかの人影は見えない。

太りぎみの身体にカーキ色の作業着姿の甲斐田は、トタン屋根の付いた流し台のほうへ一同を連れて行った。水道が四本設置されている。

「ここから水が出っ放しになっていたんですよ」と、左端の蛇口を指さした。

「ぼくがその状態を確かめて、工具を取りに車へ引き返していたら、そこのトイレから若い女性が出てきたんです」

話しながら甲斐田は早足で十メートル余り戻り、管理棟の横にある仮設トイレを示した。グレーのトタン張り、縦長の箱が男性用と女性用と二つ並び、その斜め後ろには簡易シャワーと、水道が一つ付いている。

「すれちがったわけですか」と中島がその場に立って尋ねる。

「ぼくが流しのほうから歩いてきた時、右側のトイレのドアが開いて、出てきた女性と斜めに鉢合わせした恰好で……」

「ではかなり近かったわけですね」

「ほんとにぶつかるくらいでした」

「夕方の五時頃だったそうですが、山の中だから薄暗いということは……？」

「いやあ、まだ十分明るかったですよ。お天気も好かったですしね」

「では、女性の年恰好などは憶えておられますか」

「齢は二十代くらいか、特徴といわれてもねえ……」

「服装は？」

「いや、清水係長にも訊かれて、さっきから思い出そうとしてるんですがね。上はピンク系の服を着てたのはまちがいないと思います。下はよく憶えてないけど……」

「持ち物などは？」

「焦茶か赤っぽい色のバッグを肩から提げてて、それがぼくの脇腹にちょっと当たったんですよ……」

それまで彼女は俯いた姿勢でトイレから出てきた。もしかしたら甲斐田にも気づいていなかったのかもしれない。が、バッグがぶつかったことで、ハッとしたように顔を上げた。その時甲斐田は間近で彼女を見たという。

「顔立ちなど憶えておられますか」

その質問に、彼は少しの間黙っていた。

「――変なことというようだけど、泣いたあとみたいにアイラインが滲んでて、顔色が蒼白かったですね。思いつめたような顔って、ああいうのかなあ……」

が、彼女はすぐまたその顔を伏せ、甲斐田の脇をすり抜けるようにして、近くにある水道に走り寄った。手を洗ってから、コンパクトを取り出したが、彼の視線を気にしてか、化粧を直すのもほどほどにして車のほうへ戻っていった。

「その時、キャンプ場にはほかの車はなかったんですね」

「ええ、その白っぽい普通車一台だけでした」と、今度は自信のある口調で答える。

「湖水のほうに向いて駐車してたんですが、運転席に男の人の頭が見えていたような気がします」

女性はその車に歩み寄り、助手席に入った。なんとなくそこまで見届けてから、甲斐田は再び自分のワゴンのほうへ歩き出した。白い車のナンバーまでは見える距離でなかった。

水道の補修が終ると、彼はキャンプ場の入口に駐めたワゴンの中から、携帯で清水に報告した。そのあと、車をUターンさせて帰途についたが、その時も白い車はさっきと同じ位置に駐まっていた――。

中島は本部から用意してきた三枚の写真を取り出して、甲斐田に示した。夫の溝口から借りた晴菜の正面を向いた顔写真と、ほか二枚は婦警など無関係な女性の写真である。

甲斐田は手にとってしばらく見較べたあと、

「絶対とはいえないですが、この人に一番似ているような気がします」

晴菜を選んで答えた。

それから一同は、彼に従《つ》いて、白い車が駐まっていたという場所まで移動した。そこはキャンプ場の奥の最も湖岸沿いで、突き当たりには木の幹に似せたコンクリートの柵がめぐらされていた。樹林の下方で湖面が光っている。

「夜は湖の外周にライトが点いて、意外ときれいなんですよ」

鳥居が先日と同じことをいった。

「ほかの施設ができるまでは、ここもけっこう利用者があったんですがね。途中の山道が寂しいのが地理的に不利なんでしょうかねえ」と細川がどこか困惑気味の声で呟いた。何か重大な事件との関わりを察し始めたのかもしれない。

日曜にもあまり人の近づかないこの場所に、白い車はいつまで駐まっていたのだろうか。ピンクのブラウスに赤いショルダーバッグを提げた晴菜に似た女を乗せて、その後どこへ消えたのか？

中島はしだいに息苦しいほどの昂揚感が全身に充ち溢れるのを覚えた。

多数の捜査員が千回、二千回と聞込みを続け、時間と労力の厖大な無駄を積み重ねた末に、ある時一つの有益な情報にぶつかる。

そうだ、これはたぶん的中《ヒット》だ!

3

あら、ひびが入ってたのね——

生《き》なりがかった白と、底のほうには焦茶の釉薬《うわぐすり》を波打たせるようにかけたマグカップは、まだ陶芸を始めてまもない頃の朔子の作品だった。あまり出来のいいものではないが、おみやげに持ってくると、晴菜はとても気に入ってずっと使っていた。

そのカップのふちから、縦に浅く長いひびが走っている。

今度はもっといいのを作ってあげるね。

朔子はそういおうとして振り返った。その時、晴菜はまちがいなく朔子の後ろにいた。

でも、振り向いた先には——

リビングには見慣れた応接セットとテレビと、キャビネットの上に夫婦のハネムーン写真が立ててある。朔子が来ている時には一日中一緒にいた晴菜が、そこにはいない。

「ハコ……」

なぜいないの?

朔子はきつく目を瞑り、四、五回激しく頭を振った。わからない。

どうしていないの？

ハコはどこへ行ったの？

なぜこんなことになったのだろう！

その思いが押し寄せてくると、朔子の頭の中は渦を巻いたような混乱状態になり、ああ、自分は狂っていくと感じる。

本当にもうどこかが毀《こわ》れてしまったのかもしれない。決して二度と、もとの自分には戻れないだろう……。

気がつくと、朔子はソファの背に凭《もた》れて、空間に向けて目を見開いていた。

どれくらい時間が経ったのかもわからない。

ベランダの先には、濃い緑の草が生い茂るグラウンドと、金網に囲まれたコートやパーキングの車の群が見える。視野のすべてが強烈な真夏の日光に晒《さら》されている。

ハコがいなくなって、何日経ったのか？

カレンダーへ目を移して、今日は七月十五日木曜だから、三週間と四日目なのだと思った。

どうかすると、朔子は真剣にその日数を数えていた。そして、まだそれしか経っていないのだから、事件の前まで日付を後戻りさせられるような、瞬時の救いに浸ろうとした。

今日のように何もできないで、ほとんど部屋の中で蹲っている日と、案外冷静で、行動的になれる日もあった。そんな時には、晴菜の友達に会ったり、よく晴菜が行ったという場所へ出掛けてみたりもした。涼子には新百合ヶ丘の駅付近を案内してもらった。晴菜のバイト先だった代々木の人材派遣会社を見に行ったこともある。外から三階の窓を見上げ、社名が出ているドアの前まで上がっていったが、結局ドアフォンは押さないまま帰ってきた。

この間の夕方には、新宿で米倉コズエに会った。晴菜から名前を聞いていただけで、コズエとは直接話したこともなかったから、早見帳にあるナンバーをプッシュするまでには何度も躊躇《ためら》った。でも、晴菜の短大の同級生だったコズエは、高校以来の涼子と同じくらい親友のようだったから、やはりどうしても一度会いたかった。

コズエは新宿三丁目のカフェ・レストランを提案した。晴菜とは通勤の途中でよくそこで落ち合ったという。

その店は入口に赤い庇《ひさし》がついていて、ウインドウの中には小花をあしらい、可愛らしい食器と料理がディスプレイされていた。若い女性ばかりで賑わう店の中で、「ケーキセット」という声が耳に入った瞬間、朔子はまたも眩暈《めまい》に襲われた。あまりにも如実に、ハコとの時間が甦ってきた。

コズエは大柄でスポーティな、働く女性という印象の強い人だった。

晴菜の友だちに会うと、朔子は必ず聞きたいことがあった。

「ハコはなぜメル友と付合っていることを私に教えてくれなかったのでしょう？」

少し躊躇ったあとで、コズエは率直な口調で答えた。

「メル友の世界などは、お母さまには理解してもらえないと思っていたんじゃないでしょうか」

「私に話してもわからないだろうと……?」

「たとえわかっても、そんなことはやめなさいと、絶対反対されるに決まっていると……」

「ああ、そうね、打ち明けようとしたことはあったかもしれないわね」

朔子は自虐に似た痛みとともに納得した。

「ハコはきっといろんなサインを出していたのね。でも私がみんな見落としてしまったから、話すことも諦めてしまったのかもしれませんね」

「というか……」

コズエはまたしばらく黙っていた。迷いと、朔子を傷つけないようにことばを選んでいるのがわかった。

「――ハコは、ご主人がもう自分を女として見てくれないと、そんなふうに感じて寂しかったらしいんです。でも、そういう不満をお母さまに訴えてもどうにもならないわけで……それと、やっぱり一番は、ハコはメル友の問題なんかでお母さまと争いたくなかったんだと思います。ママとは喧嘩したくないって、いつかいってたこともあるし」

ママとだけは仲良しで、自分はずっと良い子でいたいと、そのことばは涼子から聞いた。

そう、コズエの話も結局は同じことだ。私があまりにも不注意だったのだ。勝手に安心して、自分の生甲斐をハコに押しつけていた！

でも、今は独り残されて、これからどうすればいいの?

いつもそこまで来て、朔子はまるで灰色の有毒ガスのような絶望が身体の奥底から生まれ、出口のない隅々にまで圧《お》しひろがっていくのをまざまざと感じる……。

その時、携帯の受信音が鳴った。携帯はマグカップと一緒にキッチンのテーブルの上に置き忘れていた。

電話ではなく、メールが入ったサインだ。その音が鳴るたびに、ハコから？　と反射的に思う。

朔子は立っていって、携帯を開いた。メールは秋元康介からだった。

〈毎日酷《ひど》い暑さですね。工房の外では盛んな蟬しぐれです。そちらはどうですか。このところ暫《しばら》くメールが来ないので、身体をこわしているのではないかと、心配になりました。

十七日には個展が終るから、そのあと、あなたが差し支えなければお線香を上げに伺いたいとも考えています。

気が向いたら、また様子を知らせてください。

くれぐれも、あなたが倒れるようなことがないように祈っています。〉

朔子はメールを三回読み返した。

そう、七月十一日から十七日まで、秋元の個展が修善寺のギャラリーで開かれるのだったと、朔子は期日まではっきりと思い出した。「準備の時はみんなでお手伝いさせていただきますから」と約束していたのに。

そういった翌日にこちらへ来てしまったのだ。

まだ晴菜の遺体が見つかる前に、朔子は彼のパソコンへ陶芸のクラスを無断欠席した詫びのメールを送った。〈急用で娘の家へ来た〉とだけ断わっておいた。

二日後に事件が報道され、被害者の氏名も明らかにされたあと、秋元から朔子の携帯に丁寧なお悔やみのメールが入っていた。

それからは、朔子は時々彼に経過を知らせた。桂山湖を見てきたこと、亡骸は大月の火葬場で荼毘に付され、家でささやかな密葬を営んだこと――。

そのつど彼もメールを返してくれた。安直な慰めのことばなどなく、淡々とした文面から、彼の心からの労りが伝わってきた。朔子にとって、短い文章でも、その時々の気持を伝えられるただひとりの人だった。

彫りの深い秋元の面差《おもざ》しや、工房の佇《たたず》まいが朔子の瞼に浮かぶと、

帰ろうか――

その気持がふっと現実的に湧き上がってきた。

今までにも考えなかったわけではない。でもまだ踏ん切りがつかないというか、そこまでの心の整理にはほど遠かった。事件は解決の目処も立っていない。少なくとも、警察からは何の知らせも受けていなかった。

が、一方では、そろそろ引き揚げてはどうかといった、輝男の暗黙の打診を感じることがあった。

彼の仕事は元のローテーションに戻ってきたようで、今日からまた出張した。三泊の予定で、

帰りは日曜の夜になるといっていた。

今朝も出掛けに、輝男はベランダを向いてネクタイを締めながら、

「伸造さんのほうは、独りで大丈夫なんですかねえ」と、低い呟き声でいった。彼が伸造の名を口にしたのは今日が最初ではなく、どうやらそれが朔子にやんわりと帰宅を促す暗示らしかった。

無論朔子にしても、伸造のことが気にならないわけではない……。

またどれほどか経って、朔子はソファから立ち上がった。ハコの持ち物整理も、もうすぐ終る。

身体を動かす気力のある時には、家の中にある晴菜の持ち物や、日頃使っていた品々を見て回っていた。洋服、バッグ、アクセサリーなど身に着けていたものから、本やノート、手紙類、食器や台所用品など、多くはないようでもさまざまあった。

桂山湖で発見された死体が晴菜とわかる前にも、朔子は晴菜の衣類やノートなどを検《あらた》めたことがあった。どこかに晴菜の失踪の背景を物語るものが潜んではいないかと考えていた。

でも今は、一つ一つ手にとって、これでいいというまで見入り、乱れていれば整えて、また元に戻しておくだけだ。捨てるものと、持ち帰りたいものを仕分けするほどの意識もなかった。整理というより、ただ触っていただけだった。そんなことで、無意識に自分の気持を整理しようとでもしているのか。

キッチンはさっき見終えたから、あとはお風呂と脱衣室が残っていた。

朔子はレースのカーテンを開けて入った。

もともと広くもないところへ洗濯機と引出し箪笥を据えているから、脱衣室はごく狭い空間である。反対側は鏡と洗面台で、晴菜の歯ブラシがまだカップにさしたまま置かれていた。朔子はクリーム色デコラ張りの引出し箪笥を眺めた。今と同じこの場所に晴菜が何百回、何千回も立ったかと思うと、耐えられないような鈍痛がずーんと後頭部を貫いた。

一番上は二つの小引出しに分かれ、タオルとお絞りなどが入れてあった。

下に六段ある引出しは四段目からが晴菜用のようだ。

四段目にはパジャマとバスタオルがしまわれていた。見憶えのあるネグリジェもある。朔子は一度ひろげてみて、それからしゃがんで、膝の上でさするように皺を伸ばした。畳み直して、また引出しに納めた。自分でもそんな行為の意味など、わかってはいなかった。

五段目は下着だった。清潔な洗濯物の匂いが漂うが、多少乱雑に入れてあった。ベージュ、ピンク、黒、華やかなレース付きなどのブラジャーとキャミソールと、白のTシャツも混ざっていた。分けて重ね直しながら、朔子は知らぬまに啜《すす》り泣いていた。

一番下にはショーツとガードルが入っていた。カラフルで薄いナイロン製のショーツは頼りないほど小さく丸まっている。

「ハコ……」

引出しの端に、生理用ショーツの紙箱も目に入った。サーモンピンクの箱のラベルでそれとわかる。

「ハコ……」

箱を両手に抱いて、思わず嗚咽が洩れた。

上の箱はセロハンが剝がされ、すでに使ったことがあるらしい。ほかよりやや大きめのベージュ色のショーツが入っていた。

同じラベルの箱が下にもう一つある。それはまだ新品なのか、セロハンで包まれたままだ。念のためにそれも手にとって、おや、と感じた。箱が重い。よく見れば封も切られているみたい……と思った時、斜めになった箱の端から何かが滑り出た。

それはしゃがんでいた朔子の横の床に落ちて、固い音をたてた。

パールピンクで長方形のそれを、朔子は一目見て何か別のものだと思った。携帯電話に似た作りの玩具か何か。

左手で拾いあげる。大きさも重さも、まるで本物の携帯電話のようだ。

「なに、これ？」

小さく呟き、習慣的な手の動きでそれを開いた。電源が切られた暗い画面と、下にはキーが並んでいる。

朔子は改めて表側を眺めた。つやつや光るパールピンクで、〈NMC〉のマークが入っているから、会社は以前と同じだが、この携帯は朔子が知っていた晴菜のものとはちがう。前のはシルバーで、いろんなストラップを吊るしていたものだ。昨年の十二月初めに帰省した時もそれを持っていた。朔子は確かに憶えている。

ハコは携帯を買い換えたのかしら?

そう思って、つぎの瞬間、恐ろしい驚愕に襲われた。

晴菜の持ち物は事件後何一つ発見されず、すべて犯人に奪われたと考えられてきた。無論携帯も見つかっていない。

だが、もしかしたら晴菜は携帯を家に置いていき、こうして残っていたのか?

心臓が割れるような動悸をうち、震える手で携帯を持ち直した。

電源を入れる。

カレンダーの待受け画面が現れた。

〈7月15日(木) 11:16〉

正しく今日の日付と時刻を示している。

朔子は瞬時迷ったが、まず受信メールを調べることにした。それでこの携帯が晴菜のものかどうかはっきりする。

自分も同じ会社の携帯を使っているから、キーはわかりやすい。

メニューから〈受信メール一覧〉を選んで開いた。

〈04/6/20 今から 送信者・望〉

〈6/20 今朝起きて 送信者・望〉

〈6／19　Re・もうすぐ　送信者・望〉
〈6／19　もうすぐ　送信者・望〉
〈6／18　久しぶり　送信者・望〉

受信メールの日付とタイトルが新しいものから順に並んでいる。

6／20、六月二十日は晴菜の消息が途絶えた最後の日曜だ。

メールアドレスではなく、送信者の名前らしいものが一字だけあるのは、その名前でこの携帯に登録されているからだろう。

つぎつぎ遡《さかのぼ》ってみても、出てくるのは〈望〉からの受信歴ばかりだ。

朔子は呆然としたまま、今度は〈送信メール一覧〉を開いた。

〈6／20　ハコも早めに　送信先・望〉
〈6／19　思えば相模湖の　送信先・望〉

〈6／19　Re・もうすぐ　送信先・望〉

晴菜の送信歴は〈望〉への返信ばかり。

〈6／18　ハコはOK！　送信先・望〉

でも、なぜ？

ふいにこのメール歴の不審に朔子は気付いた。六月二十日には晴菜が朔子にメールを送ってくれた。朔子に電話して、出なかったので、留守電メッセージを入れたあとですぐメールをくれた。二十日日曜の午後三時十四分着信で、大月の警察署でも捜査資料としてその内容をパソコンに移していた。

なぜそれがこの送信歴に出てこないのか？

晴菜のメールには、朔子も返信した。その受信歴もここにはない。

そう、日曜には涼子ともメールを交換したはずだ。

なぜ何も残ってないの？

どうして〈望〉とのメールだけが記録されているのか？

答えが見つからぬまま、朔子は一番新しい「望」からの受信メールを開けてみた。

〈04／6／20　12：45
送信者・望　タイトル・今から
家を出ます。余裕をもって出るけど、1時間ちょっとくらい掛かると思う。近くまで行ったら、ぼくから電話するからね。〉

送信歴の最後は、
〈6／20　10：41
送信者・ハコ　タイトル・ハコも早めに
仕度しておく。話したいことが一杯たまっているんです。〉

脱衣室の床に尻餅をついたまま、朔子は呼吸することさえ忘れていた。長い時間、思考は空中をさ迷っていた。

最後に、これだけは確かなことだと思った。

ハコのメル友は〈望〉。彼とはこの携帯でメールを交換していた。

六月二十日にハコを車で連れ去り、ダム湖に沈めたのは、この男にちがいない！

4

三連休明けの七月二十日は、溝口晴菜失踪からちょうど一カ月目に当たった。

その火曜午後五時、捜査本部が待ち望んだ連絡がもたらされた。晴菜が契約していた携帯電話会社・NMC〈日本モバイル・コミュニケーションズ〉のセンターから、晴菜の携帯メールの履歴《ログ》の出力が終ったとの電話が入ったのだ。携帯電話の通話歴はナンバーがわかった二日後に入手できたが、メールのログは取り出し方が異なり、ふつう二ヵ月も掛かるといわれて、この種の事件捜査の最大のネックになっていた。

可能な限り急ぐよう要請を強めた結果、それが一ヵ月に短縮された。

特捜第二班の森島《もりしま》と刈田《かりた》がすぐさま車で東京へ向かい、お茶の水にあるNMCセンターの、ホストコンピュータから出力されたばかりのデータを、法的には捜索令状で差し押さえた。

六月の事件から遡る三ヵ月、四、五、六月分の晴菜の携帯メールの送受信履歴は、それぞれ約三百件、合計約六百件が記録されていた。発信場所も判明している。

電話のログでは先方のナンバーがそのまま表示されていたのに比べ、メールは一見意味不明の記号の羅列だった。

刈田たちはNMCの担当者からその「解析」の方法を教示されたが、わかってしまえばさほどの困難もなく、送受信先のメールアドレスを読み取ることができる。もともと特捜第二班はメール犯罪を扱った経験を重ねていた。

翌二十一日には、朝から班長の羽仁をはじめ、二班の四人が手分けしてログの解析に集中した。それで夜までには全部の読み取りを完了した。大部分が携帯電話のアドレスだったが、何件かパソコンのEメールアドレスも混じっていた。

つぎには、それらの携帯電話会社やパソコンのプロバイダーに、契約者の氏名と住所を照会する。それもできるだけ早くと頼み、件数の割にアドレスが少なかったこともあって、二十三日金曜夜には回答が出揃った。今年四月一日から事件までのおよそ八十日間、晴菜が携帯メールで交信した相手の氏名、住所のデータがついに捜査官の目の前に開示されたのだ。

その夜、広域管理官の伴藤警視、特捜第一班の角警部、署の刑事課長などに二班の四人が加わり、約十人が「特捜部屋」で緊急会議を開いた。全員にデータのコピーが配られる。

「晴菜の携帯の最後の送信は、六月二十一日、十八時二十一分の米倉コズエへと、二十四分の山口由美へ続けて送った二件です。三十五字と三十七字と、文字数も非常に近いんですが」

ここでは最も若い二十七歳の刈田が資料を示しながら補足的な説明をした。第二班の中でもとくに彼はコンピュータ関連に強く、今回もハーティネットやＮＭＣの調査を担当していた。

「内容は、新宿でお茶を喫《の》んでいると、買物を楽しんでいるというものだったね」と羽仁が確認する。ＮＭＣの記録にはメールの内容まではなく、それは受信した山口由美と米倉コズエから捜査員が聞き出し、携帯の画面をカメラに納めてきたものだ。

「はい、それで、二人ともすぐ返信したということで、晴菜の受信データにも記録されています。が、晴菜からはその後発信していません」

「晴菜の携帯からの最後の二件の発信場所は？」

伴藤の問いで、刈田は別のデータを開いた。

「それが奇妙なんです。先の十八時二十一分の米倉コズエへのメールは、新宿駅西口に近いアンテナが捕らえています。ところが、三分後の山口由美宛メールは新宿区百人町の新大久保駅南側のアンテナにキャッチされていました」

「送信者は移動していたということか」

「ええ、それもかなりのスピードで」

「車の中でメールを打ったのかもしれない」と羽仁。

「山手線の車内ってこともありうるんじゃないですか。あの辺は駅の間がちょうど二分くらいでしょう」

「すると、買物やお茶を喫んでる暇はないですね」

とび交う意見を耳にしながら、伴藤もほぼ確信に達していた。以前からの疑い通り、この二通は偽メールだったにちがいない。単に捜査を攪乱する目的か、あるいは犯人のアリバイ工作。もし後者で、犯人が別の場所にいたならば、共犯者にやらせたわけだが、結果は藪蛇だった。

最後の真実のメールは、やはり六月二十日日曜十五時十四分に母朔子へ送られたものだった。〈ドライブ中〉を伝えたあと、〈働きすぎないで、ママ、元気でね。ハコ〉と結ばれていた文面が、彼の脳裡に焼きついて離れない。

その発信場所を刈田に訊くと、

「相模湖のそばの基地局です」と彼は即座に答えた。

「メールの一分前に晴菜は朔子へ携帯電話を掛けていましたね。朔子のほうが留守電になっていたため、〈メール送っとくね〉というメッセージを残したわけです。その通話をとらえたアンテナと同じ基地局です」

〈今日はお天気好くて、人が大ぜい出てる。〉ともメールにあった。晴菜たちは、一度は相模湖公園付近の賑やかな場所へ寄ったのかもしれないと、伴藤は想像してみる。その後、東岸側の深い樹林の中を通って、人目のないキャンプ場まで行ったのか——？

会議では、いよいよメール相手一人一人の確認に移った。すでに二班がおよその検討を加えていたので、今度は羽仁がまずその結果を報告した。

「送受信の相手は回数の割には少なく、合計十三人。一回か二回の相手と、毎日のように頻繁に交換していた相手とにはっきり分かれるんですが、これは晴菜の交際範囲がさほど広くなかったことと、同じ相手と立て続けに三、四回やりとりするパターンが多かったからかと考えられます。先方はほとんど女性名ですね。ただまあ、契約者の氏名が女性でも、必ずしも当人が女とは限らないわけですが」

送受信先として上がってきた者の中には、夫の溝口輝男や朔子、三、四人の女性の友達など、すでにこちらが接触していた相手が多いが、その他全員の身許を詳しく洗い出す必要がある。

「晴菜はハーティネットのサイトでメル友を募集したんだったね」

羽仁より三年先輩の一班の角警部が訊いた。

「はい、昨年六月四日から七月二日までと、十一月九日から十二月七日までの二回、サイトに〈ハミ〉の名刺を掲載したわけです。それを見た多数の男性からメールが届き、その中から晴菜は合計九人に返信しています。その方法はポケメールと呼ばれるサイト上の書き込みであって、ハーティネットにも当人たちの携帯やパソコンにも、内容は残されていません」

「内容はわからなくても、とにかくその九人のうちの誰かが晴菜のメル友になった可能性が大きいといえるわけだ」

「その通りですね。晴菜は一人か、あるいは複数の相手と互いのメールアドレスを教えあい、直メールを交換してメル友の付合いを始めたのではないかと想像できます。九人全員の身許もすでに判明しているんですが、ただ、晴菜の今年三月までのメール履歴はすでに消去されているため、直メールが始まった当初の相手や頻度などは把握しきれないのです」

「四月以降まで続いていた相手はいないの？」

「四月上旬と下旬に、九人のうちの一人とメールのやりとりをしていたことが、データでわかりました」

「一人だけ？」

「ええ、真田智一《さなだともかず》、三十五歳、自由業、住所は神奈川県伊勢原市です」

室内の緊張が一挙に高まった。米倉コズエなどの聞込みで、晴菜が昨年夏頃から三十五歳のフリーライターと付合っていたこと、今年四月には「去年の彼からまたメールが来た」といって晴菜が笑っていた、などの情報をすでに得ていた。

「真田は、ハーティネットの会員登録では、HIKARUというニックネームを使い、三十四歳でテレビ制作会社勤務と自称しています」

ログに残っているのは、四月六日夜十時台に真田から送信、晴菜が返信する形で、間をおかずに真田が三回、晴菜が二回、二百字程度のメールを交換。その後四月二十七日にも、晴菜が受信してすぐ返信し、一通ずつのやりとりがあったことが認められる。が、なぜか五月と六月には通信記録は見当たらなかった。

「もう一つおかしいのは、六月二十日の事件直前のメール交換がないんですよね」

刈田が意見を挟んだ。

「ふつうメル友が会う前には、場所や時間を決めたり、近くまで来てから連絡をとりあうなどでとくにメールが増えるものなんですがね」

晴菜の携帯電話とマンションの固定電話にも、六月二十日前後は朔子や女友達以外の通話歴は残っていない。

いっときの沈黙のあと、二班の森島が独特のゆっくりとした調子だが、結論から口に出した。

「HIKARU、即《すなわ》ち真田が、晴菜にプリペイド式の携帯を買い与えたということは考えられませんか?」

軽い意外感が流れた。

「真田は昨年六月から七月にかけて晴菜がサイトに名刺を出した時、ポケメールを送った男の一人でしたね。彼女が返信し、二人は実際に会うところまでいった。その間に晴菜のパケット料がどんどん高くなって、十月には夫の溝口に叱られた。それが直接の原因かどうかはわからないが、二人はいったん別れたのかもしれません。それらしいことも、晴菜はコズエに喋っていたわけです」

「……」

「ところが今年四月になって、真田は晴菜とヨリを戻したくなって、またメールを送り、晴菜も返信した。しかし、今度はもう溝口に怪しまれたり、文句をいわれたくないので、彼はプリペイド式の携帯を晴菜に買い与えて、それでメールを送らせたのではないか。それなら溝口の口座から落ちるパケット料とは無関係なわけですから」

通話料先払いの形で購入されるプリペイド式携帯は、犯罪に利用されることも多く、廃止の方向ながら、まだ販売されている。

「買う時には身分証明が求められて、氏名住所が本社に登録されるはずですね」

「いや、メーカーの直営店ならそうだが、委託販売の店などには身許確認の義務がないから、そんなところで買ったらわからないですよ」

「ユーザー間の転売もあるし……」

初動捜査の段階で、晴菜がＮＭＣ以外の携帯を持っていなかったか、溝口に尋ねると、「ありえない」という返事だった。ほかの携帯会社にも溝口晴菜名義の携帯の有無を照会したが、どこも「無し」の回答。晴菜の銀行口座から携帯使用料が引き落とされた形跡もなかったのだ。

「確かにプリペイドならなあ、旦那に気兼ねなく使えるわけだから……」

再びみなの意見に耳を傾けながら、それもありうると、伴藤も考えた。真田智一名義のプリペイド式携帯が販売されていないか、各メーカーに確認する必要はあるだろう。

しかし――

伴藤が黙っているので、

「管理官、どう思われますか」

森島が意見を求めた。

「可能性は認めるが、ひっかかるところもあるね」

「……？」

「今年になって真田と晴菜のメール交換が復活し、男がプリペイド式を買い与えたとしたら、四月二十七日のメールの後ということになる。しかし、それまでの二人のメールは真田が四件、晴菜が三件……」

「少なすぎるということですか」

「プリペイド式まで使うのなら、もうちょっと盛り上がってからのほうが自然じゃないのかねえ」

第六章　容疑者

1

小田急から乗り継いだ下りこだまは、午前七時三十五分に小田原を発車した。夏休みに入って最初の週末というが、思いのほかすいていて助かった。

窓際に腰掛け、「蒲鉾《かまぼこ》」の看板など並び立つ市街の先に小ぢんまりした小田原城の天守閣が目に入った時、ほのかな懐かしさが朔子の胸にひろがった。

こんな時にも人間は懐かしいと感じるものなのか。でもそれから、ちょうどひと月ぶりなのだと思い返して、無慚《むざん》とでもいうしかない感情に捉えられた。

晴菜の行方不明を輝男から知らされて、翌朝一番のバスで西伊豆を発ってきたのが六月二十四日木曜だった。そして七月二十四日土曜の今日、また西伊豆の松崎町へ帰るのだ。

昨夜のうちに輝男には話してあった。一時的とはいえ朔子との二人暮らしが息苦しくなっていたらしい輝男は、内心ホッとした様子で、車で駅まで送るといったが、それもやんわり断わった。今朝はまだ彼がベッドにいる間にマンションを出て、新百合ヶ丘から小田急の下り急行に乗った。

もう九日前になる先週の木曜、脱衣室の引出しの中からパールピンクの携帯電話を発見したことは、とうとう彼には話さなかった。あの日彼は出張していて、日曜の晩まで帰宅しなかった。その間に、彼には告げないという決断が、朔子の中で徐々に固まっていったような気がする……。

ピンクの携帯を手にした直後は、わけがわからず、咄嗟に受信と送信のメールを開けてみて、それが〈ハコ〉のものにちがいないと考えるほかなかった。朔子や涼子との送受信記録が見つからないことで、今までの携帯とは別のものらしいと察した。

少し経ってから、決められたキーを押せばこの携帯のナンバーとメールアドレスが表示されるのだったと思い出した。それをして、考えた通りだったことを確認した。ナンバーもアドレスも朔子の知らないもので、アドレスの中に〈ｈａｋｏ〉が含まれていた。

おそらくこれは周囲の誰も知らない、晴菜の第二の携帯電話だったのだ。夫の輝男にも絶対秘密にしていた。だから晴菜は用心深く下着の引出しの、さらに生理用ショーツの紙箱の中に隠しておいた。事件のあとでは刑事たちがマンションの捜索に来たが、彼らも見落としたのだろう。

でもまた、彼らは何回か主に輝男に尋ねていた。晴菜はほかにも携帯を持っていなかったか？

輝男は「ありえないと思います」と迷いなく否定していた。刑事たちも各携帯会社を調べればいずれはっきりすることだという口吻《くちぶり》だった。もしその後晴菜名義のほかの携帯の存在が判明すれば、当然こちらにも問合せがあるはずだが、そんな話はまったく出なかった。

すると、この携帯の契約者は晴菜ではないのかもしれない。一体誰なのだろうか？いかにも若い女の子好みのパールピンクの新しい携帯を、夫にも内緒で晴菜はどうやって手に入れたのか？

電話料金は誰が払っていたのだろう？

出張から帰った輝男に、朔子はとりあえず尋ねてみた。

「たとえば人の携帯電話を拾ったとすると、ナンバーは出るけど、その持ち主はどうやってわかるの？」

ちょっと怪訝そうに彼が首を傾げたので、

「いえね、万一、犯人が捨てるか隠すかしたハコの携帯を、誰かが拾ったら、ハコのものだとわかって知らせてくれないかと思って……」

輝男はあまり間をおかずに口を開いた。

「ふつうナンバーから持ち主を知ることはできないと思いますよ。たとえば私立探偵社みたいなところに頼んで、密かに調べ出すようなやり方はあるかもしれないけど、一般の人が電話会社に尋ねても、教えないことになっているはずです」

勿論警察なら調べ出せるだろうが、と輝男は付け加えた。彼のそうした知識は確かなようなので、朔子はひとまず納得した。

警察に届けることは、いつでもできる……。

ピンクの携帯を見つけた日から、朔子は毎日、一人の時間にはそれを開けて見ていた。

住所録の登録は〈望〉一人だけ。そこを押すと、090で始まる携帯番号と、メールアドレスらしいローマ字の綴りが表示された。

あとは受信メール一覧と、送信メール一覧。この携帯のメールの送受信記録だ。

受信メールは二百件、送信メールは百件保存されていた。同じNMCの携帯を使っている朔子も、そのことは知っていた。長短にかかわらずそれだけ保存され、新件が入るたびに古いものは消えていく。

電話の通話歴も入っているかと思ったが、なぜか着信も送信も一件も出てこなかった。

この携帯はメールだけに使われていたのだろうか？

朔子は送受信メールの内容を、新しいものから順に読んだ。まもなくバッテリーが上ってしまったが、携帯のあった紙箱の中に充電機が入っていたのを思い出し、それで充電し直して読み続けた。全部が〈望〉へと、〈望〉からのメールである。一番古いものまで遡ると、逆戻りして、また一件一件に目を通した。

朔子にとって、それは拷問に近い作業だった。幾度も叫び出しそうになり、そのつど中断して、懸命に自分を落ち着かせた。

だがそうやって四、五日もたつうちに、不思議な思いが生まれてきた。すべてが〈望〉との間のメールでありながら、それら全体は晴菜から自分に託された最後のメッセージでもあるかのような……？

だからこそ、この秘密の電話機が、今、自分一人の掌《て》の中にある。

やはりまず自分だけが、この中に閉じこめてあるすべてのメッセージを読み取らなければならない……。

それにしても、晴菜はどうして第二の携帯を持つようになったのだろう?

その疑問は繰返し脳裡をかすめた。

輝男の話がふと思い出された。

「妻はメールが好きでね。一時パケット料がすごく嵩んだことがあったんです」

最寄りの麻生署へ晴菜の捜索を依頼しに行った時、輝男が係官に話すのを聞いて、朔子は意外な気がしたのを憶えている。

とくに昨年夏から秋には毎月三万円を超えるようになり、十月頃晴菜に注意したほどだ。その後は減り始め、十二月は五、六千円台に下がったと輝男は語った。

その十二月初めには、二人は一年ぶりに西伊豆へ帰ってきた。正月は輝男の実家で過すので、暮のまだ人の混まないうちに西伊豆へ帰省するのが夫婦の結婚以来の慣わしだった。輝男だけは日曜中に帰京した。

晴菜は火曜頃まで泊まって、「あじ幸」へも連れて行った。朔子は仕事を休ませてもらうつもりでいたが、「いいよ、ハコは一人でぶらぶらしてくるから。お爺ちゃんにもずいぶん会ってないから、顔見てこようかな」

晴菜はそんなことをいって、一人で海岸通を伸造の家の方向へ歩いていった。

その後ろ姿を思い浮かべた時、伸造がポツリと洩らしたことばが突然記憶に甦った。

とにかくすぐ西伊豆へ帰ろうと決心したのはその直後だった——。

トンネルをいくつかくぐると、左手の車窓に相模湾がひらけた。真夏の朝の光が無数の銀の針になって、疲れた網膜に突き刺さる。

朔子は窓から目を離して、やはりまたバッグからパールピンクの携帯を取り出した。通路を隔てた席に掛けた若い女性が、どこか可笑しそうにこちらを見ている。朔子の年恰好にしてはずいぶん派手な携帯だとでも思っているのかもしれない。

そう、今この携帯が秘めている重大な意味を知る者は、おそらく自分と、犯人の男との二人だけだろうか。朔子は空恐ろしさに蒼ざめ、手指の感覚が麻痺したようになる。

それでもまた受信メール一覧を開け、過去のメールへと遡った。

保存されている最も古い受信メールは、今年三月九日のものだ。

〈04／3／09　22：33
送信者・望　タイトル・ハコに会ってから
ぼくはやっぱりすごく変わったみたいな気がする。家にいても、なるべく一人になりたくて、すぐ自分の部屋に入ってしまう。とにかくハコにメールしたくなるんだ。ハコは今何してるのかな？〉

これに対しては、ハコの返信も残され、合計五回のやりとりが保存されていた。ハコからのメールは送信メール一覧に納まっているわけだが、何回か読み返している朔子は、同じ日付のそれらを交互に画面に出すことにも慣れてしまった。

〈3／09 22：35
送信者・ハコ　タイトル・Re・ハコに会ってから
ハコだって同じだよ。一日中望のメールを待ってる。メールの返事が来ないと、何かあったんじゃないかって、心配で家のことが手につかなくなっちゃう。今は一人で、この間会った日のことばっかり思い出していたところ。また早く会えるといいけど。〉

〈送信者・望
この間会った日は、カフェでも散歩した時も、たくさん話ができてよかった。ぼくはふだんあんまり女の人と話すのが得意なほうじゃないんだけど、ハコとはいつもすごく話が合って、いろんな差を全然感じないのが不思議なくらいだ。きっとぼくたちは波長が合っているんだね。〉

〈送信者・ハコ
ハコもこんなこと初めて。会っているといつもあっというまに時間がたっちゃうね。この前

も、まだまだいくらでも話していられたのにね。やっぱりまた早く会いたいデス。〉
〈送信者・望
ぼくもなるべく早くまた会えるように頑張ってみるよ。今度は車で行くことにする。少し遠くまで、ドライブしてもいいかな？――〉

このやりとりのあと、しばらくは〈望〉からの受信メールだけが残されていた。

朔子が確かめたところでは、三月九日二十二時三十三分の受信メールが、晴菜が消息を絶った六月二十日の十二時四十五分の最後の受信メールから逆に数えて二百件目に当たっていた。それ以前のものは消えている。

二人はほぼ同じくらいの数のメールを交換していたようだから、百件しか保存されない晴菜の送信メールは、ふつうなら三月九日頃はすでに消去されているわけだが、きっと晴菜が〈保護扱い〉にしてとくに取っておいたのだろう。朔子自身も晴菜との大切なメールはそうやって保存していた。

いつか涼子が話してくれたように、おそらく晴菜はメル友募集のサイトに自己紹介の名刺を出して、この〈望〉と知合ったのではないだろうか。サイト上のやりとりで互いに気に入って、メールアドレスを教えあい、直接交換するようになった。そして、いつ、実際に会ったのか？

ここにある三月九日のメールでは、初めて会った直後という感じはしない。すでに何回かは会い、つぎの予定を楽しみにしている。恋に落ちたばかりの若者のようなムードだ。

もし最初に会った前後のメールが残されていたなら、晴菜がはじめて見た〈望〉の年恰好や、互いにどんな印象を抱いたかなどがおよそ読みとれたかもしれない。それらによって、〈望〉がどういう人間であるか、ある程度推測できたかもしれないのに。

写真もない。メル友たちは親しくなると写真を送りあうとも、誰かから聞いた憶えがある。が、このピンクの携帯の中には見当たらない。それには何かわけがあったのだろうか？

しばらく続く〈望〉からの受信記録は、夜九時から十一時頃の時間帯が多かった。〈仕事が忙しくて、遅くなった〉といったことばが目についたので、昼間は勤めを持ち、夜帰宅後にメールに熱中する人間かもしれないとも想像できた。主婦の晴菜は昼も夜も、随時に送信していたが。

内容はほとんど他愛ない日常的なことばかりで、

〈帰りの電車の中で夕陽を眺めながらハコのことを思っていた〉

〈昨日家のテレビで『永遠の夜のために』を観たけど——〉と、たまに映画の感想などが出てくる程度だ。

それに対するハコの返信は保存されてないが、偶々《たまたま》同じものを観たのか、〈やっぱりハコもそんな感想を持ったんだね。同じ感覚だね。ぼくたちはきっと似たもの同士なんだ。〉などとある。とにかく、繋がっているだけで浮き浮きしているとでもいった文面。このころのメールから、どうして悲惨な事件を予想できるだろう……？

三月二十日、春分の日の土曜に二人はまた会った様子だ。十八日と十九日の〈望〉からのメールで、その打合わせをしていたことが推測できた。

三月十九日二十三時十六分、その日最後のメールには、

〈じゃあ、明日を楽しみに。近くまで行ったらぼくが電話するから。でも万一何かあったらぼくの携帯に掛けて。〉の後、０９０で始まるナンバーが示されていた。晴菜はそのナンバーを携帯に登録していて、朔子も別に書き留めてある。

翌三月二十日夜のやりとりを、ハコはまた保護扱いで保存していた。

〈3／20　21：31
送信者・望　タイトル・今日のドライブ
すばらしかったね。車の中はほんとに二人だけの世界だものね。やわらかいハコの唇の感触を、今も繰り返し思い出しているよ。今度会ったら、またすぐキスしちゃいそうだ（笑）〉

〈送信者・ハコ　タイトル・Re・今日のドライブ
なんだか今も気分がふわふわして、ヘンな感じです。なんかもう望のことしか考えられない。恥ずかしいけど、キスできて私もうれしかった。今度もきっと……ネ〉

〈送信者・望

かわいいハコ。ぼくだって同じだよ。早くハコにまたキスしたい！——〉

朔子はギリギリと奥歯を嚙みしめる。こだまは新丹那トンネルの闇を疾走していた。

キス！

2

三島で降りた朔子は、伊豆箱根鉄道に乗り換える。

修善寺までの電車は伊豆半島のまん中を走る。数々の温泉場に停車しては、まっすぐ南へ下るのだ。

三島駅のフォームから近々と聳え立って見えた晴れやかに青い富士山がいつまでも瞼に残り、朔子はしばらくジッと目を瞑って感情の波に耐えていた。ひと月前に百合ヶ丘へ行く時も、修善寺のフォームから富士が見えた。無理にも明るい兆しと受け取り、晴菜はきっと無事に帰ってくると信じた。

その時の電車の中では、自分の携帯に保存された晴菜のメールを読み続けていた。

今日もメールを読んできた。

でももう二度とあの子は帰ってこない。何ものにも掛け替えのないハコの命は、〈望〉というニックネームの男に奪われた。朔子は携帯を潰れるほど握りしめた。

お前をぬくぬくと生かしてはおかない！

狂気のような憤怒と憎悪はしばしば突発的に朔子の中で煮え滾《たぎ》る。どす黒い炎の塊が血管を駆けめぐり、朔子は本当に自分が狂っていくと感じる。

修善寺からのバスは山深い国道をひた走り、「伊豆市」になってまもない土肥《とい》で駿河湾に出る。

冬は荒れる海が、今は群青色の海面をゆるやかにうねらせ、たくさんの漁船と白い遊覧船も動いていた。ようやく十時半を回っている。

朔子は安良里《あらり》でバスを降りた。

いつもは車で通っていた坂道を歩いて、漁港に下った。北側の岬のふちの細い土道を急ぐ。防波堤に面した傾斜地に建つ小さな家々のあたりに人影が見え、誰かに声をかけられたような気がしたが、振り向かずに歩き続けた。

義父の伸造の家の葦簀《よしず》囲いが目に入った。ヘチマの蔓《つる》が逞《たくま》しく伸びひろがっていた。

朔子は囲いの内側の畑を覗いたが、伸造の姿は見えない。

家の縁側に回ると、網戸の奥の座敷にもいないようだ。「お爺ちゃん」と声を掛けるのが慣わしだったが、すぐには声が出なかった。緊張と、怒りに近い感情が喉をこわばらせている。どうせその辺まで行っているだけだろう。今日帰ることは電話で知らせてあった。

朔子は網戸を開けて上がった。

八畳の座敷には、縁に向かって大きな座卓が置かれ、その前にはまん中がへこんだ座布団が一枚敷かれている。座卓の上、座布団の周り、畳の上から床の間にまで、種々雑多なものが置いてある。いつもの通りだ。

だが、一見散らかっているようでも、伸造は彼なりに整理してあるつもりでいるから、朔子が勝手に片づけると嫌がるのだ。実際、新聞やチラシ、何かの書類などは、分けて積んだり、紙挟みや洗濯挟みでひと纏《まと》めにしてあった。

朔子は座敷の中ほどに立ったまま、部屋中に視線を配った。

あっと思ったのは、床の間の横にある古い文机《ふづくえ》の上を見た時である。週刊誌より少し大きめの紙が何枚か、クリップで束ねてある。白地にグリーンの印刷に憶えがあった。

机の前に座り、その束を取りあげた。〈NMC〉の文字が目にとびこむ。

〈お客様番号　090――

振替日　6月30日
振替金額　4305円〉

その下には、

〈ご請求先氏名・日野伸造様〉〈ご利用料金を口座振替により領収いたしました。〉と印刷されていた。

「ああ、やっぱり……」

090で始まる番号は携帯電話に決まっている。そしてこれはその電話料金領収証にほかならない。

だが、伸造は携帯を持っていない。耳が遠くてふつうの電話でも苦手の彼が、朔子の知らぬまに自分の携帯を買ったとは到底考えられなかった。

クリップの束をめくってみると、振替日が五月末日、四月末日と遡るが、金額は判で押したように同じだった。

朔子はそれでも念のため、ピンクの携帯を取り出した。キーを押し、番号を画面に出す。それはまちがいなく領収証に打ちこまれたナンバーと一致していた。

その時、網戸に影がさした。

洗い晒しの開襟シャツに裾を折り曲げたズボンをはいた伸造が、枯れ木のような姿を見せて上がってきた。もともと痩身の彼が、さらに一回りも痩せ細り、真白な髪や顎鬚も伸び放題で、赤銅色の顔がよく見えなくなっている。日頃は髪も髭も朔子が適当に切っていたのだ。

「着いたんか」

「ええ、今さっき」

朔子は立ち上がって、彼に歩み寄った。

「お爺ちゃん、お変わりなかったですか」

思わずその腕に手をやると、たちまち胸が詰まってことばが続かなかった。

「ああ、道子《みちこ》が時々来てくれるからな」

彼はむしろ朔子を労《いたわ》るような、淡々とした声でいった。道子は朔子の亡夫の妹で、結婚して下田に住んでいる。

それにしても、晴菜のいきさつをおよそは知っているはずの伸造の心中は、どのようなものなのだろうか?

だが、その前にはっきりさせなければならなかった。

向かいあって座ると、朔子はゆっくりと大きな声で話し始めた。

「お爺ちゃん、この前、私が百合ヶ丘へ行く前にここへ来た時、ハコの話をしましたよね。ハコが去年の十二月にこちらへ帰ってきたことなんか」

伸造は黙って見返しているが、話はわかっている表情だ。七十六歳の彼は、耳は遠いが、呆けてはいない。

「その時、お爺ちゃん、笑っていってましたよね、ハコがここへ来て、儂に何かねだっていったんだって」

彼は記憶をさぐる目の色を見せた。

「それ、携帯電話じゃなかったんですか」

「ああ、そうだよ」

はっきりと思い出した声だ。

「携帯電話を買ってやったんですね?」

「うん……この頃はみんなあれを持っているらしいね」

「どこで買ってやったんですか」

「いやあ、金をやって、それから、委任状かなんかに住所と名前書いて、ハンコを押してやっただけだ」

「電話料が毎月お爺ちゃんの口座から落ちることもわかってたんですね」

朔子は領収証の束をかざして見せた。

「ああ、定額みたいなので使うから、大したことないといってたで、それにも判を押してやっただが」

「やっぱりそんなことだったんですか」

おそらく晴菜は伸造から二万か三万くらいの金と、必要な書類に記入と捺印をしてもらって、どこかの販売店で伸造名義の新しい携帯を買ったのだ。

「やっぱり……」

朔子は全身の力が抜け、がっくり肩を落としてうなだれた。

その様子が意外だったのか、伸造はどこか言い訳するように呟いた。

「いや、ハコには結婚する時も、これってことはしてやってなかったもんでな」

朔子は無言のまま、唇を噛みしめていた。晴菜が手に入れた第二の携帯がすべての発端となった事実を、伸造にぶつけたい衝動に耐えるために、血が滲むほど唇を噛み続けた。

3

ああ、この匂い――

静謐《せいひつ》な空気の底に粘土の冷たさや釉薬と何かの花の香までかすかに溶けこんだようなこの部屋がどんなに懐かしかっただろう！

遠く離れていて、空想でそれを思い出そうとしたこともあったけれど、今、目を瞑ってその中に浸っていると、身も心もやさしく過去へ運ばれていく。

時間が静かに遡り、あの日々が帰ってくる……。

やがて朔子は目を開けて、奥のガラス戸へ歩み寄った。ヒールが床板を踏む音が快く響く。磨かれたガラスの斜め下には那賀川が流れている。青緑の水に川底が透けて見え、ゆるやかな流れのリズムまでが記憶に刻まれていた。向こう岸に並ぶ家々の静かな佇まい……。

朔子は再び工房の中を振り返った。作業台の上に粘土をこねて成形しただけの皿や茶碗が二十個あまり、ビニールを掛けて置いてある。昨日のクラスの生徒たちのものだろうか。朔子は無意識に自分の作品を探していた。

ドアの向こうに聞き憶えのある足音が近づいてきた。それが止まると、ドアが開いた。

長身で引き締まった体軀の秋元康介は、今日も黒いTシャツとカーキ色の綿パン姿だった。Tシャツの袖から出た腕の筋肉ががっしりと盛り上がっている。

入ってすぐ、彼は立ち止まり、朔子に目を注いだ。太い眉と高い鼻梁の下に少し奥まった大きな眸が、何かを見きわめようとする光をたたえて強く見開かれている。

いっときのあと、

「大変でしたねえ」

深い吐息とともにいった。目の表情が緩み、かすかに潤んでいるようにさえ見えた。

朔子も彼と向きあって立ち尽くしていた。何かが、何もかもがたちまち崩れていくような危うさに耐えながら、声はなく、ただ涙が流れ落ちるのに任せていた。

それでいて、唐突な記憶がぽっかりと脳裡に浮かんだ。秋元の作品をはじめて見たのは堂ヶ島のギャラリーを兼ねた喫茶店でだった。中でも皿や花器の、大振りでいてきびしく引き締まった黒い焼きしめに強く惹かれた。教室へ通うようになったのはそれがきっかけだった。

作品の印象は秋元その人のものだったのかもしれない……。

「まあ、掛けて」

彼はガラス戸のそばの縁に置かれた籐椅子を示した。今日の午後工房を訪ねたい意向は、一昨日彼のパソコンにメールで知らせた。待っている旨の返信が折り返し届いていた。

「今度のことは、新聞などの報道と、あなたが時々送ってくれたメールだけで、細かなことまではぼくにはわからないんですが……本当に、何とお悔やみ申し上げていいのか、ことばが見つからない」

向かいあって掛けた秋元は、つらそうに頭を下げた。

「いえ、先生は何度もメールを下さって、どんなに慰められたかわかりません」

「………」

「──結局、何もかも私が至らなかったのだと思います。たった一人の娘に対して、私はほんとに不注意で身勝手な母親でした」

急に堰《せき》を切ったようにことばが出て、朔子は自分で驚いた。事件以来、絶え間なく悶え、苦しみ続けた。それを口に出して話せる相手は誰もいなかったのだ。

「あの子は都会の大きなマンションの中で、独り取り残されたような暮らしをしていたんです。とりわけ甘ったれで、依存心の強い子だったのに。それでいて、私には、良い子でいようとして……子供の頃から、長い間、そんな癖がついてしまってたんですね。だから私へのメールには、心配かけるようなことは何一つ書かないで……いえ、いろんなサインを出していたのにちがいありません。でも、鈍感な私がみんな見落としてしまったので、私にはもうわかってもらえないものと諦めてしまったんです」

「……………」

「そのうち、メル友に興味を持って、たちまち嵌まってしまったらしいんです。メールは中毒みたいなものだと、警察の人もいってました。知らない男と毎日メールのやりとりをして、会いたくなって、そして……質《たち》の悪い男に弄ばれた揚句……」

耐えきれず声が乱れた。

「でもね、最後にはやっぱり私に救いを求めていたんですよ。私がもっと早く気がついて、寂しさや悩みや本当の心のうちを直接聞いてやっていたら……私は毎日のようにハコとメールをしていながら、勝手に安心して、娘の顔がまるで見えていなかった……」

朔子の嗚咽がおさまるのを待って、秋元はちょっと外すような質問をした。

「警察の捜査は、どの程度進んでいるんでしょうか」

「さあ……」

「晴菜さんの携帯メールの記録の解析が終り、メール相手の身許もほぼ判明したと、捜査本部が発表していますね。いよいよ容疑者を絞りこむ段階にきていると、昨日の新聞に出てましたが」

「………」

ここ何日か、朔子はろくに新聞も読んでいなかった。でも、捜査本部の発表というのは、晴菜のもともとの携帯から割り出されたことだろう。

今自分が手にしているものは――

恐ろしい動揺で目の前が霞んだ。心臓が音をたてるように打ち始めた。秋元に顔を見られればそれを見透かされそうで、朔子はジッと俯いていた。

しばらく経ってから、

「私たちには、警察から何も連絡はありませんから」

「警察には、ご遺族にあまり多くを知らせないほうがいいという考え方がいまだにあるようです。捜査秘密がマスコミに洩れる危険も警戒しているんでしょうが」

秋元は若い頃、全国紙の敏腕記者だったと聞いている。

「事件の直後には、くどいほど話を聴かれたんですけど。でも、私はほとんど答えられませんでした。ハコのことを、なんにもわかってなかったんだと……」

また悲哀にのみこまれかけるのを、秋元が今度はやや強い声で遮った。

「どんな親子だって、何もかも理解しあえるなんてことはありえない。あなたはご主人が亡くなられたあと、女手一つで晴菜さんを社会人に育て上げた。母親として充分な愛情を注いできた。それは彼女にもよくわかっていたはずですね。それだけでも素晴らしいことだったと思いますよ」

「……」

「そうやってあなたが自分を責め続けても、晴菜さんは決して喜ばないんじゃないですか。まだ事件からひと月あまりの時期に、ここまでいうのは酷かもしれないけど、あなた自身が娘さんへの依存から脱しなければいけない」

「ハコを忘れろと?」

「とんでもない。ハコちゃんのことはいつまでも大切に心に刻んで、彼女と一緒に生きていくような気持で、あなたがよく生きることが――」

「私が何を目的に生きるのですか」

「それは、生きることでおのずとわかってくると思う」

「私はハコのために何かしてやりたい。できることなら……今からでも間に合うのなら……!」

彼はしばらく息を凝らしていた。口を開くと、むしろ穏やかに尋ねた。

「たとえば、自分の手で犯人に復讐するとか?」

朔子はズキリと心臓を抉られた。

「たとえわが身はどうなっても、ハコの怨みを晴らしてやりたい、あるいは、ハコちゃんのそばに行ってやりたいと、あなたは望んでいるかもしれない。ぼくは思うんだが、あなたが心底そう願うだけで、それだけで、ハコちゃんの魂はどれほどか救われているのではないだろうか。ぼくにはなぜか、本当にそんな気がするのですよ」

朔子はしげしげと秋元を見あげた。今自分の魂こそが、彼の中に吸い取られてしまいたいような揺らぎを覚えた。

「いっそもっといわせてもらえるなら、真実は時が証《あか》す。そして、傷ついた心も、いつか時が癒してくれると、ぼくは信じたいのです」

秋元がさし出したハンカチで、朔子は濡れた頬を拭った。彼ははじめて口許に優しい微笑をたたえた。

「もうずっとこちらにいらっしゃるんですか」

朔子はすぐには答えられなかった。再び迷いが押し寄せて、喘《あえ》ぎそうになった。

ガラスの外の楓《かえで》や柿や大シダが繁る斜面、ところどころで泡立つ川面、対岸にあるなまこ壁の土蔵や緑の山々が、霞んだ目の中を流れた。ここで過ごしたいくたびかの時間《とき》が胸に溢れてきた。それを振り切れぬまま、朔子は小さく頭を振った。

「まだ納骨もすませていませんので、二、三日のうちにあちらへ……」

「無論また、こちらへ帰ってくるのですね？」

二人の視線が空中で結びあった。

ああ、私はずっと以前から、このひとにとくべつの感情を抱いていたのだったと、朔子は今悟った。一人だけの、ほのかな思慕。気づかずに訪れていた束の間の陶酔……。

しばらくはそれに浸っていたかった。

ふいにかん高い幼児の声が聞こえ、朔子はハッとして椅子をずらした。

朔子が立つと、秋元もゆっくりそれに続いた。

向かい合った朔子の肩を、彼の手が両側から押すように支えた。

「ぼくもできるだけの力になりたいと思っています。だからあなたも、決して短気なことをしてはいけないよ」

「はい……」

「あなたを信じている」

彼は遠慮がちに朔子の身体を自分のほうへ近づけた。朔子の額が彼のどこかに触れ、上半身は彼の逞しい両腕と胸との空間の中に包まれた。

そのまま二人は静止していた。

もし、どちらかのわずかな動きがあれば、朔子は彼の胸の奥に抱きとられていただろう。

朔子の意識は真空になり、蟬しぐれだけが耳の中で鳴っていた。

幼児の声がそれに混じって聞こえた。きっと秋元の幼い孫が庭で遊んでいるのだ。

「早く帰っていらっしゃい」と彼はいい聞かせるように囁いた。

「待っているから」

朔子は小さく頷きながら、なぜかありありと感じた。自分にはもうどこへも行き場はない──。

朔子はまだ少し、不思議な抱擁の中に留まっていた。

それから、心の底で呟いた。

「先生、さよなら」

4

真田智一を洗う四人の専従班が作られた。県警本部捜査一課の安奈見警部補をトップに、大月署の津川《つがわ》、近くの市から応援に来ている若手二人との四人である。

「三十五歳のフリーライター」の存在は、晴菜の複数の友だちの話から浮上した。それを裏付けるように、神奈川県伊勢原市に住む自由業、真田智一、三十五歳とのメール交換の記録が判明した。四月六日と二十七日に、二人で合計七件。

事件に至るほどの関係としては少なすぎるという指摘もあるが、晴菜がハーティネットのサイト上でポケメールを交換した男性九人のうち、今年四月以降事件までの間に直接メールをやりとりした相手は真田一人しかいなかった。

メル友以外に有力な筋も浮かんでいない。

事件当初、捜査本部では夫の製薬会社MR・溝口輝男にもある程度の疑いを抱き、何回か事情聴取して、話の裏を取った。その結果、晴菜の消息が途絶えた六月二十日日曜午後から、彼が出張から帰って池袋の会社へ姿を見せた二十三日水曜午後二時頃までの間、彼の主張する通り、栃木県と群馬県にまたがる担当エリアのホテルや訪問先病院で、点々とアリバイが証明された。彼の車も自宅マンションのガレージに駐めたままだったことが確認されている。溝口が出張の合間に神奈川県の相模湖へ行ったり、山梨県山中の桂山湖を往復するなどは時間的に不可能との結論に達した――。

真田の専従班は、いきなり本人に当たるようなことはしない。まず彼のおよその人間像を得ることに努める。

脚本家協会の名簿の中に真田智一の氏名が見つかった。自宅住所のほか、〈仕事場〉として約六キロ東京寄りの海老名市のマンションの住所と、電話、ファックス番号も記載されていた。

署内で聞いてみると、その名前に憶えがあるというものが二、三人現れた。

「週刊誌に事件の内幕のノンフィクションとか、風俗レポートっていうのかな、それこそ中年男性の援助交際の実態みたいな話も書いてましたよ」

「民放のドキュメンタリーのスタッフで名前を見た憶えがあるなあ」

週明けを待って、安奈見は各銀行にここ三年間の本人名義の口座内容を照会した。回答によると、都市銀行二行に口座があり、一つが生活口座のようだ。電話料の振替は月二万円程度。年収は、昨年、一昨年とも六百万円前後で、支払い者には週刊誌を持つ出版社や、テレビ局、制作会社らしい名前がある。これらのことから、真田が文筆業で生計を立てているらしいことはひとまず認めてよさそうだった。

七月二十八日朝から、津川と山下《やました》の二人連れが真田の住所地へ出向いた。

「伊勢原市の、市街地からは大分離れた農村地帯……敷地の広い大きな二階家で、門柱には真田のほかに和倉《わぐら》という表札も下がっていました」

津川が携帯で安奈見に報告した。

「結構豊かな農家という感じでしたね。あのへんには似たような家が何軒かありましたが」

そうした環境では、とりわけ近隣の聞込みなどは慎まなければならない。たちまち噂になって、本人の耳に入る危険性が高い。もし相手が本ボシで、こちらの動きに気づけば、証拠湮《しょうこいん》滅《めつ》、口裏合わせなどの工作、極端な場合には高飛びや自殺の恐れもあった。

二人は最寄りの交番に立ち寄った。年配の巡査部長が幸い住民の事情を詳しく把握していた。

「やっぱり昔からの農家で、今は両親、真田には義理の親で、そちらが和倉という姓なんですが、それに真田夫婦と、小学二年と幼稚園くらいの男の子との六人暮らしだそうです。つまり真田は苗字こそ変わってないが、事実上の婿養子で、今のところ家業は手伝わず、ライターの仕事を続けているということのようでした」

「それで別に仕事場を借りているわけか」と、安奈見は納得した。

午後二時頃、二人は海老名市へ移動した。

相模線と小田急線が交差する海老名は巨大なベッドタウンで、新百合ヶ丘へは小田急で三十分程度か。真田の仕事場のある町は、市の西部、相模川に近く、対岸は厚木市である。そちらにもまた大規模な集合住宅の密集が遠望できた。

名簿に出ていたマンションは四階建、くすんだグレーの外壁が築後かなり年を経たものに見えた。津川は近くで降り、山下が離れた場所へ車を置きに行った。

津川はスイングドアを押して狭いロビーへ入った。管理人室は見当たらず、エレベーターもなさそうなので、階段をのぼった。

最上階の四階まで上がると、踊り場に面してドアが三つ付いている。

401号室のインターフォンの上に〈真田〉のネームプレートがあるのを確かめた。少しの間ドアの隙間に耳を当てていたが、人声や物音は聞こえない。そのまままた階段を下った。

車を駐めてきた山下は、マンション裏側の専用駐車場の外れに立っていた。砂利の地面にロープを敷いて、二列八台分の駐車位置が仕切られている。今は三台駐まっているだけだ。真夏の炎天下、どれもフロントガラスの内側に日除《ひよ》けを立てていた。

二人は待つ態勢を相談した。真田が電車とバスなどで来る場合も想定して、津川がロビーの出入口を、山下が駐車場を見張る。

二人は思い思いに身を潜めた。

今年四月に真田が晴菜へメールを送ったのは、六日が午後十時台で、間をおかずに合計五件のやりとりがあった。二十七日は午後三時台で一件ずつ。つまりその時間帯には真田はパソコンに向かっていたわけだ。

すると、真田は昼間、遅くとも午後から深夜にかけて仕事をするタイプなのではないか？であれば、そろそろ仕事場に現れてもいい頃合いかと、津川は賭けている。

シルバーがかった薄茶のセダンが駐車場へ進入してきたのは、午後四時十分頃だった。運転席に男が一人。外は日射がきびしいので、三時から津川が駐車場に交代して、わずかな木陰で見張っていた。

車は中ほどの区画にバックできっちり停まった。

ドアを開けて出てきたのは、ブルーのTシャツの上にベージュ色の綿ジャケットを羽織った三、四十代の男で、右手に膨らんだ布製の鞄、左手には一リットルのミネラルウォーターのボトルをさげている。身長百七十五センチ程度のスリムな体型。前髪を額に垂らし、洒落たメタルフレームの色の入った眼鏡の奥で眩しそうに瞬きしながら建物のほうへ歩き出した。

男が裏側のスイングドアからロビーへ入り、階段の角を曲がって見えなくなると、ややあって、表から入って同じほうへ歩いていく山下の姿が認められた。

津川は薄茶の車へ歩み寄った。神奈川ナンバー。二、三年は乗られたような国産車だ。後ろのシートにはスポーツ紙や週刊誌が乱雑に重ねてある。彼はナンバーをメモし、車をあちこちからカメラに収めた。

百合ヶ丘や相模湖では「白っぽい車」が目撃されていた。この車は白ではないが、遠目には白っぽいと感じられなくもないだろう。
二、三分も経つ頃、ロビーの裏口に再び山下が姿を現した。まだ車のそばにいた津川に、軽く片手を上げ、拇指と人差指で円を作った。さっきの男が401号室へ入ったのを見届けた合図だった。
真田智一の乗用車のナンバーが特定されると、捜査本部では直ちに、中央自動車道・大月I

Cで回収された高速券とVTR、近辺のNシステムなどとの照合作業を開始した。

それらは、死体が溝口晴菜と判明してからは、彼女の消息が途絶えた六月二十日以降、解剖による死亡推定日時の終わりに当たる二十二日までの三日間に焦点を絞っていた。

しかし、真田の車はどこにも含まれていなかった。

「高速のインターでナンバーが記録されることは一般にもかなり知れ渡ってますよ。とくに真田のような職種の者では、心得てないほうがおかしいくらいでしょう。用心して下を走ったんじゃないですか」との意見が出た。

「Nシステムにしても、さほどの数ではないから、どこに設置されているか、ネットなんかで情報が流されてますね。わかっていれば、裏道を通って避けることができる」

「しかし、百合ヶ丘で晴菜を乗せたあと、高速を使わずに相模湖へ行くのは相当な遠回りですよ。マンション近くの路上で晴菜がピックアップされたのが一時半から二時、相模湖からの発信が三時十三分ですからね、その間に移動できたかどうか」

「ピックアップの目撃が正確とは限らない。人ちがいだったかもしれません」

誤った目撃証言に振り回されることは、残念ながらきわめて多い。別の事件で、犯人の乗った同じ車が白と濃紺と、二通りの目撃証言が得られたケースもあった。

一方、事件直前の真田と晴菜のメール交換が少ないことから、真田が彼女にプリペイド式携帯を持たせていたのではないかとの見方が生まれていた。本部では全メーカーに問合せしたが、真田名義での購入の記録はなかった。しかし、買い手の身許確認の義務はメーカーの直営店だけに限られ、それ以外のルートで入手されれば把握しようがない。

晴菜自身の購入記録がないことは、事件発生直後に調査済みだった。

つまり、メール交換の事実以外に真田の容疑をさらに裏付けるデータは何一つ挙がってこないのだ。

とはいえ、シロとは決められない。メル友関連では、彼は依然唯一の有力容疑者なのである。

あとは六月二十日前後のアリバイの問題だが、彼のような自由業者では外部からアリバイを調べることにも限界があった。

手詰まりになると、直接本人に当たって軽いジャブを出してみるというやり方もある。晴菜を知っていたかどうか尋ね、知っていたと認めれば、付合いの程度や事件の頃の様子などを少しずつ聴いては裏を取る。

しかし安奈見は、真田の自宅と仕事場の両方を同時に襲って任意で事情を聴くことを考えた。真田はまだこちらの動きに気づいていない様子だ。六月二十日から二十一日の彼の行動について、本人だけでなく、妻や義父母から別々に話を聴き、矛盾が出ればそこが突破口になる。

伴藤管理官に諮《はか》り、彼の同意も得た。急襲は七月二十九日木曜の、真田が仕事場に現れる午後二時頃を予定した。

ところが――

暦では同日の午前零時半、自宅で床についていた安奈見の携帯が鳴った。大月署の前島《まえしま》という四十前の刑事だった。

前島は上司への深夜の電話を何度も詫びてから、

「実は今しがた、全日新聞のサツ回りの記者が家に来まして、何らかの事情を知るフリーライターが浮かんでいることを明日の朝刊に書いたというんです。わたしとは割に古い馴染みの記者で、新聞が出る前に、一応仁義を切ったつもりらしいんですが……」

さらに詳しい事情を訊くと——三十すぎのその記者は、自分の足で歩き回って丹念に地取り取材をする男だった。晴菜の友達にも会い、「三十五歳のフリーライター」の話も聞き出したらしい。数日前、それを前島にぶつけて「関心を持っているか」と訊いてきたので、「自分は専従でないからよくわからない」と答えた。

すると記者は、それで専従班が組まれていることを察知して、あちこちの情報を繋ぎ合わせて記事を書き、二十九日の朝刊に載ると断わってきた、というのだった。

記者が情報を洩らしてくれた刑事に、記事が載る前に知らせることは、いまだに守られている「仁義」だった。そしてその訪問や電話は、たとえ他社の夜回り記者に洩れてももう絶対に朝刊に間に合わない時刻と決まっていた。

「勿論氏名や年齢は明らかにしてないそうですが、やはりスクープになるかもしれません……」

安奈見は溜め息をついたが、前島を責めてもどうにもならない。

電話を切ると、午前一時を回っていた。

彼はしばらく思案したあと、二十九日午後に予定していた真田の事情聴取を午前七時に繰り上げることにした。そんな時刻では真田は伊勢原の自宅にいる可能性が高いが、真田と家族とは全員別の場所で聴取する。こちらもそれだけの人数を揃え、念のため、近くの派出所などに部屋の用意を頼んでおく――。


七月二十九日早朝、安奈見たちの一団が出発したあとで、朝刊各紙が大月署へ配達された。

全日新聞社会面・左寄り三段の見出しが伴藤の目を捉える。

〈メル友のフリーライター浮かぶ
三十代、被害主婦と交際歴――〉

記事では、晴菜の複数の友人の証言や、フリーライターと晴菜とのメール歴に触れ、〈捜査本部は強い関心を示している。〉と結ばれていた。

他紙には同種の記事は見当たらない。

このスクープが捜査にとくに具体的な影響を及ぼすとは考えられないが、しかし――

本部の指揮をとる伴藤管理官は、事件の先行きになぜかかすかな危惧を覚えた。

第七章　残された年月

1

晴菜の鏡台の引出しに手ごろな手鏡を見つけたので、朔子はそれを四畳半へ持ってきた。南向きのガラス戸からは真夏の陽光は直接射しこまず、エアコンの効いた室内は皮肉なほど晴れやかに明るい。

朔子はうすい絨毯の床に横座りして、手鏡を顔の前にかざす。間近に自分の顔を見ることなどもう長らくなかったが、改めて鏡に映してみると別人のように窶《やつ》れていた。もともと一重の瞼《まぶた》が腫れぼったく眸《ひとみ》の上に被さり、目許や唇の両脇には以前にはなかった皺が幾筋も刻まれている。額の生え際の白髪も驚くほど増えた。思えば事件以来、まともに食事をしたという意識も、ぐっすり眠った実感もなかった。

「あじ幸」で働いていた頃には、丸顔で色白の朔子は客たちから齢《とし》より若いとか、愛嬌があるなどとお世辞にもいわれていたものだが、これでは四十六歳の実年齢より十も上に見られてしまいそうだ……。

朔子はその顔と正面から向きあいながら、まず両眉を上げてみる。すると瞼が持ち上がって、少しは目がパッチリ開いた。つぎには唇を軽く結び、できる限り口角を引き上げる。唇はやや三日月形に近くなり、笑いのない目の下にそこだけ笑顔の表情が作られる。

そうやって精一杯微笑みながら、声を出した。

「もしもし」

「こんにちは」

「失礼ですけど――」

発声をやめると、その顔は前以上の力ない虚しさに包まれた――。

七月三十日に朔子は西伊豆から百合ヶ丘のマンションへ戻ってきた。輝男が納骨を急いでいたからでもあった。

「ふつう四十九日というけど、亡くなってから三ヵ月にかかるのはよくないんだそうです」

両親の考えらしかったが、輝男も若いのに妙にそんなことにこだわるところがあった。それで、八月に入る直前の三十一日に、板橋区内の輝男の実家の菩提寺《ぼだいじ》で簡単な法要を営み、晴菜の遺骨はそこにある溝口家の墓へ納められた。

それが終れば、朔子はすっかり西伊豆へ引き揚げるものと輝男は予測していたらしいが、そんな様子もなく、おまけに先夜は脱衣室の鏡の前で奇妙な顔面運動をしている朔子をチラと見た時には、心底気味悪げに眉をひそめていた。

晴菜の下着の引出しに隠されていたピンクの携帯電話は、今は朔子が自分のバッグの中にしまい、常時身近に置いていた。相変わらず、幾度となく行きつ戻りつメールを読み返している。

それらのいくつかは、朔子の脳髄に刻みつけられて、忘れたくても忘れられない。

四月四日日曜には、二人はどこかへハイキングでもしたらしいことが望のメールから読み取れた。

〈4／04　21：09
送信者・望　タイトル・今日は本当に
楽しかったね。気持のいい緑の中を歩いて、ずいぶんいろんな話ができたね。子供の頃のこと、学校のこと、ハコが薬大に行きたかったっていうのは驚きだよ。だって、ぼくもずっと以前、そんなことを考えたことがあったのを思い出したんだ。薬剤師になれば生活の心配がないなんて、親にいわれたからかな。ぼくらはいろんなところで似た者同士なんだね。ハコがますます好きになったよ。〉

〈4／04　21：21
送信者・望　タイトル・ぼくたちの出会いは
本当に不思議だね。子供の頃の夢の話なんて、そっくりだったね。世の中にはこれだけ大ぜい人がいるのに、同類のぼくらが出会えたんだからね。肩を触れあって歩きながら、しみじみそう思ってたんだ。また早く会えるように頑張るからね。おやすみ、ハコ〉

〈望〉が、他愛ない文章の中で「似た者同士」とか「同類」といったことばを繰返し、さりげなくハコを暗示にかけていたことが見て取れた。このあたりは〈ハコ〉の送信メールが保存されてないので、〈望〉からの受信メールだけがほとんど毎晩続く。

四月には合計三回会っている。デートが土日や祭日に限られていること、〈望〉からの受信が夜遅く、〈仕事が手につかない〉などのことばがあるから、やはり相手はウィークデイの昼間に勤めを持つ人間なのかと、朔子は想像している。

三月二十日のデート以来は、大抵〈望〉が車で来ていたようだ。が、そうでない時もあった。

〈4／23　21：51
送信者・望
ごめん、その日は車を友達に貸す約束になってるんだ。このつぎはきっとドライブに連れて行くから。今度は渋谷でハコの好きな映画でも観て、そのあと二人でゆっくりしよう。ハコ、早く会いたい。〉

渋谷や新宿の地名も何回か出てくる。小田急線沿線に住むハコに便利なのと、〈望〉にも土地勘のある街だったのかもわからない。

反対に、〈望〉が日頃あまり行かない街を選び、知人に会う可能性を避けたとも考えられた。

いずれにせよ、大抵のことは朔子の憶測に留《とど》まっていた。一体〈望〉がどういう人間なのか、ここに残されているメールだけでは、具体的なことはほとんどわからない。

まず年齢だが、二十四歳だった晴菜の相手なら、大体同じか、少し上くらいではないかと、一応は考えてみる。

二人のメールは全体に稚《おさな》い印象を受けるが、携帯などのプライベートなメールでは誰でも多少幼稚な表現をしたり、幼児語を使ったりする傾向があると聞いた憶《おぼ》えがある。実際、晴菜から朔子へのメールも、いつも至って子供っぽい調子だった。だから、もしほかの人が晴菜のメールを見たとしても、彼女が高校生か、二十代の主婦か、三十代の独身女性かなどを確実にいい当てることはできないのではないだろうか。

どちらかが相手の調子に合わせるとか、巻きこまれるということもあるだろう。

メールでは真実の貌《かお》が見えにくい。

メル友募集サイトでの出会いなら、一層その危うさを孕《はら》んでいたかもしれない。男たちはメル友に選ばれようとして、女の気に入りそうなメールを作るはずだから。

とはいえ、ふつうにメールを見る限りでは、〈望〉はやはり若い男のように思われる。

では、いくつくらいか？

十九歳以下の未成年の可能性も否定はできない。近頃の少年がどれほど悪賢く、そして凶悪な犯罪をやってのけるかは、日常的に報道される多くの事件が物語っている。しかも犯人が少年であれば、人を殺しても少年院送りか保護観察ですまされ、事実上の刑罰など無いも同然というケースも少なくない。

その想像はいつも朔子の胸に焼け爛《ただ》れるような怒りと焦燥を生み出した。

でも、〈望〉は仕事があり、免許証も持っているらしいから、それほど若くはないかもしれない……。

ゴールデンウィークには、二人は行き違いがあってデートできなかったようだ。

〈4／28　22：02
送信者・望
わかった。ハコが無理なら仕方ないね。三日まではぼくも我慢するよ。〉

〈4／30　21：37
送信者・望
ごめん、四日と五日は急に会社の上役なんかと旅行に行かなきゃならなくなったんだ。どうしても断われない状況でね。ほんとにすまない。〉

〈5／01　23：12
送信者・望
ハコが自由になるのだったら、ぼくもあけておけばよかったんだけど、ハコがよそへ行くと聞いていたので、ぼくも二日と三日、約束しちゃったんだ。久しぶりに友達が家に来ることになって、家族もそのつもりしてるから、残念だけど、どうしようもないって感じ。今度はいろ

いろ、行き違ってしまったね。だけど、何をしていても、ぼくはいつもハコのことばかり考えているからね。〉

ハコの送信メールは五月八日土曜の午後から毎日保存されるようになる。特別にとってあるものも含め、六月二十日十時四十一分、〈ハコも早めに〉で始まる最後のメールまで、合計百件である。

〈5／08　17：04

送信者・ハコ　タイトル・ゴールデンウィークも

あした一日で終りだね。ハコには長くて寂しい連休デシタ。月曜にはまたバイト。休み明けはとくに忙しくて、会社の振込みとかが溜まってるんだけど、銀行も郵便局も人がいっぱいで、すごく時間がかかる。大急ぎで帰っても、部長にはまるでこっちの要領が悪いみたいな嫌味をいわれるし。ああ、考えてるとますますユーウツになっちゃう。

GWがダメだったぶん、五月はいっぱい会って話したい。〉

朔子はキーを操作して、五月一日夜十一時十二分の〈望〉のメールを再び画面に出した。

〈久しぶりに友達が家に来ることになって、家族もそのつもりしてるから――〉

家族――

〈望〉のメールの中にそのことばが出てきたのは、これが最初だった。〈望〉にはどんな家族がいるのか？

大体に二人のメールは自分自身のことばかりで、とくに〈望〉のプライベートな事情などはほとんど見当たらない。男が意識的にそれを避けていた疑いも強い。

もしかしたら、〈望〉の「家族」とは妻なのではないか？　これまでの文面からは、妻のいない独身男のような印象だったが……？

朔子は今日も炎暑の日射を浴びているベランダの外へジッと視線を据えていた。だが、何も見てはいなかった。

相手がどういう人間なのか、とにかく、それを知りたい。

朔子はようやく心を決めた。まず声を聞いてみよう。声だけでも年齢の見当くらいはつくのではないか。先のことはそれから考えよう。

〈望〉の携帯番号がわかっているのは大きな強みだ。そして、こちらの情報は何一つ与えずに――。

朔子はバッグの中から手帳と財布だけ取り出して、バッグは押入れの布団の間にもぐりこませた。午前十時を過ぎた頃で、輝男は会社へ行っている。

朔子は手さげ袋を腕にかけ、日傘をさしてマンションを出た。

小田急線の踏切を渡って、少し行くと公園がある。その先のスーパーは時々利用していた。

日盛りの公園にはほとんど人影は見えなかった。園内の道路沿いにある電話ブースの前で、朔子は日傘をすぼめ、顔中に流れる汗を拭った。立ち止まっていても、心臓の鼓動は迅《はや》くなるばかりだ。

朔子は思い切ってブースのガラス扉を押した。

〈望〉の携帯ナンバーを記した手帳と、前から一枚だけ持っていたテレフォンカードを用意する。

受話器を持ちあげ、カードを入れると、発信音が鳴り出す。手帳にメモしてあるナンバーを、少し震える指先でプッシュした。０９０――。

先方のコール音が鳴り始めた。

二回……四回……五回目の途中で音が止まり、わずかな間をおいて、

「もしもし」と男の声が応えた。

「………」

「もしもし?」

やや声が大きくなった。

「あ、あの、山中さんでしょうか」

「え?」

「山中さんじゃありませんか」

「いえ、ちがいます」

男は答え、だがすぐには切らなかった。

「ああ、番号をまちがえました。どうも失礼しました」

相手はさらに二、三秒黙っていてから、電話は切られた。

朔子はしばらくぼんやりしていた。

やっとわれに返って受話器を戻した。さっき以上に心臓が割れるように打っている。身体は歯が鳴りそうに寒い。

今聞いた男の声を、けんめいに耳の中に再現した。

「もしもし」と相手は二回いった。とくに高くも低くもない、細いよりは多少太いほうかもしれないが、際立った特徴は思い出せない。ふつうの男の声、というほかなかった。

こちらが「山中」といったのは、少しでも聞き取りにくい苗字をあいまいに発音したつもりだった。それで相手は「え?」と聞き返した。再び同じ苗字を告げると、「いえ、ちがいます」と否定した。多少苛立ったような、不機嫌な調子だった。が、即座には切らなかった。まちがい電話で仕事の邪魔をされて苛々したのなら、すぐさま切るはずだと思うが、わずかの間待ってから切った。その「間《ま》」に、男の警戒心が覗き見えたとはいえないだろうか……?

先生に引率された保育園児のような一団が通りすぎてから、朔子はブースを出た。また日傘をひろげて、来た道を戻っていく。

男の声は「少年」という感じではなかった。もっとも、高校生になれば、大人と変わらない声を出す者もいるかもしれない。たとえば十八歳と二十五歳の男の声を識別できるだろうか?

では三十歳と五十歳はどうか?

齢をとっても声は案外変わらないともいわれる。やはり、必ず聞き分けられるという自信はない。

結局、電話で二言三言交わしただけで相手の年齢を推し量ることなど無理だったのだ。ましてどんな人間かなど、見当もつかない。

とすれば――

つぎの手段は一つしかなかった。

2

八月に入ってから毎日真夏日が続いていた。

朔子は、新宿と渋谷を見て歩いた。ハコと〈望〉のメールに時々出てきて、二人が何回かデートしていたと思われる街である。

東京の盛り場の中では、朔子にもわずかながら土地勘があった。晴菜が二年間学生生活を送った女子短大の寮は世田谷区赤堤にあり、卒業後武元製薬に就職してからは恵比寿の単身者用マンションに住んでいた。朔子は引越しを手伝ったり、どちらも三、四回は訪ねて来た。その頃晴菜と一緒に買物に行ったのは、大抵渋谷だった。晴菜が百合ヶ丘に家庭を持ってからは、小田急一本で新宿へ出ることが多かった。

一人で歩いていると、ふとした街角でまざまざと記憶が甦り、まるで今もすぐそばに晴菜がいるような気がする。ハコがちょっと何かの用足しに行っている間、道路脇で待っているという錯覚に陥る。そして現実に引き戻されたあとの寂しさ、切なさは、こんな経験をした者でなければ万分の一もわかってもらえないだろう……。

二日ずつかけて見て回ったあと、「駅がいい」という結論に達した。場所がはっきり特定しやすいのと、相手が車で来にくい。

だが、新宿駅は大きすぎて、渋谷駅のほうが朔子にもわかりやすかった。

〈このつぎはきっとドライブに連れて行くから。今度は渋谷でハコの好きな映画でも観て――〉という〈望〉のメールがあった。車が使えない時の言訳だった。見方によっては、日頃渋谷へは車で行かない〈望〉の習慣を物語っているのではないか？

朔子は渋谷駅とその近辺でいくつかの候補地点を探し出し、さらに一カ所を選んだ。

あとはまた手鏡に向かって発声練習を繰返した。明るく、屈託なさそうに喋る。事件以来の約ひと月半、朔子には人とゆっくり会話を交わしたという実感がほとんどなかった。七月末に西伊豆で秋元と会った時間だけが思い出される。このままでは、いざという時滑らかに声を出せるとはとても思えない。

納骨のあともいつまでも逗留している朔子に、輝男が露骨に不審の目を向け始めた。

「ハコの持ち物で、お義母さんが持って帰られたいものがあったら、いいですよ」などというのも、帰省を促しているのにちがいない。朔子は、「初盆をすませたら……」と曖昧に答えていた。

ところが、そんな日の夜中、朔子はひどい寝苦しさで目を覚ました。全身に汗をかき、額や胸が火のように熱い。寝床から這い出して、体温計を当ててみると三十九度八分を指していた。

高熱と、割れるような頭痛が何日も続いた。今までほとんど病気をしたことのなかった朔子には初めての経験だった。輝男に勧められて、四日目に近くのクリニックを受診すると、はっきりした風邪の症状もないので疲れでしょうといわれた。

思えば晴菜の死以来二ヵ月近く、瞬時も心身の安らいだことはなかった。まして第二の携帯を見つけて以後は、頭の中でただならぬ思考がグルグル回転し、絶えず異様な興奮状態に置かれていたのだった。

ようやく平熱に戻り、家の中で起きられるようになったのが盆過ぎだった。床に臥していても、起き出してからも、朔子の心はただ一点に収斂するように、思い詰めは深まった。

まだしばらく、しっかり体力回復に努めた。

八月二十八日土曜、朔子は計画の実行を決意した。ハコと〈望〉は土曜か日曜に会っていたようだから、相手は休日のほうが動きやすいと思われる。

午前十一時、朔子は四畳半へ入り、レースのカーテンを閉めた。外の景色で気が散らないためだが、室内は充分に明るい。

絨毯に座り、ピンクの携帯を膝の前に置いた。

「ハコ……」

思わず携帯を拝むように両手を合わせて目を瞑った。本当に祈った。

ハコ、ママに力を貸して。

目を開くと、携帯を手に取り、電話帳にある〈望〉の携帯ナンバーをプッシュした。

コール音が鳴り出す。ズキン、ズキンと心臓の鼓動音が耳につき、電話機をぴたりと密着させた。

三回半で応答があった。

「もしもし」

「もしもし」と朔子は呼びかけた。あとは黙っていると、

「もしもし?」と相手はやや声を高くした。先日と同じ声だ。まちがいない。

「あのう……望さんでいらっしゃいますか?」

いい終ってから、朔子は慌てて笑い顔を作った。もっと明るく、親切そうに、何の他意もない調子で——。

相手は答えない。背後に物音も聞こえない。

「あのね、突然ですけど、さっき私、携帯電話を拾ったんですよ、パールピンクの。その携帯で掛けてるんですけど」

「………」

「近くの交番に届けに行ったんですが、あいにくお巡りさんがいなかったもんだから……」

「………」

「それで、持ち主がわかったら——」

早くも喉がカラカラになって、声が掠《かす》れそうになる。

「持ち主の方に、直接返してあげてもいいかなと思って、ちょっと中を見たら、望さんの番号が出てきたので……」

相手はまだ黙っているが、心なしか息をのむような気配が感じられた。こちらのナンバーは「非通知」にはしていない。相手の携帯にはこの携帯のナンバーが表示されているはずだ。

朔子が再び口を開きかけた直前、相手は唐突に声を出した。

「その携帯、どこで拾われたんですか」

「川崎市の、百合ヶ丘にあるマンションのゴミ捨て場……」

「え？」

「私、今日仕事でそちらへ行って、通りがかりに見つけたんですけどね。ゴミの袋の中に、女の下着とか、いろんな箱とか、ガラクタみたいなものに混じって捨ててあったんですよ。まさかほんとの携帯とは思わなかったんだけど、念のために袋から出してみたらほんとにそうだったので……」

思案した末の「拾った事情」を、朔子は懸命に口に出した。晴菜の事件からすでに二カ月経過している。遺族がそろそろ遺品を整理してもいい時期かもしれない。そして、遺族に知られていなかった「第二の携帯」は、下着などに紛れこんで、気付かれぬままゴミ袋に入れられたのではないか？——相手がそんな想像をすることを、朔子は期待している。

〈望〉が晴菜を殺して死体を捨てた犯行のあと、バッグなどと一緒に晴菜が持ち歩いていたシルバーの携帯電話は彼の手許に残ったはずである。

それもどこかへ破棄する前に、中を見るほうが自然だ。ところが、その携帯には家族や友達とのメールばかりで、〈望〉と〈ハコ〉の交信記録は残されていない。すると〈ハコ〉は別の携帯を使っていたのかと、彼は想像し、その第二の携帯の行方に不安や恐怖を抱き続けていたのではないだろうか。

または、事件の以前に、彼はすでにある程度ハコから本当の事情を打ち明けられていたとも考えられる。どの程度だったかはわからないが。

いずれにせよ、決定的な矛盾は発生しないような「事情」を、朔子は男に告げたつもりだった。

相手は再び黙りこんだ。

「――そんなわけで、もしあなたが持ち主をご存知だったら、そっちへ直接送るとか、渡してあげようかと思って。それともやっぱり交番に届けたほうが……」

「いや」と相手は朔子のことばが終らぬうちに遮った。

「ぼくから渡しますよ。持ち主の人には明日かあさって会う機会があるんです」

今度は朔子が口をつぐんだ。あんまり気乗りしないという感じを伝えるつもりだ。

「今どこから電話してくださってるんですか」と相手が訊いた。

「会社ですけど」

「どこの?」

「渋谷……うちは土曜でも仕事があるから」

「じゃあ、これから近くまでぼくがもらいに行きます」

「……」

「いや、別にどこでもいいけど……指定してくれたら、そこへ行きますから」

「まあ、それが一番簡単かもしれないですけどねえ……」

朔子はちょっと焦《じ》らすようにいった。ようやく少し余裕を覚えた。相手が一刻も早く携帯を取り戻したがっていることが感じ取れたからだ。持ち主には明日かあさって会う機会がある、などと……！

憤怒が噴き上げた。

「あなた、ほんとに望さん？」

刺すような声になった。一呼吸おいて、「ええ」と低い返事が聞こえた。

「念のために、あなたのメールアドレスをいってもらえます？」

「はい、ええっと……ちょっと待ってください、急に聞かれると……」

どこかで車のホーンが聞こえた。何秒かたって、

「あの、これからいいますから」

男は深く息を吸ってから、アルファベットやドットのアドレスを読みあげるように口に出した。晴菜のピンクの携帯には〈望〉の携帯ナンバーとメールアドレスが登録してあり、それは朔子の手帳にも転記されている。

男が告げたアドレスに誤りはなかった。ドーンと大波のような衝撃が朔子の胸を襲った。こ

の電話の先にまちがいなく犯人がいる！

「あなたのお名前は？」

「田中、田中望です」

「持ち主の方は？」

「中川春子さん……」

「ああ、それでニックネームがハコさんなんですね。いえ、ちょっと見ただけですけど」

これで相手にも、こちらが手にしている携帯が自分と〈ハコ〉とのメールに使われたものであることが、確かにわかったはずだ。

「それで、どこへ行けばいいんです？」

「そうねえ、私、午後から会議があるから……二時でもいいですか？」

「はい」

「じゃあ二時に、渋谷駅南口の、サウスシティ渋谷のビルはご存知？」

「ああ、わかります」

その一階ロビーに面した花屋の前を、朔子は指定した。熱を出す前に、二日かけて歩き回った末に選定した場所である。

「ああ、それと、田中さんは週刊誌を手に持っててくださいませんか。私から声をかけますから」

「ええ、いいですけど……。万一、わからなかったらまたこの携帯か、今から言う携帯のメールアドレスまで連絡してください」

「……」

相手はまだ何か訊きたそうな気配だったが、新しいメールアドレスだけをメモすると、朔子はかまわず電話を切った。

3

渋谷へは一時十五分頃着いた。相手に二時と指定したのは、朔子が百合ヶ丘から渋谷へ出てくる時間と、待つ態勢の準備も計算に入れてのことだった。

渋谷駅南口広場には隅々まで乾いた陽光が照りつけ、至る所でギラギラと金属の反射を煌《きら》めかせていた。駅の構内から出てくると、広場に面して都市銀行のビルなどと並んで、サウスシティ渋谷の十階くらいのビルが建っている。一、二階と地下にショップとレストランが軒《のき》を連ねていた。

朔子はガラスのスウィングドアを押してビルへ入った。あまり広くないロビーの右側に花屋があり、店の前にまでたくさんの鉢植えを並べている。

ロビーの奥はカフェだ。

カフェの前から両側に通路がのび、ショッピング街へ続いている。すでに頭に入っている様子を目で確かめながら、通路を一巡し、途中のトイレを借りた。

一時半にカフェへ入った。客はビジネスマン風の男の二人連れがとくに多い。

朔子は席を選んで、椅子に掛けた。ビルのスウィングドア、ロビー、花屋の前がよく見通せる。が、少し椅子を後退させれば、壁の陰になって、外からこちらは見えないという位置だった。

カウンターへ行き、コーヒーとドーナツ一個を買ってトレイにのせ、支払いをすませた。席に戻り、腰をおろすと、布製の手さげバッグからレース編みの道具を取り出した。編み棒を動かしながら、時々さりげなく外へ目を投げる。

広場の真向かいにＪＲ渋谷駅南口がある。前には客待ちのタクシーが行列を作り、自転車の駐輪場も目に入るが、自家用車のパーキングエリアはどこにも見えない。付近のビルの中にあった有料駐車場は、朔子が見て回った限りでは昼間は大抵満車のようだった。とにかく相手が車で来にくい場所を選んだつもりだ。

店の壁に掛けられた丸い時計が二時に近付くにつれ、朔子の胸の鼓動は弾むように迅《はや》くなる。手を動かしているだけで、編み物などまるでできていない。幸い近くの客たちは、自分たちの話や書類を見ることに熱中していた。

二時五分前、野球帽を被ってサングラスをかけた男が、スウィングドアを押して入ってきた。男はロビーの中ほどで足を止め、周囲を見回した。花屋の前に近付く。店を眺めてから、身体の向きを変え、店の斜め前に佇《たたず》んだ。右手に週刊誌を丸めて持っている。

ズキーンとまた衝撃がきて、心臓がとび出すようだ。

男はロビーを行き交う人に気をとられていて、こちらには目を向けない。朔子は編み物を手にしたまま、霞みそうな眸を必死で凝らして相手を観察した。

身長は百七十センチ前後か。ブルーっぽいジャケットに縞のスポーツシャツ。足許はカジュアル風の茶の革靴らしい。それが白とグレーの野球帽にそぐわない。

体格はやや肥満型に見える。肩が張って、首は短いほうだ。

顔はよくわからない。目深に被った帽子と、大きな濃いサングラスに隠され、おまけにこちらからは逆光だった。

全体の身なりでは休日のサラリーマンを連想させた。だがそこに帽子とサングラスを加えたのは、まともに顔を見られたくないという変装の心理が働いているのだ。朔子はまず男の年齢をおよそでも知りたいと思っていたが、逆光の横顔ではほとんどわからない。

時計が二時を回った。

男はたびたび腕時計を覗き、丸めた週刊誌で掌を叩いている。後ろの花屋を振り返り、看板を見あげたりしてから、また身体を戻す。ジリジリと落ち着かない心理状態が目に見えるようだ。前を通り抜ける女性たちの顔をだんだん無遠慮に覗きこむようになったのも、焦りの現れかもしれない。

朔子には時計の針の進みが遅い。

やっと二時十五分まで待って、腰をあげた。編み物を手さげにしまい、コーヒーカップと口をつけていないドーナツのトレイをカウンターへ返す。

バッグの中の物を探っているふりをして、俯いたまま、カフェを出た。

男の視線とは反対へ曲がって、ショップの並ぶ奥へ進む。ケーキ店のウインドウの前まで来ると、男からすっかり死角に入った。朔子はピンクの携帯を取り出し、通路の壁に身体を寄せた。

「もしもし」

〈望〉のナンバーを押す。待っていたように男が出た。

「あ、田中さんですか」

送話口を手で囲って声をひそめた。少し間があって、

「はい……」

警戒気味の声だ。

「私、先ほど携帯のことでお電話した――」

「ああ、さっきから待ってるんですよ」

電話の相手がわかった途端、男は苛立ちをむき出しにした。

「ごめんなさい、それが、会議のあとお客さんが来て、出られないんですよ」

「出られない？」

「ええ、すぐには……」

「何時までかかるんです？」

「それが、お客さんを案内して物件を見に行くことになったので……」

朔子は不動産関係のような仕事を匂わせた。

「今、会社からですか」

「そうです」

「じゃあ、ぼくが会社まで行きますから、受付かどこかに預けといてもらえば——」

「いえ、それもちょっと無理なんです。すみませんけど」

男は荒い息を吐いた。

「大体いつ頃終るんですか」

「さあ、はっきりとは……それで、帰りがけに渋谷駅の交番にわけを話して預けておきますから——」

男は一瞬沈黙してから、強い声でいった。

「やっぱり直接渡してもらったほうがいいですね。ぼくも安心だから」

「でも、あんまり遅くなると……」

「仕事が終ったら電話してくれませんか」

「時間がわからないですけど」

「いいです。待ってますから」

「そうですか……」

「ほんとに、お電話待ってますから」

「はい、じゃあ」

どちらも少し黙っていたあとで、電話を切った。

朔子は全身から力が抜け、その場にしゃがみこみそうになった。だが、そんな暇はない。

朔子がロビーのほうへ歩き出すと、スウィングドアを押して外へ出る男の後ろ姿が見えた。

広場の信号を渡り、まっすぐ渋谷駅南口へ向かって歩いていく。バスターミナルを通る時、足許の屑籠へ週刊誌を放り投げた。

手ぶらになった男が南口へ入ったので、朔子はホッとした。やはり車ではなさそうだ。昼間東京の街なかで車を尾行することは不可能に近い。

男はJRの乗降口を通りすぎた。つぎは東横線の乗り場だ。

男は上衣のポケットからカードを出し、自動改札へさしこんだ。パスネットと呼ばれるプリペイドカードにちがいない。今、都内では「パスネット」か「スイカ」で大抵の路線を利用できる。

男が階段を上り始めた。左手をズボンのポケットに入れ、考えこむように少し俯いているが、足運びは早い。服装や全体の感じでは二、三十代か?

朔子も用意していたパスネットで改札を通過した。

東横線ホームには電車が何本か入線していた。男が横浜方面行の2番ホームに停まっている急行の三両目に入ったのを見届けて、朔子は二両目から乗った。

三両目との連結機に足をかけた時、すぐ右手の三人掛けのシートにいる男の野球帽が目に入り、ドキリとして足をひっこめた。幸い相手はこちらを見ていなかった。二両目に戻り、反対側に腰かけた。男のズボンの脚だけが見える位置だ。座席は七割くらい埋まっている。まもなく発車ベルが響いた。

中目黒、学芸大学、自由が丘、と急行は停車していく。朔子の席からはやはり男の濃紺のズボンをはいた脚と、焦茶の靴、それとたまに動く手の先くらいしか見えない。ズボンはさほどきちんとプレスされているようではない。靴も埃っぽい感じだ。

男はあまり身動きしないが、朔子には彼が居眠りしているとは思えなかった。予定通り携帯を手に入れられなかったことに失望し、苛立っているにちがいない。交番に預けられるのは絶対に困るのだ。こちらが携帯を拾った場所などを告げれば、警察官が不審を抱く恐れは充分にある。

渋谷を出て約三十分——

「まもなく菊名です」というアナウンスが流れると、男は組んでいた脚を戻した。身体を伸ばすような気配が感じられ、朔子は緊張した。

電車が速度を落とすと、男は立ち上がった。顔を見て、あっと朔子は息をのんだ。帽子を脱いでいた。少し癖のある黒の短い髪がボサボサと立っている。サングラスはかけたままだ。

男は菊名で下車した。反対側に各駅停車が停まっていたが、それには乗り換えず、ホームの上を大股に歩いていく。周囲に注意している様子はないので、朔子も足を速めて追った。

エスカレーターで通路へ上がり、また階段を降りる。乗り換え改札を抜けた先は、横浜線のホームだった。

横浜、大船方面行の1番線に立った男は、ジャケットの内ポケットから携帯を取り出した。

どこかに掛けて話している間に、普通電車が入線した。男は携帯をしまいながら乗車し、朔子も少し遅れて続いた。

車内はやはり六、七割の混み方だ。時刻は三時十五分になりかけている。

今度は男が掛けたと同じ側の、間に五、六人挟んだ席に朔子は腰をおろした。

二駅目の「東神奈川」でかなりの人が立ち、男も降りた。ホームからはビルの群が見え、アナウンスがいくつかの乗り換えを告げている。

男は自動改札を出て、西口へ向かった。

階段を降りると、男は商店の並ぶ道路を歩き出した。また大股に足を運ぶ。歩き慣れた場所の感じだ。一度だけ斜め後ろを振り向いたほか、やはりとくに用心しているふうは見えない。朔子は目立ちにくいベージュ色の日傘をさしている。

やがて男は左へ曲がった。幅六、七メートルの道路の左側を歩き続ける。道路沿いには中小のビルと、コンビニやクリニック、飲み屋などが混じっている。人通りが少なくなり、朔子は男から距離をあけた。

交差点に来て、男は横断歩道を右に渡った。そのまま歩いて、朔子の視野から姿が消えた。朔子は斜めに道路を横切り、交差点まで小走りした。右を見ると、すぐ先のビルへ男が入りかけるところだ。早足で近づく間に、また男の姿は見えなくなった。朔子は走った。

男が消えた場所まで来ると、そこは八階建くらいのビルの中ほどにある階段の出入口だった。中二階と二階の踊り場にパイプの手摺りが取りつけられている。

朔子が立ち止まっていると、階段を上っていく男の背中が見えた。急いで近くの立看板の陰に身を寄せた。

男は再び二階の踊り場に現れた。今度は道路のほうへ身体を向けている。朔子はハッとした。男はサングラスを外していた。ちょっと外を見てから、踊り場の右手にあるドアへ近付いた。朔子に男の顔が見えたのはほんの一瞬だった。日灼けした顔の中で、ギョロリとした感じの大きな目が光っていた。唇は厚いほうだ。押しの強そうな——という印象が残った。

年齢は、二十代より上だ。三十代か、それもなかば以上かもしれない。

男がドアを開けて入ってしまうと、朔子はふいに眩暈《めまい》がして立っていられなくなった。

少し離れたバス停までそろそろ歩き、あいていたベンチに腰をおろした。つぎには全身の脱力感が襲ってきた。

自分はとうとう犯人をこの目で見た。

未成年者ではなさそうだ。犯人が少年で、逮捕されても大した刑罰も受けずに釈放される場合を、朔子は危惧していた。犯人が三十歳代以上とわかって、その恐れはなくなった。

だが、別の憤激が腹の底から突き上げてくる。

そうだったのか！

自分もまんまと騙されていたのか……！

ピンクの携帯に残されたメールを読んでいると、いかにも若者風の、時にはほとんど幼稚なくらいの文面から、〈望〉もせいぜいハコと変わらない年齢の男ではないかという印象を受けた。

ところが、相手はおそらく三十代後半以上の、充分すぎる大人の齢ではないか。

そうだった。ちょっと冷静に考えれば、いくらでもその可能性はあった。これまでのいわゆる「出会い系サイト」で女性が殺害された事件の犯人は、むしろ三十代、四十代が多かったほどだ。九州に住む二十歳の女子大生を四十九歳の大阪の男が殺して、死体を山中に埋めた事件もあった。

あの〈望〉と称した男も、おそらく最初は年齢を詐称してメル友募集サイトのハコのアドレスへアクセスしたのだ。ハコの調子に合わせたメールで騙してメル友になり、会いたいと誘ったのにちがいない。

会ったあとでも、世故《せこ》に長《た》けた三十男の巧みな言訳や甘いことばで、純真なハコを意のままに操った。若い身体を卑しい欲望の捌《は》け口にして弄んだあげく、ハコが邪魔な存在になると虫けらのように殺した。死体を冷たいダム湖の底に沈め、すべてを闇に葬ろうとした。

そう、桂山湖を案内してくれた地元の警察官がいっていた。

「この湖は、昔から人が落ちたら浮かばないといわれていたそうです」

なんということだろう。ハコは人間の屑、いや鬼畜同然の三十男に誑《たぶら》かされたのだ！

4

事務所の蛍光灯が消えたのは、五時二十分を回った時だった。戸外にはまだ真夏の残照が留まっている。

朔子は用意してあったパスタとアイスコーヒーの代金を手にして席を立った。支払いをする間も、ファミリーレストランのレジから十メートルほど離れたビルの階段付近へ目を注いでいる。

あの男が二階の踊り場から室内に消えてから、二時間近くが過ぎている。

それを見届けてしばらく経ったあと、朔子はそのビルの前へ戻ってきた。淡いオレンジがかったタイル張り八階建で、各階にバルコニーが付いていた。道路に面した中ほどにさっき男が上っていった階段が設けられ、二階までは事務所、三階から上はマンションのようだった。

朔子は足音を忍ばせて階段を上った。二階の踊り場には、三つ四つドアが付いていた。一つがさっき男が開けて入った道路に近い側のドアだ。階段はそこで終っていたから、マンションの出入口とは区別されているのかもしれない。

朔子は男が消えたドアに近づいた。

「ＮＡＧＡＳＡＷＡ・トータル・インシュアランス」という横書きのネームプレートが貼られていた。朔子には業種はわからなかったが、何かの会社の事務所らしいとは察しがついた。休日なら、男は自宅から渋谷へ来て、また自宅に帰る可能性が高いと、朔子は予想していた。事務所へ入ったのは予想外だった。

道路へ降りてから、その事務所に蛍光灯が点《つ》いていることに気がついた。一、二階のほかのオフィスはほの暗いので、少し目立った。すると男は、土曜でも会社に寄って仕事をしているわけなのか？

路上からでは二階の室内はよく見えない。

道路の斜め向かいにも同じような雑居型のビルがあった。二階に歯科の看板が出ている。そこはビルの内部に階段があり、歯科医院の前まで行くことができた。医院は閉まっていたが、廊下の突き当たりのガラス窓から、斜めに事務所内の一部が見えた。数脚のデスクとロッカー、デスクの上にはパソコンや書類が積まれているようだ。ほかに特徴といってない、どこにでもある事務所の感じ。人の動きも見定められなかった。

朔子はしばらくそこに佇んでいてから、道路に戻った。事務所と階段の見えるコンビニで時間を潰し、その後は少し離れたファミリーレストランへ移った。男が仕事をしているとしても、休日では早めに帰るかもしれない——。

蛍光灯が消えたあと、予期した通り、男は階段を降りてきた。帽子もサングラスも着けずに、再び路上に姿を現した。服装も同じだが、手に書類袋のようなものをさげていた。

男は駅の方向へ歩き出した。朔子は、さっきまでの薄紫のTシャツの上に、ベージュのオーバーブラウスを着て尾行を続けた。

男は東神奈川駅へ入った。

横浜線のホームへ降りる。

乗ったのは横浜とは反対の八王子方面行の快速電車だった。

車内は来た時より混んでいて、立っている人も多い。それで朔子は男と同じ車両へ入り、吊り革につかまった男とは斜めに背中を向ける位置に立った。

車内には行楽帰りのような家族連れや若者グループが目についた。たえず喋ったり笑ったりしている。若い女性たちのはしゃいだ声が聞こえると、朔子は耳を塞《ふさ》ぎたかった。

それらの乗客も、電車が駅に停まるたびに少しずつ降りた。二十分余りで町田に着くと、車内は急にすいた。男が腰掛けたので、朔子は男から見えにくい席に座った。

その後また十分ほどして、「つぎは橋本」とアナウンスが告げた。

ホームが見えてくると、男は腰をあげ、ドアに向かって立った。朔子は今までで最も近い距離から変装のない男を見た。肉付きがよく、がっしりした体型。短い、立ち気味の黒い髪、日灼けした丸顔の中で眸が大きく強い光をたたえ、厚い唇から前歯が少し出ている。押しの強さ、強引さ、他人の傷みなどなんとも思わず、自分の欲望や感情をすぐ行動に移す性格、そんなものを連想させる。渋谷からの途中で抱いた印象が一層強められた。年齢も思った以上の、四十すぎと考えても見当外れではないかもしれない。

橋本駅で電車のドアが開き、男が外へ出るのと同時に朔子は立って、ホームに降りた。長い夏の日が暮れかけ、空に残った茜色《あかねいろ》と、濃いブルーの宵闇《よいやみ》が溶け合おうとしている。

構内では二、三人を間に男の真後ろを歩いた。

北口を出た駅前は、朔子には東神奈川と同じような風景に見えた。

男の背中に目を据え、銀行や商店の並ぶ大通りを進む。いくつかの広い交差点を通り過ぎた。

壁が鏡面のような高層マンションが右側に建つ四つ角を左へ曲がった。するとにわかに人通りが少なくなった。車はたえず走り抜けるので、こちらの姿を紛らしてくれるかもしれない。

小さな公園にさしかかり、中学生くらいの少年たちがまだサッカーをしている横を、男は斜めに横切っていく。出たところではローラースケートをはいた子供たちが、歓声をあげて走り回っていた。

その声も遠ざかる頃から、道路はやや下りにかかった。幅十メートル足らずの舗装道路の両側に、同じくらいの大きさだが思い思いに趣向を凝らした二階家が、ブロック塀や生垣を間にして建ち並んでいた。

どの家も明かりを点けている。人通りはやはり少ないが、ショッピングカートを引いた主婦や、年配の夫婦らしい男女がジャージィ姿で散歩している。下り坂の遠い先ではなだらかな丘が盛り上がり、その上にだけ不思議なほど真っ赤な夕焼けが残っていた。

男は規則的に歩き続ける。帰るべき先がある者の歩き方だった。

その足運びが急に遅くなったと思った時、向こうから中、高生くらいの少女と母親らしい二人連れが歩いてきて、男と顔を合わせたようだ。

「いつも子供がお世話になっております」と女性がいって、娘もちょっと笑って頭をさげた。

「いや、こちらこそ」と男が答えて会釈を返した。

朔子が母子連れとすれちがう間に、男は右手の家の門に歩み寄る。門扉の掛け金を外して中へ入った。門柱の内側から夕刊を取り出す様子を視野の端で捉えながら、朔子はまっすぐ前を向いて通り過ぎた。

五分ほどして朔子が道路の反対側まで戻って来た時、男はおそらく家の中へ入ってもう姿が見えなかった。

その家もほかと同じくらいの二階建で、黒っぽいスレート屋根に、白い壁とグレーの石をパイのように積み重ねた部分とが現代風のデザインで組み合わされていた。横にカーポートが設けられ、車が納まっている。

通行人が途切れたのを見て、朔子は門に近付いた。家と同じ平たい石を重ねた門柱には「永《なが》沢《さわ》」という表札が嵌《は》めこまれていた。これがあの男の苗字なのだ。

さっき見た事務所のプレートにも〈ＮＡＧＡＳＡＷＡ〉の文字があったことを思い出した。するとと経営者なのか？

明るい光が洩れる部屋のほうから人声が聞こえて、朔子は慌てて身体を離した。

最後にもう一度カーポートへ目を注いだ。まだ新しそうな黒か濃紺の車が道路に向けて駐められている。後ろが四角くなったバンのようなタイプだ。それは恵まれた家族のドライブの雰囲気を連想させた。が、同時に朔子は弾かれたように気付いた。

男は事件後に車を買い換えたのだ！

以前新聞に載っていた。百合ヶ丘のマンション近くで晴菜に似た若い女が白っぽい車に乗るのを目撃した人がいる、と。

電車の中で見た「永沢」の顔と、大きな強い目の色が眼前に浮かんだ。燃え上がる怒りと憎悪の炎が全身の血管を駆けめぐる感覚を朔子は再び味わった。

あの男は土曜も自分の会社へ出て、夕方この家に帰ってきた。さっき通りがかりの母子と交わしていた挨拶からして、男にも子供がいるのかもしれない。ご近所とも程よく付合い、きれいな顔をして世の中を渡っている。

この先永沢が逮捕されても、押しの強い態度で自分に都合のいいことだけを主張するにちがいなく死人に口なしで、晴菜は悪者にされるのだ。

たとえ刑を受けても、いずれ永沢はまた世の中に戻ってくる。まだ刑期を贖《あがな》えるほどの年月を残して。事件は忘れ去られ、あの男は今と同じように平然と残された歳月を生きるだろう。

でも、晴菜の人生は一日も返らない。楽しく暮らし、子供を産み、幸せに生きられたはずのすべての月日があの男の手で奪われた。

逆上のあとでは、繰返し繰返し味わい続けた絶望と悲愁が、底なしの闇のようにまた朔子を蔽《おお》い尽くした。

人生を奪われたのは、私も同じ——。

第八章　シティホテル

1

〈8／30　19：46
タイトル・一昨日は失礼
しました。今日も仕事が忙しくて、なかなか時間がつくれません。今週中にもう一回連絡します。中川春子さんの携帯電話はそれまできちんとお預かりしておきますからご心配なく。〉
ピンクの携帯で、朔子は〈望〉のアドレスへメールを送った。自称〈田中望〉、本名は十中八九〈永沢〉という男。
すぐに返信が入った。
〈8／30　19：52
送信者・田中望　タイトル・Re・一昨日は失礼
土曜は残念でした。持ち主も不便してますから、なるべく早く返して下さると有難いです。
毎日お電話を待っています。〉

このメールを読んだあと、朔子は携帯の電源を切っておいた。

永沢を待たせている「今週中」に、朔子にはいくつかの仕事があった。

「専門店」を電話帳で調べて、必要な買物に出掛けた。

翌日は神奈川県の地図をひろげて、適当な場所の当たりをつけた。不動産業者を匂わせたこちらの「会社」は渋谷にあることになっているから、多少でもそことの関連があったほうが自然だ。が、東神奈川や橋本に近付きすぎると怪しまれる恐れがある。

先日東横線を降りた菊名から、横浜線で東神奈川とは反対の一駅先に「新横浜」があった。新幹線の駅付近なら、どんな業種の者が出入りしてもおかしくないのではないか。

朔子は下見に行き、候補地点を定めた。

美容室は晴菜が行きつけだった新百合ヶ丘駅南口の店を使った。晴菜は姿を消した日の午後にもそこでカットの予約をしていたが、土曜にキャンセルの電話を入れていたことがあとでわかっていた。朔子はただはじめての客として、カットとカラーを頼んだ。これまでは後ろで括ったり、耳の下まで垂らしていた黒い髪を、思い切って短く切ってもらった。カラーの色はシックで明るいワインにした。

ワインカラーの軽やかなショートヘアがさすが東京風の洗練されたスタイルに仕上がると、朔子もわれながら目を疑った。三、四歳は若い別人のようだった。

「ママ、もうちょっと髪型変えてみたら？」とハコはよくいっていたものだ。

（どうかしら？）と鏡に向かって尋ねると、「すごいじゃん、似合うよ！」とはしゃいだハコの声が耳許で聞こえた。涙の発作はいつも突発的に襲ってきて、止めどなく滝のように流れる。朔子はあくびを装ってタオルハンカチで顔を被った。

大きな眼鏡店も駅ビルの中にあった。ここでは洒落たメタルフレームに、薄いパープルの入ったサングラスを選んだ。再び変貌した自分が鏡の中にいた。これなら大都会で働く女らしく見えるかもしれない。

最後に一通の長い手紙を認《したた》めた。それでもうやり残したことはないように思われた。

その日を九月四日土曜と決めた。永沢には仕事を気にせずゆっくり付合ってもらわなければならない。

朔子は朝六時前に目を覚ました。

布団を押入れに納めて、ベランダへ出た。

夏の朝の輝かしい日射が、すでに見慣れた緑のグラウンドや人気《ひとけ》のないコートに降り注いでいた。

でも、八月もお盆をすぎる頃から、明澄な光の底にも目に見えない秋の翳《かげ》りが忍びこんでくるような気がする。毎年感じてきたことだが、今朝はひときわその思いが強かった。

朔子は秋元康介の、何かを見極めようとする時のまっすぐに強く見開かれた眸《ひとみ》を思い浮かべた。

「先生……」

小さく呼んでみる。すると不思議に心が安らいだ。これから先も、秋元の眸がずっと自分に寄り添ってくれるような気がした。

十時をすぎると、朔子は再び四畳半へ入った。出張の多い輝男は、休日家にいれば大抵昼頃まで眠っている。

ガラス戸のレースのカーテンを閉めた。

絨毯の床に静座し、ピンクの携帯を手に取った。いっとき握りしめてから、〈望〉の携帯ナンバーをプッシュした。前回ほど、心臓が震えるような緊張はなかった。

五回ほど鳴って、先方が出た。

「もしもし」

相手の声は最初から急《せ》きこんでいた。あちらの携帯にはこちらの番号が表示され、彼には誰からの電話かもうわかっているのだ。

「田中さんですか」と、朔子は気楽そうに話しかける。

「そうです。お電話お待ちしてました」

すでに幾度か会話をした〈望〉、つまり永沢の声にまちがいない。

「すみませんでしたね、遅くなって。田中さん、今日はお時間ありますか?」

「何時頃ですか」

「私、午後から仕事で新横浜のほうへ行くんですよ。三時くらいには終りそうだけど、そんな方面でも……?」

「結構です。新横浜のどのへんですか」

「そうねえ、わかりやすいところなら、駅の近くのプリンスホテルとか」

「新横浜プリンスホテルですね」

相手も知っている口調で確認した。

「ホテルの一階の入口を入って、右のほうに喫茶室がありますよね、外に噴水が見えるような……」

下見済みの場所だ。

「カフェラウンジですね。ぼくもたまに使ってます」

「じゃあ、そこで三時頃……」

「携帯を……中川春子の携帯電話を持って来て下さるんですね？」

永沢は念を押した。

「ええ。田中さんはまた目印に週刊誌を手に持って下さいませんか。私から声を掛けます」

「はい」

「うまく会えなかったら、この携帯に電話してくれればいいから」

「わかりました。それで……」

はじめてちょっと間をおき、永沢は多少恐る恐るの口調で尋ねた。

「あのう、あなたは一人で来て下さるんですよね？」

「ええ、そのつもりですけど、あなたは？」

「勿論」と答えて、彼は慌てたように付け加えた。

「いや、大体は電話の持ち主も来るべきなんですが、今日はちょっと連絡がとれないもんですから」

十一時頃、輝男が起き出してきた。

顔を洗ってからリビングへ入ってきた彼は、キッチンにいた朔子の後ろで「あれっ！」といった頓狂《とんきょう》な声をあげた。朔子がゆっくり振り向くと、彼は細い目を瞠《みは》り、口を半分開けて、小造りな顔いっぱいに驚愕の表情を張りつかせている。ほとんど見知らぬ人を眺め回すようにしてから、

「お義母《かあ》さん、髪染めたんですか」

やっと声を発した。

「ええ、昨日、急に思い立って」

朔子は微笑して見せた。昨夜彼が帰宅した頃には、朔子はもう床についていた。

「だけど……すごい大胆な色ですねえ」

「ちょっと派手すぎたかしら」

「い、いや、別にそういうわけでもないですが」

「サングラスも買ってみたのよ。こっちは色が薄いんだけど」

朔子はテーブルの上のケースからそれを出して掛けてみせた。またも彼は気を呑まれた顔をした。

「どう?」

輝男は目をパチパチさせた。

「どういわれても……なんか、すっかり印象が変わっちゃって……」

「ハコと似てる?」

「いやあ、全然別の感じですよ」

「ハコは一度も眼鏡なんて掛けなかったですものねえ」

朔子はがっかりしたような声で呟いたが、内心では輝男の反応に満足していた。晴菜と似ていると、永沢に気付かせたくない。眼鏡にはもう一つの意味もあったが。

それを外すと、朔子は正面から静かに輝男と向きあった。

「輝男さんには、ハコのことで、本当にご迷惑をかけました。どうぞ許してやって下さい」

深く頭をさげた。輝男は慌てたように一歩退《さが》った。

「いや、そんな……ぼくこそ、いろいろ至らなくて……ハコにはすまないことをしたと思っています。申し訳ありませんでした」

彼は真剣な声でいって、朔子と同じくらい頭をさげた。顔をあげると、目が潤んでいた。それを紛らすように、彼はことばを続けた。

「早く犯人が挙がれば、まだしも気持に一区切りがつくのかもしれませんがねえ。一時は三十代のフリーライターが有力容疑者みたいに、マスコミが騒いでましたけどね」

「……」

「確か最初は全日新聞がスクープして、ほかの新聞や週刊誌や、テレビのワイドショーなんかでも取り上げたんですよ。ぼくにも何回か電話が掛かってきたり、テレビ局の人間に追いかけられたりしたんだけど」

それは七月末から八月初めにかけてのことだった。朔子は西伊豆から戻ってしばらく、一人の時はドアフォンに応えないようにしていた。

「証拠になる携帯のログが出ないから、プリペイド携帯を使ってたのかもしれないという話も上ってましたね。でもその後はどうなったのか、ぼくらもマスコミで知る以外、警察はなんにも教えてくれませんからねえ」

朔子は輝男の朝食を調えた。ダイニングキッチンのテーブルに並べながら、

「輝男さん、お身体に気をつけてね」

さりげなくいったが、彼は驚いたようにまた朔子を見回した。

「お義母さんこそ、なんていうか――」

彼はワインカラーの髪へチラと視線を移した。

「気分転換されて、ハコの分まで、お元気で過ごして下さい」

最後は口許が緩んだ。朔子の帰省を予感して、やれやれという本音も隠せないようだった。

2

小田急線で町田へ出て、横浜線に乗り換えた。朔子が新横浜へ着いたのは午後二時三十五分

だった。九月に入っても暑さは衰えていない。

新幹線のガード沿いを歩いて、プリンスホテルまでは五分ほどだ。

ロビー奥のカフェラウンジは緩いカーブの設計で、壁寄りとガラス側にテーブルがセットされている。客は四割くらいの入りで、まずまずの混み具合だった。

近付いてきたウエイターに、朔子が「二人」と告げると、

「おタバコはお喫《す》いになりますか」

「いいえ」

喫煙席はすいているらしかったが、ある程度周囲に人がいたほうが望ましい。

ガラス寄りのテーブルの一つへ案内された。外には池が造られ、小さな噴水が薄青い水面にさざ波を生み出している。その先では中央分離帯のある広い道路に絶え間なく車が行き交っていた。

朔子の席の右隣りでは濃紺のスーツの男性二人が熱心に話しこんでいる。全体にその種の客が多いが、反対側は一つおいた先で男女が談笑していた。

朔子のコーヒーが運ばれる頃、中年女性ばかりの四人グループがあいていた左隣りの席を占めた。

まもなく二時五十分になろうという時、ブルーのスーツに同系色のネクタイ、右手に書類鞄をさげた男がレジの横に姿を見せた。

永沢か？――朔子は一目で直感した。この前よりは目立たないサングラスを掛けている。が、

それだけでラウンジ内にいる似たような服装の男性たちと雰囲気がはっきりちがっていた。案の定、左手に丸めた週刊誌を持っている。

彼は両側に目を配りながら、慎重そうな足取りで入ってきた。中ほどで立ち止まり、一度朔子に視線を向けたが、すぐにもっと奥のほうを見た。女性の一人客はほかにいなかったのか、再び朔子へ目を戻す。朔子は軽く片手をあげた。

彼はゆっくりと歩み寄ってきた。

「田中さんでしょ？」

朔子はからかうような笑いを含んで呼びかけた。彼は小さく頷き、

「あなたは……」

確かめかけて、朔子の氏名を知らされていなかったことに気が付いたらしい。

「今朝、お電話を下さった……？」

「そうですよ」

それで彼はやっと納得したように、軽く会釈した。朔子の前の椅子を引き、鞄を脇に置いて腰をおろした。まだ多少好奇の目でこちらを見ている。

「何か？」と朔子は白々しく問い返す。

「いや……なんとなく、会社勤めの地味なタイプの方を想像してたもんですから」

「この髪が意外だったかしら？」

朔子は軽く顎をのけぞらせてワインカラーの前髪をかきあげて見せた。服はオフホワイトの

パンツスーツ、下には襟元がVに開いたワイン系のTシャツを着ている。みんな新百合ヶ丘のデパートで買い揃えた。実年齢より少しでも若く、派手めに、そしてできればどこか淫らなムードを装いたかったのだが。

「それはともかく、今度のことではいろいろとご親切に、ありがとうございました」

永沢は真面目な顔になってまたちょっと頭をさげた。顔をあげると、先日より色の薄いサングラスの奥から、出っ張った目を剥《む》いて朔子を凝視《みつ》めた。厚い唇がややまくれた形で、丈夫そうな前歯が覗いている。こんな時でなくても、この男が間近に座っただけである種の圧迫感を覚えそうだ。

ウエイターがアイスコーヒーの注文を聞いて、離れていくと、永沢は少し俯《うつむ》いて、上体をこちらへ近付けた。

「今日は携帯の持ち主が来られなくて、ほんとに申し訳ありません」

「いえ、そんなこと、全然かまわないんですよ。もともと私は田中さんお一人にお会いするつもりで来たんですから」

その言い方がどこか意外そうに、永沢は二、三度瞬きした。

「――では、さっそくですが、携帯をお返し頂けますか」

「よろしいですよ」

朔子は大きめのバッグのファスナーを開けた。

「大切なお預かりものだから、しっかり保管してたつもりですけど……」

そのことを示すように、細い鎖を付けたピンクの携帯を取り出した。最初それを晴菜の下着の引出しで見つけた時、携帯にはストラップの類は何も付いていなかった。朔子はそこにコミックのキャラクターのマスコットと、さらにその紐に細いが丈夫な鎖を繋ぎ、鎖の先はバッグのポケットのファスナーに留めてあった。

「念のため、まちがいないか、確かめて頂かないと……」

「ええ」と永沢は頷き、携帯を受け取った。開いて、キーを押し、いくつか画面を見ていた。

「まちがいありません。ほんとにどうもありがとうございました」

彼はそのままポケットに入れかけたが、それがまだ鎖に繋がれていたことに気が付いた。朔子が片手を出すと、鎖を外すためと解釈したように、すぐ返した。

朔子は自分のコーヒーカップの手前に携帯を置いた。カップを取って、カラカラの喉を潤した。

「それにしても、持ち主の春子さんて方、どこでこれを落とされたんですか」

「いやあ、よくわからないらしいんです。出先で使おうとしたら失《な》くなっていたので、すぐ交番に届けたといってましたが」

「百合ヶ丘のほうへはいらしてたわけでしょう?」

「そうなんでしょうね。あちこち出掛けてますから」

「どんなお仕事なさってるのかしら?」

「まあ、アパレル関係の、営業を……」

「ああ、それでね。すると、百合ヶ丘のマンションの前の道路ででも落とされたんでしょうか。それを拾った人が、ほんとの携帯とは知らずに……私だって、最初はまさかと思ったんですから。携帯など持ったことのないお年寄りだったら、玩具《おもちゃ》と思いこむかもしれませんものねえ」

永沢は首を傾げただけだ。

「それとか、運悪くゴミ捨て場のそばで――」

ウエイターがアイスコーヒーを運んできた。シロップやクリームを並べるゆっくりとした手つきを、永沢はじれったそうに見守っていた。

ウエイターが立ち去ると、朔子は間をおかずに続けた。

「そうですよ、ゴミ捨て場のそばなんかに落ちてたら、案外ふつうの人だってゴミと一緒にして――」

「あの――」

永沢が苛立ちを抑えた声で遮った。腕時計に目を投げる。

「申し訳ないんですが、つぎの予定があるものですから――」

「あら、ごめんなさい、そちらのご都合も考えないで。ただね、拾った者としては、一応それまでの事情をお聞きしておかなくてはならないと思って。万一、あとで何か問題が起きても困りますから」

一瞬、永沢は電流が走ったように口許を歪めた。

「問題、というと……?」

　ことさら怪訝そうに問い返す。

「だって、私はこの携帯の本当の持ち主を知らないんですもの。たとえば、田中さんにお渡ししたあとで、その人からクレームをつけられるかもしれないでしょう?」

「いや、そんなことは絶対にありえない。ぼくは彼女に頼まれて、彼女の代理で携帯を受け取りに来たんですから」

「絶対かどうか、私にはわからないわけで……」

「いや、だけど、そもそもあなたがぼくに連絡を下さって——」

　二人の声が高くなっていたのか、隣席のスーツの男性が煩わしげにこちらを振り返った。

「とにかく本当に問題なんかありませんよ。ぼくを信用して下さい」

　永沢は少し顔を伏せ、声も落とした。

「それに、あなたは最初、持ち主が来なくてもかまわない、ぼくに会うつもりで来たといわれたじゃないですか」

「そうですよ。だけど、いよいよ携帯をお渡しするについては、きちんとしておかなければならないこともありますから」

　ふと永沢が考えこむように表情を静止させた。やがて、長い息を吸いこむと、再び口を開いた。微妙に語調が変わっていた。

「なるほど、わかりました。いや、いっそこちらも最初から申しあげればよかったんですが。勿論ぼくも、このままですませるつもりはなかったんです」

「……？」

「相応のお礼はさせて頂きます」

「え……？」

「携帯を受け取る代わりに、お礼のお金を支払わせて頂きます」

「……」

「参考までに、ご希望の額をお聞きしてもいいですよ」

永沢は軽く顎を突き出し、まるで見下すようにいった。傲岸《ごうがん》な犯罪者の面相！

「希望の額……」

朔子は呟いて、急に納得したように頷いた。

「やっぱりそういうことだったのね」

手鏡を相手に練習した、ほとんど楽しそうな笑顔をつくった。

「希望の額を聞いて……春子さんともそんなお付合いなんですか」

ここではニックネームの「ハコ」といったほうがわかりやすいかもしれないが、この男の前で娘の愛称を口にすることはどうしてもできなかった。

再び永沢の表情が変わった。電流が走ったような、ともちがう。すっと蒼ざめた顔が、怒りと警戒でこわばっていく。

「冗談じゃない」

押し殺す声で呟いてから、

「メール、読んだんですか」

逆に蔑《さげす》むような調子だ。

「一応ね。最初は持ち主がわかればと思って開けてみたけど、段々メールの内容にひきこまれてしまって……春子さんって、若い方なんでしょ？」

「……」

「メールを読んでる時は、望さんも二十歳代くらいかと想像してたんだけど、案外それより年配の方だったので……失礼ですけど、今流行りの援助交際かなと思って」

「冗談じゃないですよ」

今度はあからさまにムッとした顔で繰返した。

「第一、そういうことは、あなたとは関係ない」

「あら、そうでもないかもよ」

「なに？」

左隣りの女性たちが時々こちらの様子を窺《うかが》っている気配だ。朔子はわざと意味もない笑い声をたてた。

「いえね、ほんというと、私もメル友のお付合いに興味があるんですもの。だから、今日田中さんとお会いしてみて、意外と自分とそうちがわない世代みたいだったので、かえって安心したっていうか……こうして携帯を拾ったのも、何かのご縁かもしれないでしょ」

「どういう意味ですか」

朔子は少し間をおいてから、思い切ったように囁きかけた。

「私とも付合って下さらないかしら」

永沢はさすがに意表をつかれた顔だ。

「別に、金額には拘《こだわ》ってないんですよ。ただ、私も仕事ばかりの生活では味気ないし、いろんな経験がしてみたいんです。だから……今日一回だけでもいいの。あなたがそれっきりにしたければ。でももし、私に少しでも好意を持って下さったら……」

喋っている朔子の上下の唇が激しく震えた。が、それは羞恥のためと相手は思うかもしれない。

永沢はしばらく口をつぐんでいた。朔子の顔や胸のあたりから、テーブルの上の携帯へと、露骨な視線が往復した。

「今日……ですか」

まだ値踏みするように朔子を見回しながら、声をひそめて訊いた。

「だって、今日この携帯をお返しして別れてしまったら、それっきりでしょ」

「なるほど……」

彼はまだ思案顔を残したまま、

「どこで?」

「それは、あなたのお好きなところで。たとえばこの上でも」

上階の部屋という意味で指を立てたが、彼は反射的に頭を振った。

「いや、ここはちょっと」

それからガラス張りの外へ目を移した。噴水のある池の先に広い道路が走っている。欅《けやき》の街路樹が繁る向こう側にはビルが建ち並び、ビジネスホテルなども混じっていた。

朔子に目を戻すと、彼はもう割り切った口調でいった。

「じゃあ、とにかく適当な場所を見つけてきますよ。部屋が取れたら——」

「ここに知らせて」

朔子はピンクの携帯を目で示した。男は「念のために」と低い声で断わり、手をのばして携帯を開けた。アドレスとナンバーの表示を出し、ペーパーナプキンにボールペンで書きつけた。

3

メールの着信音を予期していたが、鳴ったのは電話だった。マナーモードにしておいたので、周囲に響くほどではない。デジタルは〈15：52〉を示していた。永沢が出て行ってから三十分弱が過ぎている。

「もしもし」

朔子は送話口を手で囲って応答した。

「田中です。簡単にいうから」

永沢の声だ。

「ラウンジの外に環状2号線が通ってますね。その斜め向かい側に、十階建くらいのホテルが見えるでしょう?」

「ええ」

「その角を入って、二百メートルほど先にビューホテル新横浜というのがある。茶色っぽい六階建。そこの五階、５０２号室で待っています」

「了解」

「歩道橋を渡ってきたら早いから」

「ええ」

すぐ電話が切れた。

朔子は四時十五分にプリンスホテルを出た。

いわれた通り、歩道橋で幹線道路を横断し、五分もかからずにビューホテルの前に着いた。灼《や》きつく日射と、アスファルトの照り返し、車と市街地の騒音が、巨大な熱気の圧力で辺りを充たしていたが、朔子はなぜか汗もかいていなかった。身体の周囲を冷たい真空の層で被われてでもいるような、不思議な隔絶感の中にいた。

ガラスの自動扉が開くと、無人のロビーがあった。いや、カウンターの奥や、壁寄りのソファなどに人影は見えていたが、朔子にはやはり無音の静寂にしか感じられなかった。

エレベーターで五階に上る。

細い廊下に沿って、クリーム色のドアが並んでいた。

502号室。


朔子は深く息を吸い、可能な限りの酸素を体内に取りこんだ。

チャイムに指を当てる。中で音が響いた。

ノブが回って、ドアが三分の一ほど開かれた。人影はすぐ戻って行き、ドアがまた閉まり始める。朔子はそれを押して入った。後ろでカタリとドアが閉じた。

細い通路を進むと、室内が真っ白く感じられた。どの窓にも白いレースのカーテンが降りて外光を受け止めている。

右手にツインベッドが並び、奥の一つに永沢がこちらを向いて腰掛けていた。サングラスを外し、上衣も脱いでいる。白いカッターの襟元でブルーのネクタイを少し緩めていた。短い立ちぎみの髪と、広い額。出っ張った大きな眸《め》と厚い唇。押しの強い顔が用心深く身構えている。

朔子を見て、いっとき息を凝らしていたが、窓際の椅子を手で示した。

「まあ、そこへ掛けませんか」

朔子はいわれた通り、小さなテーブルの前の椅子を引いて、浅く腰掛けた。バッグは膝にのせている。

「お茶でも飲みますか」

永沢は壁際に置かれたジャーのあたりに軽く顎をしゃくったが、朔子は無言で頭を振った。

彼はサイドテーブルに置いていたミネラルウォーターのボトルを口へ運んだ。口許を手の甲で拭って、少し上体を乗り出した。

「ねえ、率直な話合いをしよう」

「……………」

「あなたはやっぱり金がほしいんでしょう？　それならそうといって下さいよ、面倒な手続きなんか要らないんだから」

ラウンジにいた時より威圧的でぞんざいな喋り方になっている。男と女が一対一で、周囲に人がいなければ意のままになるという態度だ。朔子は男を掬《すく》い上げるように見返した。

「私と付合うの、そんなに嫌なんですか」

「とにかく今日は暇がないんだ」

「じゃあ、お暇ができた時、また連絡して下さい。それまで携帯はお預かりしておきます」

「いや、これ以上面倒なことは困る。今日返してもらいたい。金のことなら話合いに応じますよ」

つぎには朔子が沈黙した。

今度こそ、もう二度と引き返せない橋を渡るのだ。強力な機械で肺腑を圧《お》し潰《つぶ》されるような感覚に襲われた。晴菜の最期の様子を、この男の口から聞けるだけ聞きたいと思い詰めてきた。そうしてやることが母親の務めだと。でも、自分は心底からそれを望んでいたのだろうか？いっそ何も知らないほうが救われるのではないか……？

いや――

朔子は最後の迷いを払いのけた。

「それなら、一つだけ聞かせて下さい」

口許に薄笑いを貼り付かせた。

「メールの女性とはいつ頃知合ったんですか」

「一年ほど前かな」

「どうやってメル友になったの？」

「メル友募集サイトですよ」

「相手の方は、二十代？」

「まあね」

「独身、それとも主婦？」

「……………」

「失礼ですけど、あなたは三十代か四十代じゃありません？　会う前まではもっと若いふりをしてたんですか。それとも、相手も最初から承知の上で……」

「いい加減にしてくれ！」

永沢は拳でサイドテーブルを叩いた。慌てて語気を抑え、

「もういいでしょう」

「いえね、私、ここへ来るまでに、ふっと気が付いたことがあったものだから」

朔子は相手の反応を無視して、しげしげと彼を眺めた。

「最近、若い女性がメル友に殺された事件がありましたよね。死体が山梨県のダム湖に捨てら

れて。その子も確か……」

朔子は胸が潰れる痛みをのみ下して口に出した。

「百合ヶ丘のほうに住んでいて、ニックネームがハコだったとか、テレビのワイドショーで話してたわね」

永沢の顔からすっと血の気が退いた。うろたえた眸が焦点を失い、口をうすく開けている。

「でも証拠の携帯が見つからないので、犯人を捕まえられないみたいですね。もしかして、私が拾った携帯、何か関係があるんじゃないかと……」

永沢は無意識のように立ち上がっていた。

「あんた、何者なんだ？」

思わずこぼれ出た低い声。

「いえ、私はただ、何にでも好奇心が強いほうっていうだけ」

「馬鹿げた話に付合ってる暇はないんだ！」

怒声が炸裂し、蒼白な顔面がたちまち紅潮した。目にギラギラした光が溢れ、上唇がまくれ上がった凶暴な表情に変わった。

永沢が大股に近付いてくる。朔子は椅子からとびのいた。床に落ちたバッグを彼が拾いあげ、乱暴にファスナーを引き開けた。バッグの中に手を入れてかき回していたが、そこには携帯はない。バッグを放り出すと、

「どこへやったんだ！」

恫喝《どうかつ》する声だ。朔子は後ずさりして、壁を背に立った。

「あなたこそ、何よ失礼な、人のものを……」

「携帯を返せ」

「なぜそんなに携帯が欲しいの？」

「とにかく返してもらいたい」

「やっぱり秘密の事情があるのね。何かの証拠になるとか？」

永沢の顔が一瞬怯《ひる》んだ。

「でなきゃ、そんな乱暴はしないはずだわ」

「返してもらう権利がある」

「返すわよ、勿論。でもその前に本当の事情を教えて。あの事件とどんな関わりがあるの？」

「ちがう！」

「名前も同じだわ」

「偶然の一致だよ」

「私に話しても損にはならないわよ。警察に届けられるよりいいでしょ」

「何のことかわからない」

「ねえ、話してみてよ。それからなら、お金の相談にのってもいいわ」

永沢は息を引いて朔子を睨みつけた。

「あんたは誰だ……」

またも低い声が洩れた。直後にハッとしたものが彼の顔を横切った。間近に来て、朔子の顔を覗きこんだ。

「お前、母親か？」

「え？　まさか。私は全然関係ないのよ。ただ、こういうことにすごく興味があるの。事件の話を詳しく聞いてみたい。そのあとで、お金の話合いをしましょう。そしたら必ず携帯を返す。約束するわ」

再び沈黙が落ちた。それは永沢がめまぐるしく迷い、判断するまでの時間のようだった。

「事件とは無関係なんだな」

「勿論よ」

「俺もだよ」

ふいに永沢の右手が動き、ズボンのポケットから何かを取り出した。左手で果物ナイフの鞘《さや》を払った。朔子の喉元に刃先を突きつけた。

「携帯はどこだ？」

朔子は射すくめるように見返した。

「どうやって女を殺したの？」

明らかな動揺が男の眸をかすめた。

「携帯を返せ」

永沢の手が朔子の上衣《うわぎ》を摑んだ。身に着けたものを力ずくで奪うつもりだ。朔子は抗《あらが》ったが、男の手はブラジャーの内側にあるピンクの携帯を探り当てた。

その時、朔子の右手も別の動きをした。パンツの尻ポケットに潜ませた小さな筒型のものを、四本の指でしっかりと握った。拇指の爪先で筒の上蓋を押し上げた。

永沢はTシャツの襟元から手を入れようとしていた。その顔が真上に迫った。

朔子は右手を出した。

血走った男の目に向けて、拇指の腹でスプレーを噴射した。

4

九月五日日曜の朝――

しばらく席を外していた主任の村上がレセプションへ戻ってくると、カウンターの後ろの時計が十時四十五分を回っていた。彼は傍らの平田を振り向いた。

「502号室、まだ?」

「ええ……」と平田は首を捻った。ビューホテル新横浜のチェックアウトタイムは午前十時で、大抵の客は遅れても十時半までには会計を済ませて引き払う。が、たまに寝過ごしたり、ルールを無視して部屋に居続けている客もあった。

「二人だったね?」

「そうです、チェックインが昨日の三時半で、ツイン、二名――」

平田はパソコン画面を確認して答えた。ビューホテルでは何時にチェックインしても、翌日の午前十時のチェックアウトまで、一泊のルームチャージになる。

チェックアウトが遅れている客には、まず電話で様子を窺う。

平田が502号室に掛けたのは十時五十分だった。

「――応答ありませんねえ」

コール音を十回ずつ、二回鳴らしてから、彼はひとまず内線電話の受話器を置いた。

五分待ってもう一度試みたが、結果は同じだ。

十一時には客室係が五階502号室へ出向き、チャイムを鳴らした。ノックにも反応はなかった。

彼は館内電話で村上に報告した。

村上が支配人と相談し、やむをえずマスターキーを使って部屋を開けることになった。


ホテルから所轄・港北警察署へ、直接通報があった。

日曜の刑事当直七名がホテルに到着したのは午前十一時二十五分。署とホテルは一キロ弱の距離で、機動捜査隊よりも早かった。

502号室のドアを開けた直後、三係長の新堀《しんぼり》の目にとびこんだのは、室内の通路の先に倒れている人と、その周辺にひろがる夥《おびただ》しい血痕であった。

何か憶えのある刺激的な臭気が室内の空気にこもっている。

新堀ら四人がビニールカバーで靴底を被った。その上で現場へ踏みこんだ。レースのカーテンを通しても、真昼の外光が室内を明るくしている。

ベッドルームには、右手奥にツインベッドが並び、左手奥にテレビと化粧台。その手前に小テーブルと椅子二脚が配置されていた模様だが、一脚は横転している。あと一脚とテーブルは脚が絡んで窓のほうへ傾き、灰皿とテーブルクロスが床に飛んでいる。激しい争いのあとを物語るようだった。

三十代から五十代くらいの女がテーブルの脚近くに頭部を、足はベッドのほうへ向けて倒れていた。ほぼ仰向けの状態で、右手は胸の上、左手は肱《ひじ》を曲げて床に投げ出されている。その上半身のほとんど、顔、頸部、白っぽい服の肩、胸、腕、露出した両手が血に染まり、下半身へも飛び散り、周囲の絨毯にも大量に溢れ出て凝固している。一目で致命的な出血と考えられた。

血痕は死体の周辺だけではなかった。天井や壁の数カ所にもしぶきが飛んでいるのだ。

天井を向いた女の顔には、場ちがいに美しいワインカラーの髪が絡んでいた。肌は石膏のように蒼白な顔の中で、両目を開けている。虚《うつろ》、というより、何か静かに見開かれているという印象を、一瞬新堀は受けた。

室内には弱いクーラーが効いていた。それに気付いたのは、辺りを染めた血がひどく赤いと感じたからかもしれない。酸素の多い、冷たい環境に置かれた血液は、どす黒く変わらずに赤い色を保って凝固すると聞いた憶えがある。

刑事課三係長で警部補の新堀は今日の刑事当直の責任者だが、盗犯専門の三係では、実のところ殺しの現場を踏んだ経験は数えるほどだった。しかし幸い当直の中には強行犯専門の一係、大ベテランの柴木《しばき》巡査部長も混じっていた。

柴木は死体のそばにしゃがみ、ずんぐりした背中を一層丸めて抜かりのない視線を注いでいる。

「ここですね、致命傷は」

女の左頸部を指さした。五センチ以上はある傷口が開いている。

「これだけの出血は、頸動脈を切られたからですよ」

比較的最近、若い女性が頸部を刺された殺人事件が起きていたことを、新堀はチラと思い浮かべた。

再びかすかな刺激臭を感じた。その原因はと考えた時、倒れている椅子の脚や、テーブルの上に、紫色がかった液体を噴射したような跡が目に入った。小豆色の絨毯の上にも何カ所か認められ、陽の当った個所ではわずかに蛍光塗料のような光を発している。

これは、あるいは催涙スプレーではないか？

女性の掌に入るくらいの筒型容器に唐辛子オイルなどの成分を含む溶液が詰めてあり、護身用に市販されているものだ。人の目などに向けて噴射すれば、されたほうはしばらくは激痛で目が開けられないといわれる。

だが、スプレーは付近に見当たらない。

ツインベッドの奥の一つはカバーが一部めくられていたが、手前のベッドは使用された様子がない。そのベッドの少し奥に女性物のサングラスが転がりこんでいた。

しかし、それ以外の、被害者の女性が持っていたはずのバッグとか、所持品らしいものは、見たところ何も残されていなかった。犯人が持ち去ったのか？

被害者が身許不明では、捜査は手間取るだろう。

新堀はとりあえず目に付いたことを頭に入れて、その場を離れた。

携帯のキーを押しながら廊下へ出た。本署への第一報と、県警本部の刑事部当直に検視官の臨場を要請するためだった。

5

溝口輝男はまだ半分眠っている意識で、ベッド脇のテーブルへ片手をのばした。夏になれば毎朝の習慣的な行動である。リモコンを手に取ると、スイッチを探り当てて押した。クーラーの始動を感じながら、脚を上下に動かして下半身に絡みついたタオルケットを直した。全身が汗ばんでいるが、暑さも汗もすぐに退くだろう。

彼は寝返りをうった。頭の芯が疼《うず》く。薄目を開けると、目覚まし時計が十二時四十分を指している。まだもう少し眠りたい。

昨夜の、いや今朝の帰宅は午前二時を過ぎていた。高校時代の友だち二人に電話で誘われ、夕方から溝口《みぞのくち》で飲んでいたのだ。

六月の事件以来、気の休まる時もなかった。久しぶりに仕事抜きの付合いで解放され、かなり度を越してしまった……。

室温が下るにつれ、彼は再び快いまどろみに吸いこまれかけた。

と、玄関のチャイムが鳴ったような気がした。

ピン、ポーン——

今度ははっきり聞こえた。

また鳴った。

輝男は心の中で舌打ちした。早く朔子が出ればいいのに。もう一度時計を確かめたが、やはり十二時四十分を回った時刻だ。朔子が起きていないはずはない。

彼が午前二時過ぎに帰宅した時、当然ながら家の中はひっそりとして、朔子は眠っているらしかった。シャワーを浴びる時も彼はなるべく音を立てないように気を付けた。彼女が起き出してきて喋ったりするのが煩わしかったからだ。

今は買物にでも行っているのか。

大体彼女は近頃よく外出する。昨日も午後からパンツスーツなど着こんでどこかへ出掛けて行った。

ドアフォンは鳴り続けている。彼は本当に舌打ちしながら身体を起こした。

パジャマ代わりのTシャツと短パン姿で玄関へ出た。

「はーい」

「宅配便です」とドアの外で男の声がした。

彼はチェーンとロックを外してドアを開けた。

運送会社の帽子とユニフォームを着けた若い男が、ボール紙の書類封筒のようなものを輝男に手渡し、サインをもらって帰って行った。

彼はまたドアをロックして、ダイニングキッチンへ入った。キッチンやリビングはカーテンが閉じたままだ。それでも封筒に貼られた伝票の文字は読めた。

届け先にはこのマンションの住所と、溝口輝男の氏名が明記されている。依頼主は、同じ住所で、〈溝口方、日野朔子〉とあった。取扱店の欄になぜか新横浜プリンスホテルのゴム印が捺《お》されている。

品名の記入はなく、ただ〈ワレモノ〉に丸が付けてある。封筒は少し重いという程度だ。

輝男は封をはがした。

透明のエアキャップに包まれたものと、表書きのない白い封筒が添えられていた。

封筒の中は便箋一枚だった。

〈もし私が土曜中に帰宅しなければ、これを警察に届けて下さい。

九月四日

日野朔子

溝口輝男様

〉

何重ものエアキャップを開けると、パールピンクの携帯電話が現れた。彼の見たことのないものだった。

第九章　顔写真

1

濡れて光る坂道の先に、大学と附属病院を取り囲むみずみずしい緑が目に入ると、タマミはようやく走りづめだった足を緩《ゆる》めた。同時に、ふっと雨の匂いを感じた。排気ガスと湿気に充たされた大都会の空気の中にほのかに漂う、どこか甘く懐かしい匂い……。

昨日までの眩しい夏空が、今朝は珍しく薄白い雲に被われていたことは、マンションを出る時から気付いていた。今日はちょっと涼しくて助かるかも、と思ったのは、でもほんの一瞬で、とにかく電車の駅まで全力疾走した。〈下神明《しもしんめい》〉から東急大井町線に乗り、ラッシュの車内ではジッと立っているほかなかったが、〈旗の台〉でそこから解放されると、ホームの階段を駆け降り、街なかをまた五分以上走り続けた。ブルーのパンツスーツとTシャツの下は汗に濡れているが、ほてった頬に霧雨混じりの風がひんやりと快い。

九月に入ってからうんざりするほど続いていた炎暑の真夏日が、たった一晩でがらりと季節が入れ替わったみたい。ちょうど今日から九月後半だ。

この雨はまだ房総沖の遠くにいる台風の影響らしいが、新しい季節の訪れを最初に感じる日、タマミはわけもなく豊かで弾んだ気分になれる。しかもその変化は、突然なほど好ましい——。

もう一頑張りと、タマミは再び走り出した。大学の石垣と木立の途中から、緩い坂はにわかな急勾配に変わって、ようやく高台の頂上に達する。その右手のまた少し下った先に、もう目に馴染んだ白っぽい化粧タイル張り六階建のオフィスビルが見えた。

エレベーターに駆けこみ、顔や首筋の汗を拭う。

四階で降りると、正面のドアには〈旗の台法律事務所〉の大きなプレートと、下には女性を含む五人の氏名が列記されている。でもタマミの目には、その一番下の名前だけがいつも向こうからとびこんでくる。〈里村《さとむら》タマミ〉は自分のことなのだ！

旗の台法律事務所は、四人の弁護士がそれぞれ独立して仕事をしながら営んでいる共同事務所である。そして二十七歳の里村タマミは彼らの下で働く居候弁護士、いわゆるイソ弁になって、九月で十二カ月目になった。イソ弁の出勤時刻は九時半が原則とされている。

ドアを開け、まず壁の時計を見ると、九時四十三分。充分な遅刻だが、幸いまだほかの先生たちは来ていないらしく、事務所の中は静かな雰囲気だった。デスクとコピー機などの並ぶフロアから、二人の女性事務員が「お早うございます」といつもと変わらぬ声をかけてくれる。タマミはひとまずホッとして挨拶を返した。

彼女たちとは通路を挟んで、薄い間仕切りに囲まれたコーナーがタマミの席だった。デスクに鞄を置き、ジャケットを脱ぐ。腰をおろして、掌を団扇《うちわ》代わりにあおいでいるうちに、クーラーの冷気でやっと汗が退いていく。

昨日は夕方から、郷里、鹿児島の公立高校の同級生で、東京で働いている男女七、八人が、表参道のイタリアンレストランに集まった。気楽に方言がとび出し、三次会のカラオケではまた盛り上がって、下神明のマンションへ帰ったのは午前一時過ぎだった。八時間は眠りたいほうなので、大急ぎでベッドへもぐりこんだ。目覚ましは確かにセットしたはずなのに、気がついた時は八時十五分を回っていたのだから、無意識にアラームを止めていたのにちがいない。まだ少し眠いが、幸い宿酔《ふつかよい》の兆候は見られない……。

今朝は新聞も読んでこなかったことに気がつくと、タマミはそれを取りに行った。毎朝全国紙が六紙、台に並べてあるのだが、なぜか今は三紙しかない。その一紙を手にし、つぎは給茶器《ティーサーバー》の前へ。紙コップに注がれた麦茶をこぼさないように、ゆっくり身体の向きを変えた時──

「ああ、タマちゃん、やっと来たか」

奥から声が聞こえ、タマミは思わずドキリとした。そっと振り向くと、廊下の先に姿を現していたのはやはり塔之木《とうのき》善隆《よしたか》弁護士だった。五十三歳の彼は、この事務所の開設当初からのリーダー格である。

「ちょっと、こっちへ来てくれる?」

「はい」と答えながら、タマミは二重の驚きに見舞われていた。いつもは十時すぎにしか姿を見せない彼が、今朝に限って早く来ていたことと、その彼にまるでタマミの出勤を待っていたように呼ばれたことだった。

タマミは新聞を台に返し、麦茶は急いで自分のデスクに置いてから、彼の部屋へ向かった。

フロアを挟んだ反対側の奥に、やはりパーティションで仕切られたコーナーがいくつか設けられ、応接室と、四人の弁護士の個室に使われていた。塔之木の部屋は奥の角だ。

法律書やファイルがぎっしり詰まった書架を背にして、彼はデスクの前に立っていた。身長百七十五センチくらい。涼しげな縞のカッターシャツに、チャコールグレーのズボン。はじめて会った時にはずいぶんスリムな人だと思ったが、この一年ほどで年齢相応の肉が付いてきたのか、顎の線がやや丸くなり、お腹も心持ちせり出してきている。が、全体のどこか精悍な青年といった雰囲気は変わらない。

入ってきたタマミに、近くの椅子に掛けるよう目で示し、彼も腰をおろした。

「新横浜の事件、昨日容疑者が逮捕されたね」

「………」

タマミは咄嗟《とっさ》に理解できず、また心臓の鼓動が迅くなった。

「ホテルで女性が頸《くび》を切られて殺された事件だよ。犯人逮捕のことは昨夜のテレビでいってたでしょ？」

昨夜のテレビニュースは視ていない。とにかくシャワーを浴びただけでベッドへ……。

「今朝の新聞にも載っている」

それを今読もうとしていたところだったが。タマミは急いで事件のイメージを頭に浮かべようと焦った。

塔之木はデスクの上の紙面へチラと目を落とした。

「先週日曜の九月五日朝、新横浜のシティホテルで女性の変死体が発見されたね。事件は四日土曜の午後に起きたと見られている」

「あっ、はい、あの事件なら……じゃあ、とうとう犯人が逮捕されたんですね、三十五歳のフリーライター……」

一挙に記憶が甦った。

〈新横浜ホテル殺人〉は、その後、六月に山梨県のダム湖で若い女性の他殺死体が発見された事件との関連が疑われるようになった。先の事件では、被害者の主婦のメル友だった三十五歳のフリーライターが、すでに容疑に挙がっていた。警察が発表したわけではないから、氏名は公表されていなかったが、タマミがいつも朝食時につけているテレビのワイドショーでは、ほとんどクロに近い存在として扱われていた。「その人物は、仕事でメル友犯罪のノンフィクションなども書いていたんですね」と男性レポーターが皮肉っぽく喋っていたのを憶えている。

新横浜のホテルで事件が起きたあとでは、同じレポーターが現場のホテルらしい建物の前に立って、事件発生当日にチェックインしてその後姿を消した男と、フリーライターの年恰好が似ていると話していた。「捜査本部ではホテルの従業員などの証言により、同一人物かどうか、特定を急いでいるものと思われます」――。

「やっぱり、例の男の連続殺人だったんですねえ」

塔之木は黙って少し首を傾げただけだ。どこか揶揄《からか》うような苦笑が唇の端に浮かんでいる。

いわゆる「ヤメ検」の塔之木は、十年検事をしたあと、しばらく先輩弁護士の事務所で働き、十二年前、最初は二人からこの事務所を開いたとタマミは聞いている。国選以外では刑事事件を扱う弁護士の少ない東京では、数々の難事件を手がけて実績を評価されている人物だった。

タマミは司法修習期間のうちの三カ月間、弁護士の実務修習をここで受けた。四人の独立した弁護士ののびのびとリベラルな雰囲気と、とりわけ塔之木の頭の回転は速いがとぼけたユーモアもある人間的魅力のようなものにひかれて、就職活動ではこの事務所を希望していた。幸いそれが叶って、昨年十月の弁護士登録後、ここに勤められることになった。

「逮捕のニュースはまだ知らなかったわけか」と塔之木がほとんど不思議そうに訊く。

「はい、すみません……」

「全然別の男が逮捕されて、昨日の夕方、横浜の港北署で公式発表があった」

「え？　別の……？」

「おそらく本部では、マスコミの目がフリーライターに集まっているのを幸いに、邪魔をされずに本ボシの内偵を進めてたんだろうな。――じゃあとにかく、一通り新聞を読んで、頭に入れてから、もう一回ここへ来てくれないか」

「わかりました」

実はまだよく彼の意図がのみこめないまま、タマミは会釈して部屋を出た。

2

さっき一度手にした朝刊と、最近の新聞の綴《つづ》りを抱えて、自分のコーナーへ戻った。

九月十六日木曜、今朝の全国紙社会面には四段抜きの見出しが躍っていた。

〈新横浜ホテル殺人・44歳自営業者逮捕――〉

横に男の顔写真が載っている。一見して凶悪犯にふさわしい人相だ。

記事の内容は――

港北署の捜査本部は、九月十五日、神奈川県相模原市上町××、損害保険会社代理店経営、永沢悟容疑者四十四歳を殺人容疑で逮捕した。容疑事実は――永沢は九月四日午後五時頃、横浜市港北区新横浜×番にあるホテルの一室で、日野朔子さん四十六歳の左頸部をナイフ様のもので切り、殺害した疑い。

この永沢という男がどうして逮捕されるに至ったのか、その経緯は書かれていない。最後に〈永沢容疑者は調べに対し、切った憶えはないと話している〉と付記されていた。見出しの割には短い記事に、警察に裏をかかれた記者自身の驚きがこもっているようにも感じられた。

タマミはもう一度永沢悟の顔写真を眺めた。集合写真の中から拡大されたものか、少しぼやけてはいるが、一目見て不快感を煽《あお》られる面相だ。出っ張った強い目はほとんど脅迫的、何か喋っているのか、まくれ上がった厚い唇には好色そうな性向も覗き見えるような――。

つぎには新聞の綴りをめくり返し、事件発生時に遡って捜査の経過を辿ってみた。

事件の第一報は九月六日月曜の朝刊に載った。死体は前日日曜の昼前に発見されていたのだが、日曜には夕刊が出ない。

〈新横浜・ホテルで女性変死体〉の見出しも目を捉える大きさだ。

港北署の調べによると――現場はホテル五階の客室。死体は四十代くらいの女性で、左頸部の切り傷が致命傷と考えられる。死亡は四日午後五時から九時頃の間。所持品はなく、身許不明。現場の部屋は四日午後三時半頃、三、四十代の男性がチェックインし、その後姿を消している。港北署に設置された捜査本部では、その男性が何らかの事情を知っているとみて、行方を捜している――。

同じ日の夕刊になると、情報量はかなり増えている。

〈桂山湖事件と関連か・両被害者、親子と判明〉

一報では身許不明だった被害者の氏名住所が公表されていた。被害者は日野朔子・四十六歳、飲食店手伝い、住所は静岡県賀茂郡松崎町×番。

その日ニュースに接した時、伊豆半島に住んでいた女性がどうして、と訝《いぶか》しんだが、それに続く記事の内容になんともいえないショックを受けたことを、タマミは今も憶えている。

日野朔子は、今年六月二十四日に山梨県山中の桂山湖で無残な他殺死体となって発見された主婦・溝口晴菜・二十四歳の実母とわかった。六月二十日に晴菜が行方不明になって以来、朔子は川崎市内の晴菜のマンションを訪れ、九月四日にも同じマンションに滞在していた。

二人が親子と判明したため、今後捜査本部では、桂山湖女性殺人事件との関連を考慮に入れて慎重に捜査を進める。

〈現場のホテルからいなくなった男の行方はまだ掴めていない〉――。

では、どうして被害者の身許がわかったのか。その経緯も出ていないが、たとえば晴菜の夫が、滞在中の義母の行方がわからないといって、所轄警察署に届けたかもしれない。警察では朔子の年恰好などから新横浜ホテル殺人の被害者の可能性を疑い、夫の溝口が朔子の遺体を確認したとも想像できるだろう。

その結果が公表されれば、当然マスコミも二つの事件とを結びつけ、先の事件の重要容疑者として浮上していた三十五歳のフリーライターをいよいよ熱心に追跡し始めた。その意表をついて、昨日の夕方、永沢悟の逮捕が突然発表されたわけだった。

そういえば、桂山湖に沈められていた溝口晴菜の死因も、左頸部の刺創ではなかっただろうか……？

タマミは先の事件の内容も思い返しながら立ち上がった。

塔之木のコーナー近くまで来ると、電話中らしい彼の歯切れのいい声が聞こえた。別の民事事件の話をしている。ほかの弁護士たちも出揃って、事務所の空気がいっぺんに活気づいていた。

電話を終えた塔之木は、タマミに事情を説明した。

「実は今朝早く、二宮《にのみや》先生から家に電話があってね。二宮先生というのは、ぼくの勤務弁護士時代のボスだ」

「はい」

「昨日逮捕された永沢悟という男は、従業員四人で〈栄光損害保険〉の代理店を経営していた。

二宮先生は栄光損保の顧問弁護士もしておられる。永沢とは仕事で多少の面識があったという程度らしいが、昨日の夕方、彼の家族から電話が掛かってきて、何とか力になってもらいたいと泣きつかれたということだ」

「はい」

「で、二宮先生はとりあえず昨夜、永沢と接見してきた」

永沢からは、自分の弁護人になってくれるか、信頼できる弁護士を紹介してほしいと頼まれた。二宮は民事専門で、刑事事件を扱った経験がほとんどないため、一晩考えて、塔之木に依頼することにした。

「この事務所は比較的横浜へのアクセスがいいからともいわれていたが。まあぼくも、二宮先生には無下《むげ》には断わりにくい立場なんでねえ」

塔之木はちょっと眉根を寄せて口をすぼめた。渋々……というのが本音らしい。

「ああ、それで先生がお引き受けになったわけですか」

塔之木は思案するようにタマミを見て、

「君は今、大変な事件抱えてる?」

「さあ……えーっと……」

弁護士たちはのべつ二十件前後の事件を抱え、それらはみんなイソ弁の労働にも波及してくる。

「いっぱいあるんですけど、この前からのベンチャー企業絡みの仮処分事件はやっと一段落したところです」

「うん、それは好都合だ」

連日集中的に忙しい事件はないものと、彼は判断したらしい。

「じゃあ、タマちゃん、これやってくれる？」

デスクにひろげたままの新聞を指で叩く。

「えっ、私がですか⁉」

タマミが跳び上がるような声を出したらしく、一瞬の笑いが塔之木の瞳にひろがった。

「いや、勿論、ぼくもやるよ。もし手伝ってくれれば助かるという意味だ」

「あ、はい、それなら、喜んで……」

タマミはうっすら頬を染めて頷いた。

「ではさっそくだけど、永沢に接見してきてくれないか」

「私がですか？」

タマミはまたも同じ問いを発していた。

「頼まれて引き受けた限りは、なるべく早く行ってあげるべきなんだが、ぼくは今日一日どうしても都合がつかない」

「私が、一人で……？」

「たぶん被疑者は昨日の朝から任同（任意同行）をかけられて、今日が送検だろうからね、昼間は身柄が港北署にいないかもしれない。電話で予定を尋ねて、検察庁から戻ってきたあとで接見すればいい」

「………」

「二宮先生の話では、事実関係は大筋で認めているらしいから、大きな問題はないと思うよ」

「でも今朝の新聞には、本人は切った憶えがないと話していると……」

「憶えがないなんて、概《おおむ》ね認めたも同然じゃないか」

「ああ、そういうものですか」

「詳しいことは、行ってみなければわからないよ。とにかく本人に会って、どういう容疑で逮捕されたのか、まちがいないのか、本人の基本的な言い分を聞いてあげなさい」

「はい」

「ただし、最初からあんまりくどくど質問したり、事実を追及するような態度はとらない」

「はあ……？」

「だって、被疑者は一日中警察で調べられて、へとへとになってるんだよ。その上弁護士が質問攻めにしたら、また取調べを受けてるような気分になるでしょう？」

「はあ」

「まず大事なことは、犯人と被疑者との同一性の確認。あとは本人のいいたいことを話させる。警察にも記憶通りのことだけを話すように、念を押しておく」

「はい……」

「逮捕直後は、身柄を拘束されたショックで、やってないことまでなんでも認めてしまう人がいるから、絶対そんなことがないようにと」

「はい」

「それから、心配事も聞いてあげなさい。家族や会社などに伝言はないか。事務的な問題なら処理してあげるからといって、安心させ、元気づける。差入れの希望を聞くのも忘れずにね」

「はい、差入れも……」

「まあしょうもない否認もするかもしれないが、あなたもいろいろ勉強してきなさい」

「しょうもない……？」

塔之木は関西人ではないが、時々そんな表現をした。

タマミはまだつぎのことばを待っていたが、彼はそれでもう話はすんだという顔で、目の前の新聞をバサバサと畳み始めた。

3

「タマちゃん、頑張ってらっしゃい」

平松《ひらまつ》さゆりの声に送られて、タマミは二時過ぎに事務所を出た。平松は一回りほど齢《とし》上の美人弁護士で、このところ欠陥住宅をめぐる民事裁判で何回かタマミも法廷に従《つ》いていった。

事務所では、事務員を除くみんなに「タマちゃん」と呼ばれる。高校や大学、司法研修所でも、大抵すぐその愛称がついた。たぶん、身長百五十センチそこそこの小柄と、決して色白とはいえないまん円い童顔、目も鼻も丸っこい田園風の印象がそんな気安い呼び方に合っているのだろうと、タマミはなかば諦めと共に自認している。

塔之木に教えられた通り、港北署の留置管理係に電話すると、やはり永沢は送検手続きのため横浜地検へ押送《おうそう》されていた。三時半頃までには戻ってくる見込みなので、その後なら接見できるという話だった。

今朝駆け上がってきた急坂を、タマミは傘をさして下っていく。小雨が降り続き、風も少し出ていた。台風が速度を上げているらしい。タマミは胸の鼓動に合わせるように、足早に歩を進める。

ようやく刑事事件が回ってきた！

二年浪人してやっと司法試験に受かり、一年半の司法修習を終え、その後は旗の台法律事務所で働き始めた。以来もっぱら民事事件の手伝いばかりしてきた。企業の取引に関わる訴訟とか、時代を反映した倒産関連事件など、それぞれ専門の弁護士の下で、書面作りをしたり、難しい事件でなければ一人で公判に行くこともあった。

この事務所に勤めればいろいろな分野の事件を経験できるので、それを学びながら自分の進む方向を決めて行きたいと考えていた。それはまちがっていなかったが、でも、塔之木先生の評判からして、もっと刑事事件がたくさん来るものと期待していた。

ところが彼も常時多数の民事事件に忙殺されていた。この上刑事を引き受ける余裕などとてもなさそうで、その点は相当がっかりした。

それが今朝、突然舞いこんできたのだ。しかも今大いに世間の耳目を集めているメル友絡み興奮ばかりとはいえない。タマミの胸底には何か重苦しい感情も湧き出している。

今回のクライアントには、おそらくメル友の若い主婦と、その母親まで殺害した容疑が掛けられているのだ。同性として断じて許すことのできない、憎むべき女の敵ではないか。

検事なら思うさま糾弾できるのだろうが、選《よ》りによって、そんな男の弁護に努めるなんて——。

新聞に載っていた顔写真を目に浮かべると、嫌悪と恐怖がこみあげた。いきなり一人で、塔之木に指示されたような接見がうまくできるかどうか……？

電車に揺られていると、しだいに不安に押し潰されそうになる。

自由が丘で大井町線から東横線に乗り換え、三時十分頃、大倉山で降りた。

駅から歩いて十五分足らずの港北署は、環状2号線に面した三階建だった。白壁の汚れが目立つ、相当な老朽ぶりだ。

留置管理の受付で申込用紙をもらい、記入して出すと、制服警察官が接見室へ案内してくれた。

その狭いことに、再び驚いた。せいぜい十平方メートルほどの細長い部屋の中央が透明な隔壁で仕切られ、両側に細いカウンターがある。こちら側に椅子が三脚、あちら側に一脚と、隅にあと一脚。灰色の壁に囲まれ、ほかには何一つない室内に、蛍光灯の光が寒々と降り注いでいる。

タマミは椅子の一つを引いて、そっと腰掛けた。目の前には、円形に小さな穴がいくつかあいたアクリルの窓が設けられている。ジッと座っていると、心臓が苦しいほど打ってくる。どれほどかして、ブルーのトレーナーに黒っぽいジャージィの大柄な男が姿を現した。ハッとしたタマミの視線と、男の目が一瞬空間でぶつかった。

男は重い足どりで歩いてくると、タマミの前の椅子に腰をおろした。間に透明の壁はあるが、ほんの七、八十センチの距離で、二人は正面から顔を合わせた。男はしげしげとタマミを眺めている。

新聞の写真とは大分ちがう――

それがタマミの奇妙な第一印象だった。

顔写真ではまるで威嚇するようにこちらを睨みつけていた目が、今は赤く充血し、不安と期待で揺れ動いているような、またかすかに訝しそうな色も漂い出ていた。厚い唇も、閉じていればふつうの感じか。少なくとも今目の前にいる男が、いきなり凶暴とか、とくに好色そうに見えるというわけではなかった。きっと、とりわけひどい写真を選んで載せられたのだろう。

タマミは背筋を伸ばし、深く息を吸いこんで口を切った。それでも少し声が震えた。

「永沢悟さんですね」

男は小さく頷く。

「私は、旗の台法律事務所の弁護士で、里村タマミと申します。うちの事務所の塔之木善隆弁護士に、今朝、二宮弁護士からお電話がありまして……二宮先生はご存知ですか」

永沢はまた頷いた。

「塔之木弁護士が二宮先生からあなたの弁護人になるよう依頼されて、お引受けしました。私は同じ事務所の勤務弁護士ですが、一緒にやらせて頂くことになりました。よろしいでしょうか」

永沢の視線が、さっきタマミが入ってきたドアへ向けられた。

「その塔之木先生は？」

やっと相手がくぐもった声を発した。穴を通して一層聞こえにくい。

「今日はどうしても所用があって来られません。まず私が面会に参りました」

彼の目は再びタマミに注がれたが、さっきまでの期待や訝しい表情がたちまちありありとした失望感に変わっていく。彼はひどく落胆した溜め息をつき、露骨に肩を落とした。

「いえ、塔之木弁護士もなるべく早く参りますが、とりあえず今日は、私におよそのお話を伺わせて頂けませんか」

ちょっとていねいすぎただろうかとタマミは思ったが、永沢は聞こえたのかどうか、再び溜め息をつくと、がっくりと両手で頬杖をついた。タマミは怯みそうな気持を励まし、カウンターに置いたノートに目をやる。

「あの、今朝の新聞では、あなたは九月四日土曜の午後五時頃、新横浜のホテルの一室で、日野朔子さんの左頸部をナイフで切って死亡させた。その殺人容疑で逮捕されたと書かれています。この事実にまちがいはないですか」

少したって、永沢は頬杖のまま、ゆるく頭《かぶり》を振るような仕草をした。またも溜め息だけで、ことばは出なかった。被疑者は一日中警察で調べられて疲れきっているという塔之木のことばが、タマミの脳裡に刻まれている。性急に追及しないように。

「ホテルで日野朔子さんに会っていたことは事実ですか」

永沢はまたしばらく間をおいてから、わずかに頷いた。

「何というホテル？」

「ビューホテル新横浜……」

「五階でしたね？」

「……」

「ルームナンバーも憶えていますか」

「502……」

重い口からようやくそこまで聞き出すと、タマミはとりあえず一つの関門をクリアできたようでやれやれと思った。永沢が現場にいたことはまちがいなさそうだ。塔之木のいった「犯人と被疑者との同一性」は一応確かめられたのだ。まったくの人違いや、根も葉もない容疑で彼が逮捕されたわけではない。

「すると、どういう事情だったんですか。朔子さんの亡くなるまでの状況を、ザッとでもお話しして下さいませんか」

「……」

「何か、朔子さんと争いがあったのですか」

「まあ……」

「それで、あなたがナイフを出した」

「ちょっと脅すだけのつもりで」

「脅して、何をしようとしたの？」

永沢は再び口をつぐんだ。すぐには答えそうにない。

「では、とにかく争いが起きて、あなたはカッとなって、朔子さんの頸にナイフで切りつけたということですか」

彼はまた頭を振ったが、今度は遅れて声が出た。

「ちがう」

「え？　ちがうというと……ナイフはあなたが持ってたんでしょ？」

「でも、自分から切りつけた憶えはないです」

「では、どうしたんでしょう？」

彼は頬杖のまま頭をグラグラ揺らし、後頭部の髪をかきむしった。

「詳しくは思い出せない。気がついたら、あの女が血だらけで倒れていた……」

「それまでに何があったんでしょうね。よく思い出してみて下さいませんか」

タマミは辛抱強く待ったが、永沢は無言のままだ。

「あなたがナイフを出してから、朔子さんが倒れているのに気が付くまでは、どれくらいの時間でしたか」

「さあ……とにかく物凄く目が痛くて、開けていられなかった。鼻もツンツンして、何がなんだかわからなかった」

今度はタマミが怪訝な瞬きをした。永沢の話が理解できない。

「どういうこと？　どうして急に目が痛くなったわけですか」

「だから、スプレーをかけられたからですよ」

やや苛立った声。永沢はタマミが当然知っているという口吻《くちぶり》だ。

「スプレーって……催涙スプレーみたいなものですか」

「そうかもな。とにかくあの目の痛さはふつうじゃなかったですよ。このまま目が潰れるんじゃないかと思った」

事件発生後のマスコミ報道にも、スプレーの話はまったく出てこなかったと思う。

警察が隠して発表しなかったのか？　きっとそうなのだ。警察や検察は、たくさんの捜査秘密を握っている。「当事者だけが知る秘密」を被疑者に喋らせて、犯人の確証を得るためだ。

無論、弁護人にも何も教えてはくれない。こちらは被疑者から聞き出すほかはない。

「あなたがスプレーをかけられた時の状況を、できるだけ詳しく話して下さい」

「だから、ぼくがナイフを突きつけたら、あの女が急にこう片手を上げて、ぼくの顔へ何かを……」

タマミが身をのり出すように耳を傾けていると、彼は自分の手を動かして少し熱心に話し出した。

霧状のものを強く噴きつけられた瞬間、両目に激痛を覚え、鼻にもひどい刺激を受けた。何も見えず、パニック状態になった、という。

「その間、朔子さんはどうしていたんでしょう？」

「そんなこと、わからない。何しろ目が開けられなかったから。自分がものすごく恐怖を感じたのだけは憶えてますよ」

「恐怖？」

「何をされるかわからない。ナイフを奪《と》られないようにと、必死で握っていた」

「では、揉みあいのようなことは？」

「あったかもしれないが、とにかく無我夢中だった。やっと目を開けると、あの女が倒れていて、血だらけの床にナイフが落ちていた……」

今でもその「事実」が受け容れられないといった憮然とした面持で、彼はしばらく黙りこんでいた。

「スプレーのことはよくわかりました」

タマミは頷き返した。

「だけど、ナイフを突きつけて、脅したというのは、脅してどうしようと思ったわけですか」

さっきと同じ質問を繰返した。永沢は沈黙したまま、やはりそれには答えようとしない。

「相手が日野朔子さんという女性であることは、わかっていたんですか」

「いや、知らなかった」

「では、そもそもどうして彼女とホテルで会うことになったわけですか」

渋々のように口を開いて、

「彼女のほうから、電話でぼくに会いたいといってきたんで」

「どうして？」

「とにかくぼくの携帯に掛かってきて、あの日は三時に、新横浜プリンスホテルで落ち合ったんです」

「それから？」

「話しているうちに、彼女がぼくと付合いたいといい出して……プリンスでは知ってる人と会うとまずいので、ぼくが近くのビューホテルに部屋を取った。ルームナンバーを電話で知らせたら、彼女が来たんです」

ただそれだけの経緯で男女がホテルの一室で二人になり、男がナイフを出したとすれば、その原因は売春を巡る金の争いと考えるのがいちばん自然だろう。しかし、日野朔子が溝口晴菜の母親であったという事実が、それ以上の容易ならぬ背景を示唆している。

「日野朔子さんが、いえ、あなたはそうとは知らなかったとしても、彼女があなたの携帯に電話してきた時、どういう理由で会いたいといったんでしょうか」

タマミは食い下がって尋ねた。彼の目の中にわずかな迷いが生まれ、厚い唇がちょっと動きかけたが、結局また顔をそむけてしまった。生気を失った肌が、ザラザラと粉をふいたように荒れている。

タマミは塔之木のアドバイスを思い出して、これ以上の追及は断念した。

「今日、検察庁へ行ったんでしょう?」

「ええ」

「検事が被疑事実を読み聞かせてくれましたか」

「……?」

「あなたが何をして、どんな容疑で逮捕されたのか。その中に、あなたがナイフで朔子さんの頸を切り、殺害したということばは出てこなかった?」

永沢は殺人容疑で逮捕されたのだから、勾留請求にはそういう被疑事実が想像できる。彼は頬をこわばらせ、暗澹《あんたん》とした目を宙に据えている。

「そういわれました」

「何と答えました?」

「殺そうとした憶えはない。気がついたら彼女が倒れていたんですと」

「そう。それが事実なら、これからも、自分の記憶通りに話して下さいね。ちがうことはちがうと、きちんと主張することです」

永沢はタマミを見返して、はじめて少し素直な感じで頷いた。

「倒れている朔子さんを見て、死んでいると思いました?」

「ひどい出血だったし、揺すっても全然反応がなかったから……」

「そのあと、あなたはどうしたんですか」

「最初は警察に知らせようと思った。でも、自分が疑われるに決まっていると思い直して……フロントでは本名は書いてないし、そんなに顔も見られてないから、このまま逃げればわからないと……」

「ええ」

「女の身許も知れないほうがいいだろうから、持ち物を集めて、部屋を出た」

「持ち物は何だったの?」

「黒い大き目のバッグと、スプレーと……あとは自分のナイフも持ってきました」

「あなたは返り血など浴びてなかったんですか」

「シャツにはかなり付いてました。でも、上衣は脱いでいたから、それを着たら、あんまり目立たなかった」

戸外が暗くなった午後七時半頃、正面ロビーから出て、百メートルほど歩いた先で通りがかりのタクシーに乗った。自宅の少し手前で降りて、八時半前には家に帰ったと、永沢はタマミに問われるまま答えた。

「朔子さんの持ち物などは、その後どうしたんですか」

「その日の夜中に、自分の車で捨てに行った」

これも初めて知る話だ。

「バッグと、あなたのナイフも?」

「全部……」

「バッグの中を見ましたか」

無言で頷く。

「何が入ってました？」

「財布と、ハンカチやティッシュ、化粧品とか、それに……」

「……？」

「果物ナイフが入ってたんですよ、まだ新しそうな」

その時の意外感が残るような声でいった。

「ナイフ？」

「バッグの底に、キャップもないむき出しで……」

「それも捨てたんですか」

「まとめてバッグに入れて、土に埋めたんです」

「埋めた？　どこに？」

「家から小一時間走った先の、山の中……」

「それは見つかったんですか」

「いや。警察でいろいろ訊かれてるけど、真っ暗な山の中で、懐中電灯で適当な場所を探して埋めたから……相模川の先だったことは憶えてるんですが……」

逮捕が昨日の夕方では、まだ発見されていなくて当然だ。今後の勾留期間中に、捜査員が永沢に案内させ、山中を掘り返して探すのだろう。

接見はまもなく一時間になろうとしている。タマミは時々メモをとっていたノートに目を落とした。それからまた永沢を見ると、何か摑みどころのない、茫乎《ぼうこ》とした表情を浮かべている。

「ほんと、あの女もナイフを持ってたんですよねえ」と嘆息するように呟いた。

「でも、刑事はあんまり信用してないみたいだった……」

何度目かの深い溜め息をつくと、彼は肱を立てた両腕の間に顔を埋めた。打ちのめされ、疲労し切った姿だ。

「ご家族や会社のことなどで、何か伝言でもありますか」

タマミは語調をやわらげて尋ねた。

「差入れの希望とかも。あったら伝えてあげますよ」

永沢は再びゆっくりと身体を起こした。何かを飲み下すようにして、口を開いた。

「家には今、ぼくの母親と、高校生の息子……」

ふいに声が途切れて、彼はもう一度喉仏を上下させた。もともと充血していた目がみるみる赤みを増した。

4

四時五十分頃、タマミは港北署を出た。来た時より雨脚が強くなっている。どうにか軒のある下で、事務所へ携帯を掛けた。

地裁から戻ったばかりという塔之木が替わって出た。

「今、接見が終ったところです」

「ああ、どうだった？」

彼は接見全体の首尾を尋ねているのだろうが、

「思ったよりは、ふつうの人の感じでした」

永沢悟の印象が、自然とタマミの口にのぼった。

「新聞の顔写真よりも」

「まあ、近頃はふつうの人が犯罪を起こす時代だからな。でもそれじゃあ、およその話は聞けたわけか」

「口が重くて、答えてくれないところもありましたけど」

「大体そういうもんだよ。とにかく帰って来て。詳しい話はこっちで聞くから」

「ご家族のことがとても気掛かりみたいでした」

「じゃあ、今そこから家に掛けて、接見してきたことを知らせてあげなさい。そしたら大抵すぐ家族が事務所を訪ねてくるから、その時いろいろ話してあげればいい」

「わかりました」

タマミはいったん切った。永沢の住所や電話番号のメモを見る。自宅は相模原市内だ。タマミはその家のナンバーをプッシュした。

コール音が鳴り続ける。

十回……十三回目で諦めかけた時、受話器が取られたようだ。が、すぐには声が聞こえない。

「もしもし？」

「………」

「もしもし、私、旗の台法律事務所の者ですが」

「………」

「二宮先生のご紹介で、永沢悟さんの弁護人をお引受けした者ですけど」

かすかに息遣いが感じられるが、まだ応答はない。

「あの、永沢悟さんのご家族の方でしょうか。私、今永沢さんにお会いしてきまして——」

「もしもし」

はじめて男の声が答えた。

「弁護士事務所の方ですか」

いかにも若い声が、おずおずと囁きかけた。

「ええ。里村タマミと申します」

「弁護士の先生ですか」

「そうですよ」

「すいません、永沢です」

今度は明らかに安堵の混じる声だ。たぶん何かを警戒して、なかなか電話に出なかったことを謝っているらしい。

「あなたは、息子さん？」

「はい」

家には七十二歳の母親初音《はつね》と高校三年の息子彰《あきら》がいると、永沢悟から聞いてきた。

「今日は私がお父さんに接見してきたんですけど、ご家族に、心配ないからと伝えてほしいとおっしゃってました」

「……」

「私はこれから事務所へ戻りますが、もしあなたもそちらに来られたら、塔之木弁護士から詳しい状況などをお話しできると思います」

相手はまた黙っている。

「旗の台の事務所の場所、お教えしましょうか」

「──あの、それが、家を出られないんです」

「どうして？」

「昨日の夜から、テレビ局とか、マスコミの人がおおぜい家の前に詰めかけてて、ちょっと外に出ると……」

「集まってくるの？」

「取り囲まれて、質問攻めにあうっていうか……」

電話の背後にピン・ポーンとチャイムが聞こえた。

「あ、また」と彰が呟く。

「チャイムもたびたび鳴るの？」

「ずーっと鳴ってたこともありますけど、今は三十分おきくらい……」

なるほど、マスコミの動きまでタマミは想像していなかった。

「それじゃあ、昨夜から外に出ていないわけ？」

「おばあちゃんも、怯《おび》えてて、加減が悪くなってるんです」

「どんなふうに悪いんですか」

「心臓が苦しいとか、胸が痛いとかって、昨夜《ゆうべ》はぜんぜん眠れなかったみたいで」

「今はどうしていらっしゃるの」

「ベッドで寝てます。でも、動悸が打って眠れないって……ふだんは元気なのに」

「薬はあるの？」

「何を飲ませたらいいのかわからないんで……」

祖母の話になると、彰の声はいよいよ途方に暮れたように か細くなった。

おそらく二人とも食事も満足に摂れていないのではないか。高齢の上、心労と衰弱、そこへマスコミ攻勢が追いうちをかけて……大丈夫だろうか？

「私がお医者さんに相談してみましょうか」

咄嗟にいった。心当たりの先がある。

「それで、もしお薬が貰えたら、届けてあげてもいいけど」

「ほんとですか？」

彰は信じられないという声で訊き返した。

電話を切ると五時五分になりかけていた。大急ぎで和田正治《わだまさはる》の携帯ナンバーをプッシュする。

「もしもしイ」と、彼の尻上がりの声が聞こえると、タマミは心《しん》からホッとした。

「いやあ、昨夜は遅くまでお疲れさま」

屈託のない挨拶で始まる。和田は鹿児島の高校の同級生で、東京の医大を出たあと、現在は横浜の〈みなとみらい〉近くの内科クリニックに勤務している。昨夜の飲み会では約三年ぶりに彼と会い、名刺を交換して、その場でお互いの携帯ナンバーを登録しあった。

「和田君、今、クリニックにいる？」

「そうだよ」

「よかった」

「ええ？」

タマミは「クライアントのお母さん」とだけ断わり、永沢初音の年齢と症状、わけあって家の外に出られず、自分で受診に来ることもできないのだが——と話した。

タマミの職業から推して、よほど特別の事情があるのだろうと彼も察してくれた気配だった。

「院長に相談してみよう」と答えて、いったん切った。

手に持ったままの携帯が鳴るまでが、長い時間に感じられた。実際には十分足らずで、和田がコールバックしてくれた。

「院長が、ほんとは患者さんを診てからでないといけないんだが、とりあえず睡眠薬系の安定剤を出してくれることになった。それで症状が軽くなったら、明日にでも近くの病院で診察を受けるようにと——」

「ありがとう……」

タマミは思わず胸が熱くなった。昨夜再会したばかりの和田がさっそく役に立ってくれるなんて、ラッキィ！

大倉山から東横線で横浜方面へ向かう。電車の中から小声で事務所に電話すると、塔之木は来客中だと事務員が答えた。少し遅くなると伝言し、わけはあとで話すことにした。

みなとみらい駅の改札まで、和田が薬を届けてくれた。

ラッシュの始まった横浜線に揺られ、彰から聞いた「橋本」で降りた時は七時近くになっていた。

雨は激しい横降りに変わり、断続的に強風も吹きつけている。タクシーの行列に並んでから、もう一度事務所へ電話を入れた。まだ来客中の塔之木に、今度はおよその事情を伝えておいてくれるよう、頼んだ。

広い交差点を左折した車は、急に暗くなった住宅街へ入っていく。道順はさっき彰から聞いた。同じくらいの大きさの瀟洒《しようしや》な二階家が並んでいる辺りに来ると、

「上町×番だと、このへんなんですがね」と運転手がいった。

ワイパーが忙《せわ》しく動く窓からヘッドライトの先に目を凝らした時、タマミはあっと息をのんだ。

幅十メートル足らずの道路に沿って、たくさんの車がライトを消して駐まっている。車の大きさはまちまちだが、タクシーも混じっている。車の屋根の上の社名だけが暗闇の中で光っている。

テレビ中継車らしい大型のワゴンタイプが少し離れた手前で駐車している。これも、暗い車体が雨の幕に包まれていた。タマミはその後ろでタクシーを停めてもらった。

「なんかあったんですかね」と、運転手が呟いた。

ワゴンのそばまで行くと、鈍いエンジン音が伝わってくる。おそらくは十台近い車が、ライトを消し、エンジンだけ掛けっ放しにして待機しているのだ。車内では記者やカメラマンが油断なく家の出入口を見張っているのにちがいない。

いや、外にも何人かいた。フード付きのポンチョみたいなものを着こんで、脚立《きゃたつ》に腰掛けている。ポンチョの下にはテレビカメラがあるのだろう。

異様な集団に包囲されているのは、白かグレーの壁の二階家らしい。激しい風雨の中で、その辺りにだけ、一種不気味な静寂がたちこめているようにさえ感じられた。

タマミは折畳み傘をひろげ、通行人のふりで路上を歩いていった。家の前まで来て、門柱を見ると、「永沢」の文字が仄暗《ほのぐら》い外灯で読みとれた。素早くインターフォンを押す。

つぎの瞬間、タマミの身体に強いライトが当てられた。入り乱れて駆け寄ってくる複数の靴音。たちまち五、六人の男たちに取り囲まれた。湿った体臭と荒い息遣いの中、何本ものマイクが突き出される。ほとんど殺気立つような迫力だ。

「ご親戚ですか」

「どんな関係ですか」

「どういう目的で来られたんでしょうか」

矢継ぎ早の質問に、タマミは必死で口を結び、門扉の掛け金を回す。低い扉が向こうへ動いた。タマミは急いで入って扉を閉めた。

一つだけ灯りが洩れている部屋のほうへ、わずかな距離を必死で走る。が、記者たちはさすがに敷地内までは追ってこない模様だ。玄関のドアを叩き、

「里村です」

大きな声を出した。待っていたようにロックが外され、ドアが開いた。タマミは小さな身体を滑りこませ、ドアをロックした。

呼吸を鎮めて振り向くと、さほど広くない土間にTシャツとジーンズの青年が立っていた。痩せ型で、背が高い。顔立ちは父の永沢悟に似てもいるが、全然違うような感じもある。

青年はていねいにお辞儀した。

「どうもすみませんでした、大変なところを」

「ほんとに凄いですねえ……」

事件関係者の家族がマスコミに追い回されて二重の被害に遭うと、よくいわれている意味が少しわかった気がする。

改めて自己紹介して、名刺を出した。青年は両手で名刺を受け取り、また軽く頭をさげた。

「あなたが、息子さんの……？」

「はい、永沢彰です。――あの、どうぞ上がってください」

タマミは濡れた靴を脱いだ。

通された部屋は洋風のリビングらしかった。テーブルやソファのあちこちに新聞や本、衣類やマグカップなどが置かれて雑然としている。

「おばあちゃんのお加減はどんなふうですか」

「奥で寝てますけど、やっぱり呼吸が苦しいといって……」

タマミは和田の話を伝えて、薬の袋を渡した。

「ほんとにありがとうございます」

彰ははじめて少しうれしそうに微笑した。

「すぐ服《の》ませてきます」

タマミに椅子を勧めて、部屋を出て行った。腰をおろしたタマミは、なんとなく室内を見回す。閉じたアコーディオンカーテンの隙間から、ダイニングテーブルと食器棚の一部が見えた。本来は洒落た住居のようだが、今はやはり散らかっていることのほうが目につく。たとえば絵や花や家族写真とか、装飾品もあまりない。ソファの肱掛けに伏せてある本は受験参考書だった。

戻ってきた彰は、少し離れたソファの端に腰をおろした。

「先生が来てくれて、おばあちゃんもちょっと安心したみたいでした」

「お食事なんかは、どうしているの？」

「なんとなく、家にあるもので……」

「まあ、こんなにマスコミが詰めかけるのも、今日か明日までね。もう少しの辛抱よ」

マスコミ各社が集中して家族のコメントを取りたがり、隣り近所を回るローラー作戦で被疑者の評判を尋ねたりするのは、逮捕後せいぜい三日目くらいまでなのだと、テレビ局勤務の知人から聞いた憶えがあった。その後は取調べの内容に関心が移っていく。

「ああ、そうなんですか」と、彰はまだ不安そうに瞬きする。

「明日の午後くらいにはすっかり静かになってるんじゃないかしら」

「それなら、おばあちゃんを病院へ連れて行けますね」

父親の永沢悟と比べれば、彰はずっと長身でスリムだが、容貌にはやはりいくつかの共通点が認められた。面長の輪郭、目が大きくて、唇はふっくら厚い。だが、全然ちがう印象も受けたわけが、向かいあって話しているうちにわかりかけてきた。永沢はひどく憔悴《しょうすい》してはいたが、どこかに生来の性急さ、強引さ、相手を押さえつけて支配したがるような強い性格が覗き見えた。それに比べ、彰はいかにも気の優しそうな青年だった。ゆっくりとした穏やかな喋り方も、身についていたもののように感じられる。

「さっきお父さんと一時間ほどお会いしてきました。疲れて、やつれては見えたけど、精神的にはしっかりして、落ち着いていらしたと思います」

タマミはことばを選びながら話した。

「あなたやおばあちゃんには、大丈夫だから、心配しないようにと……」

彰は膝の上で指を組み、その上に目を落としている。しばらく黙っていてから、タマミを凝視《みつ》め返し、思い切ったように訊いた。

「本当なんでしょうか？」

「え……？」

「父が、新横浜のホテルで、あんな事件を起こしたなんて……」

「まあ、まだ調べが始まったばかりで、細かいことはわかりませんが、でも、お父さんは否定されてますよ」

「……？」

「殺そうと思ったことも、切りつけた憶えもないと」

「ああ」と彰は吐息のような声を洩らした。涙が湧き出した眸を宙に泳がせる。その「否認」に縋《すが》ろうとしている胸のうちが見えるようだ。

「だから、あなたには、お父さんを信じて、学校に行きなさいって」

着替えの差入れを希望したあとで、永沢はわざわざそう付け加えたのだった。

「彰さんは、高校三年？」

「はい」

「では、十八歳ね」

「いえ、十九なんです。小学生の頃、小児結核で一年休学したから」

「そう……」

永沢が彰の学校に拘《こだわ》ったのは、それもあったからかもしれない。また、彰が一般の高校三年生のイメージよりいくらか大人びて見えるわけも、とタマミは思い巡らせた。

「ふだん、ご家族は――」

尋ねかけてハッとした。永沢は自分の母親と息子のことだけを口にした。「家には今」と最初にいったので、偶々《たまたま》現在はその二人がいるという意味に受け取り、家族構成をきちんと確認してくるのを忘れてしまった。でも、この家には永沢の妻で彰の母親はいないのではないか？

ふいに直感し、タマミは一層うろたえた。今それを彰に尋ねるのが、ひどく残酷に感じられる。なんて迂闊だったんだろう！

するとなぜか、被害者たちのことが心に浮かんだ。

朔子と晴菜の母子《おやこ》は無類の仲良しだったという。それを思うと、いつでも胸をしめつけられた。

しかし、ここにもまた一組の父子《おやこ》がいる……。

第十章　まっくろ

1

塔之木の部屋の壁には、めくったばかりのカレンダーが掛けてあった。褐色の山裾で芒《すすき》がなびいている写真が付いているが、東京ではまだ昼間には残暑を感じるような十月の始まりだ。デスクの前では塔之木がカッターの袖をまくりあげていた。

「いや、来週には起訴になるから、このへんで事実関係を整理しておこうかと思ってね」

「はい」

彼に呼ばれたタマミも、それを予期して接見ノートを携えてきた。九月十五日に逮捕された永沢悟が、送検され、合計二十日間の勾留の満期が十月六日、来週水曜に迫っている。二人はそれぞれ四、五回永沢と接見していたが、起訴を控えて互いの情報の確認をしておこうということだろう。

「今回の事件にはピンク色の、いわば第二の携帯が介在していたことが永沢の話でわかった」

塔之木はいきなり核心に入った。桂山湖事件の被害者・溝口晴菜は、昨年十二月頃ピンクの携帯を入手し、それで新規に二十二歳の〈ハコ〉のニックネームでハーティネットに登録した。以来、サイト上のメールはもっぱらピンクの携帯を使い、永沢ともそこでメル友になったようだ。

「日野朔子はそれを拾ったと称して、永沢の携帯に電話してきた。九月四日、永沢は携帯を受け取るために朔子と新横浜プリンスホテルのカフェテラスで会い、その後二人はビューホテルの個室へ移動した。だがその前に、永沢はプリンスホテルで一度朔子の携帯を手に取り、中を検《あらた》めたといっている。その時は確かに自分の記憶にあるメールなどが入っていたので、その後朔子がビューホテルへ来た時も、同じ携帯を持っているものと思いこんでいたそうだ」

「はい」

重大なことはタマミもすでに塔之木から聞いていた。晴菜の事件に直結するピンクの携帯を回収することが、永沢が朔子の誘いに乗った行動の目的だった。タマミが食い下がって尋ねても、彼はなかなか答えなかったが、塔之木には正直に打明けたようだ。

「ところが、ビューホテルでの事件後、永沢が朔子の持ち物を拾い集めて逃げ帰ってから、彼女がブラジャーの下に隠していた携帯を調べてみると、外見はプリンスホテルで見たものとまったく同じだが、通話機能もない機械だけで、つまり空っぽの囮《おとり》だった」

その時はじめて永沢は女に嵌められたことを悟った。

「本当の証拠品としてのピンクの携帯は、おそらく何らかの形で警察の手に渡ったと思われる」

「桂山湖事件の証拠品ですね」とタマミは念のために口に出した。

「勿論。朔子は晴菜の遺品の中から偶然ピンクの携帯を発見し、まだ警察も掴んでいなかったメル友の存在を知った。彼女はそこに登録されていた永沢の携帯に掛け、彼をおびき出したと想像できる」

「おびき出して、どうするつもりだったんでしょう？」

「彼女の行動の意図は、今の段階では推測しきれないね。桂山湖事件の取調べがもう少し進まないと。当面は起訴を控えている新横浜ホテル事件に絞っていくと——」

「はい」

「ピンクの携帯を入手した警察は、そこに登録されていたEメールアドレスや携帯ナンバーによって、契約者である永沢悟を容易に特定できた。メールの内容から、晴菜のメル友は永沢で、彼女が姿を消した日にも二人が会っていたことが推定される。さらに、永沢がその証拠品を奪うために朔子と会い、彼女を殺害して逃げたという仮説が浮上した——」

マスコミには報道されなかった永沢逮捕までの経緯が、タマミの頭の中にもはっきりと描かれた。

「永沢は、なにがなんでもピンクの携帯を取り戻したかったんでしょうね」

「第二の携帯の存在は幸いまだ警察にも知られていないと思いこんでいたようだからね。朔子からそれを奪って破砕してしまえば、桂山湖事件の証拠はいっさいなくなると考えたのだろう」

「だからナイフで脅してでも……」

「もともとは金で話をつけるつもりだったらしい。しかし朔子が携帯と晴菜の事件との関連を疑い、詳しい様子をしきりに聞きたがったと、永沢は話していたなあ」

塔之木は接見時のメモに目をやった。

「ナイフは何かの用心に持ってきただけだったが、焦《じ》らされて苛々《いらいら》し、早く話をつけたくて、思わず出してしまったといっていた」

永沢の逮捕後、記者たちが隣近所や仕事の取引先などで聞き集めた彼の評判を、テレビや週刊誌で報じていた。「日頃は人当たりがいいが、短気なところがあった」、「感情を表に出しやすい」とか、「損保の契約の取り方がかなり強引だった」などのコメントが出ていたのを憶えている。

タマミの印象からも、永沢はやや直情径行型の性格と考えてもいいのではないだろうか。

「でも、朔子さんに対して殺意はなかったし、切りつけた憶えもないと、否認し続けてますよね」

「うん……」

塔之木はどこか複雑な面持で首を傾げた。

「あのう……」

やっぱり思い切って訊くことにした。

「永沢の否認を、信じてもいいのでしょうか」

少しの間黙っていてから、塔之木は冷静で怜悧《れいり》な目をタマミに向けた。すぐまた具体的な話になった。

「ホテルの部屋には永沢と朔子の二人しかいなかった。永沢が自分のナイフを彼女の襟元に突きつけたことも認めている。それに対して催涙スプレーを噴きかけられたのは意外だったかもしれないが、正確に彼の両目に噴射されたのか、彼がどの程度行動力を奪われたかなどは、客観的にはわからないね。そして永沢が気が付くと、朔子が首から血を流して倒れていたという話だ。朔子の死因は左頸部の切創と発表されているし、室内は血の海だったというから、朔子は頸動脈を切られた可能性が高い」

「はい」

「だけどねえ、揉みあっているうち、偶然、ずばりと頸動脈を切ったなどというのは、きわめて稀な事例だ。いや、理屈ではあり得ても、現実的には、ゼロではないとしても、まずめったに起こり得ないと考えるほうが自然じゃないかな」

やはり、塔之木は永沢の話をあまり信じていなかったのだ。タマミはなぜかかすかに落胆している自分を感じる。

「もっといえば、被疑者が犯行を否認するさいによく使う言訳だよ」

「でも……永沢が否認している限りは、それを支持していかれるのですか」

「勿論」と、これも割り切った声だ。

「弁護人はあくまで被疑者の主張を尊重する。だって、弁護人にだって絶対の真実はわからないんだからね。自分の疑問がまちがっていることだってありうる。ただ、被疑者自身の記憶が曖昧な部分では、当人とよく話し合い、少しでも被疑者に有利な主張を引き出す。最終的な判断は、裁判所が下すことだろう」

「はい」

「では、タマちゃんはどう見ている？」

　塔之木はくだけた笑顔になってタマミを覗きこんだ。

「殺人被疑事件の弁護人になるのは初めてだろう？」

「はい。――私にも、何が正しいかなんて、まだとてもわからないんですけど……あの人、口が重いですね」

　接見のたびに抱いた感想はそれだった。

「ほんというと、私、被疑者ってもっと積極的に喋って、必死で訴えるものだと思ってたんです。だけどあの人は……私のこと、頼りないと感じているのかもしれませんけど」

「いや、大体そういうものなんだよ。被疑者は決して多弁ではない。無辜《むこ》の人はよく話すが」

「………」

「微塵も身に覚えのないこと、根も葉もない容疑で逮捕されたという人は、不当な拘束や取調べに対する怒りを猛然とこちらにぶつけてくる。しかし、大なり小なり事件に関与している人、それを認めている人は、語りたがらない。弁護士に対してさえ、自分に不利なことや、恥ずかしい行動は知られたくないという心情が働く」

　永沢がピンクの携帯を取り戻すために朔子と会ったことを隠していたのもそんな心理からだったのかと、タマミは思い返した。

「それにねえ、被疑者は警察で毎日毎日十時間以上も調べられて、いくら抗弁しても取りあってもらえないと、半分洗脳状態になったり、無力感に押し潰されたりする。冷静にきちんと話せる人など、めったにいない……」

接見は疲れきった被疑者を休ませるためでもあると、塔之木にいわれたこともあった。

「だから弁護人が被疑者から聞ける話なんて、わずかな量なんだよ。事件のおよその骨格くらいのものかなあ。そこに、起訴後裁判所から開示される証拠書類や、外部の情報などで少しずつ肉付けして、真実に近いと信じられるストーリーをつくりあげていく。検事もまた検事のストーリーをつくるだろう。どちらに説得力があるか、裁判はそこで決まる」

その時、コーナーの出入口に人影がさし、事務員の女性がコーヒーを運んでくれた。芳《かぐわ》しい香りに、タマミはいっとき気持が寛《くつろ》いだ。

しかし、彼女が携えてきたのはそれだけではなかった。

「今、夕刊が届いたんですけど、事件のことが載ってたもんですから」

彼女は新聞を塔之木に渡して戻っていった。彼は社会面を開き、しばらく読んでから、ちょっと眉をひそめ、口許をすぼめた。あんまり気に入らないという顔だ。

「永沢が落ちたらしい」

「え？」

「殺意認める供述……新横浜ホテル事件の永沢悟容疑者は、捜査本部の取調べに対し……」

塔之木が記事を拾い読みする。

「被害者日野朔子さんの頸部に殺意をもってナイフで切りつけたことを認める供述を始めたことがわかった……」

「そんなあ……」

「おそらく昨夜の取調べで認めたんだな」

塔之木もちょっと溜め息をついた。

「それを夜回り、朝駆けの記者が幹部クラスから聞き出したんだろう」

「そんな……最悪……」

「被疑者が落ちやすいタイミングってのがあるんだよ。逮捕直後のショック状態と、勾留延長の時期、それと起訴直前も危ない。どうせ起訴されるなら、少しでも検事や警察の心証をよくしておこうという計算が働く」

それを警戒して、塔之木は昨日の昼前に接見して永沢を励ましてきたらしかったが、やはり警察の追及に押し切られてしまったのか。

「こんなことなら、最初からしょうもない否認などしなけりゃよかったのに」

いつかいった本音めいたことばがまた彼の口から洩れた。

「では、この事件は情状で争うだけですか」

「それほど立派な情状もなさそうだけどなあ」

彼は少し苦笑したが、やがて窓の外の遠くへ目を投げた。

「まあ、これからは桂山湖事件との関連だね。晴菜の死がどんなふうに絡んでくるのか、それによって、展開が一変することもないとはいえない……」

視線を戻すと、彼は身軽く立ち上がった。

「とにかく永沢に会ってくる」

2

新宿駅を午前十時半に出た中央本線の特急あずさ13号は、八王子を出てまもなく相模湖駅を通過した。車窓の緑が深まり、急勾配でせり上がる山腹の途中を中央自動車道の高架が貫通している。

左手にある相模湖は厚い樹林に隠されていたが、桂川の河原が時々田圃の先で白く光って見えた。この辺りから、高速道路と鉄道と川とが寄り添うようにのびていくのだ。

車内は予想通りのガラ空きだった。カラフルなシートの並ぶ自由席車両に、乗客は全部で十人もいるかどうか。

お陰で十一時すぎに八王子から乗ってきた永沢彰は、シートを回転させて、タマミの斜め前に腰掛けている。薄いブルーのシャツに洗い晒した黒のジーンズ。床屋に行ったのか、髪が短く小ざっぱりしただけ、面長の顔は少し痩せて見える。

タマミは九月十六日に永沢悟と接見して以来、このひと月間に彰とは二回会い、電話でも二、三回話した。家族が接見禁止になり、勾留中の父親に会えなくなった彰は、タマミの接見に合わせて港北署の前まで差入れを届けに来たり、そのあと電話で父親の様子を尋ねたりした。それでもう二人の間にはある程度うちとけた雰囲気が生まれていたが、それでも彰は、さっきタマミに今日の礼を含めた挨拶をしたあとでは、遠慮がちに目を伏せて黙っている。タマミは彼に会うたび、重大事件の被疑者の家族がたえず背負わされている重圧と、また、彰のおそらくは生来の内気で控え目な性格との両方を感じた。

「おばあちゃん、その後お変わりありません？」

タマミはつとめて気軽な調子で声をかける。

「はい、お陰さまで」

彰は目をあげて答え、少し微笑した。

「でも、やっぱりまだ元のようには……前はとっても元気だったんだけど」

「家の中のことはほとんどやって下さってたんでしょう？」

「ええ、だけどこの頃は昼間でも横になってることが多くて……」

永沢悟の母親の初音は、彼が逮捕された直後、心臓が苦しいとか眠れないなどと訴えていたが、タマミが高校の同級生の勧めるクリニックで処方してもらった安定剤を服むと、少し落ち着いた様子だった。

マスコミの包囲が解けたあと、彰が近くの病院へ連れて行って検査を受けたが、とくに異状は見つからなかったそうだ。それにしても、七十二歳の初音にとって、息子の逮捕のショックは想像に余りあるもので、その後も元の調子に戻れないというのは無理のないことだ。

その分も、彰にはさまざまな負担がかかっているのだろうが、せっかく小さな「旅」に出た今は、むしろ家庭の話題は避けたかった。

「今日、出てこられてよかったわね」

「はい」

「九月はテストで忙しそうだったけど」

「うちの高校は二期制なんで、期末テストがあったんですけど、十月はまだ新学期の初めだから」

テストの結果を噛みしめているような、少し重い口調で答える。

彰は進学校としてある程度名の通った横浜の私立高校の三年生で、永沢が逮捕されたあと三日ほどは休んだが、その後は父の伝言を守って、黙々と通学を続けているようだった。

「じゃあ、今日はちょうどいいタイミングだったのね」

タマミはまたしいて明るくいう。とはいえ、今日の「旅」は、大月警察署へ移監された永沢の最初の接見に行くためなのである。

十月六日、永沢悟は新横浜ホテル事件の殺人容疑で横浜地裁へ起訴された。

その数日前から、山梨県警の捜査官二人が横浜へ出張して、永沢に任意の取調べを行っていた模様だった。起訴が決まった三日後の九日には、永沢の身柄は大月署へ移され、山梨県警が彼を溝口晴菜の殺害と死体遺棄容疑で再逮捕した。十月十一日月曜、甲府地検へ送致された。

送検後も永沢は大月署の留置場に入れられたままだが、ここでも弁護人以外の接見は禁止された。

タマミが電話で彰にそのことを伝えると、彼は、たとえ面会は叶わなくても、差入れを持って行きたいといい出した。

「あっちは山に近いから、東京よりずっと寒いんじゃないでしょうか」

「夜などはかなり冷えるかもねえ」

「着るものを届けるのと、父がどんなところにいるのか、見ておくだけでも……」

タマミも早々に出向くつもりだったが、彰を連れて行くとすれば学校のない土日がいいと思った。そんなわけで、十月十六日の今日は新宿からタマミが乗る特急に、彰が自宅近くの八王子で乗車して合流したのだった。

彼の横のシートには、膨らんだバックパックと大きな紙袋が置かれている。

「差入れがたくさんあるみたいね」

「向こうが今どのくらいの気候なのか、これからどんどん寒くなるのか、よくわからないもんですから、色々持ってきて……」

「そんなのはおばあちゃんが揃えて下さったの？」

「いえ、おばあちゃんはなんとなくきつそうにしているから……」

彰はバックパックに目を落としたままで、どこかはにかむように呟《つぶや》いた。

「昨日、お母さんが来てくれたので……」

「え？」

タマミは吃驚《びっくり》して訊き返した。

「あなたのお母さん？」

「ええ……」

「今どちらにいらっしゃるの？」

「名古屋の実家の近くに」

「じゃあ、名古屋から出てらして……？」

彰は黙って頷く。

永沢悟が六年前に離婚していたことは、港北署の二回目の接見で彼から聞いていた。二つ下の妻だった真砂子とは大学時代に知り合った友達で、永沢が卒業して栄光損害保険に就職する年、真砂子は美術短大卒業の直前の春に結婚したという。結婚生活は十六年続いたが、離婚の理由を訊くと、彼は「性格の不一致でしょう」とだけ答えた。当時、小学校六年生だった彰は彼が引き取り、以来、初音と三人で暮らしてきたという話だった。離婚は六年も前のことだし、永沢には暗鬱な話題のようだったので、タマミはそれ以上立ち入ることを避けてきた。

名古屋にいるという真砂子は、今は四十二歳のわけで、再婚しているのか、それとも独りなのか。

そんなことも相手が彰では、なおさら訊きにくい。

「あなたはお母さんが離婚後も、お会いになってたの？　昨日より前にも……？」

「母が出て行って、四年ほど経ってから、一回……」

「どこで？」

「ぼくが塾から帰ってきたら、家に父と母がいて……」

「その時、お母さんと話した？」

「少しだけ……」

その頃彰は高一くらいか。四年振りに再会した母親と、どんな雰囲気で、どういう話をしたのだろう……？

「それで、昨日はまた急にお母さんがいらしたの？」

「来る前に、母から電話が掛かってきたんです。お父さんは警察に呼ばれる前に、母に電話していたようです。万一自分が逮捕されて、家で困ることがあったら、手助けしてやってほしいと……」

「ああ、それで、お母さんが様子を尋ねて下さったわけなのね」

「おばあちゃんの加減が悪いといったら、すぐ行くからって……」

「そう。よかったですね、お母さんが来て下さって」

タマミはさりげなくいって、母親と彰との関係をそっと打診したつもりだった。

「ええ……」と、彼はやはり目を伏せたままだが、頬がわずかに赤らんだ。その横顔は、どちらかといえばほの温い記憶を甦らせているようにも見えた。

彰は小六で母親に去られたが、自分は今の彰と同じ十九歳から母と別れて暮らしているわけだと、タマミはふと思った。両親は今も鹿児島市内に住んでいるが、東京の国立大・法学部に入学したタマミは学生寮に入り、以来ずっと東京での独り暮らしを続けている。家族はほかに五歳上の兄がいて、鹿児島市内で就職して家庭を持っていた。

タマミが東京の大学に入ることに、母親は難色を示した。まして、司法試験を受け、落ちれば浪人して再トライしたいといった時には猛反対だった。娘にそばにいてほしいと願う気持もあったにちがいないが、もっと大きな理由は、母親には大歓迎の「良縁」が持ち上がっていたからではなかったかと、タマミは読んでいる。兄の同級生に、地元で運送会社や保養施設などを経営している資産家の息子がいて、彼が幼い頃から知っていたタマミに好意を抱き、親たちはタマミの大学卒業を待って縁談を進めるつもりでいたらしかった。

が、タマミは法曹への夢がすてきれなかったし、それ以前の思春期の頃から、やや功利的な価値観を持つように感じられた母親に反発して、衝突することもたびたびだった。

タマミの希望を認め、在学中を含め司法試験に二回落ちた時も、あと一年だけと東京での浪人生活を支えてくれたのは、地元の工務店に勤める父親だった。

今では母親も娘の勝手にさせるほかないと諦めたらしく、たまに帰省しても諍《いさか》いなどしなくなったが、やはりどちらかといえば父親のほうにタマミは親近感が強い……。

束の間の回想から意識を戻して、タマミは再び彰に尋ねた。

「お母さんは、お宅に泊まってらっしゃるの？」

「いえ、昨日のうちに帰りました」

「事件のこと、何かおっしゃってた？」

立入りすぎてはいけないと思いつつ、つい訊いてしまう。

「いえ、あんまり、お父さんのことは話さなかった……」

むしろそうだったかもしれないと察しながら、見守っていると、彰は澄んだ光が溢れる車窓へ眩《まぶ》しそうな目を向けた。

「昨日は、お姉ちゃんの話なんか少しして……」と、呟くようにいう。

「え?」

タマミは何か聞きちがえたかと思った。

「お姉ちゃん?」

少し間をおいて、彰はタマミのほうへ顔を戻した。

「もともと、うちは二人姉弟《きょうだい》だったんです。ぼくの三つ上に姉がいて、でも、中二の時、水の事故で亡くなったんです。ぼくは病気で一年遅れてたからまだ小学三年の時でしたけど」

「そう……」

またもはじめて聞く驚きを味わった。どこで、どんなふうに?

その事故が永沢家の人たちにどんな影を落としていたのだろう……?

訊きたい気持と、憚《はばか》られる思いが再び交錯した。が、その時車内アナウンスが響いた。

「まもなく大月に着きます——」

東京からわずか一時間の旅だった。

3

静かな町の外れにあった大月警察署は、緑の立木とベージュ色の化粧タイルのコントラストが鮮やかな、まだ新しい三階建だった。前の甲州街道を行き交う車も少ない。大都会の環状線に面していた港北署の古い建物とはどこを見ても対照的だ。

ここでも殺風景な接見室の隔壁を通して永沢悟を一目見た時、その憔悴《しょうすい》ぶりにタマミは胸をつかれた。短く立っていた髪がのびて、額や耳のまわりに垂れている。頬がこけ、出っ張っていた大きな目も落ち窪んでいる。一回り縮んで見える身体全体が、長い勾留生活の、うす黒い疲労の膜に被い包まれているかのようだ。

接見を知らされていたのか、差入れの電気カミソリで剃ったばかりのような髭の跡がかえって痛々しかった。

だが、タマミを見た永沢の顔には、力ない微笑がひろがった。タマミは意外な気持で思わずほほ笑み返した。穴のあいた窓を挟んで向かいあう。

「どうですか」

声をかけると、永沢はゆっくりと瞬《まばた》きした。

「今日は彰を連れて来て下さったそうで、ありがとうございました。差入れもあったとかで」

タマミは初音や彰の様子を、なるべく安心させる形で話した。

「先生には家族のことまで気を遣ってもらって、いつも感謝しています」と彼はちょっと頭を下げた。

タマミが港北署へ最初の接見に行った時には、彼は露骨に失望を示し、質問にもなかなか答えようとしなかった。が、その後も何回か通い、家族との間の連絡を伝えたりするうち、少しずつ心を開いてくる感じがあった。慣れない土地へ移されて、心細さと人恋しさがまた募ったのかもしれなかった。

「昨日は前の奥さんも家に来られて、差入れの仕度などを手伝われたそうですよ」

「ああ」と、彼はどこか感慨深げに頷く。

「失礼ですが、真砂子さんは今どんなお暮らしをしてらっしゃるんでしょうか」

「名古屋で服飾関係の仕事をやってるみたいですね。もともと美大でデザインの勉強をしてたので」

「独りでお仕事を?」

「そうらしいね。再婚相手とはとっくに別れてるから」

「再婚してらしたんですか」

「まあ、それを前提でぼくと離婚したんだからね」

苦笑のようなものが、厚い唇をかすかに歪めた。

再婚を前提というなら、つまり真砂子が別の男性との結婚を望んで永沢と離婚したわけか?

それだけでおよその事情は想像できる気がした。これ以上訊くのは永沢の古傷に触れるようで、タマミはその話題を打ち切ることにした。

穏やかな口調を心掛けながら、本題に入った。

「桂山湖事件でのあなたの容疑は、殺人と死体遺棄ですが、取調べではどんなことをいわれているんですか」

永沢はうんざりしたような溜め息をついた。急に黙りこんでから、ようやく口を開いた。

「ぼくが彼女に援助交際を求めたが、断わられて、カッとしてナイフで頸を刺したんだろうと」

「それは事実なんですか」

「ちがいますよ」

重く頭を振った。

「援交（援助交際）目的なんかなかった」

「では、どうして晴菜さんと付合うようになったの」

「メールだけやってみたかったんですよ」

「晴菜さんとは二十歳離れていましたね」

「ぼくと同じくらいの齢《とし》の男で、若い子とメル友になって、メールだけでもけっこう楽しいという話を聞いてたもんで……」

「だけど、実際には会ったわけですね」

「彼女のほうが会いたがったから」

「はじめて会ったのは、いつ？」

「今年の一月だったか」

「どこで？」

「最初は新百合ヶ丘の駅ビルで落合って、お茶を喫《の》んだだけです」

「その後は？」

「何回かそんなふうだったけど、大分親しくなってからは、ぼくが車で彼女のマンションの近くまで行って……」

「それから？」

「まあ適当に、ドライブや、食事とか」

「どんな話をしたんですか」

「大した話じゃないですよ。彼女のバイトのこととか、一緒に映画を観ればその感想とか……」

「あなたはハコさんに、会う前から本当の年齢を教えていましたか」

「サイトの自己紹介の欄には、少し若く書いてた」

さすがに気不味《きまず》い顔で答える。

「何歳と？」

「二十六……」

「そんなに……」

思わずタマミは呆れた声を出した。

「若い子とメル友になりたかったんですよ。四十なんて書いたら相手にされない。サイトではこんなことは当たり前らしいですがね」

晴菜と永沢がメル友募集サイトの会員になり、まずサイトを通したメールを交換して親しくなった経緯は、サイトを運営する会社に記録《ログ》が残っているはずだが、目下はすべて警察に押収されている。が、起訴後には弁護側にも証拠開示されるので、それを見ればある程度リアルにわかるだろう。

「だけど、実際に会って、ハコさんが齢の差に驚いて憤慨するようなことはなかったんですか」

「別に……いやならそれっきり会わなきゃいいんだから」

永沢は少し不機嫌に呟いて顔をそむけた。

「では、一月末から、事件のあった六月まで、何回くらい会ったんですか」

「よく憶えてないけど、月に二回か、多くて三回程度……」

「いつも食事か、ドライブしただけ？」

永沢はまた黙りこんだ。事件のことになるとやはり口が重い。二人のメールを見れば付合いの内容もわかるだろうが、晴菜のピンクの携帯も今はまだ警察に押収されている。

「あなたも携帯でハコさんと交信してたんですね」

「いや、パソコンで。仕事には使わないパソコンが一台あいてたので」

「それは？」

「事件のあと、バラバラに壊して、不燃ゴミに捨てました」

ではやはり、重要な証拠メールは晴菜のピンクの携帯の中だけに保存されているわけだ。これも開示を待つほかはない。

「事件が起きたのは、六月二十日日曜の夕方ですね」

タマミは思いきって犯行の実体に踏みこんだ。

「……」

「どんなふうに起きたの？」

再び重苦しい抵抗の気配。辛抱強く待っていると、やっと低い声で喋り出した。

「二時頃、百合ヶ丘の道路で彼女を助手席に乗せて……」

「ええ」

「相模湖のほうへドライブすることにして……」

たぶん三時半頃、中央自動車道の相模湖東出口で降り、相模湖公園で車を駐めた。お茶を喫んだり、小一時間ほど湖畔にいた。人出で混みあっていたので、もっと静かな〈憩いの森キャンプ場〉へ移動することにした。そこは以前から知っていた、という。

「キャンプ場の奥に車を駐めて……」

「それから？」

永沢の口調はいよいよ重くなり、俯《うつむ》いて溜め息ばかりついている。

「いろんな話をした……」

「どんな話？」

「だからいろいろ、自分たちのこととか……だんだん彼女がぼくを責める調子になった」

「何を責めるの？」

「ぼくが冷たいと……メールでも五月頃から時々そんな感じになってたんです」

「どうして冷たいというんですか」

「なかなか会ってくれないと。こっちは仕事が忙しくて、思うようにならないってのに」

「あの日もそういう話になったわけ？」

「……」

「口論になったんですか」

「まあ」

「それから？」

永沢は両肱《ひじ》をついてその間に頭を埋《うず》めてしまった。

「わかってくれないんですよ、刑事にいくら説明しても」

後ろ髪を掻きむしる。急に取調べのことを訴え始めたようだ。

「ぼくが援交目的で言い寄って、ひどいことをいわれたんだろうと」

「事実はどうだったんですか」

永沢は肱をついたまま、ゆるく頭を振り続けている。港北署でも、彼はしばしばこんな態度を示した。突然襲ってくる絶望感に打ちのめされ、弁解や釈明の気力を失ってしまうのか。

タマミは質問を変えた。

「ハコさんの頸を刺したナイフは、あなたが持っていたの？」

「アーミーナイフだったんです」

「アーミー……？」

赤いステンレスのフレームの中に、大小のカッターや缶切りなどが畳みこまれた分厚いナイフを思い浮かべて訊くと、「そうです」と頷いた。

「あなたがそれを持ってきたの？」

「助手席のダッシュボードに入れてあった」

「どうしてそんなものが？」

「子供たちが小さい頃、キャンプなんかのアウトドア用に入れておいたのが、ずっとそのままになってたんですよ」

「子供たち」ということばがタマミの耳に残ったが、今は先へ進む。

「ダッシュボードからあなたがそれを出して？」

「ぼくは出してない」

「でも、ナイフがあるのを知っているのはあなただけでしょう？」

「いや……ドライブ中に何かでダッシュボードを開けることがあったから、彼女も気が付いていたかもしれない」

「あの日、誰がナイフを出したのですか」

「ぼくじゃない」

「では、ハコさんが出したというの？」

永沢とタマミの視線が小窓を通して激しくぶつかりあった。タマミの眸《め》には隠しきれない不信が現れていたにちがいない。永沢は力なく目を逸《そら》した。再び頭を抱える。

「晴菜さんの死因は、左頸部をナイフで刺され、切れた気管へ血が流れこんで塞いだための窒息死と発表されています。ハコさんの左頸を刺したのはあなたですか」

「ちがう」

「では、誰が？」

「よくわからない。いつのまにか、彼女がナイフを持ち出していて……」

くぐもった声がようやく聞こえる。

「それから？」

「……」

「思い出せない。気が付いたら、彼女の頸から血が流れて……」

身体から力が抜けるような落胆を、タマミは味わっていた。

よくわからない、思い出せない、気が付いたら――それは新横浜ホテル事件の弁明とまるで同じパターンではないか。しかもその否認は起訴直前に崩れ、彼は殺意と実行行為の両方を認めた――。

「晴菜さんが亡くなった場所は、あなたの車の中にまちがいないですね」

事務的な調子でタマミは続けた。永沢は小さく頷く。

「そのあと、どうしたのですか」

「…………」

「遺体を湖に捨てに行ったのですか」

「そう……」

「なぜ桂山湖に？」

彼はようやくまた身体を起こしてタマミを見返した。

「ダム湖の堤体の内側に捨てると、絶対に浮かばないと聞いていた」

「堤体って？」

「水を塞《せ》き止めているコンクリートの高い堤防ですよ。あの内側はすごく深いんだ」

「どうしてそんなこと知っていたの？」

永沢は両肱を抱え、前屈《まえかが》みにカウンターにもたれた。伏せた目を細めて、どこか遠くを見入るような横顔だ。

「ぼくはね、都留《つる》の生まれなんですよ。大月のすぐ南にある市で、大学からは東京へ行ったんだけど。学生時代に実家の親から聞いた話を憶えていた」

「…………」

「五月頃、若い娘さんが行方不明になって、家族が探していたら、夕暮れ時に桂山ダムの堤体の上を歩いている姿を見たという人が出てきた……」

「ええ、それで？」

「でも、遺体はいっこうに浮いてこない。あのダム湖は梅雨時に水が溜まると、堤体の内側は三十メートルもの水深があって、それと高い山の中だから水が冷たくて、腐らないからガスも溜まらない……」

ついに警察のスキューバ部隊が出動して、水底に石を抱いて沈んでいた女性の遺体を引揚げた、という。

「それを思い出して、彼女の死体をあそこに捨てれば見つからないと思った……」

「遺体には三個のブロックが括《くく》り付けられていましたが、それはどこで付けたんです？」

「いったん家へ帰った」

「相模湖から？」

「ええ……」

その後、促されて話したところでは――

助手席を倒し、晴菜の遺体には車のトランクにあった古い毛布を掛けた。戸外が暗くなった午後七時頃、キャンプ場を出て、相模湖ＩＣから八王子ＩＣまで中央自動車道を使い、相模原市の自宅へは八時半頃着いた。車をカーポートに入れ、遺体はそのままにしておいた。

初音と彰が寝静まった午前零時半頃、永沢は家にあるブロックを探し集めた。二個は洗濯機の下の台にしていたもの、小さめの一個は勝手口のドアを固定するのに使われていた。荷物の梱包用ビニールロープを束にして、晴菜の遺体の両足首とウエストにブロックを括り付けた。

午前一時半に自宅を出発した。

相模原市から桂山湖までは、深夜、中央自動車道を走れば一時間半もかからないと思われた。しかし、相模湖から帰ってくる時はそこまで気が回らなかったが、高速道路ではICごとに設置されているVTRや、高速券で記録が残る。真夜中に大月ICで降りる車などは数少ないだろうから目立ちやすい。

高速に乗らなくても、ほとんど並行している甲州街道を走れば、夜間ならそれほど差はないと考えた。とはいえ、一般の幹線道路にも車両ナンバー読取装置がある。Nシステムの数はさほど多くはないが、県境などには大抵設置されているといわれる。損保代理店で車の事故などを扱う永沢は、そうした事情に通じていた。

彼は甲州街道（国道20号線）と、大月からは国道139号線を走り、午前三時十五分頃桂山湖に着いた。

湖は濃い闇に包まれていたが、管理事務所の窓からは灯りが洩れ、その周囲にだけは外灯も光っていた。事務所の前は避け、湖畔の道路を迂回して、堤体に近付いた。ところが、そばまで来て、ショックを受けた。

「堤体の上に監視カメラが回ってたんです。いくつかライトも点いていた。カメラのことなんか、昔は聞いてもいなかったんだが……」

監視カメラに写らずに堤体から死体を落とすことは不可能な状況だった。

少しの間迷っていたが、もうこのまま引き返す気にはなれなかった。

湖畔道路を逆戻りし、なるべく湖水の沖へ出ている岬を選んだ。

「ガードレールの途中の切れ目から、崖縁まで死体を引きずっていって落とした。真っ暗な水の中に沈んで、すぐ見えなくなったから、もう浮かばないだろうと、その時は不思議と気が楽になったんですがねえ……」

当時の心境が甦ったのか、彼は目を瞑《つむ》って首を振った。それから、深い吐息と共に前髪がカウンターにつくほど頭《こうべ》を垂れた。

死体遺棄の経緯だけは比較的素直に話してくれた。言い繕《つくろ》いようもない「事実」だったからか。

「堤体から死体を落とすのを諦めたあと、少し迷ったといわれましたね」

しばらくして、タマミは口を開いた。

「その時、自首しようとは思わなかったですか」

「警察に出頭して、ありのままを話そうという考えは、最初からあったんですよ」

自分の心の底を見据えているような声。

「だけど、とても信用してもらえないと思ったし、それに……女が憎かった！」

語気が変わり、ふいに顔をあげた彼の眸には、思わずタマミがたじろぐほどの強い光があった。それは憎悪の炎のように感じられた。

「こんな事件に自分を巻きこんだ女が。だから、死体の出ないダム湖に沈めて、何もかもなかったことにしてしまおうと決心した……」

またどれほどか、接見室は沈黙に包まれた。

「こちらでも毎日取調べが続くでしょうが、あなたの記憶通り、事実のままを話して下さいね」

永沢は唇を噛みしめた顔で頷いた。新横浜ホテル事件では、起訴直前に落ちたことを思い出しているのにちがいない。

あの時は、夕刊でそれを知った直後、接見に駆けつける塔之木に、永沢はうなだれて答えた。

「なぜ認めたのか」と理由を問うた塔之木に、永沢はうなだれて答えた。

「何遍も何遍も、やったんだろうと訊かれて、いくら否定しても取り合ってくれません。精根尽き果てて、もうどうでもいいような気になったんです」

では、本当に殺意をもって朔子に切りつけたのかと訊かれると、永沢は幾度も頭を振った。

「いえ、そんな憶えはありません」

「ならば、つぎの取調べですぐに翻《ひるがえ》しなさい。前回の供述は事実ではなかったと。そして今後も、記憶にないことは絶対に認めてはいけない」

しかし、勾留満期まで、永沢はもう取調べを受けないまま、殺人容疑で起訴された……。

「取調官を説得しようとは考えないで、ただ、まちがった調書には決して署名しないことです」

「はい、わかりました」と彼はまた神妙に頷く。

それにしても、彼の立場は絶望的にまっくろだ。

心の隅に醒《さ》めたような気持もありながら、タマミはやはり心配でたまらなくなった。

たとえ今度は最後まで否認を貫いたとしても、勾留満期がくれば殺人・死体遺棄容疑で起訴されることは目に見えている。マスコミはまた盛んに書き立てるだろう。メル友の若い主婦を殺し、口封じに母親の命まで奪った犯行の卑劣さ、残忍さ。そのつど、あの顔写真が載せられる。きつい目を剝《む》き、唇のまくれ上がったいかにも凶暴で好色そうな顔。世の中の大多数が、疑いもなく彼を凶悪犯と憎み、死刑を望む人も少なくないにちがいない。

おそらく年末から裁判が始まると、塔之木は予測していた。彼が永沢の供述をすべて信用しているとは、到底思えない。

この最悪の状況で、塔之木は公判をどう乗り切るつもりか？

弁護人は被告人を信じきれなくても、力強く闘えるものだろうか？

自分も弁護人の一人をつとめるのだと思うと、タマミは軽い眩暈《めまい》を覚えた。

私はどうだろう？

せめて公判が始まるまでに、自分が永沢を少しでも信じられるといいのに——。

第十一章　消されたメール

1

「ではこれより、検察官が起訴状を朗読します。どうぞ」

裁判長に促されて、検事が立ち上がった。

布施昭子《ふせあきこ》検事は四十二、三歳くらいの、縦横みごとに巨《おお》きな女性だった。百七十センチを優に越す身長と、ピンと張ったテーラードスーツの両肩。濃紺の襟の間から、白いブラウスに包まれた豊かな鳩胸がはみ出しそうに見える。その上に、強固な意志を示すような、知的に整った小麦色の顔がのっている。

彼女の机の上には証拠書類らしいものが四つ五つも山積みされていて、それさえ彼女の迫力を加えているかのようだ。担当の公判検事が女性だとは聞いていたが、想像以上のすごい存在感、とタマミは軽いショックを受けた。

布施はそのボリュームにふさわしい底力のある声で朗読を始めた。早口だが、明瞭だ。

「公訴事実。被告人は、平成十六年九月四日午後五時頃、横浜市港北区新横浜×番、ビューホテル新横浜502号室において、日野朔子・当四十六年と、同女が所持している携帯電話の授受をめぐって話合いをしていたところ、同女が同電話を容易に渡そうとしないことなどから憤激の上、同女に対し、殺意をもって同女の左頸部を所携のナイフで切りつけ、よってその頃、同所において、同女を左頸動脈切創に基づく失血死により死亡させて殺害したものである。

罪名及び罰条、殺人、刑法第一九九条——」

被告人の永沢悟は、グレーのトレーナーに黒のジャージィ姿で証言席に立っている。大月署に勾留されていた頃にはボサボサに伸びていた髪が、横浜拘置支所へ移されてからは短く刈られて、ちょっとは小ざっぱりした。九月十五日に逮捕されて以来三ヵ月余り、今はどんな心境でいるのか、表情に乏しい横顔から内面は読みとりにくい。法廷に立った彼を見るのは勿論今日が初めてだ。

それどころか、タマミが刑事法廷に弁護人として出廷することも、実はこれが初体験なのである——。

「つぎに、平成十六年十月三十日付起訴状記載の公訴事実は以下の通りです」

布施は続ける。その日に起訴された桂山湖事件の起訴状に移った。新横浜ホテル事件より先に発生しているのだが、起訴状は起訴の順に読まれる。

「被告人は、第一、平成十六年六月二十日午後七時頃、神奈川県相模湖町×番相模湖畔×号先キャンプ場に駐車中の車両内において、かねてインターネットの交際サイトを通じて知合っていた溝口晴菜、当二十四年に対し、さらに継続的な交際を求めたところ、これを同女に拒絶されたことに憤激し、殺意をもって同女の左頸部を所携のナイフで突き刺し、よってその頃、同所において、同女を左前頸静脈出血による血液吸引窒息死により死亡させて殺害し、第二、前記晴菜の死体の処置に窮し、同月二十一日午前三時頃、山梨県大月市深城×番桂山湖×号先において、前記死体を前記湖中に投棄し、もって同女の死体を遺棄したものである。

罪名及び罰条

第一、殺人、刑法第一九九条

第二、死体遺棄、同法第一九〇条」

朗読を終えると、布施検事はこちらより一メートルほど高い裁判官席へおもむろに身体を向けた。

「以上の各事実について、ご審理をお願いいたします」

今の起訴状は、起訴後まもなく被告人本人へ謄本が送付され、弁護側も入手していた。すでに内容はわかっていたのだが、こうして迫力満点の女性検事に読み上げられると、タマミは自分の心臓の鼓動が聞こえるような気がした。闘いはきびしそうだ。

そっと傍らの塔之木を見ると、いつもと変わらぬ顔でゆっくりと瞬きした。

十月六日に新横浜ホテル事件の殺人容疑で起訴された永沢悟は、その三日後には山梨県大月署へ移監され、そこで桂山湖事件の取調べを受けた。

二十日間の勾留が満期となった十月三十日、溝口晴菜殺害と死体遺棄容疑で起訴された。

その後、二つの事件は、先に起訴し、審理の便宜も良い横浜地方裁判所へ併合された。そこで公判が開かれることが決まり、永沢の身柄も横浜拘置支所へ移された。

そんなわけで、永沢悟に対する殺人等被告事件の第一回公判が、十二月十七日午前十時から横浜地裁四階の403号法廷で開かれている。

黒い法服姿の三人の裁判官のいる法壇に向かって、左側には布施昭子検事、右側の弁護人席には主任弁護人の塔之木善隆と、里村タマミが並んで掛けている。

約五十人入る傍聴席は満杯に埋まっていた。マスコミを騒がせた事件の初公判には大勢の人が集まるものだと、タマミは塔之木から聞いていた。左側の前二列は報道関係者の席で、名札を付けた記者たちが二十人くらい、しきりにメモをとっている。

起訴状朗読が終ると、谷川崇《たにかわたかし》裁判長が証言席のほうへ少し上体を傾けた。五十過ぎくらいの若い裁判長で、検事の半分くらいのスリムな人だ。細長い鼻の先に引っかかるようにメタルフレームの小さな眼鏡をかけている。

「あなたは、いいたくないことはいわなくてもいいという権利があります」

「終始黙っていることもできます――」

声も意外なほど軽やかだった。

永沢に対して黙秘権の告知をし、続いて罪状認否に移った。

「今の公訴事実について、何かいいたいことがありますか」

「……」

「その通りまちがいありませんか。それとも、ちがうところがありますか」

永沢は心もち背筋を立て、息を凝らして裁判長を見返している。永沢がきちんと証言できるかどうか、タマミはいよいよ胸がドキドキしてくる。

「では まず、新横浜ホテル事件についてはどうですか」

大きく息を吸ってから、永沢はやっと声を出した。

「日野朔子さんと会っていたことは、まちがいありません。でも、日野さんを殺そうと思ったことはありません」

「うん、すると?」

「わたしがナイフを出して、携帯を渡すようにいったら、いきなり催涙スプレーを噴きかけられたんです。それで何がなんだかわからなくなって、気がついたら、日野さんは血を流して倒れていました」

「ではつぎに、桂山湖事件はどうですか」

永沢は一度俯《うつむ》いてから、再び勇気を奮い起こすようにして口を開いた。

「車の中で話しているうちに、晴菜さんが、私はあなたが好きで、一緒に暮らしたい、離婚するから、ぼくに結婚して欲しいといいました」

法廷にざわめきが起きたが、それは傍聴人たちの失笑のようだった。

「でも、自分が断わったら、晴菜さんが自殺するといってナイフを振り回したので、止めようとして、揉みあっているうちに、ナイフが刺さってしまいました。自分は殺すつもりなどなかったし、刺してもいないんです」

「第二の、死体を棄てたことについては?」

「それは、まちがいありません」

裁判長は塔之木に顔を向けた。

「弁護人のご意見は？」

塔之木が立ち上がる。

「新横浜ホテル事件につきましては、被告人は殺害行為をしておりません」

落ち着いた歯切れのいい声で答えた。

「仮りに有形力の行使があったとしても、被害者のほうからスプレーを噴射されるなどの侵害行為があったため、それに対する防衛行為として行ったものであります。従って、被告人の行為には、急迫不正の侵害に対しての正当防衛、または過剰防衛が成立すると考えます」

永沢は殺意をもって切りつける行為はしていない。たとえ被害者を切ってしまったとしても、それは正当防衛だという主張である。

「桂山湖事件につきましては、被害者と揉みあった弾みにナイフが刺さったもので、被告人に殺す意思や、突き刺す行為はありません。第二の死体遺棄については、弁護人としても争いません」

裁判長は頷いて、永沢に、

「被告人は席に戻って下さい」

永沢はいわれた通りに、二、三メートル後ろの長椅子に戻って腰を降ろした。弁護人席からすぐ斜め先だから、彼がフーッと長い息を吐き出すのがわかった。

「検察官、冒頭陳述をどうぞ」

女性検事が再び立つ。

「検察官が証拠によって証明しようとする事実は以下の通りです。第一、一、被告人の身上、経歴等――」

起訴状の公訴事実は、刑事罰に該当する骨のような事実だけだが、冒頭陳述では事件の全容がより詳細に語られる。その背景として、被告人の出生からおおよその生活歴まで言及する。

今年四十四歳の永沢悟は、山梨県都留市の生まれ、東京の私大を卒業後、東京都内の損害保険会社に勤務し、平成十二年から横浜市内に事務所を設け、従業員四人を雇って保険代理業を営んでいた。

「二、家族関係。被告人は昭和五十七年頃結婚し、二子を儲けたが、平成十年に離婚、本件当時は現住所に母及び長男と居住して生活していた。

第二、十月三十日付起訴状記載の公訴事実について」

冒頭陳述は事件の発生順に語られる。

「一、犯行に至る経緯等、
被告人は平成十五年十月頃から、パソコンを使用して、インターネットの交際サイト、いわゆるメル友募集サイトの会員になっていた。その際、被告人は自己の年齢を二十六歳、職業を外資系保険会社勤務と偽って表示していた」

またもさざ波のような笑いが傍聴席を横切った。

「かかる中、平成十五年十二月頃、本件被害者である溝口晴菜と前記サイトを通じて知合い、その後直接メールのやりとりを繰返していた。

被害者溝口晴菜、当二十四年は、平成十四年頃結婚し、神奈川県川崎市麻生区上麻生のマンションに夫と居住し、東京都内の人材派遣会社で事務のアルバイトをしていた。

被告人は十六年一月頃、前記晴菜と直接会い、その後、本件前まで、月二、三回の割合で会って、食事をするなどしていた――」

傍聴席中央部には被害者親族が掛けていることが多い。裁判所が優先的に傍聴券を発行するのだ。

最前列に腰掛けて、時々食い入るような視線を永沢の横顔に注いでいる小柄な男性がいる。小造りにまとまった顔立ちの三十前後のその人が晴菜の夫ではないかと、タマミは推測している。製薬会社のＭＲと呼ばれる職種で、一度週刊誌で写真を見た憶えがある。

彼の斜め後ろには、晴菜と同年代くらいの若い女性が三人ほど掛けているが、友だちだろうか。

永沢の身内は、母親の初音も、彰も姿を見せていない。彰は父親の裁判の傍聴を望んでいたが、永沢が来させないでほしいと固く拒絶したのだ。入廷時には手錠と腰縄を付けられる自分の姿を息子に見られるのは耐えられなかったのだろう。この種のことは被告人の意思が最優先だった。

彰には、公判後に電話で様子を知らせる約束をしていた。

「被告人は前記晴菜と会ううち、同女に対して好意を抱き、いわゆる援助交際をしたいと望むに至った。

被告人は平成十六年六月二十日午後二時頃、前記晴菜方付近において、自己が運転する車両に晴菜を乗せ、相模湖方面へドライブに出掛けた。午後五時頃、キャンプ場付近に車を駐め、被告人が運転席に、晴菜が助手席に座って話すうち、被告人はここで援助交際を求めようと考え、その旨同女に申し出た」

検事は一呼吸おき、再び口を開くと、いちだんと熱を帯びた調子で続けた。

「二、犯行状況等、
それに対し、同女は拒絶し、被告人の年齢その他について侮辱的な言辞を述べたことから、被告人は憤激し、かねてダッシュボード内に入れていたアウトドア用ナイフを取り出し、助手席に着席している同女の左頸部めがけて同ナイフを突き刺した。

晴菜は静脈と気管を切られ、左前頸静脈出血により、同車両内で窒息死した。
三、死体遺棄の状況等、
被告人は前記晴菜の死体の処置に窮し、これをダム湖内に投棄しようと考えたが、重りを付けることによって死体が浮上することを回避し、死体発見を防ぐため——」

永沢が自宅でブロック三個を晴菜の身体に括り付けたこと、その死体を桂山湖へ投棄したことが、検事のことばで語られた。これについては、大月署の接見室でタマミが直接永沢から聞いた話とほとんど一致していた。

「被告人は死体を投棄後、晴菜が所持していたバッグ、靴については、ナイフで細かく切り裂いた上、六月二十一日午前四時頃、帰途の山中の三ヵ所に分けて埋めた」

警察の捜索でも、これらはまだ発見されていない模様だった。

「晴菜の所持品のうち、晴菜が日頃持ち歩いていたシルバー色の携帯電話については、被告人は六月二十一日午後六時頃、仕事で東京へ赴いた際、JR山手線電車内より、晴菜の友人二人にメールを送信し、あたかも晴菜がまだ生存しているがごとく仮装して、事件発覚を遅らせるべく工作した。その後携帯電話は自宅に持ち帰り、細かく破砕の上、不燃ゴミに混入して処分した」

タマミは思わず目を瞑《つむ》る。永沢の犯行の悪質さが、いやがうえにも裁判官たちの心に印象づけられたにちがいない。

「前記犯行時使用していた車両については、同女の頸部刺創に基づく出血が気管内に留まり、外部に飛散しなかったことから、血痕等の付着はわずかであったが、被告人は車両に犯行の痕跡が残っていることを恐れ、車両内を清掃したのち、八月頃、中古車販売業者に売却した」

はじめて永沢の家を訪ねたあの台風の日、カーポートにまだ新しそうな黒のバンが駐《と》まっているのを、タマミは帰りがけに見かけた。目撃者もある白い車を、事件後すぐに手放せば怪しまれかねないと用心した永沢は、八月初めまで待って売却し、色もタイプも全然ちがう車に買い替えたのだ。そのことは本人が勾留中に塔之木に打ち明け、公判の場では、さらに彼の犯罪者としての周到さが強調された形だった。

「四、発覚の経緯等、

前記投棄された死体は、ブロックを括り付けられていたにも拘《かかわ》らず、ダム湖の水位低下などにより、平成十六年六月二十四日午後三時頃、巡回中の管理事務所職員に水中に沈んでいるのを発見された。その後の捜査により身許が判明した。

また、被告人が売却した車を中古車販売業者を通じて回収したところ、同車両内からは、被害者の血液の付着が確認された」

犯行はまちがいなく被告人の車の中でなされたこと、つまり「犯人と被告人の同一性」をきっちり押さえた形で、布施検事は桂山湖事件の冒頭陳述を終った。

晴菜の夫や友だちらしい女性たちのまた少し後ろに、六十前後かと思われるがっしりした体格で、彫りの深いハンサムな男性がいて、その人もメモを取ったり、時には内心の感情と闘うようにジッと目を伏せていた。朔子と晴菜母子の縁者なのだろうかと、タマミはなんとなく気になった。

「第三、平成十六年十月六日付起訴状記載の公訴事実について」

冒頭陳述は新横浜ホテル事件へと進んだ。

「一、犯行に至る経緯等、

被告人は前記晴菜殺害、死体遺棄後、素知らぬ顔をして業務に当たっていた。

他方、晴菜の母日野朔子は晴菜の遺品の中から晴菜が使用していたピンクの携帯電話を発見した。なお、晴菜は前記シルバー色の携帯電話のほか、被告人とのメールのやりとり等については、祖父名義で契約していたピンク色携帯電話を周囲には秘密で使用していた。

朔子は発見した携帯電話のメールの履歴などから、交信相手が晴菜の死に関与しているものと考え――」

朔子が携帯の拾得者を装って永沢に電話した経緯が語られた。

「平成十六年九月四日、被告人は新横浜プリンスホテルの喫茶店で朔子と会ったが、同店内でもなかなか携帯電話を回収できなかったため、近くのビューホテル新横浜に偽名でチェックインし、502号室へ入って、朔子に知らせた」

「二、犯行状況等」

いよいよ最後のクライマックスに来て、廷内は息をひそめた静寂に包まれた。

「被告人は同日午後四時半頃、朔子が同室に入室した後、同女に対し、金を払うからといって携帯電話の返却を促したところ、同女から桂山湖事件との関係を問われ、犯行の模様を詳しく話すよう求められた。被告人は朔子の言動に不安を抱き、事件の証拠となる携帯電話を一刻も早く回収しようと焦り、用意していたナイフを取り出して朔子に向けたところ、同女から防犯用催涙スプレーを浴びせられた。

被告人は朔子から容易に携帯電話の返却を受けられないばかりか、同女から晴菜殺害との関与を疑われ、さらにスプレーを噴射されたことに激昂し、前記ナイフにより殺意をもって同女の左頸部を切りつけ、同女を殺害した。
三、犯行後の状況等、
被告人は前記犯行後、朔子のバッグ、スプレー、ピンク色の携帯電話を持ち、同ホテルを出て、自宅へ帰った。その後、被告人が持ち帰った携帯電話は、晴菜がメール交換に使用していたものではなかったことがわかり、バッグ内を捜したがほかの携帯電話も見つからなかった。

これらバッグ等については、九月五日午前二時頃、神奈川県相模川西側の山林内に埋めた。
四、発覚の経緯等、
前記晴菜の携帯電話については、朔子がビューホテル新横浜へ向かう前に、新横浜プリンスホテル内にある宅配便を利用して、晴菜の夫、溝口輝男宛に発送していた。

溝口輝男は九月五日午後一時頃、自宅マンションで朔子からの宅配便を受け取り、開封したところ、晴菜のピンク色携帯電話と、これを警察に届けてもらいたい旨の朔子の手紙を発見した。

溝口は同日午後三時頃、前記携帯電話を自宅最寄りの神奈川県警麻生署へ届け出た。

新横浜ホテル事件発生の連絡を受けていた同署では、事件の所轄・港北署へ照会した。港北署では携帯に登録されていたパソコンのEメールアドレスと携帯電話番号が被告人のものであることを特定し、その後の捜査により、被告人が本件各犯行に及んだことが明らかになったものである」

布施検事は再び裁判官に向き直り、自信に満ちた声で締め括った。

「以上の事実を立証するために、証拠等関係カード記載の証拠の取調べを請求いたします」

2

溝口晴菜のピンクの携帯に残されていたメールの記録は、「写真撮影報告書」として検察側から弁護側へ開示されていた。携帯の一画面を一枚ずつのカラー写真に撮影したものだから、全部で二百枚以上もあった。Ｌサイズの写真なので、文字が大きくて読みやすいのが多少の救いだ。

タマミは気合を入れて、もう一度根気よく目を通し始める。

〈アドレス帳〉には〈望〉のパソコンのＥメールアドレスと、携帯ナンバーだけが登録されている。

〈rak-naga@ktnj.co.jp

090――　〉

〈受信メール一覧〉には〈送信者・望〉のメールだけが写真何枚にもわたりぎっしりと並んでいる。

〈送信メール一覧〉のほうは〈ハコ〉から〈望〉へのメールだけの連続。

ふつう男女のメル友同士でこれだけの交信があれば、互いの写真を送りあう〈写真メール〉があるものだが、それは一枚も見当たらない。が、その理由《わけ》は以前に永沢自身から聞いていた。

「ハコは最初のうち、ぼくの写真を欲しがってたけど、パソコンから携帯に写真は送れないわけですよ。それで直接会うようになって、彼女は携帯で写真を撮ってました。でもそれは、彼女が日頃持ち歩いていたシルバーの携帯だったわけで……」

その携帯は、永沢が晴菜の死体を遺棄したあと、二件の偽メールに利用してから、破砕して処分したのだ。

保存されている最も古い受信メールは三月九日のものだった。

〈04／3／09　22：33
送信者・望　タイトル・ハコに会ってから
ぼくはやっぱりすごく変わったみたいな気がする。家にいても、なるべく一人になりたくて、すぐ自分の部屋に入ってしまう。とにかくハコにメールしたくなるんだ。ハコは今何してるのかな？〉

これがあの出っ張った大きな目と厚い唇がいかにも押しの強そうな、四十四歳の会社経営者、永沢悟のメールだ。

約ひと月前の十一月中頃、この「証拠」が検察側から開示された直後、タマミはすでに横浜へ移監されていた永沢に接見し、メールの写真を直接見せて確かめた。彼はさすがに面映ゆそうに顔をそむけながらも、まちがいないと答えた。〈望〉はメル友サイトで〈二十六歳〉の彼のニックネームだったと認めたのだ。このメールへの晴菜の返信も保存されていた。

〈3／09　22：35
送信者・ハコ　タイトル・Re・ハコに会ってから
ハコだって同じだよ。一日中望のメールを待ってる。メールの返事が来ないと、何かあったんじゃないかって、心配で家のことが手につかなくなっちゃう。今は一人で、この間会った日のことばっかり思い出していたところ。また早く会えるといいけど。〉

メール上では、人は自分とは別個の「ネット人格」を持つと、その関連の本に書いてあったことをタマミは思い出す。別人格になりたくて、人はメル友を作るのだろうか？

別人格から紡ぎ出されるメールは、とかくオーバーな表現になり、現実から浮遊して、声も表情も伴わない言葉だけが独り歩きする。その危険は、タマミ自身の多少の経験でも理解できる――。


十二月十七日の第一回公判では、冒頭陳述のあと、検事から証拠調べ請求がなされ、塔之木はすでに開示されていた証拠に対して、一つ一つ同意か不同意かを表明した。

検察側からの証拠開示は、二つの事件の併合が決まって以後の十一月中に、事件ごとに二回に分けて行われた。各警察署から送られてくる証拠書類や証拠物のうち、どれを公判での立証に使うか、検事が選別し、証拠として裁判所に提出したいものを弁護側に開示する。晴菜のピンクの携帯とメール内容の「写真撮影報告書」もその中の一つである。

開示の知らせを受け取った弁護側は、事務員が検察庁へ赴き、専属の謄写人に全部謄写してもらって受け取って来る。それを読みこんで検討し、弁護側の主張を構築することが、公判前の弁護人の最も重要な仕事だった。

初公判で塔之木が同意した証拠は、そのまま裁判官に証拠採用された。メールも同意した。不同意のものは、代わりに検事が証人尋問の請求をして、同じ事柄を証人の口から法廷で証明しようとする。

公判では事件の発生順に審理が行われることになった。そこで次回の証人として、検事は桂山湖事件の鑑定医、つぎには晴菜の友人と夫を申請し、塔之木が「しかるべく」と了承した。

つぎの期日は来年一月二十五日と決まって、初公判は終ったのだった。

「これで裁判の争点ははっきりしただろう?」

横浜地裁からの帰り、高速第三京浜に愛車のアルファロメオを走らせながら、塔之木が助手席のタマミにいった。

「最初の桂山湖事件の検察側の主張は、永沢が晴菜に援交を求めたこと。それを拒絶され、殺意をもって晴菜を殺害したこと。一方永沢は、晴菜のほうから結婚を求められ、断わると自殺すると騒がれて、揉みあった拍子にナイフが刺さってしまったと言い続けている。まるで正反対の話だ」

「はい……」

桂山湖事件では、新横浜ホテル事件の時のように永沢が途中で落ちることはなく、最後まで殺意を否認し続けた。

しかし——「揉みあっているうちに偶然切ったなどというのは、きわめて稀な事例だ。理屈ではあり得ても、現実的には、まずめったに起こり得ないと考えるほうが自然だ」

以前、朔子の事件を検討した時の、塔之木のことばがタマミの脳裡に残っている。それで大月署の接見室で、晴菜の事件についても永沢がまた同じような言訳をするのを聞いて、タマミはひどく落胆した。

「こちらの主張を裏付けるための重要な証拠は、まず二人のメールだね。永沢と晴菜が真実どういう関係だったのかを物語るものだ。もう一つ大事なことは、晴菜の家庭がどんな状態だったか——」

初公判の前までに、塔之木もタマミも開示された証拠のすべてに目を通していた。が、塔之木はメールの内容を再度慎重に検討してみるよう、タマミに指示した——。

三月九日から始まる〈望〉からの受信データは、一日三、四件もあれば、ゼロの日、三日くらい途切れることもあるが、大体一日平均二件。〈ハコ〉も同じくらい送信していたらしい様子が、〈望〉のメールの内容から推察できた。が、五月初めまで送信メールのデータがほとんどないのは、保存できる数が受信二百件、送信百件と差があるからだ。三月九日の五件の送受信が〈保護扱い〉で保存されているほか、三、四月には〈望〉からの受信メールだけが残っていた。

保護扱いメールは、まるで二人とも若い恋人同士の楽しげなやりとりで、〈望〉が〈今度は車で行くことにする。少し遠くまで、ドライブしてもいいかな？〉などと書かれていた。

〈4／04　21：09
送信者・望　タイトル・今日は本当に
楽しかったね。気持のいい緑の中を歩いて、ずいぶんいろんな話ができたね。
――
ぼくらはいろんなところで似た者同士なんだね。ハコがますます好きになったよ。〉

〈4／04　21：21
送信者・望　タイトル・ぼくたちの出会いは
本当に不思議だね。子供の頃の夢の話なんて、そっくりだったね。――また早く会えるように頑張るからね。おやすみ、ハコ〉

あの永沢が二十四歳の人妻と〈子供の頃の夢の話〉をしたわけか。その様子を想像すると、タマミはつい笑いたくなってしまう。でも彼は、晴菜といる時、本当に童心に返ったのかもしれない。

だが、検察側はきっと別の見方をしているだろう。晴菜は齢の割に稚《おさな》く、永沢は巧みに話を合わせて年齢差をごまかし、彼女の歓心を買っていたのではないか、と――。

〈4／10 21：51
送信者・望　タイトル・今何してる？
そのことばかり、いつも想像してる。あしたは、いつかハコがいってた、しながわ水族館なんてどう？　ぼくも行ってみたいんだけど、混んでるかな？〉

〈4／11 22：46
送信者・望　タイトル・水族館
面白かったね！　イルカが可愛かったね。もっと長くいたかった。ハコといると、本当に時間の経つのがあっという間だ。――〉

三月九日から五月のゴールデンウィークが終る頃までのメールをざっと通読した限りでは、二人は主に日曜午後から夕方にかけて、ほほえましいようなデートを重ねていたことが想像できた。ただ、注意深く見れば、三月二十日の春分の日の前後三日間、四月十八日日曜の前後四日間、二十五日日曜からの二日間、〈望〉からのメールが途絶えているので、デートの回数は正確には数えられない。なぜメールがとんだのか。永沢が出張でもしたのか、晴菜がどこかへ出掛けたか、〈ハコ〉の送信データがないこともあって、理由ははっきりわからない。

ゴールデンウィークには、二人は予定が合わずに会えなかったようだ。永沢には会社と家族があり、晴菜にも夫がいたのだから、当然さまざまなネックが発生しただろう。〈ハコ〉の送信メールは、五月八日午後から毎日保存されるようになる。

〈5／08　17：04
送信者・ハコ　タイトル・ゴールデンウィークも
あした一日で終りだね。ハコには長くて寂しい連休デシタ。月曜にはまたバイト——
しばらくバイトの愚痴が続いたあと、
〈GWがダメだったぶん、五月はいっぱい会って話したい。〉

翌日からまた二人は、他愛ない日常的なメールの交換をしながら、つぎのデートのチャンスを探り始める。それは五月十六日に実現した様子だった。

〈5／15　22：08
送信者・望　タイトル・次の日曜
——今車を修理に出してるから、電車しかダメなんだ。ごめんね。でも、ちょっとでも会えればうれしいけど。〉

〈5／15　22：10
送信者・ハコ　タイトル・Re・次の日曜
——今メール見たよ！　久しぶりにやっと会えるんだね！　望といっぱいお喋りしたい。
〉

こんなやりとりのあと、二人は五月十六日日曜の午後二時に渋谷駅近くで待ち合わせした模様だ。

しかし、メールはそのあとからまた途絶えていた。

これまでの例では、二人が会ったあと、そのデートを回想して楽しむようなやりとりがしばらく続いたことが〈望〉のメールだけからでも想像できたのだが、この時にはそれがない。五月十六日以降、受信も送信も四日途絶えて、つぎは五月二十日木曜の送信から再開する。

〈5／20　18：16
送信者・ハコ　タイトル・Re・今度こそきっと
会社の近くにおいしいクリームあんみつのお店があってね。そこにハマってたら体重が何と2キロも増えちゃった。今度望に会うまでにダイエットしなきゃ……。〉

〈5／20　22：37

送信者・望　タイトル・太ってても
痩せてても、ハコはハコだから、ぼくは別に気にしないよ。無理なダイエットはよくないんじゃないかな。――〉

何事もなかったようなメール交換のあと、つぎは五月二十九日土曜から六月一日火曜まで、週末を含む四日間のデータが欠落していた。

〈6／02　21：51
送信者・望　タイトル・今日のお昼は
冷麺でした。毎日すごく暑いね。おまけに残業がぎっしりで時間のゆとりがない。でも、ハコのことを考えると気力が湧いてくる。――〉

〈6／03　10：04
送信者・ハコ　タイトル・こちらも
昨夜は会社の飲み会でした。寿退社する社員さんの歓送会でね。会社の中では割と親しくしてたほうだったので、ちょっと寂しいかな。――〉

〈6／04　12：22

送信者・ハコ　タイトル・今朝は
少し風邪気味で喉が痛かったので、ずっと家にいます。こんな時、望がこれたらいいのに。
──〉

〈6／05　21：15
送信者・望　タイトル・ここんとこ
急に暑かったり、また寒くなったり、ヘンな気候だからね。その上ぼくは今週末も出社しなけりゃならない。──〉

再開したメールのどこにも、中断していた理由が見当たらないことが、タマミを当惑させる。しばらくこんな調子が続くが、六月前半は送受信ともメール数が少なめだ。
そして四週目には六月二十日の事件の日曜を迎える。

〈6／18　20：18
送信者・望　タイトル・久しぶり
で今度の日曜は自由になりそうだ。この間からいろいろごめんね。車の調子も良いから、またドライブに行こうか？　ハコの都合はどう？──〉

〈6／18　20：31
送信者・ハコ　タイトル・ハコはＯＫ！
なんだかほんとに久しぶりの感じだね。今度はゆっくりできるよね？――〉

六月十九日のメールでは、日曜の午後二時に〈望〉が〈ハコ〉のマンション近くの路上で彼女を車にピックアップする約束が交わされる。

〈6／20　09：05
送信者・望　タイトル・今朝起きて
外を見たら、きれいな青空がひろがっていたので、ぼくも気持が明るくなった。今日は本当にうれしい。遅れないように行くからね。〉

〈6／20　10：41
送信者・ハコ　タイトル・ハコも早めに
仕度しておく。話したいことが一杯たまっているんです。〉

〈6／20　12：45
送信者・望　タイトル・今から

家を出ます。余裕をもって出るけど、1時間ちょっとくらい掛かると思う。近くまで行ったら、ぼくから電話するからね。〉

写真撮影報告書に記録されている二人のメールは、これですべて終る。

そのあとに残っているのは、新横浜ホテル事件の五日前、八月三十日に日野朔子と〈田中望〉が携帯の受け渡しのために交わした一回ずつのメール記録だけだ。朔子は永沢との連絡にこの携帯を使っていた。

タマミはまたメールの件数を数えた。

三月初めから五月初めの約二カ月間の〈望〉のメールが大体一日平均二件だったのに比べ、ゴールデンウィーク明けから事件までの約四十日間では、〈望〉からの着信は五十四件、ハコからの送信は五十二件。それぞれが一日平均一・三件しか送らなかった勘定になる。

まとまってメールの途絶えた回数が、あとの四十日間でも二回。

なぜこんな虫喰い状態になっているのか？

何かあったのなら、前後のメールからそれが読みとれていいはずなのに。メールは突然数日途切れ、また何事もなかったように始まる。

こんな場合、携帯電話会社に通信記録が残されていれば、何月何日、何件の送受信があったかは歴然と判明するのだが、今回は残念ながら警察、検察でもそれを摑めていない様子だ。というのは、晴菜のピンクの携帯が溝口輝男から警察に提出されたのは九月五日。警察ではすぐ

NMCの通信記録を差し押さえたはずだが、電話会社には当月を含む過去三ヵ月のデータしか保存されない。月が替わると同時に、古いものは自動的に消えていく。従って、七月以降のデータしか入手できなかったのだ。が、晴菜のピンクの携帯が使われたのは、事件の起きた六月二十日が最後だった。

結局、重大な証拠となる晴菜と永沢のメールは、晴菜のピンクの携帯の中にしか残されていないのだった。

そう、その携帯から、誰かが意図的にメールを削除したのではないだろうか？　そこにどんな内容が包含されていたのか、それすらわからない形で――。

開示直後に読んだ時に感じたと同じ疑問を、タマミは一層強く抱いた。

〈保護扱い〉メールが三月九日の五件しか残っていないのも、考えてみれば不自然だ。

いや、必ずしもまとまってでなく、随所で間引き風に削除されている可能性もある。五日から事件までの約四十日間のメールが少ないのはそのためではないか？　たとえば、五月二十日、〈ハコ〉からの〈Re・今度こそきっと〉の前には〈望〉からの〈今度こそきっと〉というタイトルのメールがあるはずなのに、ここにそれがないのはなぜか？

今はっきりとその理由に気付き、タマミはメール写真を手早くまとめて立ち上がった。

3

午後六時を過ぎて、戸外にはもう冬の闇が舞い降りている。塔之木の部屋の窓の下に見えるシックな中層マンションの前で、クリスマスツリーがカラフルな光彩を点滅させている。まだ暖いので実感が湧かないが、今年もあと十日ほどで終ろうとしている。

「削除の疑いは、ぼくも感じていた」

タマミの意見を黙って聞き終えたあとで、塔之木は考えこむように頷いた。

「それでぼくは、開示された段階で検事に問合せしたんだ、残ったメールはこれだけなのかと」

「ああ、検察が隠すこともあるわけですか」

「まあ、報告書には一部しか載せてない場合もあるからね。しかし布施検事は、ほんとにそれで全部なのだと断言した。パスワードなどで隠されているメールもなかったと。だからこちらも証拠請求に同意したわけだ」

豊かなボリュームが終始毅然として見えた女性検事の姿を、タマミは目の奥に浮かべた。

「永沢は何といってた?」

開示直後に永沢の話を聞いたのはタマミだった。

「メールの詳しい文面までは思い出せないというんです。大月の勾留中にも、大分訊かれたそうなんですけど」

警察でもメールが抜けていることに気付いて、永沢に空白を具体的に埋めさせるような取調べをしたらしかった。

「でももう随分日が経ってたし、その間に新横浜ホテルの事件が起きたりして、記憶が混乱してしまったので……」と、永沢は当惑した顔でタマミに訴えた。

「とにかく彼女と楽しいやりとりをしてたんですといっても、警察ではぼくの話をまともに信用してくれない。それなら削除されてるわけがないだろうとか、延々と追及されているうちに、自分でもわけがわからなくなったんです」

最後にはいつものパターンで、彼は両手で頭を抱えこんでしまった……。

「それにしても、ほとんどは何てことないメールばっかりだなあ」

塔之木は写真をめくりながら呆れたように苦笑する。

「でも、若い子のメールって、ほんとにこういうどうでもいいような日常の話を、毎日一種の中毒みたいに送りあうものなんですよ」

タマミは晴菜と同世代の感覚でいったが、

「永沢は若くないよ」

「あ、それはそうですけど……ハコのペースに合わせていたのか……」

「誰がメールを削除したのだと思う?」

塔之木は急にやや鋭い口調に変って訊く。

「晴菜の携帯が警察に渡るまでには、三人の手を経ているわけだが」

「ハコさんと、朔子さんと……」

「最後に溝口輝男がそれを警察に届けている」

「まずハコ自身の可能性が考えられますよね。永沢の話では、取調べの刑事はその見方に傾いている感じだったと。ハコさんが、何かいやなメール、残したくないやりとりを自分で消してしまったんじゃないか」

「検察でもおそらく同じ考えを採ろうとするだろうな」

「先生は？」

タマミの問いには直接答えず、彼は窓外の闇を見据えるようにした。

「誰が、どんな内容のメールを、いかなる意図で削除したのか、これは事件の核心に迫る事柄かもしれない。いずれ証人尋問でも取り上げられるだろうが」

「………」

「しかし、今はどう考えてみたところで、所詮憶測にすぎない。当面はメールが、晴菜と永沢の付合いの内容を物語る決定的な証拠とはなり得ないことがわかった」

「はい」

「すると、この間もいったが、あとは溝口と晴菜の夫婦関係がどういう状態だったか――」

「検察側は晴菜さんの友だちと、溝口さんを証人申請していましたね」

「そこでもし、溝口夫婦には重大な問題もなく、家庭はきわめて円満で幸福だったという心証が形成されてしまえば、この裁判はもうほとんどこちらに成算はないね。そんな家庭の主婦だった晴菜が、永沢に、離婚するから結婚してくれなんていうはずはないのだから」

「では、証人の証言をひっくり返す準備を……？」

塔之木の眸に、どこか悪戯《いたずら》っぽい笑いが掠めた。

「そう、ここはタマちゃんの働きにかかってくるかもしれないな」

それから、デスクの端に置かれていた書類を引き寄せた。

〈出張記録・照会請求書〉とか、〈武元製薬〉といったパソコンの文字がタマミの目に映った。

第十二章　か細い糸

1

関東地方では、一昨日の十二月二十日に初雪が降った。さほどの量ではなかったが、その名残りが家々の軒下やビニールハウスの陰に固まっていた。列車が走り抜ける時、それが一瞬朝の光に鋭く反射する――。

〈MAXやまびこ〉のすいた二階車両の窓際に掛けた里村《さとむら》タマミは、利根川の鉄橋を渡って栃木県へ入った新幹線の車窓に新鮮な目を注いでいる。プレハブ住宅と休耕地の風景は珍しいものでもないが、東北新幹線に乗るのは今日が初めてなのだ。

塔之木善隆弁護士と一緒に永沢悟の弁護人になって以来、つぎつぎ初体験を味わってはいるが、十二月十七日の第一回公判のあとでは、いよいよボスから思いがけない仕事を指示されるようになった。

検察側と、被告人や弁護側の主張は真っ向から対立している。検察側は永沢が晴菜に援助交際を求めて拒絶されたのだと主張し、永沢は晴菜から結婚を求められたと言い張っている。どちらが真実か、二人のメールが証拠としてあまり役立たないとわかると、つぎの重大な証拠は溝口と晴菜の夫婦関係にあると、塔之木はいった。そこで検察側は、晴菜の友人と夫を証人申請し、彼らの口から、二人の家庭が円満、幸福だったと証言させるつもりだ。

それに対して、こちらはどう争うか？

塔之木は開示された多数の証拠の中から、溝口輝男の供述調書に目をつけた。彼が、検事に参考人として喚《よ》ばれて話した時に作られた調書である。

「溝口は製薬会社のMR、つまり営業の最前線といった職種だから、月二、三回の出張はわかるが、日曜からもよく出掛けていたというのがちょっとひっかかったんでね……」

彼は初公判直後から、裁判所に溝口の「出張記録照会請求」を提出していた。請求は認められ、裁判所は溝口の勤務先・武元製薬に彼の出張記録の照会をした。会社から裁判所へ回答が届き、その連絡を受けると、例によって事務員が謄写をもらって持ち帰った。

塔之木はようやく入手した「出張記録」をタマミに見せて経緯を説明してくれた。

「これは今年六月の事件から一月まで遡った半年間の出張記録なんだが、やっぱり溝口は月に一、二回、日曜から出張しているね。事件のあった六月二十日日曜も、彼は昼すぎに家を出ていた。出張先は埼玉、栃木、群馬の担当エリアで、いつも宇都宮から始まって、取引先の病院を回っていたらしい」

供述調書の中で、日曜から出掛けた理由を、溝口はこう話している。

〈長年担当してお馴染みになっている病院のドクターや事務長さんなどとは、日曜から約束が入ったり、病院の勉強会に参加させてもらうこともありました。〉

そのあと、六月二十日日曜の行動も一通り説明していた。だがこの検事調書が作られた時点では、すでに永沢が逮捕され、溝口はあくまで参考人なので、検事もさほど細かいところまでは追及していない。

「タマちゃんには、溝口の行動をもう少し踏みこんで調べてみてほしいんだよ。万一、彼の家庭の外での別の顔が垣間《かいま》見えることはないか……」

調査は早いほうがいい。証人たちの記憶や、残された記録が消えてしまわないうちに。

昨日の夕方、塔之木はまた例の悪戯っぽくけしかけるような目をしていった。

「裁判の行方はタマちゃんの働きにかかっているかもしれないぞ」

今朝は事務所に寄らず、東京駅から新幹線に乗った。

わずか五十分、十時十五分にタマミは宇都宮駅のホームに降りた。

西口を出ると、鉛色の雲が広がり始めた空の下、バスや車が動き、大阪、成田などへの高速バスも発着している。が、人通りはごく少ない。東京より風が冷たく感じられた。

広いロータリーを囲んで、十数階建の大きなビジネスホテルがいくつか建っている。だが、目当ての〈バレンタインホテル〉は見つからないので、タマミは歩道橋を降りて歩き出した。

商店街を二、三分行った先に、ちょっと見落としそうなアーチ型のエントランスがあった。そこを入ると、ひっそりしたロビーに続いていた。駅前の高層ホテルより小ぢんまりした印象である。

男性客一人がチェックアウトをすませて出て行ったあと、タマミはレセプションに近付いた。

三十代半ばくらいの黒スーツの男性が出迎えるように見守っている。

「あの、私は弁護士の里村タマミと申しますが――」

カウンターに名刺を出す。

「ある事件で、調べごとをしているんですが……」

〈石山〉のネームカードを付けたホテルマンは、名刺から、またタマミの顔へ視線を戻す。タマミは内心緊張しきっているが、精一杯なんでもない調子で話しているつもりだ。

「今年の六月二十日日曜の夜、溝口輝男さんという男性がこちらに宿泊されたはずなのですが」

「……」

「チェックインは二時半頃だったと、本人はいっていますが、まちがいないか、念のため確認して頂けると有難いのですが」

石山の目は、つぎにはタマミのジャケットの襟にある弁護士バッジへ注がれた。いっときそれを凝視していたが、瞬きしてまたタマミを見た時、彼の表情は心持ちやわらいでいた。

「ただ今お調べいたしますので、そちらでお掛けになってお待ちください」

奥でパソコンを操作していた石山は、まもなくメモ用紙を手にして戻ってきた。

「六月二十日日曜夜、溝口様は確かに宿泊されています」と、メモに目を落として答えた。

「チェックインは？」

「十四時二十分ですね」

「チェックアウトは？」

「二十一日朝八時半にチェックアウトされています」

「一泊ですね」

「はい」

溝口の供述調書に記録されていた通りのことが、意外にあっさりと確認された。

「あの、その間、溝口さんは一度外出されたようですね」

「はい、お出掛けになっていたと思います」

その口調は、石山が溝口を知っていたような感じに聞こえた。

「製薬会社の営業がお仕事ですものね」とタマミが水を向けると、石山は微笑して小さく頷いた。

「溝口さんはほとんど毎月、出張で一、二回はこちらに泊まってらしたんでしょう？」

「はい、ご利用頂いてました」

「人が訪ねてくることもありました？」

「さあ、私の記憶では、それはあまりなかったと思いますが」

「チェックインして、すぐ出掛けてしまうとか？」

「そうですね。――いや、実は六月二十日には、私がここでチェックインの受付をさせて頂いたのですが、そのあともすぐまた外出されました」

タマミはあっと思った。それでは石山は当然溝口の妻の身に起きた事件を心得た上で、タママミに対応していたわけなのだ。チェックインの受付をした彼は、溝口のアリバイの重要な証人でもあるから、警察の事情聴取も受けたことだろう。

事件当日宇都宮のホテルに十四時二十分チェックイン、捜査本部がその事実を確認した時点で、溝口のアリバイはほぼ成立したといえる。同じ日の十五時十三分、晴菜は母の朔子に携帯を掛け、留守電メッセージを残した。その発信場所は相模湖と特定されている。宇都宮から相模湖まで、一時間弱で移動することは不可能だった。

「――じゃあ、石山さんも警察からいろいろ話を聞かれたでしょ？」

「はい、まあ」

「調書も作られたでしょうね」

「そうだったと思います」

それなら、こちらは石山の供述調書の開示を求めることもできる。石山が予想外に抵抗なく答えてくれたのは、すでに警察に話したことだという気軽さも働いていたのかもしれなかった。

「六月二十日は、溝口さんはチェックインしてすぐまた外出されたということですが――」

タマミは話を戻した。

「荷物も置かずに……？」

「とてもお忙しそうに見えましたね」

「その後は何時頃ホテルに帰って来られたんですか」

「それはわかりません。キーはお客様にお持ち頂いてますので」

「六月の事件のあとも、溝口さんはお見えになってますか」

「いえ、たぶん、担当が替わられたんじゃないでしょうか」

石山はどこか遠い目になっていった。彼にとって、溝口はもう過去の客なのだ。

六月二十日、溝口はチェックインしたあと、荷物も置かずに外出したらしい。それは供述調書にある彼の話とはちょっと矛盾した印象を与えた。

今のところ、その点が唯一の収穫、一縷《いちる》の期待——？

そんなことを思いながら、タマミは石山に頭を下げてレセプションを離れた。

2

〈六月二十日日曜は、午後三時から宇都宮の聖明病院で勉強会が開かれる予定でした。医師や薬剤部長などの集まりで、私も以前から参加させてもらっていました。ところが十七日の昼前に病院の事務長から電話があり、都合で中止になったと知らされました。しかし私はもう宇都宮のホテルに予約していましたし、妻も私が出張するなら日曜は友だちと会うようなことをいっていましたので、予定通り出掛けることにしました。ホテルで仕事関係の専門資料に目を通すつもりでした。でも、宇都宮のホテルに着いたら、時間も早いのでちょっと街に出てみる気になり、その後、大通りの先にあった映画館に入りました。映画が終ったのは午後六時頃で、近くの中華料理店で食事をすませて、七時半頃ホテルへ戻りました。その後十二時半頃まで資料を読んでから休みました。二十一日朝は八時半にホテルをチェックアウトして、九時少し前

に聖明病院を訪れました。――〉

検事調書の中で、溝口はこんなふうに語っていた。

「ちょっと街に出てみる」のに、鞄も置かず、忙しそうに外出したわけか……？

ブロンズの欄干が美しい大きな橋を渡った先で、タマミはタクシーを拾った。街には自転車が多く目についた。

五分ほどで聖明病院に着いた。ベージュ色九階建の総合病院で、横に立体駐車場もある。

街に人影は少なかったが、院内の待合室には人が溢《あふ》れていた。

ロビーの壁に医師やスタッフの氏名を記した大きなボードが掲げられている。

〈院長（理事長）・柿沼秀臣〉が一番上にあり、数人下に〈事務長・柿沼仁〉の名が認められた。

「あそこの事務長は院長の娘婿で、病院の財政面を任されていてなかなか実権があるらしい」

と、塔之木が宇都宮にいる弁護士の知人から聞いたといっていた。

タマミは受付に名刺を出し、柿沼仁に面会を求めた。しばらく待たされたあとで、応接室のような部屋へ案内された。立派な額縁の付いた大きな絵が壁に掛かっている。

お茶が運ばれ、また五分余りも経ってから、上質らしいツィードのジャケットを着た長身の男性が入ってきた。指先で名刺を持っている。一見して五十前後か。都会的な細面に洒落たメタルフレームの眼鏡が似合っていた。

「ああ、どうもお待たせして……柿沼です」

いいながら、向かいあって掛け、タマミを見た彼の顔に軽い意外感がひろがった。たぶんタマミが思ったより若くて、子供っぽく見えたからだろう。タマミには慣れた反応だった。

彼はタマミの名刺をテーブルに置き、自分の名刺入れから一枚抜いて差し出した。

「お忙しいところ恐れ入りますが、ある事件で、溝口輝男さんにつきまして少しお尋ねさせて頂きたいことが――」

「溝口さんって、武元製薬の？」

すぐさま訊き返す。

「はい、こちらにもよく来られていたと伺ってますが」

「そう……だけど彼、大変だったよねえ。奥さんと、お義母さんまであんな事件に巻きこまれてねえ……」

喋りながら、彼もタマミの襟の弁護士バッジに目を注いでいる。その目をタマミに移して、

「ある事件ていうのは、そのこと？」

「はい。奥様が被害に遭われた六月二十日、溝口さんは出張で宇都宮にいらしたようですね」

「ああ、そうみたいでしたね」

「こちらの病院へも来られたわけですか」

「月曜の朝にね。いつも大抵朝早く、外来の受付が始まる前から来てましたね。市内で四つか五つの病院を回ってたんじゃないですかね」

「日曜の午後から宇都宮へ来たのは、こちらで勉強会の予定があったからとお聞きしていますが」

「ええ、うちのドクターやスタッフが五、六人集まってね。溝口君も仕事熱心な人だから、ぼくが声を掛けてメンバーになってたんですが」

「毎月開いていらしたんですか」

「いやあ、せいぜい二ヵ月か三ヵ月に一回かな」

「六月二十日の日曜にも、その予定が……?」

「うん、でもあの時は、差し支える人が増えて、結局キャンセルになったんですよ。そのことはぼくが三日ほど前に彼の携帯に連絡したはずだけど」

「それでも溝口さんは、日曜の午後から宇都宮へ来ていたわけなんですね」

柿沼はちょっと口をつぐんだ。多少わざとらしく、首を傾《かし》げてこちらの視線を掬《すく》いとる。

「先生は、何を調べておられるわけ?」

半分は好奇のこもる、面白がっているような口調だ。

「あの事件、とっくに犯人、挙がったんでしょ?」

「はい」

「まだ溝口君も疑われてるわけ?」

「いえ、決してそういう意味ではないんですが……」

本当のことをいうしかないと、タマミは心を決めた。

「実は、私共は被告人の側に立つ弁護士なんですけど、あのような事件がどういう背景で起きたのかを明らかにするために、当日のご主人の行動を知っておきたいと考えまして……」

「だけど溝口君は関係ないですよ。日曜は日光へ行ってたんだから」

「え？」

今度はタマミが目をむいた。

「日光？」

タマミの吃驚《びっくり》した反応に、柿沼は多少戸惑ったように瞬きしている。

「なにせもう半年も前のことだからねえ……でも、確かそうでしたよ、月曜の朝来た時、お土産にいつもの羊羹を貰ったから」

「日光にも仕事先の病院が……？」

「いやあ、写真撮りに行ったんでしょう。彼は写真が趣味で、出張のついでに足を延ばしてはいろんな土地の写真を撮ってるみたいだったからね」

「日光ではどのへんの写真を撮られたんでしょうか」

「さあ、ぼくも見せてもらったわけじゃないけど、やっぱり東照宮とか華厳の滝なんかじゃないのかな」

柿沼は結婚リングのはまった細長い指で顎を撫でながら、段々にどこか重い口吻《くちぶり》になっている。

「それでお土産に羊羹を買っていらしたわけですか」

「よく気のつく人だから……」

「いつも決まったお店のものを……？」

柿沼は「いつもの羊羹」といったのだ。

「そうね」と柿沼は苦笑して、

「日光でもとくに老舗で、そこでしか買えないというのがあるんですよ。いつかぼくが好きだといったら、溝口君はちゃんと憶えていて、日光へ行くたびに必ず買ってきてくれたんですよ。――いやあ、事件のあと、担当のMRが替わっちゃってね、ちょっと寂しくなりましたよ」

その声にはある種の真実味がこもっていた。

タマミは「琴屋」という老舗の名を聞いてメモした。

「あのね、先生」

柿沼がその手許を覗きこむようにしていった。

「彼があの日日光に行ったという話は、なるべくならあんまり表沙汰にしないであげて下さいよ」

「……?」

「だって、勉強会がキャンセルになっても、日曜からこっちへ来て泊まって、たぶんそれも出張旅費のうちに入ってるだろうからね。小さなことでも、彼が会社に対してマイナスになるようでは気の毒だと思ってね」

3

宇都宮からはJR日光線が通じている。

宇都宮の駅で、名物といわれる餃子を食べたタマミは、午後一時三十二分発の日光行に乗った。横並びのシートで四両連結、観光ムードはなく、通学通勤電車の感じだった。が、冬休みで、学生の姿も見えず、車内はガランとしている。残雪が少しずつ深くなってくる畑地の先で、山々はどんよりとした雲に隠されていた。

勉強会は二カ月か三カ月に一回開かれたと、事務長はいっていたが、溝口は月一、二回、日曜から出張していた。六月二十日も、彼は午後二時過ぎに宇都宮へ着いた。

同じ日に晴菜の事件が起き、そのあと溝口は柿沼に、自分が日光へ行ったことは知らないことにしてほしいと頼んだのではないだろうか。そこで柿沼は、事情を聴きに来た捜査員に、日曜の勉強会が延期になったことと、溝口が月曜朝九時前に病院へ来たことの、二つの事実だけを答えた。

溝口も警察で、二十日午後宇都宮に来てから、一人で映画を観たなど、供述調書にあるような話をした。捜査本部では、ホテルでの彼のアリバイと、その後の捜査の推移から、それ以上の追跡は不必要と判断したものと考えられる。

さっき柿沼は、「日光」とうっかり口を滑らせてしまったのではないか。なにぶん「もう半年も前のこと」なので、溝口に口止めされたことを失念していたのだろう……。

約四十分で日光に着いた。

日光へ来たのもこれが初めてだ。大学の友だちには、中学や高校の旅行で行ったという者も大勢いたが、タマミは高校まで郷里の鹿児島にいた。東京の大学へ入ってからも、バイトと勉強に追われて、ほとんど旅行する暇もなかった。

明治の洋館造りの白い駅舎の前でタクシーに乗った。「琴屋という羊羹のお店へ行ってもらえますか」と告げると、運転手は「はい、はい」と愛想よく答える。

「琴屋の羊羹は、そのお店でしか売ってないと聞いてきたんですけど」

「ええ、日光には羊羹や銘菓の店がたくさんあるんですが、琴屋さんは天明年間からの老舗でね。一日何本しか製造しないと、数まで決まっているそうですから」

車は日光街道のゆるい坂道を上っていく。タマミは宇都宮で案内書を買って、ザッと目を通してきた。路面に雪はないが、疎《まば》らに商店の並ぶ道路脇にはあちこちに白い山が築かれている。

「お客さん、観光ですか」

「ええ、まあ」

「まもなく東照宮や輪王寺《りんのうじ》のある山内《さんない》ですが、寄っていかれますか、それとも――」

「とりあえず琴屋さんへお願いします」

道路の先には杉や檜の大樹がみっしりと聳《そび》え立つ杜《もり》が近付いてくる。それが二社一寺のある「山内」だろう。杜の手前で大谷川にぶつかり、道路はT字に岐《わか》れる。

車は左へ曲がり、川に沿って広い国道を走る。

山内の付近をすぎても、道路沿いには苔むした石垣と、古木らしい高い樹林が続いた。商店や観光施設は姿を消し、〈中禅寺湖〉の行先を示した大型バスが走っている。年末もあと十日足らずで、観光客の少ない時期だと思われる。

「まだ先ですか」

タマミがなんとなく不安になって訊くと、「もうすぐですよ」と運転手は少し笑って答えた。

「場所も不便な店なんですが、それでかえって値打ちが出るのかもしれません」

右側にようやく店名を記した小さな標示板が見えた。タクシーは徐行して、その角を右折した。道幅は四、五メートルと狭くなり、緩《ゆる》やかなS字状の上りに変わった。

いくつかカーブを曲がった時、ブロンズの屋根と細かな格子戸をめぐらせた二階家が目に入った。庇《ひさし》の上に鈍く光る金文字の看板を掲げている。琴屋だった。〈創業天明×年〉〈山内御用達〉などの文字も認められた。

タマミを降ろしたタクシーは、バックで引き返していった。

店の一階には磨き抜かれたガラス戸が閉まり、店内に蛍光灯の青い光がこもっている。正面のガラスケースの中に整然と並んでいるのは、勿論細長い羊羹の箱だ。

店員らしい姿は見えない。が、タマミがガラス戸を開けて入ると、奥からカーディガンを着た主婦のような女性が姿を見せた。

「あの、この羊羹はこちらでだけしか買えないんでしょ」

タマミはまずもう一度確かめる。

「はい」と、相手はやわらかく頷く。

タマミはそれからガラスケースの上に名刺を出した。

「ちょっとある事件のことで調べている弁護士なんですが――」

「……？」

名刺の横に一枚の写真を置いた。

「お宅のお客さんで、この方がよく来られてますでしょ？」

溝口輝男の顔写真である。調査の成行きによっては彼の写真が必要になるかもしれない、が、裁判所で盗撮するのはどうも……という塔之木の意見で、タマミは百合ヶ丘のマンションのロビー付近で朝早くから待ち伏せして、溝口が出てきたところを盗み撮りしたのだ。最近のデジタルカメラは高性能なので、望遠レンズを使えばさほど近付かなくてもしっかり撮れた。

女性は名刺と2Lサイズの写真に、手を触れずに目を落としている。

「日光へ来るたびに必ずこちらの羊羹を買ってくると、本人がいわれてるんですよ」

タマミがくだけた調子で補足すると、相手もやっと少し肩の力を抜いたように、

「お越し下さったことがあるような気もしますけど」

「いつ頃だったかも憶えていらっしゃいますか」

「さあ、このところはしばらくお見えになりませんが……」

やはり顧客のことをある程度記憶しているのだ。

「いつもご夫婦連れでしょ」

軽く笑って尋ねると、相手も困ったように微笑した。

「そこまではちょっと気が付きませんでしたが」

「大抵は奥様がご一緒だったはずですが」

やや強引に踏みこんでみたが、「さあ」と、再び首を傾げる。

「何かお店の由来を聞かれたことなどはなかったですか」

「いいえ、別に」

丁寧に否定されると、もう質問に詰まってしまった。

「お宅は随分静かな場所におありですけど……お客さんはお馴染みの方が多いわけですか」

「お陰さまで。お寺さんのご用菓子にも使って頂いてますけど」

溝口は日光へ行くたびに琴屋の羊羹を柿沼に買ってきた。それにしても、ここは通りがかりにちょっと立ち寄るような場所ではない。溝口は事務長へのサービスにわざわざ足を運んでいたのだろうか？

溝口が度々日光へ来ていたことはわかったが、これ以上先へ進むすべが見当たらない……。

タマミは事務所へのお土産に羊羹を二本買った。包装してもらっている間、外の道路を見ていたが、ほとんど車の往来はない。

「この道は、先で行き止まりですか」

「ずっと山の中へ入れば小さな滝がありますが、途中にはお家と、旅館が一軒できています」

驚くほど重みのある羊羹の紙袋を提げて、タマミは坂道を先へ登ってみた。まだ午後三時前の時間帯だが、雪雲が垂れこめてくるような天候で、ショートブーツの指先が凍えるほど冷たい。

再びゆるく膨らんだカーブを曲がると、小さな野原がひらけ、その先に和風の建物が見えた。

近付くにつれて、タマミは何か胸がざわめくような気持を覚えた。白壁に黒の木組、艶のある灰色瓦の二階家は、小さいが一目で旅館とわかる。自然のままに繁る木々に包みこまれるような佇まいが、落着いた、そしてどこか秘密めいた雰囲気を演出していた。道路から石畳を少し下った先に長い暖簾が下がり、「滝つせ」と染め抜かれている。

暖簾を分けて入ったロビーは意外に明るいホテル風だった。

通りがかった和服の仲居に、タマミはまた名刺を出した。

「あの、弁護士の里村と申しますが、ちょっとお尋ねしたいことが——」

仲居は名刺を預かり、少し待つようにと断わった。

彼女が消えたドアから、やがて芥子色のシックなスーツを着た四十代くらいの女性が現れた。

「フロア主任の岡部ですが」と名乗り、ふっくらした丸顔を引き締めてタマミを見守る。

「ある事件のことで、少し調べているのですが——」

「では、あちらへどうぞ」

岡部はロビーの端の応接セットを指さした。向かいあうと、岡部も名刺を出した。

「実は、今私共が関わっていますある事件で、六月にこの方がこちらに泊まったかどうか、確認させて頂きたいのですが——」

タマミは気負った声を出していたかもしれなかった。ここでも溝口の写真を、岡部の前に置いた。彼女はすぐには見ようとしない。多少身構える感じでタマミを眺めた。

「弁護士の先生……?」

半信半疑にも聞こえる。

「はい。必要なら、事務所や弁護士会に問合せて頂いてもかまいませんが」

「……………」

「決してこちらにご迷惑をおかけすることはありません。ただ、宿泊を確認できればいいのですが」

岡部はとりあえずという仕草でやっと写真を手に取った。目を落とした彼女の白い顔を、タマミは祈るような眼差《まなざし》で見守っていた。

岡部はわずかに息をのむようにした。念入りにアイメイクした睫毛が二、三度瞬いた。同時に、大きな動悸の波がタマミの胸を横切った。

「この方は、何とおっしゃる方ですか」

岡部は感情を抑えた声で訊く。

「溝口輝男さんといわれます。今年、六月二十日日曜の夜、奥様と二人でこちらへ一泊されているはずですが」

「溝口さん……」

「もしかしたら、宿泊カードなどには別の氏名を書いているかもしれません」

岡部がそれをどう判断するか、相手に任せるほかはない。

「事件とおっしゃったのは、どんな……」

「具体的な内容はお話しできないんです。ただ、私共は溝口さんが、どういう名前で誰と泊まったか、などを詮索するつもりはありません。確かに溝口さんが当夜ここに宿泊したという、第三者の客観的な裏付けが得られればいいのです」

岡部はもう一度写真に目を落とし、短く息をついた。おそらく、溝口が泊まったのは一回だけではなかったのだ。琴屋と同じく、むしろ常客だったのではないか。だからこそ、いつもロビーで沢山の客と接する主任が思わず反応したのではないだろうか？

タマミの心臓は苦しいほど動悸を打ち続けている。今にも切れそうなか細い糸を手繰《たぐ》り、ようやくここまで辿り着いたという必死な思いがあった。

再びタマミを見返した岡部の口許には、好意的とも感じられる微笑が浮かんでいた。最初の警戒的な表情は消えている。タマミは期待で胸を締めつけられた。

フロア主任はほほえんだまま口を開いた。

「お役に立てずに申し訳ありませんが、私共ではお客様のことはお話ししない決まりになっておりますので……」

4

二〇〇五年（平成十七年）三月八日午後一時――

「――記憶に反して虚偽のことを述べられると、偽証罪として処罰されることがあります」

谷川裁判長が証言席の八十川涼子に、例の軽い乗りの口調で告げる。

「だから、記憶のまま証言して下さい」

グリーン系のジャケットの背筋を伸ばして立つ涼子は「はい」と深く頷いた。晴菜と同年の今年二十五歳の友人だが、濃いめの眉や引き締まった口許が年齢以上にしっかりした人柄を感じさせる。

「では、証人は腰掛けていいです」

入れ替わりに布施昭子検事が立ち上がる。巨《おお》きな身体を今日もブルーのテーラードスーツに包んでいる。豊かな胸とお腹を抑えこむようにボタンを留め、細い襟が心持ち引きつっていた。

さあ、いよいよ戦闘開始だ。タマミは緊張と高揚感に湧き立つような気持で息をこらす。

「民事とちがって、刑事裁判には勝ちも負けもないんだ。事実を明らかにすることが目的なんだから」と塔之木はいつもいうが、タマミはまだ実感としてそれが理解できない。どちらの主張が通るか、やはり勝負の意識が先立つ。ことに今日の第三回公判は、最初の大事な山場だ。

「そこでもし、溝口夫婦には重大な問題もなく、家庭はきわめて円満で幸福だったという心証が形成されてしまえば、この裁判はもうほとんどこちらに成算はないね」とまで塔之木はいっていた……。

「証人と被害者とはいつからの知り合いでしたか」

検事の主尋問が始まった。

「三島の高校で同級生でした」

「高校を卒業してからも付合っていましたか」

「はい、大学の時も、結婚しても、ずっと……」

「悩みや相談ごとなど、何でも打ち明けあう親友でしたか」

「はい、そうだったと思います」

涼子は物怖《ものお》じしない態度で答える。

「事件の前は、晴菜さんにいつ会いましたか」

「一昨年の十一月に」

二〇〇五年が明けて、桂山湖事件は昨年六月のことになっている。

「それが被害者と会った最後だったのですか」

「はい……」

主に涼子の妊娠が理由で、しばらく会わないうちに事件が起きてしまったと、彼女は時々声を詰らせながら話した。

「でも、電話やメールは途切れずに続いてたんです」

「最後に会った時、晴菜さんはどんな様子でしたか」

「元気で、幸福そうに見えました」

「家庭の様子などはどうでしたか」

「家庭も円満だったと思います」

「具体的には、晴菜さんのどんな話からそう思ったのですか」

「輝男さんとは仲良くやっているとか、お休みの日には二人でよく出掛けるとか……」

「なるほど、あなたはそういう話を聞いて、晴菜さん夫婦は円満な状態だと感じたわけですね」

「はい、そうです」

布施は満足の表情で頷いた。尋問の種にされている溝口輝男は、今は外の廊下か控室で待機しているのではないか。同じ日に予定されている証人は、口裏合わせなどを防止するため、別の証人の尋問を聞かないことになっている。初公判に比べれば傍聴席は大分すいていたが、それでも半分は埋まっているだろう。一月二十五日に開かれた第二回公判よりは、ずっと人が入っている。

前回は検察側証人として、甲府の大学病院の法医学教授が出廷した。湖中から引き揚げられた晴菜の遺体を解剖し、鑑定書を提出した医師である。

証人尋問の焦点は、晴菜の左頸部の傷が、殺意をもって刺したものか、揉みあった拍子に偶然刺さったものか、どちらと判断されるかに集中していた。五十代半ばの鑑定医は、場慣れした態度で淡々と語った。

「もし揉みあった事実があれば、ふつう死体の腕などに鬱血や、手首に圧迫痕などが残るものですが、この死体は約四日間水中に置かれていたため、着衣から露出した部分の痕跡は不明瞭になっていました。

つぎに殺意をもって刺したり切りつけた場合は、左右にある頸動脈のどちらかを狙って前から横へ、あるいは気管を狙って真正面から、深く傷つけます。このような所見では、殺意が認められることが多い。一方、偶然刺さった場合は、まったく危険でない部位とか、危険なところでも、傷が浅いことがふつうです——」

では晴菜のケースはどうかといえば、傷は左頸動脈の上だから、危険な部位ではあったが、傷そのものは六ミリでさほど深くはない。そのため頸動脈には達せず、上にある前頸静脈と横の気管を傷つけ、静脈血が気管へ流れこんだ血液吸引窒息死と認められた。

「従って、被告人は、殺意をもって被害者の左頸部を狙って刺したものの、傷が浅かったのでそういう結果になったか、あるいは、揉みあった拍子に偶然ナイフの先が左頸部に突き刺さったのか、死体の状態だけではどちらとも断定できません」

鑑定結果も決定的な証拠とはなりえないとわかり、公判廷での証人尋問はいよいよ重みを増した——。

「証人は晴菜さんと会わなかった間も、電話やメールのやりとりはしていたといわれました」

「はい」

「では、晴菜さんが、一昨年十二月頃から被告人とメールのやりとりを始めていたことは知っていましたか」

「いいえ、とくに誰とは……」

「新しい特定のメル友ができたことは知っていたのですね」

「はい」

「どうしてわかったのですか」

「昨年のハコからのメールで……」

「どんな男性と、どういう付き合いをしていたか、聞いていましたか」

「いえ、それほど具体的には。でも、楽しそうなメールが四月初め頃まで時々来ていました」

「その後はどうでしたか」

「全体にメールの数が減って、メル友の話もあんまり出てこなくなりました」

「四月後半からですね」と、布施は納得したように反復した。メールの削除が始まった時期と一致している。

「それはなぜだと思いましたか」

「メル友との付合いはうまくいってないのか、それとも、妊娠した私がもうメル友のことなど興味を失くしたと思ったのかも……私のメールがハコにそんな感じを与えてしまったのなら、とても悪かったと思っています。会えば喋ってくれたのかもしれませんけど」

最後は少し涙声になった。

「晴菜さんは、一昨年の夏から秋に、三十代のフリーライターの男性と親しくメール交換をしていて、一時パケット料が嵩《かさ》んだと考えられるのですが、そのことは知っていましたか」

「はい。一通り聞いていました」

「その男性と実際に会ったという話は聞きましたか」

「短いドライブや、お食事くらいは」

「どちらから誘って会ったのでしょうか」

「勿論、男性のほうからだったと聞きました」

布施はまた深く頷く。証人とは打合せずみだろうが、晴菜があくまで受身の姿勢だったことを強調しておきたいのだ。

「あなたは晴菜さんがその男性と、深い関係にあると思ったことがありましたか」

涼子は驚いたように検事を見返し、「いいえ」と強く答えた。

「そんなことは感じませんでした」

「なぜでしょうか」

「だって、ハコのメールにそんな気配は全然なかったですし、それにハコは何より家庭を大事にしていました。きちんとした人柄からも、そんなことはとても考えられませんでした」

「では、今回の被告人との付合いはどんなものだったと思いますか」

「異議あり！」

タマミの横で、塔之木の声が鋭く響いた。

「検察官は証人の意見を求めています」

事実や経験に基づく認識ではなく、意見を訊くことは原則として禁じられている。

谷川裁判長は、鼻の先の小さな眼鏡を押し上げてからいった。

「検察官は質問を変えて下さい」

布施は肩凝りをほぐすような運動をしてから口を開いた。

「晴菜さんが被告人とは、家族には秘密のピンクの携帯で、メールをしていたことを、あなたはご存知でしたか」

「いいえ、そのことは事件のあと、甲府地検へ参考人で喚ばれた時、検事さんから聞きました」

「どう感じましたか」

「最初は驚きましたが、やっぱりハコにはメールが大きな楽しみで、でもご主人に迷惑をかけないようにと、別の携帯を買ったんだろうと思いました」

「今回のメル友は、秘密の携帯を使ったくらいだから、それまでより深い付合いではなかったかとは考えませんでしたか」

「いいえ」と、依然涼子は強く否定する。

「新しい携帯は、パケット料の都合で買ったものとしか考えませんでした」

「桂山湖事件発生の昨年六月二十日午後一時三十四分に、あなたの携帯に晴菜さんからメールが入りましたね。これからメル友に会いに行くと。それを見てどう感じましたか」

「最初はただ、楽しそうでいいなって感じました。でも、だんだん、どこか不自然なような、不審感というか……」

「どういう不審感でしょうか」

「昨年四月後半頃から、私へのメールにはあんまりメル友の話は出てこなかったのに、急にこれから会いに行くなんて、ハコは何か予感みたいな、不安な気持とか、私にいっておきたいことがあったんじゃないかと。こんな事件が起きたあとでは、余計にいろいろ考えるようになりました」

「いろいろというと?」

「たとえば、今度のメル友とはやはりうまくいってなくて、もうお終《しま》いにするつもりで、そんな決心で会いに行くところだったんじゃないかとか……」

「なるほど」

布施はその答えの重大性を印象付けるように、いっとき沈黙していた。

「最後にもう一つお尋ねします。晴菜さんの好みの男性というのは、どんなタイプでしたか」

「さあ……」

「俳優やタレントから想像すればどんな人でしょう?」

「そうですねえ、ハコの好みだと……やっぱりすらっと背が高くて、知的な印象の……あ、いえ、そんなに背は高くなくても――」

涼子は夫の溝口が小柄だったことを思い出したのか、慌てていい添えた。

「とにかく太った人はあんまり……」

「年齢層としてはどれくらいだったでしょうか」

「ハコは甘えたいほうだったから、少し齢《とし》上の頼れる人が理想……でも三十代半ばくらいが限界よねなんて、話しあったこともありました」

検事の理知的な顔に、珍しく笑いの影がかすめた。

「ちょっと後ろを向いて、被告人を見て下さい」

涼子はいわれるままに身体を回したが、斜め後ろに掛けている永沢を直視するのには抵抗があるようだ。今日の彼はやはり黒っぽいトレーナー姿だが、窶《やつ》れたとはいえ、もともとのゴロッとした肥満体形は収縮カラーでも隠しようがない。

「もし晴菜さんが、二十歳も齢上のああいうタイプの男性から強引な交際を求められたとしたら、晴菜さんはどのような反応をしたと思い──」

「異議あり！」

みなまでいわせず塔之木が遮った。

「検察官は仮定に基づいた意見を求めています」

布施も即座に反応した。

「ただ今の質問は撤回いたします。主尋問は以上です」

彼女は異議を承知の上で、裁判官たちに一つの想像を促すパフォーマンスをしたのかもしれなかった。谷川裁判長も苦笑を嚙み殺した顔で、

「弁護人、反対尋問をどうぞ」

塔之木が立ち上がる。

「あなたが、一昨年十一月に晴菜さんと会われた時──、晴菜さんは結婚後どれくらい経っていましたか」

「まもなく二年でした」

「その間に、ご主人との間がうまくいかないというような話を聞かれたことがありましたか」

塔之木の口調は穏やかだが、涼子が検事に対してより身構えている感じがわかる。

「いいえ」

「最後に会った時も、円満な様子だったのですね」

「私はそう思いました」

「それは、あなたから晴菜さんに尋ねた結果、晴菜さんが、仲良くやってるよとか答えたからそう思ったわけですね」

「まあ、そんなことだったかもしれませんが……」

「一般に、結婚して二年も経ち、ふだんメールのやりとりもしている友だちに、こと改めて、家庭は円満ですかと尋ねるものでしょうか」

「……？」

「あなたの心の中に、実は晴菜さん夫婦の間があまり良い状態ではないんじゃないかという心配があったから訊いたのではありませんか」

涼子は一瞬意表をつかれ、どこか悔しそうに唇を噛んだ。が、すぐさま懸命に否定した。

「いいえ、そんな心配をしたことはありません」

「一昨年、晴菜さんは三十代男性のメル友と何回か会っていたということですが、その男性と深い関係にあるとは思いませんでしたか」

「いいえ」

「どうしてですか」

「さっきも申しましたが、晴菜さんの人柄として、そんなことは考えられなかったからです」

「それだけですか」

「え……？」

「晴菜さんの親友であるあなたは、メル友との付合いの程度について、晴菜さんからもっと具体的なことばを聞いたことはなかったですか」

涼子はまたちょっと唇を嚙み、記憶を探るように一点を見つめている。タマミはそっと塔之木を見上げた。おそらく涼子は検事と打合わせした上、晴菜の立場を傷つけないためにも、優等生的な答えに終始している。そして塔之木は、涼子の負けず嫌いの気性を微妙に逆撫でするような問い方をしているのが感じられた。

涼子が無言でいる間に、塔之木はつぎの質問に移った。

「では、もう一つだけお尋ねします」

語気が微妙に鋭くなっている。

「あなたと晴菜さんとは、悩みや相談事などをなんでも打ち明けあう親友だったといわれましたね」

「はい」

「具体的にはどんな悩みを打ち明けられましたか」

「一昨年、パケット料のことでご主人に注意されたこととか……」

「ほかにはどうですか」

ここでも涼子は多少戸惑ったように見えた。

ますか」

「たとえばご主人にいえないような秘密でも、あなたには打ち明けたかもしれないと考えられますか」

「それはなんともわかりませんけど……そんなに重大な秘密は、ハコにはなかったと思います」

「ご主人やお母さんにも内緒の携帯で、被告人とメル友になっていたことはどうですか」

「……」

「それは重大な秘密ではなかったでしょうか」

「いえ、ですからハコは……結局ハコにはメールはただの遊びだったのですから……」

塔之木は涼子に犒《ねぎら》いをこめて頷き返してから裁判官を見た。

「反対尋問を終ります」

5

十五分の休廷後、溝口輝男が横のドアから入ってきて、証言席に立った。今年三十一歳の彼は百六十五センチ前後の身体に黒スーツを着け、黒っぽいネクタイを締めているのも、被害者の夫という立場を意識してのことだろう。髪はきっちり七三分け、小造りな顔に眼鏡をかけている。

裁判長が彼の氏名、住所を確認し、溝口が宣誓文を読みあげた。布施検事が再び主尋問に立つ。

「晴菜さんがメル友募集サイトの会員になって、ほかの会員とメールのやりとりをしていたことは、いつから知っていましたか」

「一昨年の夏くらいからだったと思います」

「どうして知ったのですか」

「いや、最初はサイトの会員になってもいいかしらと妻に相談され、暇つぶし程度ならいいだろうとぼくが許したのです」

溝口は多少鼻にかかった甲高い声で答える。口調は落ち着いているが、時々大きく眉を寄せたり、リラックスしようとしてか、上体を不自然に揺り動かすのがかえって神経質な印象を与える。

「メールの相手についても聞いていましたか」

「いや、ぼくも仕事が忙しかったので、そんなに詳しくは……」

「晴菜さんはメル友と直接会ったことがありましたか」

「フリーライターの人と、駅ビルでお茶を喫んだことくらいはあると」

溝口はことさらのような無表情で答え、正面の裁判官席の下あたりへ視線を据えている。

「相手の男性から、それ以上の付合いを求められることはなかったのでしょうか」

今度はふいに検事を見返し、声に力をこめた。

「たとえ求められたとしても、妻がまちがいを犯すことは絶対になかったと思います」

いずれにせよ、溝口はそれ以外の答えはしないだろうと、布施も割り切った顔で頷いた。

「一昨年十二月、晴菜さんはもう一つのピンク色の携帯を入手し、その後被告人とメールを始めたわけですが、それらのことはいつ知りましたか」

彼は一度顔を俯《うつむ》け、何かを飲みこむようにしてから口を開いた。

「義母が事件に遭った翌日、ぼく宛に宅配便が送られてきて、開けてみると、ピンクの携帯と、それを警察に届けてほしいという義母の手紙が入っていました。ぼくはその通りにしましたが、その後警察の人の話などで、段々に事情がわかってきたのだと思います」

「晴菜さんがあなたに隠れて、別の携帯を使っていたことを知り、どう感じましたか」

「やっぱり妻は……孤独な時間が多く、何か気を紛らすものが必要だったのだと思いました。ぼくが一時やかましくいいすぎたため、隠れてやることになり、質《たち》の悪い男につかまってしまった。みんな結果的になんですが、今では妻にすまないことをしたと心の中で謝っています」

「日野朔子さんから送られてきたピンクの携帯の中を見ましたか」

「ちょっと開けてみましたが、重大な証拠品だと直感しましたので、すぐやめて、そのまま警察へ届けました」

「メールの記録を一部削除しませんでしたか」

「いえ、何もしていません」

布施が少し間合いをとった。

「実は、晴菜さんが被告人とのメールだけに使用していたピンクの携帯には、何件か、送受信記録が削除された形跡が認められるのですが——」

「ぼくは絶対してませんよ」

溝口は追いかけるようにまたいった。

「では、誰が、どういうメールを削除したか、心当たりなどはありますか」

「心当たりといわれても……やっぱりそれは、妻が、とくに意味のないメールなどを削除したんじゃないですか」

「たとえば、晴菜さんが被告人との付合いの中で、不愉快な争いとか、思い出したくない経験があり、それにまつわるメールを削除したのかもしれないとも考えられますか」

「異議あり。証人の意見を求めるものです」

裁判長は塔之木の異議を認めた。

「検察官は質問を変えて下さい」

布施はサラリと話題を変えた。

「晴菜さんはあなたとの結婚生活に満足や幸福を感じていたと思いますか」

「勿論、ぼくはそう信じています」

「あなたはお仕事の出張が多かったようですが、晴菜さんがそれについて不満をいうことはありましたか」

「いいえ。彼女はもともと同じ会社にいて、ぼくの仕事は充分承知した上で結婚したんです。むしろいつも、大変だねといっては労ってくれていました。ぼくも仕事以外の時は可能な限り一緒に過ごすようにしていました」

「晴菜さんは、口に出して幸福だといっていましたか」

「たびたびいってました。これで赤ちゃんができたらいうことないね、と」

ふいに溝口は声を詰まらせて、掌で口を押さえた。

「現在被告人に対してどういう感情を持っていますか」

彼はしばらく唇を引き結んで、冷静を取り戻そうとしているかに見えた。呻《うめ》くような声で、

「妻を返してもらいたい。でも、そういっても自分が一層虚しくなるみたいで……心の中にポッカリ穴が開いたというか……憎しみとか恨みとか、とてもそんなことばではいい尽くせません」

それから顔を上げると、急に激しく眉根を寄せ、頰を引きつらせて声を高めた。

「妻はまだ二十四歳だったんです。子供ができることを楽しみにしていた。しかも妻の母まで無残な殺され方をしたんです。あんなに仲の良い母子《おやこ》だったのに！」

「では、被告人の処罰については何を望まれますか」

「最大限の処罰をお願いします」

「最大限とは、どういう意味ですか」

溝口は正面の裁判官席を見上げた。

「被告人は二人の命を奪ったのです。命をもって償いをさせて下さい」

悲痛な訴えが静まり返った廷内を冷んやりと覆い包むかのようだ。斜め後ろにいる永沢は、深々とうなだれて、凍ったように静止している。

少し経って、谷川裁判長は塔之木に向かい、

「弁護人、反対尋問をどうぞ」

その声のいつもと変わらない軽さが、タマミには奇妙な救いに感じられた。

塔之木が立つと、タマミはたちまちまた別の緊張で胸がヒリヒリした。昨年暮、初雪の後の宇都宮や日光の街並が瞼をよぎった。

「証人は、仕事以外の時は可能な限り晴菜さんと過ごしていたといわれましたね。本当ですか」

「勿論、その通りです」

「それにしては、弁護人が裁判所を通して武元製薬に照会した出張記録によると、日曜から出掛けられることも多かったようですね。月平均何回くらいありましたか」

「月に、一回か二回だったと思います」

今しがたまでの感情的な態度はすっと消えて、溝口は俄《にわ》かに用心深い口調で答えた。

「日曜から出張されたのはなぜですか」

「取引先の病院で勉強会などがあったからです」

「その病院は、宇都宮の聖明病院ですか」

「はい」

「勉強会は毎月一回か二回ではなく、実際は二、三カ月に一回じゃなかったですか」

「いや、まあ、聖明病院ではそうでしたが、ほかにもいろんな付合いごとがありました」

溝口はこちらもある程度調べていることに気付いたらしい。逆に切り返すように付け加えた。

「大体ぼくらのMRという職業は、取引先病院の関係者と、公私共に親しい間柄になっておくことが肝要なんです」

「昨年六月二十日日曜の事件当日についてお尋ねします。この日もあなたは出張のため、昼過ぎに家を出ておられますね」

「はい」

「どこへ出張されたんですか」

「最初は宇都宮です」

「宇都宮へは何時頃着かれましたか」

「東北新幹線で、午後二時過ぎだったと思います」

「やはり勉強会があったからですか」

「いや、その予定だったのが、少し前に聖明病院の事務長から電話があって、都合で延期になったと知らされました」

「それなのに、どうして日曜から宇都宮へ行かれたのですか」

「異議あり！」

今度は布施が大きな声で遮った。

「弁護人の質問には事件との関連性がありません」

「いや、証人と晴菜さんとの夫婦関係や家庭の状態を証明する事柄ですから、調書にもありますが、改めてお尋ねしています」

塔之木が裁判長に向かっていうと、谷川が、

「では、必要な範囲で続けて下さい」

塔之木はさっきの質問を繰り返し、溝口は、晴菜もその日友だちと会う約束をしているといったので、自分も予定通り出掛けたと答えた。

「仕事関係の資料を持参して、宇都宮のホテルでゆっくり読むつもりでした」

「ホテルには何時にチェックインされましたか」

「二時半頃でした」

「そのあとは、部屋でずっと資料を読んでおられたんですか」

「そのつもりだったのですが、まだ日が高かったので、ちょっと街を歩いてみようかという気になりました」

「なるほど。どこへ行かれましたか」

「それが、偶々《たまたま》以前から観たいと思っていた映画をやっていたので」

映画のタイトルや内容、六時頃映画館を出て、中華料理店でとった食事のメニューまで、塔之木は溝口に喋らせた。布施がまた異議を唱えようと腰を浮かせると、直前に切りあげてつぎの質問に移った。

ホテルへ戻ったのは、七時半。部屋で資料を読み、十二時半頃ベッドへ入った。翌二十一日月曜の朝は、ホテルで朝食をすませ、八時半にチェックアウト、九時前に聖明病院へ行ったこ

とも話させる。溝口はしだいに苛立ちを露《あらわ》にしていた。

「病院では誰に会いましたか」

「事務長です」

「事務長は何という人ですか」

「柿沼仁さんですが……」

塔之木はなんでもない調子で続ける。

「事務長さんにお土産を持って行かれましたね」

「え？」

「いつも持って行くでしょ？」

「………」

「この日も持って行かれましたよね」

塔之木は見ていたように訊く。溝口の顔に戸惑いの色がひろがり始める。

「それは……日頃お世話になっていますので、持って行ったかもしれません」

「琴屋の羊羹を持参したでしょう？」

ハッと息をのみ、溝口の表情がみるみる硬直した。眼鏡の奥の小さな目が三白眼のように見開かれている。

「琴屋はご存知ですね？」

彼は呆然としたまま首を傾げた。

「では、〈滝つせ〉という旅館はどうですか」

「……………」

「少し話が戻りますが――」

「……？」

「二十日午後二時二十分にあなたがバレンタインホテルにチェックインされた時――」

反対尋問で相手の話を崩したい時は、あちこち質問を飛ばして証言の矛盾を誘い出すのだと、彼はいっていた。

「外出する前にいったん部屋へ入られたんですか」

「いや……憶えていません」

「部屋へは入らず、荷物も置かずにすぐ出掛けられませんでしたか」

弁護側が裏を取っていることは明らかなので、布施はもう異議を挟まずに耳を傾けている。

「四、五日の出張なら、着替えなどいろいろ荷物があったでしょう？　どうしてそれを持ったまま外出されたんですか」

「よく思い出せませんが……」

「誰かと待ち合わせしていたからじゃありませんか」

「……………」

「バレンタインホテルにチェックインしたあと、あなたは一人で映画を観て中華料理を食べたのではなく、誰かと落ち合って日光へ行かれたんじゃないですか」

日光の地名がはじめて出ると、傍聴席でもざわめきが湧き起こった。

「さっきもお訊きしましたが、日光の滝つせという旅館はご存知ですか」

「いえ……」

溝口は塔之木の視線を避けて、呟き声で否定する。

「おかしいですね。宇都宮のバレンタインホテルには、チェックインとチェックアウトしただけで、六月二十日日曜、あなたは日光の滝つせに女性と一緒に泊まられたんじゃないですかねえ」

最後は下駄を預けるように問いかけたが、溝口は身体を固くして俯いてる。答える気配はない。すると塔之木は、

「反対尋問を終ります」

あっさりと腰を降ろした。

谷川裁判長はちょっと廷内を見渡してからいった。

「では、証人は傍聴席に戻って結構です」

溝口がいつも傍聴席にいるからか、あるいは傍聴席に足止めしておくようなニュアンスがかすかに感じられた。

溝口は上の空の様子で一礼し、仕切の柵の端を開けて入った。空いていた席に腰掛け、心配そうに柵の中を見ている。

そこで塔之木が再び立った。

「裁判長、日光・滝つせのフロア主任の証人尋問を請求します」

「立証主旨は何ですか」

「溝口輝男氏が平成十六年六月二十日、宇都宮市ではなく、日光に宿泊していた事実の証明です。弁護人は弁護士法上の照会手続きにより、旅館経営者から正式な回答を得ています。フロア主任の証言によってここで事実を明らかにし、ひいては被害者の家庭が必ずしも円満とはいえなかったことを証明したいと考えます」

タマミが滝つせで食い下がった時、岡部主任はとうとう答えてくれなかった。追跡のか細い糸はとうとう切れてしまったかに思われた。

タマミは落胆して東京へ帰ってきたが、塔之木が最後の手段を試みた。

弁護士法に基づく照会書面を旅館経営者に送付したところ、幸い回答を得ることができた。溝口は昨年六月二十日と、それ以前にも滝つせに宿泊したことと、同宿者がいた事実が判明したのだ。

「検察官のご意見はいかがですか」と谷川。

布施検事もさすがに戸惑っている様子だったが、とりあえずのように答えた。

「不必要と思料いたします」

「検察官は日光について、何か証拠をお持ちですか」

「いえ、それはありませんが」

谷川裁判長は顳顬《こめかみ》に指を当ててしばらく思案していたが、布施と塔之木を交互に見ながら、

「それでは、いきなり証人尋問ではなく、検察官が捜査官に指示して、補充捜査をされてはどうですかね」

公判のスケジュールなどを考慮した上で、裁判長からの提案のようだった。

布施はすぐには答えなかったが、塔之木は自信のある表情で頷き返した。

「警察で調べて頂けるなら、それで結構です。客観的事実を明らかにして頂いて、こちらはその調書を見た上で、さらに証人尋問が必要かどうか、検討したいと思います」

その時、蒼ざめた顔で成行きを見守っていた溝口が、急に立って、柵のそばまで出てきた。左側に寄って、「検事さん」と小さな声で呼んだ。

布施検事がそちらへ歩み寄ると、彼はその耳許に何か囁いている。

やがて検事席まで戻ってきた彼女は、一度溜め息をつき、憮然としたような、辟易《へきえき》したような、なんとも複雑な面持でいった。

「裁判長、溝口輝男さんの再度の証人尋問を請求いたします」

「……?」

「証人はこれ以上また警察や検察官の手を煩わせるには忍びないので、この場で事実をありのまま証言することを希望しておられます」

(やった!)

タマミは思わずパッと自分の顔が輝くのを感じて、慌てて下を向いた。

第十三章　面　影

1

公判は予定より大分遅れて三時四十分に終った。塔之木に従《つ》いて法廷を出ながら、タマミはまだ快い胸の高鳴りを静めることができない。

傍聴人に混じってエレベーターを降りると、

「ぼくはこれから弁護士会館へ寄って行くけど」

塔之木が振り向いていった。腕時計を見ながら、「待たせちゃったな」

横浜地裁の裏手には横浜弁護士会のビルがあり、今日は法廷のあと、そこで人と会う約束だといっていた。

「タマちゃんは……?」

「たぶん来てると思いますから、ちょっと会って、電車で帰ります」

主語を省いた答えでも通じる。

「うん、じゃあ、お疲れさん」

彼は時たま瞬時に見せるこの上なく優しい犒いの笑顔をタマミに向けると、裏口のほうへ人混みを分けて立ち去っていく。大理石の広やかなロビーを表玄関へ向かう人々の間に視線を泳がせていたタマミは、あっと思って軽くその目を瞠《みは》った。

（あの人、今日も来てたんだ……）

かなりの長身で、彫りの深い容貌が知的な魅力を感じさせる六十歳前後のその男性は、初公判と第二回にも傍聴席に姿を見せていた。どちらかといえば検事に近い左寄りの後方に掛け、時々メモを取ったりもしていたから、朔子や晴菜の縁者だろうかと、タマミは見当をつけていた。

がっしりした上体に黒のブルゾンを着た彼の後姿と入れちがいに、こちらへ来る永沢彰の顔が視野に入った。彼も背は高いがかなりの痩せ型で、ブルーのウィンドブレーカーに洗い晒しのジーンズはもう見慣れたスタイルだ。タマミは軽く手をあげて近付いた。

「待ったでしょ？」

「いえ……」

彰は例によって、心持ち受け唇《ぐち》の口許を含羞《はにか》むようにほころばせた。彰は初公判から傍聴を希望していたが、永沢がどうしても承知しなかった。仕方なく、タマミが公判のあと、電話で彰に模様を知らせてあげる約束をしたが、電話では限度があるので、第二回からは終る頃合いに彼が裁判所まで来て、直接話を聞くようになった。

「とにかく外へ出ましょうか」

タマミのことばで彰は肩を回した。万一にもマスコミに摑まりたくない。

横浜地方裁判所は地上十三階、明るいベージュ色の高層ビルで、フロント部分には戦前の地裁を復元して茶色いスクラッチタイルの低層棟を配置した美しい建物である。夕暮れにはまだ少し間があり、淡いブルーの空にはうっすら霞がかかっている。風も案外寒くなかった。

二人は〈みなと大通り〉を海の方向へ歩き出した。斜め向かいの時計台と赤レンガの開港記念館には来るたびに目を惹かれる。横浜港の大桟橋にほど近いこの一帯では、ブロンズや石造りの歴史のある建物が散在して、この前彰が来た時にも少し辺りを散歩したものだった。

「試験の発表は……もうあった？」

タマミはちょっと遠慮がちに尋ねた。国公立大の前期の試験は二月下旬に行われ、彰は金沢の国立大を受験していた。合格発表は三月十日前後のように聞いていたが、その結果次第で今の彼の心理状態も大ちがいなのだと思うと、まずそれを確かめずにはいられない。

「まだ、あさってです。三月十日だから」

それで合格すればいいが、もし落ちれば後期の試験が三月中旬にあるはずで、後期は多分秋田の大学を出願していた。昨年受験の話をした折、首都圏から離れて地方へ行きたいと彰がいっていたことがタマミの心に残っている。

「じゃあ、今はとにかくまだ勉強してるわけだ」

タマミはわざと軽くいって、彰が提げている布製のバッグを覗きこんだ。案の定、参考書らしいものが三冊ほど入っている。冗談でなく、彼にとっては三十分でも時間が惜しいのかもしれない。

「公判が長引きそうなこと、携帯で知らせてあげればよかったわね」

そうすれば、早くから人の多い裁判所へ来て待たなくてもよかったのだ。

「これから休憩の間に大体の時間を知らせてあげる」

彰は黙って歩き続けていたが、やがて心持ちいいにくそうに答えた。

「ぼく、携帯持ってないんです」

「え？　いつから？」

まさか警察が彰の携帯まで押収することはないと思うが——？

「高校に入った時、すぐ買ってもらって、一年の時は持ってたんですけど」

「ええ」

「つい友だちとメールに夢中になったり、夜中に誘われて遊びに行って、暴走族とまちがわれて補導されたこととなんかあって……」

「……」

「成績も落ちたので、お父さんに携帯を取りあげられたんです。受験が終るまでの約束で」

「じゃあ、二年からは……？」

「どうしても必要な時は、お父さんのプライベートな携帯を借りてたんですけど、今はみんな警察に持っていかれちゃったし」

それにしても、今時都会で携帯を持たない高校生など数えるほどしかいないだろう。

「お父さん、厳しいのねえ」

それだけ彰への期待が大きかったということか。港北署で最初に永沢に接見した時、彼は

「お父さんを信じて、学校へ行きなさい」と彰への伝言をタマミに頼んだ。彰も父親の気持を感じ取って、携帯なしの生活を続けていたわけなのか。

父親は彰にとって、そのくらい絶対的な存在だったと想像することもできる。

それに比べて、父親は何をしていたのか！

「でも、そのうち買おうと思っています」

まるで彰がタマミの心理を宥《なだ》めるようにいった。

「友だちから受験情報を教えてもらったりするのに便利だから」

横浜税関のレトロなビルの角を曲がると、海岸通りへ出る。古い倉庫と、日除けの下にテーブルとゼラニュームの鉢など並べたどこかうら寂しいカフェが混じり、やがて左手に大桟橋が見えた。両側に白い巨きな客船が停泊している。船体と赤いマストが、早春の西陽を暖かそうに浴びていた。

「時間、まだいい？」

彰も船のほうを見たまま頷いた。二人はまた歩き続けて、大桟橋の上に出た。板張りの床を靴の踵で踏む音が快い。

突端まで行くと、ベイブリッジが間近に見え、桟橋の中央部はこんもりとした芝生だった。

二人は芝生の上に腰をおろした。あちこちに点々と男女の二人連れが寝そべったりしているので、タマミはちょっと面映ゆいが、いかにもそうしたくなるほど、太陽の温もりを含んだ芝生の上は心地よかった。

滑らかにたゆたう港内の海面と、それを隔てた「みなとみらい」のビル群や観覧車の風景を、二人はしばらく黙って眺めていた。

それから、もっとほかの、なんでもない話をしてみたいなとタマミは感じながら、でも、さっき終ったばかりの第三回公判の模様を彰に語り始めた。彰のほうでは、少しでも早く父親の様子や裁判の成り行きを知りたいにちがいないのだから。

溝口輝男への塔之木の反対尋問の件《くだり》にかかると、タマミの口調もついまた興奮ぎみになった。

「もし溝口さんがそのままシラを切り通してたら、警察官がわざわざ日光まで行って、彼が当日女の人と二人で泊まった旅館を確認して、その上また旅館の人を法廷で証人尋問するかもしれない。溝口さんには恥の上塗りみたいなことになるわけよ。それでさすがにたまりかねて、彼が傍聴席から立ってきて――」

検事は溝口当人の再度の証人尋問を申請した。証言席へ戻ってきた溝口に対して、谷川裁判長が、

「虚偽のことを述べると、偽証罪として処罰されることがあります」

さっき告げたことをもう一回繰返した。溝口は神妙に頭を下げた。実際、彼はすでに偽証罪を犯してしまっていたわけだ。日光へ行っていた日に宇都宮にいたと証言したのだから。偽証罪の刑罰は三月以上十年以下の懲役となかなか重いが、同じ裁判中に自白した場合には刑が軽減や免除されるという条文もあった。

布施検事の尋問は細部にわたって厳しかった。検察側に有利か不利かに拘らず、容赦なく事

実を明らかにしようとする姿勢が感じられた。溝口も観念した様子で、問われるまま、おとなしく答えた。

それによれば、彼は事件の約一年前から宇都宮の私立病院の看護師で二十九歳の女性と深い仲になり、十六年二月頃からはほぼ一ヵ月に一回、彼の出張に合わせて日光へ一泊旅行していた。

昨年六月二十日も、聖明病院の勉強会がキャンセルになったため、その日に旅行することに決めた。溝口が午後二時十二分着の東北新幹線で宇都宮へ来て、二時二十分頃バレンタインホテルにチェックイン。鞄を持ったまま駅へ引き返し、二時三十分発の日光線の電車内で女性と落ち合った。日光の「滝つせ」には三時半頃着いた。荷物を預けて、夕方まで中禅寺湖付近で過ごし、五時に旅館へ入った。「滝つせ」に宿泊したのは三回目だった。

翌二十一日月曜は、七時半に旅館を出て、宇都宮駅で女性と別れ、八時半にバレンタインホテルをチェックアウトした。同ホテルではレセプションで宿泊手続きをしただけだった。

「日光へ行ったことには特別の意味があったのか」という質問には、

「近いし、宇都宮ではいつ誰に見られるかわからなかったので」と答えた。

二十一日月曜以後は、予定通り宇都宮から高崎、前橋などの病院を訪問し、二十三日水曜の午後二時頃、池袋の会社へ帰った。

「妻が行方不明とわかったのはその晩からなんですが、ぼくが妻に隠れて旅行していた日に、妻が事件に遭ったことをあとで知り、自分は一生許してもらえないという責苦に苛《さいな》まれていました」

塔之木が反対尋問した。

「証人と看護師の女性との関係を、晴菜さんは気付いていたでしょうか」

溝口は、否定したいのだが、もう嘘をつく勇気がないといった顔つきに見えた。

「直接問い糾されたことはなかったですが……」

「遠回しに訊かれたことはあったわけですか」

「うーん……」

「疑っているような気配は感じられたのですね」

「……」

「お答えがないようですが――」

塔之木は、証人が答えられずにいることを強調するためにいった。さらに待ってから、

「では結構です」

そのあとは、次回の期日と予定を確認して、閉廷になった――。


「そんなわけで、晴菜さんたちの家庭が必ずしも円満とはいえなかったことは、充分証明されたと思う。裁判はうまくいってるから心配しないで……」

彰をなるべく早く帰そうと思っていたのだが、気が付くともう五時近かった。港内のライトが輝き始めている。タマミはコートの裾を払いながら、

「おばあちゃんは、お変わりない？」

「いやあ、なんかこの頃すっかり無気力になっちゃったみたいで……」

「あら、それじゃあ、家のことは……？」

「……」

「ご飯なんかも、あなたが作るの？」

彰はまるで大切な秘密を明かすようにいった。

「昨日から、お母さんが来てるから」

「あ、名古屋からね！」

昨年秋、一緒に大月署まで行った時も、彰の母、つまり永沢の別れた妻、真砂子が来ていて、差入れの衣類などを揃えてくれたと彰が話していた。

「あなたの試験で……？」

「さあ、前から三月七日には毎年姉のお墓参りに来てたらしいんです」

「……？」

「亡くなった姉の誕生日なんです」

もともと姉がいたが、中学の時、事故で亡くなったと、それも彰からちょっと聞いた。永沢が離婚したのはその二、三年後だったのではないか。

「お誕生日にもお墓参りを……？」

「八月の命日だけではつらすぎるとかって……それと、お姉ちゃんがいた頃、誕生日と雛祭りを一緒にして、友だちなんか招《よ》んで賑やかにしてたのを、ぼくも憶えてるんです」

「思い出がおありになるのね。——確か、お姉ちゃんは水の事故だったとか?」

「夏休みに、お母さんが姉を連れて実家へ帰って、二人で近くの川へ行った時に……」

「中二でしたよね」

「ええ、十三歳でした」

姉は碧《みどり》といい、事故の時、彰は十歳だったという。

「姉は早生まれで、ぼくは小学三年の時小児結核で一年休学したから、学年は五つちがってたんですけど」

「あなたの誕生日はいつ?」

「五月十一日です」

「じゃあ、今年の五月で二十歳になるわけか」

タマミは軽くいったが、彰はどこか気重そうに眉を寄せた。碧の死からは、今年の夏で丸十年になるのかと、タマミは彰の年齢からなんとなく考えた。生きていれば、今年は二十四歳。

その年齢は何かを連想させた。

そう、被害者の晴菜は昨年の事件当時二十四歳だった。もっとも彼女は、メル友募集サイトでは二十二歳と自称していた。それを見て、永沢は〈ハコ〉にサイト上でアクセスした。その時は二十二歳と信じていたのかもしれない。

昨年は、もし生きていれば碧は三月七日に二十二歳になった——。

タマミはどこか緊張を覚え始めた。息をこらし、無意識に彰の顔を凝視していたらしい。彰が落ち着かない瞬きをして、視線を逸してしまった。

タマミが立ち上がると、彰もそれに倣った。

「お母さんは、いつまでこちらにいらっしゃる予定？」

「さあ、でも、どうしてですか」

「あの……できたら、ちょっとお母さんに会わせて頂けないかしら？」

2

四月二十一日午前十時から開廷した第四回公判は、当初の予定とは大分ちがった。弁護側が期日外に新たに二人の証人を申請したのだ。何よりタマミにとって最大の予定外は、最初の証人にはタマミが尋問するよう、塔之木に勧められたことだ。

「君が自分で見つけて、依頼した人なんだ。タマちゃんの記念すべきデビューにふさわしい機会じゃないか」

前回公判のあと、三月十日の午前中に、タマミは相模原の永沢の家を訪れた。その家は、彼が逮捕された翌日、一度訪ねていた。マスコミの包囲を強行突破して、やっと彰に入れてもらった室内は、そこに住む人々の心を痛々しく晒け出すように散らかっていた。

でも、十日に請《しょう》じ入れられた時は、同じ部屋とは思われないくらい清潔に片付いて、ガラス甕に挿されたフリージヤが優しい香りを漂わせていた。

静かな家の中で、タマミは真砂子と二人で向かいあった。沖真砂子は今年四十三歳、色白の澄んだ肌をして、目鼻立ちのはっきりした、どことなく垢抜けした雰囲気の女性だった。

真砂子はタマミが彰のことまで気にかけていることに、最初に礼をのべた。それでタマミも気になっていたことを思い切って尋ねた。永沢が逮捕されて以後、この家の生活費などはどうなっているのだろうか？

「永沢の事務所は、幸い法人の優良顧客を多く持っていたのと、長年のパートナーのような社員さんが今は代表者になって、永沢には役員報酬を払って下さってますので、とりあえずはなんとか……」

それから真砂子は、碧の事故死のいきさつや、その後離婚に至るまでの経緯を、問われるまま語ってくれた。言葉数は多くないが、要を得て、淡々とした話しぶりだった。証人にふさわしいと思って、タマミは頼んだ。

「永沢さんが今回のようなことになった原因を、検察側はただ身勝手な欲望としか見ていないかもしれませんが、私たちは、ほかにも事情があったにちがいないと考えているのです。それをはっきりさせて、裁判官に永沢さんの責任を正当に判断してもらいたいのです。そのために、法廷で事実をお話しして下さいませんか」――。

今、証言席に掛けた真砂子は、ほっそりとした身体に黒のアンサンブル、襟元に若草色のスカーフをわずかに覗かせている。名古屋にある小さなアパレルメーカーでデザイナーと営業の間を繋ぐような仕事をしていると先日話していた。タマミのほうは、塔之木の横で立ち上り、少し膝が震えている。喉が詰まったみたいで、思うように声が出しにくい。

「あの、証人は、いつ、何歳の時、被告人と結婚したのですか」

「昭和五十七年、二十歳の時です」

「それであの、結婚された年に、長女を出産なさったんですね」

タマミは質問のメモに目を落としながら訊く。念のため相手の答えまで想像して書いてあった。

真砂子は東京の美術短大在学中に二歳上の永沢悟と知り合い、二年の秋には妊娠していた。二人の卒業直前に結婚して碧を出産したと、彼女は何回かことばを切りながらも、落ち着いた声で答えた。

「被告人と離婚したのはいつでしょうか」

「平成十年の秋です」

「そうすると、十六年間結婚していらして、あなたが三十六歳で、今からだと、えっと……」

塔之木が大丈夫か、というふうにちょっとこちらを見た。タマミはやたらと全身が熱い。

「七年前です」

「離婚の理由を話して下さいますか」

真砂子には了解済みの質問だったが、やはり答えが出るまでに少し暇がかかった。彼女はしいて眸の焦点をぼやけさせるような表情でいった。

「私が、夫以外の男性と親密になったからです」

「それまでは、被告人との家庭は円満でしたか」

再び真砂子は黙りこんだ。短い吐息が洩れる。

「夫はどう考えていたかわかりませんが、ある出来事をきっかけにして、私には……針の筵《むしろ》のような毎日でした」

「それは、どうしてでしょうか」

「平成七年の八月、長女の碧が水の事故で亡くなりました。私と二人で、愛知県の実家の近くの川で水遊びをしていた時です。その川は、中二の碧が立てる程度で、それに碧は少しなら泳ぎができましたから、私は安心して見ていました。ところが偶々、私が幼馴染みの友だちに声をかけられて、しばらく話しこんでしまいました。気がついた時、碧の姿が見えなくなっていました……」

付近にいる大人がみんなで捜し、約二十分後に深みに沈んでいた碧が救出された。その場でできる限りの処置をして、救急車で病院へ運ばれたが、碧は意識を回復しないまま死亡した。真砂子は懸命に感情を抑えて、かすかに震える声で話していた。優しい受け唇《ぐち》の動き方は、やはり彰に似ていた。

「碧がなぜ深みにはまってしまったのかなど、詳しい事情はわかりませんでした。でも、そばにいた私の落ち度にはちがいありません……」

「碧さんが亡くなったことについて、被告人はどのような態度を示しましたか」

「それはもう、見ていられないほどの嘆きようで、この人まで駄目になってしまうのではないかと心配したほどでした」

とうとう語尾が乱れ、真砂子は俯いて、指先で目尻を拭った。永沢は最初から、ほとんど息をのむように真砂子を見守っていた。

「ある出来事とさっきいわれたのは、碧さんの水死事故のことですね」

「はい」

「それ以後、被告人とあなたとの夫婦関係はどんなふうに変わったのですか」

「事故の直後は、私もしばらく寝こんでいました。少しずつふつうの生活に戻るにつれて、夫はことあるごとに私につらく当たるように感じられました。お酒が入ると、あからさまに私を詰《なじ》ることもありました」

が、真砂子は、急にどこかひたむきな表情になって続けた。

「いえ、夫は、根は心の優しい人なのです。子供たちへの愛情も人一倍深いのだと思います。だから、碧を失った悲しみのやり場がなくて、つい私を責めてしまうのです。自分でも酷いことをしているとわかっていても、そうでもしなければいたたまれなかったのだと思います」

打ち合わせ外の証言だった。実際、永沢が母親の初音や彰のことでたえず心を痛めているのは、タマミにも折にふれ感じられた。家族への愛情は決して偽りではないだろう。

きっと彼は不器用な男なのだ。愛情や労りをさりげなく伝えることができない。感情をストレートに行動に移してしまう。見かけもギョロリとした強い目や厚い唇が、必要以上に威圧的な印象を人に与えやすい。

でもだからといって、自分の苦しみを一番弱い妻にぶつけるなんて、それは卑怯ってものだ！

「でも、だけど、証人は誰よりも自分で自分を責め続けていらしたのに、その上ご主人から非難されたら……あんまりですよね」

「いいえ、なんといわれても、私の不注意で取り返しのつかないことになったのですから」

「それにしても、よく我慢できましたよねえ」

「彰がいましたから……彰にまで悪い影響を与えてはいけないと思って……」

「ああ……その頃彰さんはお二人の様子をどんなふうに——」

と、塔之木が左手でトンと机を叩いた。

「もういいよ、そのへんは」

タマミはハッとして口を噤《つぐ》んだ。いつのまにか真砂子と二人で話しているような気分になってしまっていた。「裁判官に何を訴えるのか、それを常に押さえておくように」と、塔之木に散々注意されていたのに。

一瞬頭が真っ白になった。大体自分は何を尋問していたのだったか？　慌ててまたメモを見る。

「えっと……ああ、つまりそういう状態が、どれくらい続いたわけですか」

「二年ほど経つ頃から、私が体調を崩して……ひどい偏頭痛とか、朝起きられなくなったり……」

「ええ、それで……？」

大学病院の医師にストレスが原因と指摘された。同じ病院でカウンセリングを受けるうち、四歳下の独身カウンセラーと恋愛関係になった。

真砂子から離婚を求め、永沢は自分が彰を引き取ることを条件に承諾した。碧の死から三年後に離婚が成立し、その半年後にカウンセラーと再婚した。

そうした経緯を、タマミはなんとか順に真砂子の口から語ってもらった。

「二度目の結婚は現在も続いていますか」

「いいえ、二年で破綻しました。今は一人で働いて生活しています」

タマミはやっと一息ついて、塔之木の横顔へ視線を向けた。最後の質問に移っていいだろうか？

彼が軽く頷いたのを見て、タマミは深く息を吸いこんだ。

「平成七年八月の事故に話を戻しますが、その時碧さんは中学二年で十三歳でしたね」

「はい」

「すると、一昨年の平成十五年十二月の時点で、もし碧さんが生きていたとすれば、二十一歳になられていたわけですね」

「はい」

「被告人が、その頃から溝口晴菜さんとメールのやりとりを始めたことはご存知でしたか」

「いいえ」

「その時、晴菜さんは本当は二十四歳でしたが、メル友募集サイトには、〈ハコ〉というニックネームで、二十二歳と登録していました。そこで証人にお尋ねします――」

「……………」

「死んだ子の齢を数えても仕方がないといわれますが、被告人は、もし碧さんが生きていれば今いくつ、というような話をすることがありましたか」

「碧が亡くなって、私が一緒にいた間の三年ほどは、新年を迎えるたびに、今年でいくつになるというようなことをいっていたと思います。碧は三月七日が誕生日で、明けるとすぐ齢をとるものですから」

「年末でも同じように感じていたのではありませんか。来年は碧がいくつになると」

タマミは意気込んで続けた。

「被告人がサイト上の多数の女性の中から、晴菜さんを選んでメールを送ったのは、亡くなった碧さんと晴菜さんがほとんど同い齢だと思ったからとは考えられませんか」

「……………」

「もっといえば、被告人はいつまでも碧さんを忘れられず、亡き娘の面影を求めるように――」

自分のことばで胸が一杯になった。

「――せめて、同じ齢の女性と、メル友になるだけでもいいと願って……」

「異議あり!」

布施検事の声が容赦なく割りこんだ。

「弁護人はご自分の想像をいわれているように聞こえますが」

谷川裁判長も苦笑混じりにタマミを見た。

「もう、よろしいんじゃないですか」

例の軽い調子。塔之木も頷く。

「では、質問を変えますが……今申したようなことを、被告人の口からお聞きになったことはなかったですか」

真砂子はことばを選ぶようにしばらく黙っていた。

「私は、永沢がメル友とお付合いしていたことは全然知りませんでした。ただ、永沢は仕事も忙しいし、小まめなメールのやりとりなどは性に合わないはずなのです。それをしていたのは、やはりあの人が心のどこかで、碧への思いを重ねていたのかもしれないとは考えます」

期待通りの答えを聞いて、タマミは思わずありがとうと頭を下げた。

「では、そういう女性に対して、被告人が強引な関係とか、援助交際を求めたなどと考えられるでしょうか」

「異議あり。証人に意見を求めています」

「うん。弁護人は質問を変えてください」と裁判長。

タマミが塔之木を見ると、「もう終っていいよ」と彼が囁く。

「質問を撤回します。これで主尋問を終ります」

タマミは腰を降ろした。背中や腋の下にひどい汗をかいていた。ほてっていた身体が急速に寒くなり、震えそうで奥歯を嚙み合わせた。

3

もう一人の弁護側証人として、真田智一が横のドアから入ってくると、それまでとはどこか異質な空気がゆっくりと廷内にひろがった。今日も傍聴席には六、七割の人が入り、無論報道関係者も多数来ている。その中には事件後まもなく〈桂山湖メル友殺人〉の有力容疑者としてマスコミに登場した「三十五歳のフリーライター」を憶えている人も少なくないだろう。

全国紙のスクープからひと月余りして、新横浜のホテルで第二の事件が発生したあとでさえ、ワイドショーのリポーターがホテルの前に立って、現場から姿を消した男とフリーライターが同一人物か否か、捜査当局は特定を急いでいるなどと話していたものだ。

それからまた十一日後の九月十五日に、まったく突然の印象で永沢悟が逮捕されるまで、マスコミも世間の人たちも「彼」をほとんど犯人と思いこんでいた。実名こそ公表されなかったが、同じ業界ではそれが誰か、知れ渡っていたにちがいない。

そして永沢の逮捕後には、真田智一はむしろ進んでテレビや週刊誌のインタビューに応じ、無責任なマスコミの報道と警察の対応を非難した。

「ことに彼は捜査本部のやり方に憤慨していたね。スクープされたあとで彼のアリバイが成立し、容疑が消えてからも、本部ではそのことを歯切れよく公表しなかった。依然灰色の存在にしておくことで、捜査の邪魔をされず、本ボシの任同から逮捕にこぎつけることができた。真田は記者たちへの囮に利用されたようなものだったからね」

真田の警察や検察への反感を見越して、弁護側証人に依頼したのは塔之木だった。

真田はボタンダウンの薄茶色のシャツの上に同系色のコーデュロイのジャケットというラフな身なりで証言席に立っている。前髪を額に垂らし、メタルフレームの眼鏡の奥の眸は鋭く、どこかシニカルな光を帯びて見える。マスコミの世界で生きる者特有の、ちょっと気障《きざ》な雰囲気も感じさせた。

尋問に立った塔之木は、まず彼の職歴を尋ねた。

大学卒業後、テレビの制作会社に入社、約五年間勤めて退社し、その後はドラマのシナリオや、最近では事件や風俗関係のノンフィクションを雑誌に寄稿し、本も二冊出していると、彼は快さそうなリズムで話した。

「溝口晴菜さんとは、どういう経緯で知り合われたのですか」

塔之木はすぐ核心に入った。

「ポータルサイトを通じてのメル友の世界には、以前から職業的興味を持ってはいたんです。そこへ平成十五年の初め頃、週刊誌の連載企画を持ちこまれて、じゃあとにかく実体験してみようかと、大手の一つであるハーティネットの会員になったわけです……」

メル友募集サイト・ハーティフレンズに載っていた女性の自己紹介を物色し、適当な相手ニ十人にポケメールを送った。誰からも返信が来ないと、同じポケメールをまた別の二十人に送る。それを繰り返すうち、二、三人から返信メールが届き、中では〈ハミ〉がいちばん好みの気がした。

「やがて、メールアドレスを教え合って、直メールを交換する段階にこぎつけたんですよ」

一昨年のその頃には、晴菜はまだシルバーの携帯しか持たず、ハーティフレンズに登録したニックネームは〈ハミ〉だった。

「メールアドレスを知りたいと、最初にいい出したのはどちらですか」

「勿論ぼくです」

「では、直メールの交換を始めてから、どれくらいの期間で、直接晴菜さんと会われたんですか」

「二、三週間でしたかね」

「随分早いんですね」

塔之木が思わず実感をこめていった。

「いやあ、毎日メールを送り続けた上でのことですよ。もっとも最近の統計によれば、女性のほうでも平均約十回やりとりしたら、そろそろ会ってもいいという気になるそうですがね」

「会おうと望んだのは、どちらからでしたか」

「それもぼくからです。とにかくこの世界では、女性は待ちのスタンス、男が仕掛けていく。そのやり方も目的によってさまざまなわけで——」

「失礼ですが、援助交際をしようというお考えはなかったですか」

「いや」と、真田は気を悪くしたふうでもなく軽く首を振った。

「最初からその目的の男は、何週間も待たずにすぐ会いたがるんですよ。女のほうでも、そのつもりなら気軽に応じる。この場合、年齢差なんて問題じゃないですからね。会ってみて、条件が合えばお互いにOKってわけです。ダメならさっさと別れる。そしてまたつぎの相手を探す。しかしまあ、その一方で、心の触れ合いとか、自然な自由恋愛のイメージを求めてメル友をつくるグループもいるんですよ。そういう人たちはやっぱり時間をかけて——」

饒舌に割りこみかける塔之木より一瞬早く、真田はことばを継いだ。

「以前は対極にあったような二種類のグループが、近頃では区別があいまいになって、最初は恋愛のつもりが、愛人契約や援交に変わってしまうケースも増えていて、そういう関係のほうがかえって後腐れがないとか——」

「晴菜さんとあなたとの付合いはどういうものでしたか」

「ぼくはさっきもいった通り、援交などに興味はありませんでしたからね」

十五年七月に晴菜と喫茶店で会い、八月には彼の車で食事に出掛けたりした、という。

「それ以上の、深い付合いもありましたか」

「九月から十月に三回ほど、関係を持ちました。最初は彼女がぼくの仕事場を見てみたいといったので、連れてきて……はじめは抵抗されたけど、まあ……」

「その後はどうでしたか」

「都内のホテルを使ったこともあります」

塔之木は相手を凝視して、訊き直した。

「晴菜さんの高校時代からの親友の証言では、当時の晴菜さんのメールにはそんな気配は全然なく、晴菜さんの人柄からも考えられないということでしたが、証人の今のお話は事実ですね」

「事実ですよ、勿論」

真田は苦笑めいた顔でいい返した。

「彼女だって人妻の身だから、友だちにもきれいごとしかいえなかったんじゃないですか、それか、親友の人が彼女を庇ってたんでしょう」

「晴菜さんが人妻の身、つまりご主人がいたことを、あなたはいつから知っていましたか」

「割と早くに聞きました。大体まずぼくのほうから、女房と子供は二人いて、実家は土地を持つ農家で、ぼくは婿養子みたいなもんだと、ありのまま明かしましたからね」

「晴菜さんは、夫や家庭について、何かいわれましたか」

「ご主人は留守がちで、自分はほっぽらかしにされていると、そんなようなことを、時々寂しそうに話してましたね」

「すると晴菜さんは、メル友のあなたにどういう付合いを求めていたのでしょうか」

「そうですねえ……」

真田ははじめてしばらく黙っていた。当時の晴菜の心境を慎重に思い起こしているふうだ。

「とにかく、いろんなことを喋れる話し相手……いつも孤独で、話し相手に飢えてたと思いますね。その相手も、できれば甘えたり、頼りにできる魅力的な男性のほうが望ましいと……」

「恋愛関係や肉体関係に陥ることもかまわないと考えていたと思いますか」

「うーん……といっても、彼女のほうから誘惑的とか、淫らな態度を示すとか、そんなことは一切なかったですよ。しかし、ご主人との間がかなり冷えていたことも事実のようで……それと、彼女は根は真面目だったんですよね」

「ええ」

「ぼくと出会ってしまえば、いい加減に付合うことができない。どんどん寄りかかって、のめりこんでしまう……」

「それで、恋愛関係になったと考えていいですか」

「いや、正直いって、ぼくは職業的興味と遊びでした。それをわからせておくために、最初から女房子供の話までしたんですよ。だから彼女も、基本的には遊びの段階で留まろうと自制しながらも、会ったあとなどはついメールが増えちゃって、ご主人からクレームが出たと聞いたので――」

「一昨年十月ですね」

「ええ。これは厄介な事態になりそうだと直感して、別れることにしたんです。十一月初めにはかなり一方的にこちらからメールを打ち切ってしまったわけです。彼女は相当ショックだったみたいでしたが」

「どういうことから、彼女がショックだったと感じられたのですか」

「やっぱりメールですね。私のこと、重荷になったんですか、とか、でも仕方ないよね、なんていうメールが入ってましたから」

「同じ年の十二月、晴菜さんは秘密の新しい携帯を入手して、ハーティフレンズにも新たに〈ハコ〉のニックネームで登録しています。まもなく被告人とのメール交換を始めるわけですが――」

塔之木は永沢のほうへちょっと目をやった。真田が証言席に入ってから、永沢は比較的平静な、むしろ冷ややかに観察するような視線を彼に注いでいた。

「晴菜さんは証人と不本意な別れ方をした後だけに、話し相手や頼れる異性として、被告人に依存する気持が一層強くなっていたと考えられますが」

「異議あり！」

すかさず布施の声がとんだ。

「証人に意見を求めています」

「では質問を変えます」

塔之木も予想の上で、あっさりひっこめる。

「十六年四月頃、証人は約五カ月ぶりに晴菜さんと合計七件のメールを交換されていますが、これはどういう内容だったのでしょうか」

「ああ、ぼくがほんの気まぐれに、どうしているかなと思ってメールを送ってみたんです。そしたら、元気だよとか、新しいメル友と楽しくやってるとか、わりにあっさりした返信がありました。ちょうど新しい人と盛り上がってる時期だったんじゃないですかね」

「具体的な付合いの内容も聞かれましたか」

「いや、ぼくも聞きたくて、一度会おうと誘ってみましたが、それきり返信がなく、こっちが振られちゃいましたよ。やっぱり新しい人に集中してたんじゃないかと思います」

塔之木は控え目な満足の面持で主尋問を終った。

布施が反対尋問に立つ。

「証人は、晴菜さんとの付合いは遊びだったといわれましたね」

「はい」

真田は身体の向きを変え、彼のほうが興味ありげにボリューム豊かな女性検事を見回している。

「晴菜さんにも、遊びの段階に留まるように、仕向けていたというお話でしたね」

「そのつもりでした」

「それでは晴菜さんも、たとえあなたに対して一定の好意を抱いていたとしても、私は離婚するから、あなたも家庭をすてて私と結婚して、などとはいわなかったでしょ？」

「ええ、そこまではいいませんでしたね」

「晴菜さんも、結局あなたとは遊びだった。それならば、つぎのメル友の被告人とも、軽い遊びの気持だったと想像するのが自然ではないでしょうか」

検事は明らかに証人の意見を求めている。が、塔之木は異議を唱えず、迷うように首を捻る真田の様子を見守っている。証人がこちらに有利なことを喋りそうな気配を感じたからだろう。

検事が重ねて訊いた。

「あなた以上に、二十歳も齢上の被告人に対して、晴菜さんが、離婚するから結婚して、などといったと考えられますか」

「そうですねえ、ぼくには確かにいわなかったですが……しかしですね、その後の自分の経験から思うに、彼女のようなのめりこみやすいタイプの女性は、相手によって、たとえば妻のいない人とかに対しては――」

不都合な方向へまた饒舌になりかける証人を、布施が慌てて押し留めた。

「いえ、もう、お訊きしたことだけで結構です。反対尋問も以上です」

4

防音壁の合間に見える横浜市街は、暖い雨に濡れて灰色に烟っている。サッカースタジアムの外壁が遠く移動していくのをぼんやり見送りながら、ふっと睡魔に誘われかけていたタマミは、急に目の前が真っ白に変わったような気がして思わず頭をもたげた。

白木蓮だった。高速道路沿いに高い樹が四、五本も並び、また少し間をあけて二、三本、どれも大ぶりな花を樹いっぱいに咲かせている。花たちもしっとり濡れて、透明感が際立つような――。

「第三京浜はこれがいいなあ」

ハンドルを握っている塔之木が快活な声でいった。

「あちこちに点々と植えてある。この花を見ると、春だなあと実感して、なんとなくおおらかというか、妙に寛大な気分になったりもするねえ」

塔之木の弁護士歴は二十年に近く、旗の台の事務所から横浜の裁判所へ通ったことも数えきれないだろう。季節のたびに、彼も花を見て、彼なりの感慨を抱いていたのかと、タマミはわけもなくちょっと楽しくなった。

「タマちゃんも初めての経験で、今日は疲れただろう」

「先生のほうがお疲れになったんじゃないですか、ヒヤヒヤし通しで」

「まあでも、最初はみんなあんなもんだよ」

午前中に真砂子と真田の証人尋問をした法廷には、昼休みのあと、新横浜ホテル事件で日野朔子の遺体解剖をした横浜の公立大学法医学教授が喚ばれ、死因などについて証言した。

被害者の左頸部の切創は、その場所だけを深く切られている。周囲に擦り傷や、ためらい傷などと見られるような小さな傷はない。従って、加害者が相当の意志を持って切りつけたものと認められ、偶然できた傷ではないといえる。殺意を推定することもできる。

被害者は左頸動脈を切断され、大量出血の結果、失血死したものと考えられる——。

教授の証言はそうした内容だった。解剖鑑定書はすでに弁護側に開示され、同意していたが、確認の形で検察側が証人申請していた。反対尋問もなく、その公判は三十分余りで終った。

次回の予定を打合わせしたあと、二人は二時頃地裁を出て、塔之木のアルファロメオで帰途についた。今日は朝から細かな雨が小やみなく降り続き、目に入る若葉の緑がしたたるようだ。

初公判が開かれたのは、昨年十二月中旬だった。その後は鑑定医と、桂山湖事件の検察側と弁護側の証人が二人ずつ出廷した。新横浜ホテル事件ではほとんど証人がいないため、主な証人尋問は一通り終った形だった。

「これまでの流れは、大体有利に運んでると考えていいんですよね。八十川涼子さんの証言は、善意ではあっても、必ずしも信用できないことが今日でわかったでしょうし……」

溝口輝男は日光の浮気旅行が暴露され、晴菜との家庭が決して円満、幸福とばかりはいえなかった事実を裁判官たちに印象づけたにちがいない。

そして今日の真砂子の話は、永沢が晴菜とメル友になった動機に、亡き娘への同情すべき心情がひそんでいたことを訴えてくれた。真田は、晴菜が好意を抱いた相手に深い関係まで許した事実を証言し、永沢ともそんな間柄でありえた可能性を示唆していた。

これなら、永沢が晴菜に援助交際を求め、拒絶され、侮蔑的なことばを投げられて突発的な犯行に及んだという検察側の主張は成立しにくい。

裁判が始まる前、永沢は絶望的にまっくろのように見えた。それが、気がつけば視野はずいぶん変わっていた。勿論、新横浜ホテル事件の審理はこれからだが、弁護側の主張が通ってもおかしくないようにさえ思われてくる……。

だが、塔之木のクールな声に思考を遮られた。

「まあ、検察側のストーリーに多少の綻びは出たとしても……」

「は？」

「今までの証人尋問で、全体の印象は少しは変わってきたかもしれないが、事件の本体まで揺らいだとはいえないね」

「事件の本体って……」

「二つの殺人と、永沢がその場にいたという事実はいかにも重い」

タマミはドキリと胸をつかれた。晴菜と揉みあった拍子にナイフが刺さったという永沢の主張を、塔之木は依然信用していないのだ。

「でも、新横浜ホテル事件で正当防衛が認められれば……」

殺人でも正当防衛が成立すれば無罪になる。

「形勢は楽観できないがね。いずれにせよ、次回はいよいよ被告人質問だ」

「桂山湖事件と、新横浜ホテル事件と、一挙に両方訊くんですね」

「うん、彼がどこまで説得力のある話ができるか、そこにかかっているなあ」

被告人質問になれば、もう公判は終りに近い。長いと思った裁判もすでに終結に向かっているのだと、タマミは今さらのような感慨に迫られた。

しばらく沈黙が流れたあとで、もう一つ尋ねてみたいことを口に出した。

「ねえ、先生、誰がメールを削除したと思われますか」
・まだ塔之木の考えをはっきり聞いたことがなかった。

「検察側は今のところ晴菜さん自身が削除したという前提でいるようですけど……」

塔之木が遠くにまた見えてきた白い花影に目をやりながらいった。

「ぼくはね、朔子さんがやったんじゃないかと思い始めている」

珍しく事件関係者を「さん」付けで呼んだ彼の口調には、朔子へのある種の人間的興味さえこもっていた。

「彼女の行動には、いくつかの謎がある。それがきちんと解明されなければ、事件の本当の解決もないような気がするんだが」

第十四章　Re・今度こそきっと

1

五月二十四日、東京の空はむらのある灰色の雲に被われ、梅雨の前触れを感じさせる肌寒い風が吹いていた。

午前十時、横浜地裁四階のいつもの法廷には、これまでより人が入り、ひときわ熱気が充満しているようだ。タマミはヒリヒリする緊張に迫られた。裁判の行方は今日で決まる！

初公判での罪状認否以来、初めて証言席に入った永沢は、上下黒のトレーナーとジャージィ、髪を短く切り、髭もきれいに剃っていた。

開廷が告げられ、永沢は起立して谷川裁判長の注意を聞き始めたが、その蒼ざめた横顔からも、必死な緊張のほかは何も読み取れない。被告人質問は弁護側の主尋問で始まり、最初のうちタマミが受け持つことになっている。

「では、弁護人からどうぞ」

裁判長に促されて立つと、今日も膝が震え、心臓の鼓動がうるさいほど聞こえる。前回同様、質問と答えまで想定したメモを頼りに、深呼吸してから口を切った。

「あなたがハーティネットのメル友募集サイトの会員になったのはいつですか」

「一昨年の、九月頃でした」

「平成十五年ですね。その時あなたは、自己紹介の〈名刺〉に〈望〉というニックネームで、年齢は二十六歳、外資系保険会社社員と登録していますね。事実とちがうのはどうしてですか」

永沢がハーティフレンズに会員登録した時の自己紹介の内容もすでに証拠開示されている。年齢も身長も事実と大幅にちがっていた。〈性格〉は〈まじめで優しい〉と自己申告してあった。

「前からメールをやってた友人が、外資系とか入れとくだけで女の子に喜ばれると、教えてくれたんです」

永沢が恨めしそうに見返して答える。

「ルックスの自己採点の欄では、イケメン系に5点法の4をつけていますが——」

静まり返った傍聴席からふいに笑いが湧いた。あえて永沢の痛いところをつく質問は、塔之木の指示によるものだ。曖昧なままにしておけば、かえって検察側の標的にされる。永沢は俯いて黙っている。

「それにしても、二十六歳というのは、当時の実年齢より十七歳も若かったわけですね」

「若い子と知り合いたければ、こちらもそれくらいにしとかないと……」

再び低い笑いの渦がひろがる。

「前回の公判で、以前の奥さまが、あなたが亡くなった娘さんのイメージをメル友に求めていたというような証言をされましたが、そんな気持もあったのでしょうか」

「まあ……」

「だけど、それだけ若く詐称してしまえば、会った時すぐにばれるでしょう？」

すると永沢は、はじめて力のこもった声で答えた。

「若い子とはメル友になるだけで、会うつもりはなかったのです」

「なるほど。会うつもりがなかったから、年齢も若くしておいたのですね」

タマミも裁判官たちに印象づけるつもりで反復した。

「晴菜さんと、直接メールのやりとりを始めたのはいつですか」

「一昨年のクリスマス頃だったと思います」

「メールアドレスを教えてほしいと希望したのはどちらからでしたか」

「自分からです」

「直メールを始めて、どれくらいしてから、実際に会ったのですか」

「一カ月……くらいだったか」

「会わないつもりだったにしては、早かったんですね」

「彼女のほうから、何回もいわれたので……」

「晴菜さんから、はっきり会いたいというメールがきたんですか」

「はっきりというか……顔が見たいとか、直接話したらもっと楽しいかも、とか……」

昨年一月下旬、永沢が仕事で百合ヶ丘付近へ行くついでがあった時、駅ビルの中の喫茶店ではじめて会った、という。

「その時はどんな話をしましたか」

「自分は少しボーッとしてたし……もうよく思い出せないです」

「晴菜さんは、あなたの年齢について、何か訊きませんでしたか」

「やっぱり違和感はあったみたいでしたが、口に出してはとくに……それで、家へ帰ってから、本当は三十八歳だとメールで謝りました」

「それでも五歳サバを読んだんですね」

「……………」

「晴菜さんから返信はありましたか」

「あんまり気にならなかったといってくれました」

「その頃でも、晴菜さんはサイトの登録通り、二十二歳、独身と自称していたのですか」

「いや、彼女も何回か会ったあと、ほんとは二十四歳で、夫がいると打ち明けました」

「あなたはどう感じましたか」

「結婚しているというのはかなりショックでしたが、もともと自分に変な下心があったわけではないですから……」

ことばに反して、語尾が消え入りそうになった。

「あなたは自分の家庭についてどう話していたのですか」

「独身サラリーマンとだけいっていました」

「晴菜さんは、家庭やご主人に関する愚痴などをいうことはありましたか」

「ええ、親しくなるにつれて、いろいろと……」

「たとえばどんなことですか」

「主人は出張ばかりしているとか、家にいる時は疲れた顔をして、ほとんど喋らない……」

「ほかにも具体的なことばを憶えていますか」

「さあ、あんまり具体的といわれても……」

「とにかく家庭に不満があったことは確かなんですね」

タマミは念を押して、永沢は頷《うなず》いたが、早くも少し疲れたような溜め息をついた。

ここで塔之木がタマミと交替して立つと、永沢の表情はどこか身構えるように、一層固くなった。

「晴菜さんとは昨年一月下旬に会って以来、どういった付合いをしてたんですか」

塔之木はつとめて軽い調子で始める。

「食事やドライブするだけの間柄でしたか」

これは打合わせ済みの質問だったので、永沢は重い口調だが素直に答えた。

「いや、四月頃までに、キスくらいはしてました」

「いつが最初でしたか」

「三月の彼岸頃だったと思います」

「どんな場所ででしたか」

「最初はちょっと山のほうへドライブした時に、それと、車の中なんかで……」

「あなたからキスを求めたんですか」

「まあ……いや、自分はそんなつもりでメル友になったんじゃないんだけど、何回か会ううちに、やっぱり自然とそういうムードになって……」

「すると、お互いに納得したムードの中でキスしたわけですか」

「そう、納得の上です」

永沢が反復すると、また廷内に笑いが起きた。

「メールについてお尋ねしますが、ご承知の通りあなたから晴菜さんへの送信メールは昨年三月九日から、晴菜さんからあなたへのメールは、五月八日から残り始めています。そこで、五月十五日のあなた方のメールによれば、十六日日曜の午後、渋谷駅近くで待ち合わせすることになったようですが、実際に会ったんですか」

「はい、会ったと思います」

「ところが、その日から四日間、どちらからもメールが一件もない。二十日からはまたなんでもないメールが再開しています。これはどういうわけなんでしょうか」

「……………」

「五月十六日の渋谷でのデートで、何か変わったことがあったんですか」

永沢は膝の上で両手を握り、目を落として息を凝らしている。やっとまた口を開いて、

「その日は、二人で映画を観たんでした」

「それから？」

「終って外へ出たら夜になってたので……実は、自分が彼女を近くのホテルに誘いました」

「晴菜さんは何といいましたか」

「今日は身体の具合がよくないといったので、すぐ諦めました。その日は車もなかったので、駅の改札まで送って別れました」

「つまり、無理に誘うことはせず、仲の好いムードで別れたんですね」

「勿論です」

「では、その後のメールでは、どんな話をしたのですか」

「どんなといわれても……」

「思い出せる限り、具体的に話してみて下さい」

削除された可能性のあるメールは、公判でできる限り明らかにしたいと、塔之木はいっていた。あまり古いものは永沢も思い出せないとしても、とくに五月八日から事件まで、二人のメールが保存されていた期間についてだけでも空白を埋めたい。これも放置しておけば、検察側の攻撃目標になる。

「そうですねえ、だからまあ、彼女が、映画は面白かったとか……」

「ええ、ほかには？」

「ぼくも、会えただけでも嬉しかったとか……」

どこか空疎な答えだ。具体的に、と求められることが永沢にはどうも苦手らしかった。

「するとその四日間、晴菜さんとは円満なメールを送りあっていたわけですね」

「その通りです」

「しかるに彼女の携帯から削除されてしまったのはどうしてだと考えますか」

永沢は首を捻《ひね》る。

「では、誰が削除したと思いますか」

「うーん……やっぱり携帯の持ち主しかないかなあと。ホテルとか、露骨なことばが出てきていたから、万一ご主人の目に触れたら大変だと思って……」

つぎは五月二十九日土曜から六月一日火曜まで、やはり週末を含む四日間が抜けている。

「この間にはどんなことがあったのですか」

「五月三十日の日曜には、自分の車で相模湖へドライブに行ったと思います」と、永沢は記憶を辿るように答えた。マンションの近くで晴菜を車に乗せ、午後三時頃相模湖へ着いた。

「それからどうしましたか」

「ホテルへ行きました」

「どこのホテルですか」

「相模湖インターのそばの……」

「いわゆるラブホテルですか」

「ええ……」

「晴菜さんの了解を得ていたのですか」

「渋谷の時のあとでは、今度はいいというような、了解ムードができてましたから。それとあいうホテルなら、従業員の誰とも顔を合わせないで、二人きりになれるといったら、黙って頷いたので……」

「なんというホテルですか」

「いや、名前まではもう……」

「外観などは憶えていますか」

「尖った塔のついた、ヨーロッパの古城みたいな……」

再び廷内に低い笑いが漂った。

「ホテルでも、晴菜さんはおとなしくあなたの求めに応じたのですか」

「はい」

「あなたとは初めての行為だったはずですが、抵抗や争いなどはなかったのですね」

「もともと会う前から、彼女もある程度予想していたみたいだったし……」

「その日を含む四日間のメールは、どういう内容のものでしたか」

「詳しくは憶えてないんですが、日曜のデートの打ち合わせと、ホテルへ行くような話も少し出たんだと思います」

「日曜のあとではどうでしたか」

「彼女が、ホテルでのこと、幸せだったというような……」

永沢はもう勘弁してくれというふうに、証言席の台に両肱《ひじ》をつき、その間に頭を抱えこんでしまった。接見中にも度々見せた、拒絶のポーズだ。

塔之木はまだ歯痒《はがゆ》そうに唇を噛んでいたが、頭を切り替えた感じでつぎの尋問に移った。

「翌月の六月二十日、事件当日についてお訊きします」

廷内の静寂が密度を増した。

「あなたは午後二時に、いつもの通り百合ヶ丘の路上で晴菜さんを車に乗せたのですね」

「はい」

「この日もまっすぐ相模湖へ行ったのですか」

「はい」

国立府中から中央自動車道に乗り、三時半頃、湖畔の公園で車を駐めた。人出で混みあっていたため、四時半頃には〈憩いの森キャンプ場〉へ移動したと、永沢は語った。

「ホテルへ行くつもりはなかったのですか」

「自分はそれも考えていたのですが、彼女が、大事な話があるから、ホテルではなく、人のいない静かな場所へ行きたいといったのです」

「キャンプ場に駐めた車内ではどんな話をしましたか」

「彼女が最初はまた家庭の不満を訴えていたのですが、そのうち、ご主人に愛人がいることがはっきりしたといい出しました……」

出張帰りの夫の洗濯物に長い髪が一本絡みついていた。以前から疑っていたので、まちがいないと確信した。が、まだ夫には素知らぬ顔をしている。晴菜は時々泣きながら、思い詰めた口調でそんな話をした。

「このことはまだ母親にも知らせていない。まずあなたに打ち明けて、あなたの気持をはっきり確かめてから、夫と母親に自分の決心を告げるつもりだと……」

当日のことになると、永沢は時々塔之木の目を強く見返し、どこか一直線な口調で語り始めた。

「あなたの気持を確かめるとは、どういう意味ですか」

「私は離婚する決心だから、ぼくに結婚してほしいといいました」

「晴菜さんが、大事な話があるといったのは、そのことだったと思いましたか」

「まあ……」

「以前にも晴菜さんはそのようなことを口に出したことがありましたか」

「主人は私を女として見てくれてないとか、自分も若いうちにもう一度やり直したいなどとは、時々いっていました」

「そんな時、あなたは何と答えたのですか」

「黙っていました」

「それで晴菜さんは、あなたが自分の考えを認めてくれていると感じたのではないですか」

「そうだったかもしれません」

「で、キャンプ場の車の中で、離婚するから結婚してといわれて、あなたはどう答えましたか」

「吃驚《びっくり》して断わりました。そんな気持はまったくなかったし、彼女がまさかそこまでいい出すなんて、考えてもみなかった。それで、自分は独身といっても、齢のいった母親や高校生の息子もいることを打ち明けて、わかってもらおうとしたのです。でも彼女はぼくに拒絶されたことがひどいショックだったらしく、メールはみんな嘘だったのかと、興奮してぼくを責めました」

「言い争いになったんですね」

「ええ」

「どのくらいの時間、言い争いをしていたのですか」

「二時間は優に、三時間近くも経ってたか、気が付いた時は外がほとんど暗くなっていました」

「四時半にキャンプ場に車を駐めて、七時半頃まで話し合っていたわけですね。その後、何があったのですか」

永沢は重い溜め息をつき、最後の力を奮い起こすようにして口を開いた。

「彼女がいつまでも興奮状態だったので、ぼくはもう帰ろうといって、車のエンジンを掛けようとしました。すると彼女が、私はもう家に帰りたくない、ここで自殺するといい出したんです。勿論本気ではないと思っていたんですが、見ると彼女は、いつのまにか手にナイフを握っていました」

「どんなナイフでしたか」

「その時はわからなかったのですが、前から車のダッシュボードに入れてあった赤いアーミーナイフでした」

「刃を開いて握っていたのですか」

「そうです」

「晴菜さんはどちらの手でナイフを持っていましたか」

「右手でした。ぼくは驚いて取りあげようとして、彼女が抵抗したので揉みあいになって……」

俄かに早口になって喋りかけるのを、塔之木は軽く手で制した。

「あなたは右側の運転席、晴菜さんは左側の助手席に掛けていたんですね」

「はい」

「晴菜さんが右手に握っていたナイフを、あなたはどうやって取りあげようとしたのですか」

「咄嗟《とっさ》に自分の左手で彼女の手首を握った憶えがあります」

「ええ」

「すると彼女が、両手でナイフを持って引き寄せようとした。自分も右手でそれを止めようとしたんですが、ハンドルにぶつかってちょっと遅れた感じで……」

「ええ」

「彼女がナイフを引き寄せながら、多少仰向けにのけぞるような姿勢になって、自分が右手でナイフを摑んだ拍子に、刃先が彼女の頸の左側に突き刺さったんじゃなかったかと……」

その時の状況を思い起こしてか、永沢は口を開けて喘《あえ》ぐような息をした。

「ナイフが突き刺さったのは、揉みあいになってどれくらい経ってからですか」

「いや、もう、自分には一瞬という感じでしたが……」

「それであなたはどうしたのですか」

「すぐ自分のハンカチを出して傷口を押さえました。ものすごい出血というほどではなかったので、そうしながら、一番近い病院はどこかと、必死で考えました。とにかく病院へ連れて行こうと……ところが、彼女が急にむせるように咳きこんで苦しみ出し、うつぶせになってぐったりしてしまったのです。慌てて抱き起こし、名前を呼んだり、口移しで息を吹きこんだりしたんですが……」

永沢は二、三度頭を振って、がっくりと項垂《うなだ》れた。

「晴菜さんが亡くなってしまったと、はっきりわかったのはどうしてですか」

「鼻と口に耳を当てても、呼吸していないのです。胸のあちこちにも耳を当てたけど、心臓の鼓動も聞こえませんでした」

「それからどうしましたか」

「どうしたらいいのか、わからなかった……」

「警察に届けることは考えなかったのですか」

「最初は考えたんですが、このまま事実を告げても到底信用してもらえない、自分が彼女を殺したと疑われるんじゃないかと、そう思い始めたら、急に……女が恨めしくなったんです」

こんだ……」

「勝手に結婚などといい出して、自殺すると騒いで、あげくの果て、こんな事態に自分を巻き
「恨めしく?」

一瞬、蒼ざめていた顔に血がのぼり、永沢は憎悪のこもる目で宙を睨んだ。

「だから、何もかもなかったことにしてしまおうと決心したのです」

自分の郷里の近くの、絶対に死体の浮かないダム湖に沈めることにした。

「死体が出なければ、彼女はいつまでも家出人扱いで、捜査は始まらないと考えました」

いったん相模原市の自宅へ帰り、晴菜の死体にブロックを括りつけた。深夜、死体を桂山湖へ運び、翌日になる六月二十一日午前三時すぎ、湖中に投棄した。晴菜の靴や所持品は、携帯電話だけ残して、帰途の山中に埋めた——。

「その携帯で、同じ二十一日月曜の午後六時台に、あなたは晴菜さんの友人二人に、あたかも晴菜さんがまだ生きているかのような偽装メールを送りましたね」

「はい、携帯を開けて、日頃よくメールをしていたらしい女性を選びました」

「なぜそうしたのですか」

「月曜の朝、自分はふだん通り会社に出て、午後は東京の仕事先を回っていたから、その日彼女が生きていたと思わせておいたほうがいいと思って……」

「事件当時、晴菜さんが持ち歩いていたのは、家族や友人も知っていたシルバーの携帯でした。従って、あなたとのメールの記録は残っていなかったはずですが、そのことをどう思いました

か」

「パスワードで隠してあるのだろうと最初は考えました。だけど、よく見ると携帯のメールアドレスもちがっていたので、不審に感じてはいたんですが……」

今さらどうすることもできなかった。東京の山手線車内から山口由美と米倉コズエに偽装メールを送り、帰宅後、携帯は粉々に破砕し、ほかの不燃ゴミに混ぜて捨てた、という。

今度は塔之木がしばらく沈黙した。厳しい目を机上の書類に落とし、その目をまた永沢に投げる。ここまでの尋問に満足できず、さりとてこれ以上踏みこむすべがないといった焦燥が、怜悧《れいり》な横顔に滲み出ているのをタマミは感じた。

「メールの件で、最後にもう一つお尋ねします」

「……………」

「昨年五月二十日、晴菜さんからあなたへ〈Re・今度こそきっと〉という送信メールの記録があります。内容は、クリームあんみつを食べすぎて、体重が二キロ増えた。今度会うまでにダイエットしなきゃ、といったものです。憶えていますか」

「はい、まあ……」

永沢の視線はまた落ち着きなく揺れた。

「晴菜さんのメールに〈Re〉が付いている以上、その前にあなたから〈今度こそきっと〉というタイトルのメールが送信されていたはずですね。ところが、該当するものが残っていない。それも間引き的に削除されたと考えるほかないのですが、あなたは自分が送ったメールの文面を記憶していますか」

「まあ、部分的には……」

「その前の日曜には、あなたは晴菜さんと渋谷で映画を観てから、ホテルに誘ったが、結局行かずに別れたということでしたね。その四日後のメールなのです。タイトルに続く部分だけでも、具体的にここで述べて下さい」

「はあ……」

「自分ではいいにくいですか」

「………」

「では、接見時にあなたから聞いたことを、私が代わっていいます。あなたのメールは、〈今度こそきっと、ハコのすべてが欲しい。〉」

奇妙な嘆声のようなものが、傍聴席から伝わってきた。

「キスまで許していた晴菜さんに、今度こそ肉体を要求した。それに対して晴菜さんは、今度会うまでにダイエットしてスリムになっておくと、控え目な表現であなたの望みを受け入れた。そのように解釈していいですか」

「はい」

ようやく最後に、永沢は深く頷いた。

2

反対尋問に立った布施昭子検事は、季節にふさわしいシックな若草色のスーツを身に着けていた。今日もお腹の前で上衣のボタンを留めていたが、それがかえってはち切れそうなボリュームを強調しているみたいだ。

「昨年五月十六日、あなたは晴菜さんと渋谷で映画を観たのでしたね」

「はい」

「映画のタイトルは何でしたか」

「え?」

永沢は虚をつかれて戸惑ったような瞬《まばた》きをした。

「心理学者の書物によれば、人間には快い思い出をいつまでも記憶し、嫌なこと、不都合なことは忘れやすい性質があるそうですが――」

「いや、ずっと憶えていたんですが」

「映画館を出たあと、ホテルに誘ったが、身体の具合がよくないといわれたので諦めたという話でしたね。しかし、事実は、晴菜さんが怒って、拒絶したのではないですか」

永沢は息をのむように検事を凝視《みつ》め返し、しゃにむに頭を振った。

「いや、拒絶されたりしてません」

「五月三十日日曜には、相模湖近くのラブホテルへ行ったが、このホテル名も思い出せないのですね」

「ホテルの名前などは、ふつう意識してないから……」

「外観だけは記憶しておられたんですよね。さっき、どういわれました？」

「だから、ヨーロッパの古城みたいな、尖塔のある……」

「まちがいありませんか」

念を押された永沢は、つられたように頷いたが、どこか不安そうに指先で鼻の脇をこすっている。

「おかしいですねえ。警察の取調べ段階では、別のことをいわれてませんでしたか」

布施は手許の書類に目をやってから、

「取調べの刑事さんには、最初あなたは相模湖のラブホテルの外観を、オレンジ色の瓦屋根に白壁の、一見リゾート地の別荘風、といわなかったですか」

鼻をこする指が止まった。

「ところが、警察で裏を取ろうとしたら、それらしいホテルは確かに見つかったが、半年以上前から営業をやめていたことがわかった。再度追及すると、あなたは『思いちがいでした、そこへ入ろうとしたら、クローズしていたので、その隣にあった尖塔のある古城風のホテルへ入ったのです』と訂正していませんか」

塔之木が珍しく忌々しそうに唇をへの字にして検事を睨んでいる。接見で永沢からそんな話は聞いていない。検察側は警察段階での彼の供述調書をこちらに開示してなかったのだ！

「尖塔のあるホテルは〈ロワイヤルパレス〉というんですが、実際には、あなたはラブホテルへは入らなかったんじゃないですか。近くまで行っただけで、ここでも晴菜さんに拒絶されて、仕方なく引き返したんじゃなかったですか」

「いや、そんなことは……」

「建ち並んでいたホテルの外観しか見てなかったから、営業してないホテルの様子なんか答えちゃったんじゃありません?」

警察では永沢の車のナンバーをラブホテルに照会していた。が、ロワイヤルパレスでは原則一年間保存の書類が不明瞭だったため、永沢の車のナンバーは確認できなかった。それについては開示済みの「捜査報告書」の中に記載してあったのを、タマミも憶えている。

「ところで、今お尋ねした二回のデートとその前後のメールが、晴菜さんの携帯から消えているわけですね。あなたはどんなメールを送ったんですか」

「……」

「ホテルに誘った失礼を謝ったり、晴菜さんの機嫌を直す口説き文句をあれこれと――」

「冗談じゃない。さっきからいってる通り楽しいメールをやりとりしてたんです」

「それならどうして削除されちゃったんですかね。不愉快な、思い出したくないメールだったから、晴菜さんが消してしまったんじゃないんですか」

「そんなことは絶対ないです」

「晴菜さんは、本心ではもうあなたと別れたくなっていた。そう感じたことはなかったですか」

「とんでもないです」

「事件の日、晴菜さんはホテルを断わり、大事な話があるから静かな場所へ行きたいといったんですね」

「はい」

「大事な話とは、別れ話を持ち出すつもりだったんじゃないですか」

「考えられません」

「では、あなたはどういうつもりでいましたか」

「それは無論、これからも良い友達でいたいと……」

「肉体関係も含めた意味ですか」

「彼女が受け入れてくれていたから……」

「そうですかねえ」

布施は不思議そうに首を傾げる。

「大体、齢がちがいすぎませんか？　晴菜さんは別れたいといって、反対にあなたは、それなら援助交際でもいいと頼んだんじゃないですか」

「ありえないですよ」

「晴菜さんはプライドを傷つけられて、何か侮辱的なことを口にしませんでしたか」

「いいえ」

「カッとして、アーミーナイフを取り出したのはあなたじゃなかったんですか」

「ちがうんだ、まったくの正反対だ！」

永沢は証言席の台を叩くようにしていい返した。

「彼女とはずっと、円満なメールをしてたんです。それに、ぼくはナイフのことなど、長い間忘れていた。あれを取り出したのは、本当に彼女なんです」

布施は深い呼吸をして、静かに永沢を見返した。その表情も、つぎの声も、すっと冷ややかに変わっていた。

「先程あなたは、言い争いのあと、帰ろうとして見たら晴菜さんがナイフを握っていたといわれましたね」

「そうです」

「そのナイフは、助手席の前のダッシュボードに入っていたのですね」

「はい。ティッシュペーパーを出したり、よく開けてたから、彼女の目に付いていたんだと思います」

「ダッシュボードの中には、ほかに何が入っていましたか」

「車検証と取扱説明書と、あとは懐中電灯とか……」

「ティッシュペーパーの箱もね」

「はい」

「その中からアーミーナイフを取り出すのには、少し時間が掛かったはずですね」

「……」

「アーミーナイフのことも、あなたは自分のものだから憶えているでしょ？　長さ九センチ、厚さ一・七センチ、ステンレス製の赤いフレームの間に、ナイフ、鋏《はさみ》、缶切りやオープナーなど、六種類の刃物が畳みこまれていましたね」

凶器に使われた実物は発見されていないが、永沢の供述と合致するものを警察が入手し、写真が捜査報告書に付いていた。

「その中からナイフを選んで抜き出すのにも、相当暇が掛かりますよね。しかも晴菜さんは自分のものじゃないから、扱いにくかったはずです。あなたは、晴菜さんがダッシュボードを開け、アーミーナイフを取り出し、ナイフの刃を引き出して握るまで、何も気が付かなかったのですか」

「暗かったから、見えなかったのだと思います」

「でも、真っ暗ではなかったでしょう？」

「……」

「あなたの供述では、事件が起きたのは六月二十日の、遅くとも午後七時半までですね。昨年のその日は夏至の前日で快晴でした。日の入りが七時五分、日暮れは七時四十三分ですから、事件当時、外にはまだ多少の明るさが残っていたはずなのです。しかも、キャンプ場のあなたが車を駐めた付近には、外灯が二つ点いていた。それでも晴菜さんの顔や手元が見えなかったのですか」

永沢は唇を噛みしめて俯いていた。答えが出るまでにしばらくの間があった。

「車の中は随分暗かったんです。それに彼女は、涙を拭くために何回もティッシュを取り出してたから、その時ナイフも出したのかもしれない。自分は、これから彼女とどんなふうにやっていけばいいのか、深刻に考えつめていたので、何も目に入らなかったのだと思います」

布施がまた首を傾げていると、

「人間、何も見えなくなることってあるんです。わかってもらうほかありません！」

それは重い吐息と共に、腹の底から出た呻きのように聞こえた。

布施はまたサラリと調子を変えた。

「話が前後しますが、メールのことでもう一件お尋ねします。先刻、弁護人から〈Re・今度こそきっと〉の元のメールの内容を尋ねられましたね」

「はい」

「タイトルのあとは〈ハコのすべてが欲しい〉という文章だったことを、あなたは認めましたね」

「はい」

「それに対して晴菜さんが、自分の体重を気にして、今度までにダイエットしておくといったメールを返信してくれたんでしたね」

「そうでした」

「しかし、警察の取調べ段階では、あなたは何といいました？」

「いや、警察では、メールが消えている箇所だけを突きつけられて、内容を埋めてみろといわれたので、頭が混乱していたのです」

「それにしても、晴菜さんのReのメールの日付や内容は見せてもらったんでしょ？」

「まあ……」

「それなら、前に自分が送ったメールの内容も大体思い出せたはずじゃないですか」

「………」

「あなたは刑事さんに、最初何と答えたか、憶えていますか」

「………」

「自分のメールは——今度こそきっと、気に入りのイタ飯屋へ連れて行く」

3

コスモワールドの大観覧車が大空をバックに回転している。赤や緑のたくさんの小さなゴンドラが数珠《じゅず》つなぎに巨きな弧を描き、ゆっくり移動しながら、一つ一つがかすかに揺れているのまで見えるような気がする。朝にはどんよりと垂れこめていた雲の切れ目から薄陽が射して、時々空中の小函をキラキラ光らせる。

たぶんあれの下にはジェットコースターもあるはずだ。それも見たくてタマミは椅子の上でそっと腰を浮かしてみるが、三階のここからではやっぱり無理みたい。

窓のすぐ下では、帆船の日本丸がドック入りしていた。白い船の上で四本の茶色いマストが今は帆を降ろし、うららかな午睡を楽しんでいるような——。

マストの間に向こう側の大桟橋が見える。三月の公判のあとでは、彰と一緒に対岸からこちらの景色を眺めていたのだ……。

午前中の法廷が正午を少し過ぎて終り、午後は一時半からの開廷になった。「時間があるから、あっちまで行こうか」と塔之木がいって、昼食は「みなとみらい」でとることになった。群を抜いて屹立《きつりつ》するランドマークタワーに入り、塔之木の提案で三階の和食堂に落ち着いた。

「時にはタマちゃんにたっぷりご馳走してあげたいんだけどね。公判中の昼間はだめなんだ」

と彼が苦笑した。

「一杯飲むわけにもいかないし、それと、あんまり満腹になると午後から眠気がさす」

そんなわけで、二人とも焼き魚定食になった。

六十数階のタワーに来て、三階というのもなんだか物足りない感じだが、その理由《わけ》はタマミにもうすうす察しがついた。以前事務員の話を小耳に挟んだのだが、塔之木は高所恐怖症らしいのだ。

そう思ってみれば、差向かいに掛けた彼は時たまチラと窓のほうを向くだけで、決して観覧車へは目をやらない。見るだけでも怖気《おじけ》づくのか。でも本人は一言もいわないから、タマミも素知らぬ顔をして、内心では、優秀なボスの秘かなウィークポイントがちょっと楽しい。

昼休みの港風景には和んだ雰囲気が漂っていた。ウィークデイなのでさほど人出もなく、白灰色の舗石を歩く子供連れやカップルの足取りも寛《くつろ》いでいる。みんな幸せそうに見えるのに——

ここからほんの一キロと離れていない裁判所では、毎日事件が取沙汰されている。今日も二件の殺人被疑事件の審理が真最中で、そこには被害者と加害者と、そして家族たちの悲愁が疼《うず》いている。

でもまた一歩外へ出れば、誰もそんなことには思いも寄らず、自分の幸福や欲望を追いかけて歩いているのだろう……。

タマミがいつにない感慨にとらわれていると、塔之木も少し不器用な手つきで鯖を突っつきながら、どこか考えに沈んでいる。やっぱり午前中の展開が不満なのにちがいない。ふと箸を休めて、

「こういうケースはよくあるんだよ。これからタマちゃんも経験するだろうがね」

席は間仕切りで囲われていたが、低い声で簡略な話し方をした。

「本人が通りそうもない弁解ばかり繰返している。いつまでたっても説得力のある話が出てこない。こちらも反論のネタを引き出せない……」

短い溜め息をついた表情は、自分自身にも苛立っているのだ。

「ホテルをまちがえたことも、先にこっちが聞いてればフォローの仕方もあっただろうに」

「本人の調書が全部開示されてなかったわけですか」

「本人のものはふつう全部出されるんだが、時には抜けることもある。あっちにすれば、われわれが本人から聞けばいいという気もあるし」

「あっち」とは検察側のことだ。

「こっちも念を押して、すべての開示請求をしておくべきだったんだが」

警察の取調べから起訴までの間に、永沢の供述が変遷したとしても、すべての供述調書を見ていなければ弁護側にはわかりようがないのだ。

「本人から聞くにしても、ハコさんとのことではほんとに口が重かったですものねえ」

やはり恥ずかしさと、強い罪の意識に囚われていたためだろうか？　それにしても——

『何もかもなかったことにしてしまおうと決心したのです』

晴菜の死体遺棄を供述した時、彼の眸の底に燃えていたあの憎しみは何だったのだろう……？

塔之木は腕時計を覗いて、箸を持ち直した。

「まあ、新横浜ホテル事件のほうが、接見時にも素直に話していた印象だったな」

午後からは新横浜ホテル事件の被告人質問になる。こちらは永沢の殺意を伴った実行行為を否認しているが、基本的に朔子を切ったという「有形力の行使」は否定しきれないかもしれない。その場合でも、正当防衛の成立を目ざしている。

「ここで朔子の行動の謎が明らかにできれば、有利な展開に持っていけるかもしれない」

紙ナプキンで唇を強く拭うと、彼はふと遠くを見る目になっていった。

「ことによったら、またタマちゃんに旅をしてもらわなければならないな」

4

午後一時半、傍聴人が戻ってきた廷内には、再び熱気のこもる緊張感がたちこめた。塔之木は先程タマミに覗かせた複雑な内心を感じさせる様子もなく、すっきりと背筋を伸ばして主尋問に立った。

永沢と日野朔子との接触は、昨年八月二十八日の午前十一時頃、永沢のプライベートな携帯に朔子が掛けてきたことから始まった。勿論彼女の氏名はずっと後になってわかったのだが。彼女は、〈望〉の携帯番号とメールアドレスが登録してあるパールピンクの携帯を百合ヶ丘のマンションのゴミ捨て場で拾ったが、持ち主はわからないので、〈望〉の携帯に掛けたということだった。

永沢は持ち主の代理と称して、午後二時に渋谷駅南口にあるビルへ携帯を受け取りに行った。しかし、その日はキャンセルされて会えなかった。

一週間後の九月四日土曜の午前十時すぎ、再び朔子から電話が入った。永沢は朝から東神奈川の事務所へ来て、一人で書類作業をしていた。彼女の希望で、午後三時に新横浜プリンスホテル一階のカフェラウンジで落ち合うことになった。

塔之木の質問に、永沢は沈んだ声で淡々と答えた。

「朔子さんに会いに行く時、あなたは相手が本当に携帯を拾って届けてくれるだけの第三者だと思っていましたか」

「たぶん、そうだろうと……」

「それなのに、あなたはナイフを持って行きましたね。いつ、どこで購入したのですか」

「その日の二時すぎに、東神奈川から横浜線に乗って、新横浜の一つ手前の菊名で降りました。駅近くの商店街のスーパーでナイフを買って、また電車で新横浜まで行きました」

「何のためにナイフを用意したのですか」

「一応は信用してたけど、どんなことがあるか、極端な場合、男がついて来て、絡まれたりしないとも限らないと考えて、まあ、護身用というか……」

待ち合わせのカフェラウンジには、朔子が先に来ていた。

「朔子さんはどんな印象でしたか」

「赤ワインみたいな色に髪を染めてて、サングラスを掛けた、派手な感じでした」

「何歳くらいに見えましたか」

「いや、見当がつかなくて、自分より若いかどうかなあといった……」

「四十代半ばくらいと思ったわけでしょうね。会ってから、どんな話をしましたか」

「自分は礼を述べて、さっそく携帯を返してもらうつもりでした。彼女も、これにまちがいないかと、いったんは渡してくれたんです。開けてみると、〈望〉と〈ハコ〉のメールがぎっしり残っていました。ハコは自分とのメールをこのピンクの携帯でやっていたのだと、その時はっきりわかりました」

「それから?」

「朔子さんがまた携帯を取り上げて、雑談を始め、なかなか返そうとしないんです。金のことを匂わせているのかと気が付いて、お礼を支払いますと申し出ると、とんでもない話を……」『私とも付合って下さらないかしら』と朔子はいったという。『あなたのお好きなところで』――。

「朔子さんは本気でそれを望んでいると感じましたか」

「いやあ、そこはなんとも……むしろ、今度こそ仲間でも連れてくるんじゃないかと、多少怖い気もしたんですが」

「なるほど」

「でも、いうことを聞かなければどうしても携帯は返さないという態度だったので、自分は仕方なく、ビューホテル新横浜に部屋をとりました」

まだ朔子が持っているピンクの携帯に掛けて、ルームナンバーを知らせた。二十分ほど後、彼女が訪ねてきて、室内で二人だけになった。

「彼女が一人で来たので、自分はやはりお金で話をつけるつもりだったんですが、彼女が急にメール相手の女性のことをくどくど尋ね始めて、桂山湖の事件との関係まで疑い出したんです」

「ええ」

「自分は勿論否定しましたが、また気味が悪くなり、とにかく早く携帯を取り戻して引き揚げたいと焦ってきました」

「朔子さんがなぜ事件のことなど持ち出したと思いましたか」

「もしや母親じゃないかと感じて、訊いたんです。でも、私はただ好奇心で話を聞きたいだけだと、彼女は否定しました。自分はこれ以上焦《じ》らされるのに我慢できなくなり、力ずくでも携帯を取り上げて帰るつもりで、彼女のそばへ近寄りました」

朔子は椅子からとびのき、拍子にバッグが床に落ちた。永沢はそれを拾って中を調べたが、携帯はなかった。朔子が身に着けている以外考えられなくなった。

「自分は彼女を壁際に追いつめ、携帯を返せと迫りました。それでもまだ事件の話を聞かせろなどというので、やむをえず、ナイフを出して突きつけました」

「どういう目的でナイフを出したのですか」

「単なる脅しです」

「ナイフはどこにあったのですか」

「ズボンの尻ポケットに差しこんで、カッターシャツで隠すようにしていました」

「ナイフを突きつけられて、朔子さんは何といいましたか」

「もう憶えていません。とにかく相手がどこに携帯を隠しているのか、彼女の身体を手で探ると、胸のへんの下着の下に堅いものが触りました。それで、襟の間から取ろうとした時……」

「ええ」

「彼女が手を高く上げて、それが自分の顔の前に来たかと思ったら、いきなり何かを目に噴きつけられて、ものすごい痛さで、ギュッと目を瞑ったきり、動けなくなりました」

「防犯スプレーだとわかりましたか」

「そんなことは思いもよりませんでした」

「では、何を噴射されたと考えましたか」

「なんだかわからないが、劇薬にちがいない。硫酸か塩酸か、とにかくすごい毒で、目がつぶれるか、死ぬかもしれないと……」

「朔子さんはスプレーをどこから出したのですか」

「やっぱり彼女も服のポケットに入れてたんじゃないかと……」

「すると朔子さんも、いつでもスプレーを取り出せる用意をしていたと考えられますか」

「無論そうに決まってます」

「つまり、あなたは自分が朔子さんを脅したつもりなのに、逆に攻撃された、そう思ったのですね」

「その通りです」

「身の危険を感じましたか」

「ナイフを奪《と》られたら殺されると、はっきり感じました」

「実際奪られそうになったのですか」

「はい」

「どんなふうに……?」

永沢は息を凝らし、一語一語自分で確認する口調で話した。

「自分がナイフを握っていた右手を掴まれて、ナイフの柄を引っぱられたような……」

「引っぱられた？」

「引き抜いて奪られそうな気がして、とにかくナイフを離したらそれで殺されると思って、必死で握ってたんです」

「それからどうなりましたか」

「突然ギャッという悲鳴が聞こえて、気が付いたら……」

「ええ」

「ナイフの刃が彼女の頸に食いこんでて、みるみる血が噴き出してきたんです」

「その時、ナイフはどちらが持っていたんですか」

「よくわかりません。ナイフの奪い合いの最中だったかもしれません」

「その後あなたはどうしたんですか」

「それもはっきり思い出せないんです。夢中で彼女の頸からナイフを抜き取ったかもしれません」

　塔之木は少しの間沈黙した。客観的に、永沢が朔子の頸を切った行為を否定できる状態ではない。そのことを心の中で最後に確認した時間のようでもあった。しかも、実行行為を認める前提がなければ、正当防衛の主張はできないのだ。

「あなたは、朔子さんを殺そうと思った覚えはありますか」

「いいえ、殺そうなんて、絶対に考えませんでした」

永沢は必死な声で否定した。だが、朔子の側に永沢に対する「急迫不正の侵害」が認められれば、たとえ永沢が殺意を持って彼女に切りつけたとしても、正当防衛は成立する。

「朔子さんは、頸を切られてから、どうしましたか」

「たちまちその場に倒れてしまったと思います」

「それから、あなたはどうしましたか」

「それもよく憶えてないんですが、たぶん、彼女の身体を揺すったり、声を出したりしたと……。でももう全然反応がなかったんです」

朔子の紙のように白い顔と、夥《おびただ》しい出血を見て、死んでしまったと思い、呆然とした。つぎには一刻も早くその場から脱出したかった。ホテルには偽名を使っていたから、このまま逃げても、自分の身許はわからないと考えた。

室内に残されていた朔子のバッグやピンクの携帯、スプレーなど、目につくものを全部かき集め、自分のナイフも一緒に備え付けのホテルのビニール袋へ押しこんだ。上着を着ると、返り血はなんとか隠せた。すぐにも出て行きたい衝動を抑えて、外が暗くなるのを待った。たぶん七時半頃正面ロビーから出て、離れた路上でタクシーを拾った。自宅の少し手前で降り、八時すぎ頃自宅に帰った。

「帰ってから何をしましたか」

「自分の部屋に入って鍵を掛け、とにかく着替えをして、それからピンクの携帯の中を調べました。ところが――」

それはまだ通信機能もない空っぽの電話機とわかり、騙されたことに気が付いた。

「朔子さんのバッグの中も見ましたか」

「はい」

「何が入っていましたか」

永沢はこれまでより強い声で答えた。

「財布やハンカチとかのほかに、ナイフが入っていたんです。ピカピカした新しそうなナイフで、自分が持っていたものより少し大きくて、木の柄が付いてました。鞘は被せてなかった。むき出しで入れてあったんです」

懸命に訴える口調なのは、警察であまり取り合ってもらえなかったからだろう。

「それを見て、あなたはどう感じましたか」

「やっぱりあの女は、自分を殺すつもりで来たんだ。結果的には自分のナイフで死なせてしまったのかもしれないが、そうでなければやられるところだったと思い、身体が震えました」

とにかく証拠品を急いで処分しなければならない。桂山湖の帰途、山中に埋めてきた晴菜の所持品はまだ発見されていなかった。埋めてしまうのが最も安全だと判断した。

その夜、正確には九月五日午前零時頃、車で家を出て、西の相模川の方向へ走った。川を越え、寂しい山裾を選んでスコップで穴を掘って埋めた、と永沢は供述した。

「刑事さんにあちこち捜査に連れて行かれて、自分も埋めた場所を思い出そうとしたんですが、どうしても見つかりませんでした」

永沢を休ませるため、塔之木はしばらく間合いをとった。それから静かに尋ねた。

「溝口晴菜さんと、日野朔子さんが亡くなられた二つの事件について、今あなたはどのように感じていますか」

永沢はだんだんと背中を丸め、口許を掌で被って、身動《みじろ》ぎもしなくなった。

これまでのいつよりも、長く重い沈黙が流れた。

ようやく彼は手を離し、弱々しい眼差しを弁護士に向けた。

「亡くなったお二人に対しては……心からご冥福をお祈りします。でも、すべてが不幸な偶然というか、成行きというか……自分はお二人を殺そうなどと考えた覚えは、一瞬たりともないのです。それなのに、こんな結果になってしまって……無念としかいいようがありません」

最後は声が震え、もともとは押しの強い出っ張った眸から、ゆっくりと涙が滲み出た。

5

口を切る前に、布施昭子検事は醒めた表情で、まるで遠くを透かし見るように永沢を眺めていた。

「新横浜プリンスホテルで日野朔子さんに会う時、あなたはナイフを用意してたんでしょ？」

「ええ、護身用に……」

「ホテルのカフェラウンジのような人の大勢いる場所で、しかも相手は女性なのに、どうしてナイフが必要だったんでしょうか」

「だからそれは、どんな展開になるかわからないから……」

「あなたは最初から朔子さんの身許を疑ってたんじゃありませんか。ほんとに携帯を拾っただけなのか、何かいわくのある人じゃないかなどと。それを確かめるために、あなたがビューホテルへ誘いこんだんじゃないですか」

「いや、彼女が持ちかけたことなんです。嘘じゃありません」

「二人きりになると、朔子さんが晴菜さんの事件の模様を探り始めたので、あなたは『母親か？』と訊いたんですね。やはり晴菜さんの縁者だとわかったんですか」

「多少疑ってみただけです。そうだと思いこんだわけじゃありません」

「多少でも縁者らしいという疑いがあれば、携帯を取り戻しただけではすまないでしょう？」

永沢はちょっと意味がわからないような瞬きをした――。

「だって、あなたは携帯ナンバーを知られ、顔も憶えられてしまった。相手がわざわざ携帯を返しただけで、黙っていると思いますか。訴えられるとは考えなかったんですか」

「……」

「それが怖ければ、口封じするしかないじゃありませんか」

「ちがう、スプレーをかけられたので、身の危険を感じて……」

「あのね」

検事は目尻に苦笑をからませて彼を覗きこんだ。

「朔子さんは新宿の防犯ショップでスプレーを買ったことがわかっているんです。防犯スプレーというのは、攻撃ではなく、防御のためのものですよ。先にあなたがナイフを突きつけたからこそ、朔子さんが危険を感じてスプレーを使ったんじゃないですか」

「でもあれは恐ろしい威力なんです。ものすごく目が痛くて――」

「まともに浴びたのかどうか？」

「ほんとです。それで自分は立ち竦《すく》んでしまい、ナイフを奪《と》られると思った」

「だけど、朔子さんは中肉中背の女性でした。男のあなたのほうがずっと力は強いはずですね」

「………」

「それに、どうしてわざわざナイフを奪おうとするんです？　あなたが立ち竦んでいる間に、朔子さんは逃げればよかったわけでしょ？　逃げる暇も与えず、あなたが切りつけたんじゃないんですか？」

「ちがう、自分にははっきりそんな気がしたんです。ナイフを奪られたら殺されると……」

「ナイフの奪い合いをしたといわれましたね」

「はい」

「その後、悲鳴を聞いて目を開けると、朔子さんは頸を切られていた。その時も、あなたはまだナイフを握っていたのでしょう？」

「いや、憶えていません」

「さっきあなたは、朔子さんの頸からナイフを抜き取ったといったでしょ？　それならナイフを握っていたわけでしょう」

「……」

布施は机上の書類をめくり返して、一段と冷ややかな視線を永沢へ注いだ。

「前回の公判での鑑定医の証言は記憶していますか」

「……?」

「朔子さんの左頸部の切創は、偶然できた傷ではないといえる。加害者が相当の意志を持って切りつけたものと認められ、殺意を推定することもできる」

「……」

「反対尋問を終ります」

傍聴席はしばらくざわめいた。

午後も検察に押されていたのではないか?　タマミは心配になった。

谷川裁判長が左右に首を振り動かした。左陪席と右陪席に、何か補充質問があればするようにと促している。二人が手許のメモを見ていると、谷川は布施検事の半分くらいのスリムな上体をやや前に傾けた。鼻先の眼鏡を押し上げ、いつもと変わらない軽い乗りの声で永沢に話しかけた。

「あなたが朔子さんと言い争ったり、ナイフを奪い合ったりしていた時、二人はホテルの部屋の中の、どのへんにいたんですか」

永沢は少しわれに返ったような動作で裁判官席を見上げた。

「ツインベッドがあって……その手前くらいか……」

「部屋のドアから入って、奥にツインベッドがあったわけですね」

「はい」

「ドアのほうから見て、あなたはベッドの側《がわ》にいたんですか」

「そうなります。自分はベッドに腰掛けて待っていたのを憶えていますから」

「朔子さんは？」

「入ってきて、ベッドの脚のほうにあった小さなテーブルの前に腰掛けました」

「争いになった時は、二人とも立っていたんですね」

「そうです」

「すると、あなたが部屋の奥、朔子さんがドアに近い側に立っていたことになりますか」

「はい、そうです」

「わかりました」

谷川は頷き、それだけで姿勢を戻した。

裁判長は、朔子が逃げやすい場所にいたことを確認したのだと、タマミは感じた。

なぜ逃げなかったのだろう？　思わず塔之木を見た。

彼の眸の中に、かすかな輝きがあった。

第十五章　鞘のないナイフ

1

西伊豆町・堂ヶ島の入江にはたくさんの小島が散らばっていた。岩の上に松の繁る箱庭のような島々の足元を白い渦が縁取りして、その隙間をゆっくりと遊覧船が抜けていく。青白色の海面は穏やかに見えるのに、崖下に打ち寄せる波の響きが、こんな高さにまで快い力強さでのぼってくる。

堂ヶ島の「あじ幸」は、国道から崖伝いにジグザグの石段を下った中途にあった。

「お嬢さん、観光ですか」

カウンターの内側から声をかけられ、タマミはちょっと慌てて顔を戻した。調理服の襟の下に黒のTシャツが覗くいなせな感じの大将が、軽い好奇の目でこちらを見ていた。マイクロバスの一行が引き揚げたあとに来て、お刺身定食だけでビールも飲まず、しきりと窓の外や店内を眺めている若い女の一人客をどこか不審に感じたのかもしれない。

「ええ」とタマミはひとまず頷き、「少し仕事もあって」と笑って付け足した。

店内はカウンターのほか、フロアの中央にある舟形の生簀の周りと窓際にテーブル席がいくつか並び、今はほかに二組ほど客が入っていた。五十前の大将の妻かと思われる女性が、何回も奥とテーブルを往復している。日野朔子もあんなふうに働いていたのだろうか。

「すぐ正面に三つ島が並んでるでしょ。あれが三四郎島というんです」

ついまた窓のほうを向いていたのか、大将がいった。石崎という彼の名前も、実はわかっている。

「ああ、地図にも載ってますね」

「干潮になると、あそこまで歩いて渡れるんですよ」

朔子も毎日この景色を見て、何を思っていたのだろう？

東京から伊豆へ来る間に、なぜか急に自分の心が朔子に寄り添っていくのをタマミは感じていた。

五月末、被告人質問の公判日、「みなとみらい」で昼食をとりながらふと塔之木がいった。

「ことによったら、またタマちゃんに旅をしてもらわなければならないな」

翌日、彼が自室へタマミを呼んで、考えを話してくれた。

「ビューホテルの部屋で、朔子は永沢の目に防犯スプレーを噴射した。彼が立ち竦んでいる隙に、朔子は逃げられたはずだった。彼女は部屋の出入口に近い側《がわ》にいたんだからね」

「はい、裁判長もそこを確認されてましたよね」

「検察側はむしろその点をもって、永沢が朔子を逃げる間もなく殺害したという主張の論拠にしていた。しかしね、朔子が逃げなかったことには、両面の意味があるとは思わないか」

「……………」

「もともと彼女は、晴菜の遺留品の中からピンクの携帯を発見した時点で、それを警察へ届ければよかった。そこですぐ永沢は逮捕されただろう。ところが彼女は、直接永沢に電話を掛けて誘い出した。髪を染めたり、サングラスを掛けたり、ある程度の変装をしていた。永沢に会うと、ホテルに部屋を取らせて、自ら望んで二人きりの状態を作った」

「その時は彼女もスプレーをパンツのポケットに忍ばせて、いつでも取り出せる準備をしてたわけですね」

「だけど、護身用ならスプレーだけでも充分なはずだろ。だが彼女は、バッグの中に抜き身のナイフまで用意していた」

「ええ」

「それら全体を見れば、彼女が逃げなかったことは、逆に彼女自身の攻撃性の証《あかし》ともとれるのではないか」

「はい……」

彼がいった「両面の意味」を、タマミも理解した。

「もともと彼女は、永沢と二人になったら、スプレーで彼の力を奪い、自分のナイフで刺殺するつもりだったと推測することもできる。変装は警察の目を紛らすためだったかもしれない」

「……」

「ところが永沢のほうから先にナイフを突きつけた。彼女は咄嗟にスプレーで反撃し、怯んだ永沢を彼自身のナイフで刺すことに決めた。とすれば、永沢がナイフを奪われそうに感じたり、奪《と》られたら殺されると直感したのも、まちがっていなかったことになる。彼に明確な意思はなかったにせよ、急迫不正の侵害から身を守るために、朔子を刺したのだ」

「じゃあ、正当防衛ですね！」

「いや、そう簡単にはいかない。朔子のバッグの中にナイフが入っていたということは、永沢の供述だけで、客観的な証拠はないのだから」

朔子がビューホテル新横浜の室内で使用したスプレーは、警察がある程度彼女に土地勘があった渋谷、新宿を中心に聞込みした結果、西新宿の「防犯ショップ」で朔子と思われる女性が事件の五日前の昨年八月三十日に購入していた。朔子が髪を染める前で、店員に顔写真を見せて、まちがいないとわかった。

しかし、朔子が同店やその近くでナイフを購入した形跡は認められなかった。ほかでも出所は特定されていない。

「捜査本部では、朔子のバッグにナイフが入っていたという永沢の話自体を、最初から眉唾と疑って、あんまり熱心に調べなかったんじゃないかな」

「警察はまともに聞いてくれないと、彼が嘆いてましたものね」

「だからこそ、朔子のナイフの入手先がわかれば、こちら側の有力な証拠になる」

五月二十四日の被告人質問終了後は、双方からとくに証人申請はなく、次回は七月下旬に論告求刑の期日が入った。続いて弁論、そして判決があるだけだ。もし朔子のナイフに関する証人が見つかれば、論告の前に取調べ請求したい。急がなければならないと、塔之木はいった。

タマミは平松さゆり弁護士の民事裁判も手伝っていたので、そちらと調整して、六月二日朝の新幹線で東京を発ってきた。

朔子が働いていた「あじ幸」の住所や店主の氏名などは、義父・日野伸造の供述調書の中で知ることができた。伸造は晴菜が永沢とのメールに使っていたピンクの携帯の名義人で、料金も毎月彼の口座振替で支払われていた。そのため、溝口輝男が携帯を警察へ届けて以後、捜査員が伸造の自宅まで出向いて調書を取っていた――。

カウンターの内側でサザエの身を取り出している石崎へ、タマミはゆっくり振り向いた。やっと気持を落ち着け、なるべく寛いだ口調で話しかけた。

「こちら、日野朔子さんが働いてらしたお店じゃありませんか?」

石崎の手が一瞬止まった。目を剝いてタマミを見返す。

「どうして知ってらっしゃるんですか」

「週刊誌の記事に出てたような気がして」

「ああ……」

「朔子さんは元気な働き者で、人柄もいい方だったみたいですねえ」

そのことは本当に週刊誌で読んだ。

「そう、お客さんにも人気があってね、うちでも頼りにしてたんだけどねえ……」

石崎は気持のこもる声で答えた。

「娘さんの晴菜さんも、こちらへいらしたことあったんですか」

彼はもう一度タマミを眺めるようにしてから、

「朔ちゃんと一緒に二、三回は来たかなあ。姉妹《きょうだい》みたいだったですよ」

「とても仲の良い母子《おやこ》だったといわれてますよねえ」

「そらもう、朔ちゃんはほんとに、娘さんが生甲斐のすべてって感じだったからね。子供の頃から親に心配かけたこともない、最高の娘だって、いつも聞かされてたけどねえ……」

その声にもまた深い痛みがこもっていて、タマミにはつらく響いた。

「今、裁判やってるんでしょ？」と石崎のほうから話しかける。タマミはドキリとした。

「はい」

「自分も一ぺん法廷を聴きに行きたいと思うんだけど、犯人を見たらふつうじゃいられないような気がするんだよねえ……」

「実は、私、弁護士なんです」

今いうべきタイミングだった。

「弁護士って、あの裁判の？」

「はい」

「へえ……随分若いのに」

石崎は布巾で手を拭き、やや改まってタマミを凝視した。

「それで、どんなことしてらっしゃるんですか」

「あの事件について、調べごとをしたり……」

「今さらまだ調べることがあるんですか」

「………」

　自分の立場をきちんと明かし、また、嘘の口実を告げて情報を取ってはいけないと、塔之木に固く注意されていた。その情報があとで法廷に提出されたり、証人が出廷した場合、弁護人が嘘をついたことがわかれば、証拠の信用性が損なわれる危険性がある。むしろ、こちらが率直な態度で訊けば、相手も素直に答えてくれる場合が多い、と。

「新横浜のホテルで事件が起きた時、朔子さんがナイフを持っていたかどうかが、今ちょっと問題になっているんです」

「ナイフを持ってたら、どうなるわけですか」

「つまり、朔子さんは一人で犯人に会いに行ったわけでしょ。なぜそんな危ない行動をとったのか……その場合、もし彼女がナイフを持っていたとすれば……」

「ああ」

　石崎が急に何か思い出したような声を出した。

「そういえば、警察が来たなあ」

「え？　こちらへも聞込みか何かに……？」

「去年の秋口だったかなあ、横浜から二人連れの刑事が来て、朔ちゃんが最後に東京のほうへ行く前に、店で包丁が失くなったとか、ナイフを持って行ったような心当たりはないかと……」

なるほどと、タマミも納得した。朔子のバッグにナイフが入っていたという永沢の話を、警察はまったく無視したわけではなかった。ナイフの出所について、一応の裏取りを試みたのだろう。

「こっちはそんな心当たり、全然ないですよ。もともとあの人は、魚をおろすのも苦手なくらいだったからね。自分の手で人を傷つけようなんて、絶対に考えるはずないですよ。一方的に男にやられたに決まってるよ」

石崎の声がしだいに強くなった。

「大体ねえ、ぼくは不思議でしょうがないんだ。あんなひとでなしの犯人に、なんで弁護士が付くんですかね。弁護をする先生たちはどういう気持でやってるのか、いっぺん聞いてみたいくらいですよ」

2

さっき下ってきた崖伝いの石段をのぼりながら、タマミは知らぬまに涙ぐんでいた。あんなきついことばを叩きつけられた経験は、これまでの人生で一度もなかった。と同時に、石崎の声にこもっていた一直線な怒りが胸にこたえた。それはまた、彼が抱いていた朔子への信頼や、母子への温かい好意をありありと感じさせもした。なぜ二人が死ななければならなかったのか、今さらのように痛ましくてたまらない……。

国道へ戻ると、午後二時を回っていた。タクシーを停めて、「安良里《あらり》漁港まで」と頼んだ。

山側に大きなホテルが建ち並ぶ道路を、車は北のほうへ戻った。今朝、東京はかなりの雨だったが、修善寺からバスでこちらへ来る間になんとか上がった。空はまだ白い雲に被われて、海岸線近くまでせり出している高い山の頂にも靄《もや》がかかっている。

まもなく車は国道から岐《わか》れた坂道へ入り、港まで下った。たくさんの小型漁船が係留されている岸壁の手前で、タクシーを降りた。水揚げが終ったあとの漁港はひっそりとしている。倉庫のような建物の中にはちらほら人影も見えた。

ジーンズに長靴をはいた青年に、タマミは声をかけた。

「あの、この近くに日野仲造さんという方が住んでらっしゃると思うんですが——」

「日野さんちは、あそこの先だよ」

岬の先を手で示してあっさり教えてくれた。昨年七十六歳の仲造は、六十九歳まで安良里で漁師をしていたと調書の中で語っていた。

緑の山に被われた岬の足元は防波堤で囲われ、内側に細い道がついていた。山の斜面までの間に小さな家が点在し、あいた土地には野菜畑や、ブランコや滑り台などの遊び場もつくられていた。

タマミは表札を覗きながら歩いていった。表札のない家も多く、また人に尋ねようかと思っていた時、〈日野仲造〉とフルネームのうすれた文字が目に入った。

タマミは出入口の傍らの開放された庭のほうへ回ってみた。二間続きくらいの濡れ縁のついた座敷に網戸が閉まっている。その前には葦簀《よしず》囲いされた小さな畑がある。ほかとちがって作物らしいものは見えず、枯れた蔓の這う地面から二、三本の向日葵《ひまわり》が丈高く伸び出て、大きな花を咲かせていた。

玄関へ戻りかけた時、網戸が開いて、白髪の老人が姿を現した。最初タマミの目に飛びこんだのは白一色だった。伸び放題のような真っ白な髪と、白い長い眉と顎鬚の奥に、赤銅色の細い顔がやっと見分けられた。枯れ木のような痩身に白っぽい開襟シャツと、作務衣風のズボンをはいている。

彼のほうでも落ち窪んだ目でジッとこちらを見ているのに気が付くと、タマミは慌ててお辞儀をした。

「日野伸造さんでいらっしゃいますか」

老人はちょっと聞きにくそうに首を傾げた。タマミは一歩近づいて、同じことを尋ねる。相手はゆっくり頷いたが、まだ訝しげにタマミを眺めている。

「私は、弁護士の里村タマミと申しますが」

わかったのかどうか、二、三度瞬きする。

「東京から来た者ですけど」

「ほう、東京から？」

ふいに伸造が嗄れた声を出した。意外にしっかりした調子で、興味を示したようだ。彼は東京から何を連想したのかと、タマミは素早く思い巡らす。もしかして、孫の晴菜だろうか？

「はい。できれば、日野さんにちょっとお話を伺いたくて」

今度こそはっきり聞こえるように、そばに寄っていった。

「じゃあ、ここらに掛けませんか」

彼は縁側を指さして、網戸をもう少し開けた。

「家の中は散らかってるで」

「失礼します」とタマミが断わって、縁側に腰掛けると、仲造は敷居の上にゆっくりと腰をおろした。中の座敷はほの暗いが、テーブルや座卓の間に段ボールがいくつも積まれているのを見て、タマミはあっと思った。

「あの、日野さんは、お引越しでもなさるんですか」

「ああ、下田へね」

なんでもないことのようにいう。

「下田に、ご親戚でも……？」

「娘が嫁入りしてるでね」

「あ、それでご一緒にお住みになるんですか」

「儂《わし》はいいんだが、娘が来い来いというから」

仲造ははじめてちょっと歯を見せて笑った。

「儂はずーっと独りで暮らしてきたでねえ」

淡々とした話し方には、呆けた様子などは感じられない。

「まあ、近くに朔子さんがいらした間は、娘さんもご安心だったでしょうけどねえ」

そっと朔子の名を出して、彼を見守った。伸造は息を吸いこむようにして、白い雲のひろがる空を見あげた。

「朔子さんには、ほんとに世話になったなあ」

「あじ幸の帰りなどに、よくお寄りになっていたそうですね」

伸造の調書の中には、おのずと朔子の暮らしぶりが察しられる話も出ていた。

「そうねえ、倅《せがれ》が早く死んで、一緒に暮らしたことはなかったが、よく気の付く人だったねえ」

「朔子さんが、最後に東京のほうへ行かれる前には――」

伸造に向かって事件の話など、できればしたくない。が、最後に、といった時、タマミは自分で胸を衝かれた。朔子はもう二度とこの西伊豆へは戻らない覚悟だったのではないだろうか？

「日野さんに、何か特別にお話しされたことはなかったでしょうか」

「いやあ、あの人は口数が多くなかったし、儂も耳が遠くて喋らんほうだから……」

彼はまたかすかに苦笑しながら、雲の動きを目で追っている。

「それでも、儂が不自由しないように、いろいろ買い揃えてきてくれたねえ」

「どんな物をですか」

「シャツとか、ズボン下とか。風呂場の腰掛け、木のやつがもう腐ってたのを前から気にしてて……」

「台所用品なども……?」

そこから刃物のことに話を移せないかとタマミは試みたが、伸造は首を傾げただけだ。重ねて訊くのも何か憚られた。

「──そういう日用品は、やはり西伊豆でお買いになるんですか」

「あの人は前からよく三島へ行ってたんですよ」

「三島へ?」

「倅と結婚したあと、長いこと三島に住んでたからね。倅が三島の運送会社に勤めていたもんで」

「では、三島にはお詳しかったんですか」

「友だちもいたらしいよ」

「ああ、それで、まとまったお買物には三島へ……?」

「友だちの店で買物して、喋ってくるのが楽しみみたいだったねえ」

「友だちのお店?」

「やっぱりこっちの出で、今も三島に住んでる人がいてね。実家はまだこの辺にあるだけど」

実家を知っているような口吻《くちぶり》だ。

「何とおっしゃる方ですか」

「妙子《たえこ》さん、か。実家は岸本《きしもと》さんというだが……」

「結婚してらっしゃるんですか」

「そうだね。今は何といったか……」

そのまま黙っている。

「妙子さんのお店というのは、三島のどの辺なんでしょうか」

タマミの真剣な眼差を、伸造は今度はおかしそうに見返した。

「妙子さんのお店といったって、広小路のスーパーで働いてたんだと思うよ」

それから、はじめてタマミの来意に思いが及んだように尋ねた。

「あなたは、朔子とはどんなお知り合い？」

「いえ、私は、事件の裁判に関わっている弁護士なのです」

「……？」

やはりさっきはよく聞こえてなかったのか。

「それで、朔子さんの以前の暮らしぶりなどをもっと知りたくて、こちらへ伺いました。いろいろ聞かせて頂いて、ありがとうございました」

タマミは深くお辞儀をして、もう辞去したくなった。朔子より孫娘の齢に近い自分を見て、伸造が晴菜を思い出すことがつらい。いや、とっくに思い出していながら、口には出さずにこちらの問いに答えてくれていたのかもしれない。そう思うと、タマミは危うくまた涙が溢れそうになった。作務衣の膝に置いた伸造の骨張った手にそっと自分の手をかけて、心をこめていった。

「下田にいらしても、どうぞお元気で！」

のだ。

3

西伊豆町の南にある松崎町が、日野朔子の住所地だった。

地方の町でよく見かける古い商店街には、駄菓子屋、布団屋、ミシン店などのどれも大きな店がゆったりと並んでいたが、路上にはほとんど人通りはなかった。代わりに波の音が聞こえた。朔子が住んでいた賃貸マンションはどこかわからない。それにもう彼女はそこにはいないのだ。

松崎町のバス停から、三時四十分の三島駅行に乗った。大部分のバスは修善寺駅行だったが、幸い三島まで行く特急と時間が合った。
二、三割のシートが埋まったバスは、海岸線沿いの国道を上り、堂ヶ島や安良里を過ぎてまもなく、半島の内陸部へ入った。
晴菜が行方不明になったのは、昨年の今と同じ六月だった。

溝口から知らせを受けた朔子は、翌朝一番のバスで松崎を発ち、百合ヶ丘のマンションへ駆けつけてきたと、彼が調書の中で語っていた。その時朔子はどんな思いだったか。

「子供の頃から親に心配かけたこともない、最高の娘だった」と、朔子が常々いっていたことを、石崎は話してくれた。朔子と晴菜は二、三日に一回メールを交換して、互いの様子を知らせあっていた。離れていてもそれで朔子は安心していたのだろう。

しかし、晴菜は、夫への不満や、メル友との付き合いなどは、朔子に何も打ち明けなかったようだ。伸造に買ってもらったピンクの携帯も内緒だった。いつまでも母親に心配をかけない、いい子でいたかったから。そのために、朔子には晴菜の本当の貌が見えなかった。

「出張」の多い夫は外に愛人をつくり、「私を女として見てくれない」と晴菜は永沢に訴えていたという。「いつも孤独で、話し相手に飢えていた」と真田は法廷で証言した。もともと依存的で甘えたい性格の晴菜は、孤独や寂しさの捌け口をメル友に求めた。真田の証言に従えば、根は真面目な彼女は、いい加減に付合うことができず、どんどん寄りかかって、のめりこんでいった。

メールでは相手の顔色や息遣いまではわからない。それにもともと、子供は親が考えているほど、何もかも親に打ち明けるものじゃない。とりわけ仲良しの母子にしても、隠しておきたい部分は多くあったのではないだろうか？

まして私などは……。

タマミは郷里の鹿児島に住む母親の顔を思い浮かべた。思春期の頃から、母親の性格の中に時々功利的な価値観を見るような気がして、無性に反発したものだった。

それでも、母なりの深い愛情を感じ取ってハッと胸を衝かれたこともあった……。

晴菜が用心深く隠していたピンクの携帯を、朔子は百合ヶ丘のマンションで一人で見つけた。それも溝口の調書から推測できた。

そこに残された〈ハコ〉と〈望〉のメールを読み、朔子は自分には見せなかった晴菜の別の貌を知った。娘の孤独に思い至らなかった自分を、朔子は責めたにちがいない。それから――？

ふつうなら、ピンクの携帯をそのまま警察に届ける。だが、朔子はその前に、繰返し繰返し、メールを読んだのではないだろうか？　哀しい被害者となった晴菜の、それは朔子に残された最後のメッセージでもあったはずだから。

読み返すうちに、朔子の気持は変わったのかもしれない。ある決意が生まれたというべきか。それを行動に移す前に――

そう、メールを削除したのはやっぱり朔子しかありえないと、タマミは改めて確信を持った。塔之木もその意見だし、あるいは布施検事も同じ疑いを抱いていたかもしれない。ただ、法廷で論じないのは、どこまでいっても推測の域を出ないからだろう。

では、朔子はどんなメールを削除したのか？

外部に知られたら晴菜が恥ずかしいようなメール。はしたないメール。そして、少しでも永沢の立場を有利にしそうなメールを消し去ったのではないか。それが彼女の「決意」に適《かな》うことだった。〈Re・〉のメールを残して、元のメールを削ってしまったのは、その種の操作に不慣れな人の犯しそうなミスだ。

その結果残されたメールは、ただ幼稚で他愛ないだけの、何の証も持たない記録になってしまった……。

うたた寝から覚めた時、バスは小さな工場や民家の間にみずみずしい青田が顔を出す郊外を走っていた。腕時計が五時十分を回っている。いっときまどろんだくらいの感じなのに、一時間ほど眠っていたらしい。三島駅着は五時四十分の予定だ。

まもなく市街地へ入った。ワンマンカーのマイクが「つぎは三島広小路」というのを聞いて、タマミは慌てて停車ボタンを押した。

そこは商店街のまん中だった。バスを降りる前に見た案内書では、広小路はJR三島駅から徒歩で十五分、旧東海道に面した市内で一番の盛り場のようだった。

夕暮れが近付いているが、まだどこも灯《つ》りを点けていない。商店街を一通り歩くと、比較的大型のスーパーは二軒見つかった。全国チェーンの五階建は改築中らしく、足場が組まれている。

まず三階建の地元スーパーへ入った。一階は主に食料品のようで、客が多い。二階へ上がると、ずっと静かだった。衣料品や日用雑貨、台所用品の中には包丁やナイフも備えてあった。

タマミはうすいブルーのユニフォームを着た四十前後の男性を選んで声をかけた。

「実は、裁判の関係で、少し調べごとをしているんですが」といってすぐ名刺を出した。受け取った店員は温和な目で怪訝そうにタマミを見返す。

「こちらに、妙子さんという女性が働いていらっしゃらないでしょうか。年配は、四十代くらいと思いますが」

事件当時四十六歳だった朔子から見当をつけた。

「妙子さん……?」

「西伊豆の出身で、旧姓は岸本さんといわれるんですが。その方から少しお聞きしたいことがありまして……」

「いつ頃から働いていた人でしょうか」

朔子は以前からよく三島へ行ったと、伸造は話していた。

「何年間かは働いていらっしゃると思います。私がお尋ねしたいのは、昨年八月のことなんですけど」

「ちょっとわからないですねえ」と、彼は少し考えてから頭を振った。

「わたしはかれこれ十年いるけど、妙子さんという名前は聞いた憶えがないですね」

念のため一階にいる店長にも尋ねてみるようにといってくれた。が、同年配の店長も「そういう人は思い当たらない」との答えだった。

改築中の大型店には、工事関係者ばかりで、店の人はいなかった。もし「妙子」がその店で働いていたとしたら、当面は諦めるしかない。商店街を行き来するうち、大型スーパーのほかに、二階建くらいのドラッグストア風の店が数軒あるのがわかった。

「医薬品・日用品」と表示された一軒に入ってみた。一階には薬と化粧品が棚からこぼれそうなほど積まれていた。二階には、紙類、食器、文房具……園芸用品のコーナーで足を止めたが、刃物は鋏だけだった。

その四、五軒先に「業務スーパー」という看板を掲げた店を見つけた。ガラスのオートドアの中には、野菜、肉、魚などの生鮮食料品ばかり大量に並んでいた。主婦のような姿は少なく、専門業者らしい人たちが店員と声高に話し合っている。店の看板からして、問屋なのだと察しがついた。

外へ出ると、看板の横の「2F・ホームセンター」の表示に気が付いた。二階は家庭用品の専門店という感じで、台所用品の大きなコーナーも目に入った。急いで近付いて、

「あった……」

タマミは思わず吐息を洩らした。

包丁やナイフはどれもプラスチックのケースや袋に納められ、多種多様に揃っていた。大型の出刃包丁、先が角張った菜切り包丁、黒い柄の付いたステンレスのナイフも大小いろいろある。木の柄と鞘のあるナイフは、鞘を外した状態でケースに納まっていた。

来合わせた女性店員に、タマミはやや急きこんだ声を掛けた。

「あの、こちらに妙子さんという方はいらっしゃらないでしょうか」

相手は驚いたように足を止めた。四十前くらいの小柄な人だが、男性のスポーツ刈りみたいな短い髪をして、化粧気のない顔に赤いフレームの、そこだけ派手な眼鏡をかけている。

「失礼ですが、あなたは？」と彼女は落ち着いた声で訊き返した。

「あ、すみません」

タマミは慌てて名刺を取り出す。あとは最初のスーパーで男性店員に告げたと同じ話をした。

「旧姓は岸本さんと……」

「妙子は私ですけど」と、目の前の女性が答えた。

「今は梶《かじ》妙子といいます」

タマミは思わず目を瞠り、

「随分お若いんですねえ……いえ、朔子さんと同じくらいかと思ったので」

「………」

「あの、梶さんは日野朔子さんとは長いお友だちでいらしたんですよね」

「はい、そうですけど」

「昨年の七月末、朔子さんが一度伊豆へ帰っていらして、また百合ヶ丘のほうへ戻られる前に、三島へ買物に来られたそうですね」

「………」

「義父の日野伸造さんからお聞きしたんですが、朔子さんはいつも妙子さんのお店に寄って、お喋りしてくるのが楽しみだったとか。昨年の七月にもこちらへお寄りになったんでしょ？」

「ええ、あの時が最後になりました」と、少し目を落とした。

「事件に遭われる約一月前ですものね。ここではどんなお話をなさってましたか」

妙子はどこか身構えるように口許を引き締めた。

「別にこれといって……ハコちゃんの納骨があるから、またあちらへ行くとか」

「ああいう事件を予想させるようなことをいわれた憶えはないでしょうか」

「いいえ」と妙子は語尾を上げて強く否定した。そのまま黙っている。

「では、こちらでどんなものをお買いになったんでしょう？」

「それが何か、事件と関係があるんですか」

眼鏡の奥からタマミをまっすぐ見返してくる。率直に事情を明かして訊けば相手も話してくれると、塔之木のいったことをタマミはまた心に浮かべた。

「実は、新横浜のホテルで朔子さんが被害に遭われた時、どういう刃物が使われたのか、問題になっているんです」

「犯人が持ってたナイフじゃないんですか」

「実物が見つかっていないので、被告人の供述だけでは特定できないのです。その一方で——」

タマミはそろそろと進む。

「その時朔子さん自身もナイフを持っていたという可能性も、浮かんできているのです。それで、百合ヶ丘へ戻られる直前にこちらへ来られた時に、買われたのではないかと考えまして……」

今度は妙子が思案するように息を凝らした。

「そのことが、どんなふうに裁判に影響するんですか」

「それは、私にも確かなことはわかりません。でも、公判では、可能な限り事実が明らかにされなければならないので、調べているわけです」

「………」

「朔子さんに最後に会われた時のことですから、梶さんも憶えていらっしゃるんじゃないですか。朔子さんはナイフをここで買われたのではありませんか」

妙子はさすがにちょっと気圧《けお》されたように視線を逸した。そのことが裁判にどう影響するかと、今しがた彼女は尋ねた。朔子が買ってないなら、そんな質問をするはずもないのではないか？

「どうぞ、ありのままを話して下さいませんか」

またしばらくたってから、妙子は諦めたように短く息を吐いた。

「朔ちゃんは留守中にお爺ちゃんが不便しないようにと、細々した買物をされました。缶切り、刺抜《とげぬ》き、風呂場の腰掛けとか、その中に果物ナイフなんかも混じってたかもしれませんけど」

「果物ナイフですね」

タマミは念を押して復唱した。あいまいな口吻《くちぶり》を既成事実にするように。

「どれくらいの大きさのものでしたか」

「それはまあ……せいぜいこの程度か……」

小型のナイフと茶色い木の鞘がケースに納まっているものを指さした。刃渡りは七、八センチか。

「買われたという記録は残っていますか。レジなどで？」

「それはないです。もう一年近く経ってるんですから」

「では、梶さんがそのことを裁判で証言して頂けないでしょうか？」

「えっ？」と目を瞠って、妙子は呆れたようにタマミを見返した。

「私が証言すると、何か朔ちゃんのためになるんですか」

「………」

「先生は犯人の側の弁護士なんでしょ？」

「被告人の弁護人をつとめています」

「朔ちゃんを殺した犯人のために、どうして私が証言しなけりゃならないんですか」

「いえ、その事実関係を今争ってるわけですから……」

「とにかく裁判なんていやですよ。証言は断わります」

「では、公判に出なくても、裁判所宛の書類を書いて頂くことはできませんか。朔子さんがここで果物ナイフを買ったという、簡単なものでいいんです」

ほんの何秒かおいて、妙子は再びきっぱりと頭を振った。

「朔ちゃんのためになるなら何でもするけど、あなたたちのためならお断わりします」

4

今日も雨みたい……。

マンションの庇に雨滴が当たる陰気な音を聞きながら、タマミはぼんやり思った。

今年の梅雨はいつ明けるのだろう……？

雨が嫌いというわけではないが、毎日毎日降り続いて、2DKのマンションの中がカビ臭く感じられてくるともう憂鬱――。

ベッドサイドの目覚まし時計は九時を回っているが、まだとても起きる気はしない。これでお天気が好ければ、洗濯物も溜まっているし、布団も干したいのだが。日頃はとかく睡眠不足なので、雨降りの休日くらいは果てしなく眠りたい。

まして昨日の土曜は朝から事務所へ出て、平松弁護士の書類作業を手伝った。法律問題の資料集めや、事実整理の一覧表を作ったり、仕事はつぎつぎ出てきて、結局夜までかかった。旗の台駅近くの中華料理店で夕飯をご馳走になったが、その間中も仕事の話が長引いて、帰ってきたのは十一時前になっていた。

タマミの独り暮らしのマンションは、旗の台から東急大井町線で四駅離れた下神明《しもしんめい》にある。司法研修所で修習中に就職が決まり、住居を捜したのだが、事務所の周りは高級マンションばかりだったので、ここに決めたのだ。近くに豆腐屋とか、屋根の上に物干台を載せた家など混じる古い商店街があり、昔懐かしいような下町風情にも心をひかれた。

朔子が住んでいた伊豆・松崎町の商店街も素朴な雰囲気だったが、一軒ごとの間口が広く、隙間もゆったりあけて建っていた。そこへいくと東京では、小さな木造二階家がこれ以上密着できないほど、ひしめきあうように軒を連ねている。また伊豆の旅を思い浮かべた。

あなたたちのためなら断わると、妙子にニベもなく拒絶されたショックが、まだ胸にひりひり染みる。みんな、被告人は即犯人だと思いこんでいる。弁護人も憎い犯人の味方なんだと。

「どういう気持でやってるのか、いっぺん聞いてみたいくらいですよ」と石崎もいった。

刑事事件を引き受ける限りは、これから何回でもこんな思いをするのだろうか……？

妙子が「せいぜいこの程度」と指さした果物ナイフだけ買って帰ってきたタマミを、塔之木が明るく犒《ねぎら》ってくれたのだけが救いだった。

「朔子がナイフを買ったことがわかっただけでも大収穫じゃないか。あとはまたなんとかなるよ」

証言拒否など、彼は慣れている顔だった。

「でも、とても引き受けてくれそうにありませんでした」

「とりあえずタマちゃんが報告書を作ってくれないか。妙子さんから聞いた通りの話でいいから」

「はい……」

「裁判所に証人尋問請求してみよう。裁判所の権限で、彼女の召喚手続きをとってもらうように」

「そしたら召喚できるんですか」

「さあ、必要性が認められればだがねえ」

タマミはさっそくいわれた通りの報告書を作って彼に渡したが、その後どうなったのか。あれから十日ほど経っているが、まだ塔之木からは何も聞いていない。

再び睡魔にとらわれかけた時、枕元で携帯の着メロが響いた。耳に当てると、

「もしもし、タマちゃん？」

平松弁護士の涼やかな声が流れこんだ。

「昨日は遅くまでお疲れさま」

「はあ、いえ……」

「今日は、もう起きてた？」

「あ、そろそろ起きるとこですけど……」

もしかして、今日も仕事？

「じゃあ、まだ新聞読んでないのね」

「新聞？」

「朝刊に載ってる。大きな記事じゃないけど、社会面を見てごらんなさい」

「はあ……」

電話を切ると、タマミは渋々ベッドを抜け出した。何かまた事件が起きたのか。

社会面左下に三段見出しの記事が目に入った。

〈新横浜ホテル殺人・土砂崩れ跡からナイフ／被害者と血液型一致〉——

〈神奈川県愛川町のゴルフ場脇の斜面で六月五日に発生した土砂崩れ現場から、血痕の付いたナイフなどが入ったバッグが見つかっていたことが、十一日わかった。神奈川県警の調べで、バッグは昨年九月に新横浜のホテルで殺害された日野朔子さんの所有物と見られ、血痕も日野さんの血液型と一致した。〉

続く詳しい内容は——

土砂崩れの復旧作業をしていた作業員が、六月七日、土砂の中から黒い革製の女性用バッグを見つけた。中には血痕の付いたナイフなどが入っていたため、最寄りの警察署へ届け出た。

バッグの中に持ち主を示すものは見当たらなかったが、財布の中に静岡県松崎町に住む男性の名刺が入っていた。署からその男性に問合せると、日野朔子さんのものではないかと答えたので、県警本部へ連絡した。本部の調べで、ナイフの刃に付着していた血痕と朔子さんの血液型が一致することがわかった。

新横浜ホテル事件では、永沢悟被告が殺人容疑で起訴され、公判が進行中だが、県警本部が永沢にバッグとその中味を見せたところ、自分がホテルの部屋から持ち去ったものにまちがいないと認めた。またバッグが発見された現場は、永沢が「埋めた」と供述していた場所とほぼ合致したため、県警本部はバッグが日野朔子さんのもので、血痕の付いたナイフは、永沢が日野さんを殺害した時の凶器と断定した。バッグの中には、ほかに、使用済みの防犯スプレー、ピンクの携帯電話、別の果物ナイフなどが入っていた——。

ビューホテル新横浜で朔子を死亡させた永沢は、彼女の持ち物をかき集めていったん自宅へ帰った。その夜、正確には九月五日午前零時頃、車で再び家を出た。

「西へ走りました。Nシステムのありそうな国道は避けて、住宅地の中を抜けたので、どこをどう走ったのか、詳しく思い出せません。相模川の橋を渡ったあと、真っ暗な山ばかりになったので、車を降り、懐中電灯で地形を確かめながら歩き回りました。寂しい山裾を選んでスコップで穴を掘り、ホテルから持ち帰ったものを全部入れたバッグを埋めました」

接見時や公判廷で、永沢はそういう供述をした。ゴルフをしない彼は、暗闇の中でそこがゴルフ場の造成地だとは気付かなかったのかもしれない。長雨による土砂崩れのため、その現場から彼が埋めた朔子のバッグが出てきた。

しかも、永沢のナイフのほかに別の果物ナイフが入っていたという。

永沢の話は嘘ではなかった、そのことが証明されたのだ！

タマミは記事の内容を徐々に「事実」として受け止めながら、やはりなんともいえない嬉しさに似た興奮が湧き上がってくるのを覚えた。


最初の記事が出てから二週間ほど経った六月末――

「検事が論告期日を延ばしてほしいと電話でいってきたよ」

久しぶりに廊下で顔を合わせた塔之木がいった。検察官の論告求刑は、五月二十四日の被告人質問から約二カ月後の七月二十日とすでに期日が入っていた。

「バッグの中にあった別のナイフが、朔子のものかどうか、裏付け捜査が必要だというんだ」

「え？　だってそのナイフの柄には朔子さんの指紋が付いてたんでしょ」

六月十二日の報道以来、新聞には続報の小さな記事が時々載った。それによると、血痕の付着した永沢のナイフの柄から、永沢の右手三指の明確な指紋が採取された。ほかには永沢か朔子のものかはっきりしない指紋もいくつか見つかっていた。一方、防犯スプレーと、別の新しい果物ナイフの木の柄には、朔子の指紋が数個認められたという。

「いや、朔子の指紋が付いていたからといって、必ずしも朔子のものとは限らない。たとえば永沢が二本持っていて、何らかの理由で朔子の指紋が付いたと考えられぬこともないといっている」

重大な争点に関わる事柄なので、検事も粘り腰を見せているのだとタマミは思った。

「それで、タマちゃんが突き止めた三島のスーパーを教えてやったよ。こちらは裁判所に妙子さんの証人尋問を請求中だったが、もうそちらで警察に裏を取らせて下さいといっておいた」

また二日後の七月一日には、布施検事から塔之木へ再度の電話で、県警本部の捜査員が三島へ赴き、梶妙子の供述調書を取ってきたと連絡があった。次回の公判でその取調請求をするので、弁護側にも関係の証拠資料を開示するという。それらは七月四日、旗の台法律事務所へ郵送された。

妙子の供述調書によれば、朔子は昨年七月二十八日、三島広小路のホームセンターを訪れ、刃渡り八センチの、木の柄と鞘の付いた果物ナイフを購入した。それは捜査員が写真で示したナイフと同種のもので、現在も同店で販売されている、ということである。

「この間タマちゃんが買ってきたのも、大体同じみたいだな」

タマミを自室へ呼んだ塔之木は、それをキャビネットから取り出した。茶色い木の柄のナイフと、同じ木の鞘とを並べて一つのプラスチックケースに納めてある。

「妙子さんもそんな口吻でした。朔子さんのバッグには、このナイフが鞘をはめて入れてあったわけですか」

「いや、ナイフだけだったらしい」

「……？」

「抜き身のナイフだけで、鞘はバッグの中にも見当たらなかったと、警察の捜査報告書には書いてある」

鞘もなかった……？

タマミはなぜか、わけのわからない衝撃を覚えた。

だがとにかく、それは朔子の攻撃性を一層強調することだ。

「これで検察側も、正当防衛を簡単には退けられなくなったわけですね？」

塔之木は少しの間無言でいた。それから、複雑な考えのこもる眼差をタマミに向けた。

「検察側は論告の前に、新しい証人尋問を請求している」

「……？」

「伊豆に住む陶芸家の男性で、朔子の財布の中に入っていた名刺の人物だそうだ」

あっとタマミは胸のうちで声をたてた。肩幅の広い、がっしりとした長身と、彫りの深い面長の容貌が瞼に浮かんだ。彼はほとんどすべての公判に姿を見せ、大抵検察寄りの席に掛けていた。直感というほかなかった。

もしかして、あの人が最後の証人になるのではないだろうか？

第十六章　手　紙

1

七月二十日、午後三時に開かれた法廷は傍聴席に空席が目立った。当初はマスコミに騒がれた事件でも、公判が重なるにつれ、世間の興味は自然とうすれて、人々の足も遠のいていくのだった。

それだけに、タマミはすぐその男性の姿を見つけた。彫りの深い面長の横顔、オールバックの髪には白いものも混じっているが、日灼けした艶のある肌や引き締まった表情は、精悍とさえ感じられる力強さをたたえていた。

彼は今日も検事寄りの、前から二列目に掛けていた。いつもより前に席をとっているのも、いずれ彼が証言席へ出る用意のような気がしてならない。今日の検察側証人は秋元康介、六十二歳。氏名などは開示されても、顔まではわからないのだが——。

公判の冒頭では、布施昭子検事が追加証拠の取調べ請求を行った。〈証拠等関係カード〉に列記された証拠は、土砂崩れ現場から発見された朔子のバッグ、中に入っていた永沢のナイフ、別の果物ナイフ、使用済み防犯スプレー等と、それらに関する報告書、指紋鑑定書、血液鑑定書等。それと梶妙子の供述調書等である。

塔之木がカードを見て、書証については主に「同意」、証拠物には「異議なし」と答えた。

「では、弁護人が同意、または異議のない証拠は採用します」

谷川裁判長がいって、

「検察官は要旨を告知して下さい」

布施は採用された書証の内容を一つ一つ改めて説明した。

三島のホームセンターに勤める梶妙子の供述調書は、昨年七月二十八日、日野朔子がそこで果物ナイフを購入したこと、それは土砂崩れ跡から出てきたバッグに入っていた果物ナイフと同種であることを認めるものだった。弁護士のタマミには冷たく拒絶した妙子も、検察の指示で訪れた捜査官には正直に答えたのだ。

でも布施からその経緯が事務所へ伝えられた時には、これによって朔子の攻撃性が立証され、永沢の正当防衛が裏付けられると、タマミは強気になっていたのだったが——。

「書証は以上です」と検事。

「つぎに証拠物を示して下さい。被告人は証言台の前に立って下さい」

永沢は裁判官にいわれた通りに立つ。Tシャツの襟回りの肉が落ちているのが目立った。

布施はデスクの上でビニール袋から何かを取り出している。今日は淡いペールブルーのスーツ姿の布施は涼しげな清潔感に包まれているが、彼女が手にしたのはどす黒い血痕が刃を被うようにこびりついたナイフだった。

彼女がそれを永沢に示すために前へ差し出すと、彼はたじろぐように顎をひいた。

「これは、新横浜ホテル事件の際、あなたが持っていたナイフにまちがいないですね」

「はい……」

「あなたはこのナイフで日野朔子さんに切りつけたんですね」

「い、いや、はっきりした憶えはないんですが……」

問答はそれだけだったが、布施がナイフをもとの袋に納め、永沢も被告人席へ戻ると、傍聴席から肩の力を抜くような吐息がもれた。

「このあと、秋元康介さんの証人尋問と、加えて、証人が検察官に提出した日野朔子の手紙、手紙の筆跡に関する鑑定嘱託書、鑑定書等、関係書類の取調べ請求をいたします」

再び廷内がざわめいた。

「弁護人、ご意見は？」と裁判長。

塔之木が立つ。

「秋元さんの証人尋問はしかるべく。手紙等については、証人尋問によって事件との関連性が判明した上で、意見を述べます」

「では、秋元証人を採用します。秋元さん、前へ出て下さい」

谷川の軽い声で、タマミの予期した通りの人物が立ち上がった。バーの端を開け、証言台の前に立った。これまでは大抵ブルゾンやラフなジャケット姿だったが、今日は濃紺のスーツに黒っぽいネクタイを締めている。彼は低音の声で宣誓文を読んだ。

「証人はどうぞお座り下さい。では、検察官、どうぞ」

布施は満を持したような調子で始めた。

「証人は、伊豆・松崎町の、日野朔子さんと同じ町に住んでおられるんですね」

「はい」

「ご職業は?」

「今は、陶芸家と呼ばれています」

多少面映ゆそうな声だ。

「それ以前は、どういう仕事をされてましたか」

「新聞社に勤めていました」

五十五歳で全国紙の部長職を自主退職し、その後出身地近くの松崎町で陶芸を始めたという履歴を、布施に問われるまま淡々と答えた。

「日野朔子さんとは、どういうお付合いでしたか」

「私は自宅で陶芸教室を開いていますが、今からでは約二年半前から、朔子さんが教室へ通って来られていました」

「桂山湖事件の前までなら、約一年半のお付合いだったわけですね」

「そうなります」

「あなたは溝口晴菜さんも直接ご存知でしたか」

「晴菜さんが帰省されて、朔子さんと一緒に町を歩いていた時、偶然出会って紹介されたことがありました。その後も一、二回は道でお会いして、挨拶を交わした記憶があります」

「朔子さんから、何か個人的に相談を受けるようなことはありましたか」

「とくにそういうことはなかったと思います。ただ、毎週、教室での雑談を通して、朔子さんの暮らしぶりや、晴菜さんの消息などはおよそ聞いていました」

「では、晴菜さんが事件に遭われたことは、いつからご存知でしたか」

秋元はいっとき間をおいてから、正確を期すようにゆっくりと話した。

「朔子さんは、晴菜さんが行方不明だと知らされた翌朝、百合ヶ丘へ駆けつけたようですが、その翌日の昨年六月二十五日午後、朔子さんの携帯から私のパソコンへメールをもらいました」

「どんなメールでしたか」

「昨日は急用で娘の家に来たため、陶芸教室を欠席したという、簡単なものでした。ただ、二十五日の朝刊には、すでに桂山湖で女性の変死体が発見されたという記事が載っていました。私は二十六日朝のテレビで、変死体が晴菜さんだったことを知ったのだと思います」

「昨年六月二十五日の朔子さんのメール以来、その後もメールなどの連絡はあったのですか」

「事件が報道されたあとで、私がお悔やみのメールを送りました。その後、朔子さんからも時々メールが届きました」

「どういった内容でしたか」

「刑事さんが訪ねて来て話を聴かれたとか、晴菜さんの友だちに会って来たとか、短いものだったと思います」

布施は深く息を吸いこんで、口許を引き締めた。

「朔子さんは昨年七月二十四日、一度松崎町へ帰り、三十日にまた百合ヶ丘へ戻ったことがわかっています。朔子さんが松崎町にいた間に、証人は朔子さんにお会いになりましたか」

「はい、二十五日のメールで、二十七日午後に私の工房を訪ねたい旨の連絡がありました。私も了解の返信をしまして、二十七日の三時頃、朔子さんが来られました」

「その時、どういう話をなさいましたか」

秋元は再び黙った。いっとき瞼を閉じていたのは、内面の葛藤とたたかっていたのかもしれない。やがて、空間に目を据え、一語一語、嚙みしめるように話した。

「朔子さんは、日頃頻繁にメールの交換をしていながら、晴菜さんの悩みや孤独に気付かず、至らない親だったと、自分を責めていました。自分が娘の本当の心をわかってやれなかったために、あの子はあんな事件に巻きこまれる結果になったのだと。私は、ハコちゃんと一緒に生きていく気持で、あなたが強く生きて下さいと、それくらいの慰めしかいえなかったのですが」

「ほかにはどんなことが話題になりましたか」

また少し黙っていたが、

「とくに思い出せません」

「朔子さんが七月三十日にまた百合ヶ丘へ行ったのは、なぜだったのでしょうか」

「晴菜さんの納骨のためと聞いていました」

「納骨のあと、どうするつもりだというような話は出ませんでしたか」

「私が、またこちらへ帰って来るのですね、と尋ねたところ、朔子さんは頷いていました」

「ところが、百合ヶ丘へ戻った一月余り後の昨年九月四日、新横浜のホテルで朔子さんは殺害されました。それ以前に、証人へメールなどは来なかったですか」

「八月一日に納骨がすんだことを知らせてくれて以後、メールはありませんでした。ただ、百合ヶ丘郵便局の九月四日十二時から十八時の消印のある手紙が私の家へ届きました」

「朔子さんが殺害される当日に投函された手紙ですね。証人がそれを読んだのはいつですか」

秋元は少し間をとってから、

「実は、手紙は六日月曜には私の家に配達されたはずなのですが、あいにく私は五日から友人たちとチベットのほうへ旅行してまして、九月十六日夕方に帰国しました。その後も所用で東京にいて、家に帰ったのは九月十七日夜でした。そんなわけで、私は朔子さんが事件に遭ったことも、犯人が逮捕されたことも、帰宅して家人に聞くまで知らなかったのです。手紙を開いたのも、十七日の夜でした」

「なるほど。しかしあなたは、今年六月二十七日、検事の私に電話を掛けられ、その手紙を証拠として提出したいと申し出られました。私が証人尋問をお願いすると、承諾して下さいました。それはどういう理由でしたか」

秋元は強い眼差を検事に注いだ。

「私は、これまで可能な限り公判を傍聴し、マスコミの報道にも注目していました。すると、今年六月五日に起きた土砂崩れの現場から発見されたバッグについて、警察から電話があり、バッグの持ち主に心当たりはないかと訊かれました。財布の中に私の名刺が入っていたということでした。私は、朔子さんのものではないかと思うと答えました。その後も新聞や週刊誌などを見ていますと、バッグの中には、被告人のナイフ以外に、別の新しい果物ナイフも入っていて、その柄には朔子さんの指紋が付いていたとのことです。一部の週刊誌では、朔子さんがスプレーとナイフを用意して、永沢に復讐を企てていた可能性を匂わす推測記事も目に付きました。これでは公判が誤った方向へ進んでいくのではないかと、私は危惧を抱きました。そこで、あえて朔子さんの手紙を公表し、朔子さんの真意を明らかにして、正しい裁判をして頂きたいと望んだからです」

「わかりました」

つぎに検事は裁判長を振り返った。

「証人に手紙一通を示したいと思います」

「弁護人、よろしいですか」と谷川が訊き、塔之木は「結構です」と答えた。

検事はデスクの前を離れて証言席へ歩み寄った。さっき永沢にナイフを見せた時には、刃物なので不測の事態を用心して、彼女は自席からそれを示した。が、今度は秋元のそばで、淡いブルーの封筒と、四、五枚の便箋を開いて見せた。

「これが、あなたが朔子さんから送られ、今回私のほうへ持参された手紙ですね」

「そうです」と秋元が頷く。これで、手紙と事件との関連性が証明されたわけだった。

布施は席に戻り、

「主尋問は以上です」

「弁護人、反対尋問をどうぞ」

立ち上がった塔之木は、いっときしげしげと秋元を見守っていた。まるで、「朔子の真意」といった秋元自身の真意を洞察しようとでもするかのように。

「あなたが朔子さんの手紙を読まれたのは、昨年九月十七日の夜といわれましたね」

「はい」

「事件と密接な関わりのある手紙を、あなたはなぜすぐに警察へ届けなかったのですか」

「勿論、事件が未解決であれば、迷いなくそうしていました」

秋元もまた反対尋問を予期していたように、落ち着いた声で答えた。

「しかし、私が手紙を読んだ二日前に、すでに犯人は逮捕され、九月十六日朝の新聞には犯人逮捕のニュースが大きく載っていました。一方、手紙はあくまでプライベートな、自分への私信です。朔子さんがその公表を望んでいたとは考えられませんでしたので、あえて届け出なかったのです」

「では、その後約九カ月も経ってから、どうして急に提出されたのですか」

「それは先程も申し上げた通り、このままでは裁判が朔子さんの真意、つまりは事件の真実と異なる方向へ進んでしまうことを恐れたからです」

「朔子さんは以前から、あなたに手紙を出すことがあったのですか」

「いえ、メールは時々来ましたが、ほかは年賀状程度で、手紙はほとんどなかったと思います」

「すると、昨年九月、自分が被害者になる事件の当日、朔子さんはどうしてあなたに手紙を送られたんでしょうね」

秋元は唇を固く結んで沈黙した。ふいに感情に迫られた様子にも見えた。それを飲み下すようにして、一度息を吐くと、彼は再び口を開いた。静かに、簡潔な話し方だったが、かすかに語尾が震えた。

「朔子さんは、この手紙を書いた時、自分に万一の場合があるのを覚悟していたのだと思います。そのために、あとで誤解されることのないよう、本当のこと、紛れのない真実を、誰かに知っておいてほしかった。その万一の場合の証人に、私を選ばれたのではないかと考えます」

反対尋問も終ると、谷川は秋元に席へ戻るよう告げた。彼は軽く一礼して、またバーの外側の傍聴席に腰をおろした。

裁判長が改めて塔之木に尋ねた。

「弁護人は手紙等の取調べ請求について、意見を留保されていましたが、いかがですか」

塔之木は苦渋の面持だった。

「関係性の立証がありましたので、手紙は異議ありません。筆跡鑑定書等関係書類も同意いたします」

「それでは採用します。検察官、どうぞ」

入れ替わりまた布施が立った。

「証拠の性質に鑑《かんが》み、手紙は私が朗読させて頂きます。文中の、事件と関わりのある箇所だけを朗読いたします」

静まり返った中、布施は底力のある明確な口調で読み始めた。

「拝啓、残暑酷しき折柄、先生には如何お過ごしでしょうか。

お訪ねした日から、すでにひと月余りが経ちました。その間、懐かしい工房の有様、先生とお話ししたことの数々を、繰返し繰返し思い出さぬ日とてありませんでした。途中を略します。

あの時、いっそすべてを先生に打ち明けてしまいたい衝動に、幾度も襲われました。でも、申し上げられずに帰ってきました。それが私の宿命だったのかもしれません。途中を略します。

今日は何もかもありのままに申し上げます。

実は私は、先生にお会いしたあの日、晴菜の重大な秘密を知っておりました。あの十日ほど前に、百合ヶ丘のマンションで、晴菜の簞笥の引出しの奥から、秘密の携帯電話を見つけたからです。パールピンクの見たこともないもので、ナンバーも私の知らないものでした」

そのあとの手紙によれば——

朔子は携帯に残された〈望〉こそ晴菜のメル友で、彼女を殺害した犯人だと確信する。その後伊豆へ帰り、晴菜の秘密の携帯は前年の十二月に祖父の伸造が買ってやったもので、電話料金も伸造の預金口座から支払われていたことを確かめた。

再び百合ヶ丘へ戻った朔子は、ピンクの携帯の中に登録されていた〈望〉の携帯電話に掛けた。男が出て、「田中望」と名乗った。朔子は携帯の拾得者を装い、それを返すため「田中望」と渋谷駅前のビルで落ち合う約束をした。だがその時は直接彼と会わなかった。

朔子は男の後を尾《つ》け、事務所と自宅、そして「永沢」という苗字を突きとめた――。

「昨日は駅ビルの美容室へ行きました。晴菜が行きつけだった店です。髪をカットして、ワインカラーに染めてもらいました。紫のサングラスも掛けました。先生、ご想像がつきますか？自分でも、鏡を見て別人と思ったくらいです」

廷内は固唾をのむ沈黙に充たされ、布施の声だけが響く。

「こんな変装をしたのは、私が永沢と会って、交際を申し込むつもりだからです。それには少しでも若く見えたほうがいいし、自分の顔を隠して、晴菜の母親かと疑われない用心でもあります。

永沢が私と付合い始め、私に気を許すようになったら、ハコの最期の様子を尋ねるつもりです。ハコがなぜ殺されたのか、どうやって殺したのか、ハコはどんなふうに死んでいったのか。私はそういうことにすごく興味があるの、人が死んだり、殺されたりする話を聞くと無性に興奮するのよ、などといって。できるだけ詳しく、細かく、聞けるだけ聞きたい。だって被害者の遺族が犯人の話をつぶさに聞く機会など、決して与えられないのですから。たとえ犯人が裁判にかけられても、何もかも話すわけではありません。

私はどうしても聞きたいのです。ハコのために、聞いてやらなければ。あの子がどんな思いだったか、どれほど怖かったか、苦しかったか、家に帰りたかったか、私に会いたかったか。

ハコの最期が誰にも知られず永遠の闇に埋もれてしまうのでは、あの子があんまり可哀想です。私が聞いて、私が一緒に背負ってやらなければ。

そのあとで、すべてを警察に届けるつもりです。そして、先生のおそばへ帰ります」

重い嘆声のようなものが、傍聴席から伝わってくる。布施は一段と語気を高めた。

「いよいよ明日はもう一度永沢に電話を掛けて、今度こそ会いに行きます。防犯スプレーとナイフを用意していますが、念のための護身用です。

先生、私は決して娘の復讐を遂げに行くわけではありません。永沢からこの先どんな話を聞いても、自分の手で犯人を殺すつもりはありません。それでは一瞬で犯人を楽にさせてやることになります。晴菜もそんなことは望んでいないでしょう。逮捕され、裁きを受け、そしてあの男に同じ命をもって償わせたいのです。死の瞬間まで、晴菜が味わった何十倍もの苦しみと恐怖を味わわせたいのです。

でも、相手は冷酷非道な殺人犯です。私の思い通りにいくかどうかはわかりません。私は無事に帰れないかもしれません。

先生はあの日、短気なことをしてはいけない、そして『あなたを信じている』とおっしゃって下さいました。おことばに背く私をどうぞお許し下さい。私も、いつまでも先生のお近くで暮らしたかった。それが私の一番の幸せでした。その気持だけを、どうぞお汲みとり下さいませ。かしこ。二〇〇四年九月三日、秋元康介先生、日野朔子。

手紙は以上です」

布施は珍しくかすかに上気した面持で、便箋を畳んで封筒に納めた。ほかの証拠書類に添えて、廷吏に手渡した。廷吏がそれらを裁判官席へ届ける。

廷内はまだ静寂に包まれていた。タマミの頭の中では、布施の声が終らないテープのように響き続けた。

「私は決して娘の復讐を遂げに行くわけではありません……自分の手で犯人を殺すつもりはありません……」

それはしだいに、聞いたことのない朔子の肉声のように感じられた。

塔之木を振り向くと、彼は冷静な表情に戻って前を向いていたが、わずかに唇を嚙んでいるのがわかった。これで証人尋問はすべて終了した。つぎは検事の論告・求刑。そのあとの弁論まで、弁護側に発言の機会は与えられていないのである。

2

あれからちょうど一年──。

タマミは唐突にそのことに気が付いた。斜め先の被告人席で、まるで蹲るように身をこわばらせ、検事の論告に聞き入っている永沢の横顔が自然と目に入った時だった。

あれは去年九月十六日、前の日までの炎暑が嘘みたいな、霧雨混じりの冷たい風が吹き、一晩でがらりと季節が変わってしまったような朝だった。事務所へ出た途端に塔之木の部屋へ呼ばれた。新横浜ホテル事件の容疑者が逮捕され、彼が先輩弁護士の依頼で弁護人を引き受けたことを聞いた。被害者の日野朔子は桂山湖事件の被害者溝口晴菜の母親と判明していたから、塔之木はおそらく二つの事件の容疑者の弁護人を引き受けたわけだった。

タマミは彼を手伝うことになり、はじめて刑事裁判の弁護人になった。

午後にはさっそく港北署へ永沢の接見に出掛けた。穴のあいたアクリルガラス一枚を挟んで向かいあった彼は、凶悪犯そのものという新聞の顔写真とは大分ちがっていた。充血した眸はどうしようもない失意と、縋りつくような期待とで揺れていた。

一見した感じはふつうの人みたい——

タマミにとって、すべてはその意外感から始まったような気がする。

その後丸一年経った九月十六日午後二時から、第七回公判で検事の論告が始まっている。前回の秋元康介の出廷と、朔子の手紙の証拠採用は、やはり弁護側には手痛い打撃だったといわなければならない。たとえ異議を唱えても、いずれ採用されることは目に見えていた。

「それにしても、どこか不思議な手紙だったなあ」

帰りの車で、塔之木がポツリと感想を洩らした。

「なんとなく不自然というか」

「はい……」

手紙は公判前に全文の謄写が弁護側に開示されていた。事務所で最初に読んだ時も、法廷で検事の朗読を聞いた時にも、やはりタマミもそんな印象を受けた。

「でも、筆跡鑑定までされているわけですから、まちがいなく朔子さんの手紙なんですよね」

「その点は、疑問の余地はなさそうだ。朔子が秋元に手紙を送ったことも、とくにおかしいとはいえないようだし」

捜査報告書によれば、朔子の自宅や溝口宅に残されていた彼女の文字と、手紙とを比較する筆跡鑑定で同一性が認められた。さらに秋元の陶芸教室で朔子と親しかった主婦ら数人の聞込みにより、朔子は日頃から秋元に信頼と親近感を抱いていたようだとの供述も得ていた。

「問題はやっぱり手紙の中味なんだが……朔子は、あとで誤解されることのないよう、紛れのない真実を誰かに知っておいてほしかったのだろうと、秋元は証言したね。確かにそんな感じの伝わる手紙ではあったが、それならば、なぜメールの削除についても触れなかったのか」

「ああ、そうでしたね」

やはり削除は朔子の手によると、塔之木は確信しているのだ。それはタマミも同じだった。

「私が妙に引っ掛かったのは、朔子さんが、ハコの最期の様子を聞くため永沢に会いに行く、と書いたあとで、でも自分の手で犯人を殺すつもりはありませんと、わざわざ断わっているみたいなところでした。ほんとにそんな意図がないなら、事の成り行きでおのずとわかるはずなのに」

「手紙は去年の事件の直後に秋元の家に届いていたわけだ。旅行中で読むのが遅れたとかいっていたが……」

「ほんとに旅行してたんでしょうか」

「いや、そのへんも検察は裏を取っているだろう。だけど、手紙を読んだ時すでに犯人が逮捕されていたので届け出なかったというが、いずれにせよ有力な証拠として届けるべきものだろう。新聞社にいた秋元なら承知してただろうにな」

「……………」

「要するに彼は、なるべくあの手紙を公にせずにすませたかった。それだけはまちがいない」

「自分への私信だったし、朔子さんが公表を望んでいたとは考えられなかったと……」

検事は法廷で、事件に関わりのある部分だけと断わり、途中を略して朗読した。

その省略された部分は、秋元との思い出で充たされていた。彼の作品に出会ってはじめて陶芸の魅力に目を開かされたこと、朔子の作品に対する彼の温かい助言、教室での折々のやりとり、そして別れの日の静かな抱擁……。

それらの記憶が溢れるような心情を抑えた文章で記してあったのだ。

あれは朔子のひそかな恋文でもあったろうか。

秋元もまたその心を汲みとっていたから、自分の手許にだけ秘しておきたかったのではないか……？


布施検事の論告は、桂山湖事件の事実関係を要を得た文章でまとめてあった。

永沢は一昨年年齢を十七歳若く詐称し、ハーティネットのサイトを通して晴菜とメル友になった。昨年一月末から直接会うようになり、永沢から強引に求めて関係を持った。

昨年六月二十日、相模湖畔のキャンプ場に駐めた車内で、二人は口論になり、永沢はダッシュボードにあったアウトドア用ナイフで晴菜の頸部を突き刺し、左前頸静脈出血により窒息死させた。

「口論の原因について、被告人は晴菜が被告人に結婚を迫り、被告人がそれを拒絶したためなどと主張しているが、そのような弁解には何らの信用性も認められない。なぜなら、確かに晴菜の家庭には不和の原因もひそんではいたが、破綻していたとまではいえず、それなりに夫婦関係を維持しようと努力していた様子も見受けられる。

他方、被告人と晴菜の間は、メールなどにより一定の親密さは感じられるものの、晴菜から一方的に被告人の歓心を求めていたとはいい切れず、むしろ被告人のほうが肉体関係においても積極的であったと考えられる。

そうした中で、晴菜が実際には二十歳も年長の被告人に、自分は離婚するからといって結婚を求め、拒絶されれば死んでしまうと騒ぐほどの切迫した状況になるとは到底信じられない。とすれば、本件は被告人が肉体関係に抵抗を示す晴菜に、援助交際等を要求し、それを拒まれたための犯行と見るのが自然である。極端な年齢詐称は、最初から援助交際の意図があったことを物語るものと見ることもできる。

しかるに被告人は、晴菜が自分でダッシュボードからナイフを取り出し、『自殺する』といってナイフを振り回したのを止めようとした拍子に突き刺さったなどと、およそありえない弁解を繰返している。この不自然きわまる弁解こそが、被告人の身勝手な動機から晴菜を死に至らしめたことを示す最大の証左である。しかもその態様たるや、致命に至る頸部を突き刺すという残忍冷酷な方法で、その結果、若く将来ある女性のかけがえのない生命を奪った。

さらに加えて、その夜のうちに死体を他県の山中へ運び、三個のブロックと共に水中へ遺棄した。もし被告人が述べるように、晴菜に対していささかでも愛情を抱いて付合っていたならば、かくも非人間的なやり方で直ちに死体を遺棄できるものであろうか？」

車の中で晴菜の死を認めた直後、こんな事態に自分を巻きこんだ女が恨めしかったと、永沢は公判廷で語った。大月署での接見で死体遺棄を話した時も、彼の眸の奥に燃えていた暗い憎しみの炎を、タマミは忘れることができない。

そういえば被告人質問で、永沢は何度も晴菜のことを口にしたが、なぜかいつも「彼女」といった。晴菜とか、ハコと呼んだことさえほとんどなかったのではないか？

すーっと冷たいものが身体の芯を抜けていくような感覚があった。

永沢は心の底で晴菜を憎悪し、それが「犯行」に繋がったのか？

最初の「意外感」は誤りだったのだろうか……？

気が付くと、論告は新横浜ホテル事件へと進んでいた。布施の声を聞きながら、タマミは〈論告要旨〉の文字を目で追う。

「――第二の事件は、先の事件と比べ、偶発的要素はきわめて少ない。被告人は晴菜と自分とを結びつける決定的証拠となる携帯電話を所持する日野朔子に会いに行ったのであり、その前にナイフを用意していた。それについて被告人は、どんな相手がくるかわからなかったので用心のため、と述べている。しかし、携帯電話で連絡を取り合っていたのはずっと女性だった。

しかも待ち合わせはホテルのカフェラウンジという不特定多数の人が出入りする場所である。単に用心のためにナイフを用意したなどとは考えにくい。

さらに、ビューホテル新横浜の部屋を取ったのも、被告人自身である。被告人がそこで日野朔子を殺害するつもりだったとまでは断定できないが、朔子が持参した晴菜の携帯電話を、ナイフを突きつけて強奪しようとした行為は、被告人自身が認めている。それに対して、朔子からスプレーで攻撃を受け、ナイフを奪われかけたなどとも供述している。

しかしながら、朔子が被告人と会った目的は、晴菜の最期の様子を聞きたい一心であり、自分の手で被告人を殺すつもりなどはまったくないこと、スプレーとナイフはあくまで護身用であることを、秋元康介への手紙の中に明記している。実際に、女性が男と会って先行事件の模様を追及しようという際には、危害を加えられたり、まさに本件のように生命を奪われる危険性は充分に予想される。護身用の道具を用意することもきわめて自然である。

また、土砂崩れ跡から発見された朔子のバッグの中には──」

その点にもきちんと触れておくという感じで、布施はチラと弁護人席へ視線を送った。

「確かに新しい果物ナイフも入っていたが、それは事件現場では取り出されなかったことを、被告人も認めている。これらにより、防犯スプレーも果物ナイフも、何ら朔子の攻撃性を物語るものではないことは明らかである。

加えて、被告人は朔子に『お前、母親か?』と訊いたと供述している。その疑いがあれば、単に携帯電話を奪い返しただけで、被告人の身の安全が計られるわけではない。被告人は顔も見られており、この場で朔子を逃せば、晴菜殺害の犯行発覚は必至であることも十分にわかっていたはずである。とすれば、被告人が口封じのため、確定的殺意をもって朔子の頸部に切りつけ、さらに母親の生命までも奪ったことは疑いの余地がない。

しかるに被告人は、揉みあった最中に偶発的にナイフが刺さったかのような、またしてもありえない弁解を繰返している。しかし、朔子は被告人にスプレーを噴きかけ、怯んだ隙に逃げられたはずなのに、その場で襲われている。しかも、一撃で左頸動脈切断の致命傷を受けていることからも、被告人は朔子に逃げる暇も与えず殺害したことは明白である。

以上の通り、この二つの事件は、桂山湖事件では被告人が自己の欲望を拒絶されたため、新横浜ホテル事件では先の犯行の発覚を免れるための、いずれもきわめて利己的動機により、なんら落度のない二人の親子を残忍な方法で殺害し、死体遺棄したものである」

布施はさらに、被告人は無意味な弁解を繰返すばかりで、遺族への謝罪や、改悛の情が認められないこと、晴菜の夫が、被告人には最大限の処罰をしてもらいたいと望んでいることなどを挙げ、情状酌量の余地はないと断じた。

「近年、メールを犯罪に利用する悪質な事件や、いわゆる出会い系サイトを媒体とするメル友殺人等が多発しており、さらに本件が社会に及ぼす衝撃は計り知れないものがある。

以上述べた理由により、被告人には厳罰をもって臨むほかはなく、被告人も甘んじて刑に服すべきものと確信する」

布施はようやく机上から顔をあげると、瞬時肩の力を抜いた。

間をおかず、裁判官席へ向き直った。今日もきっちりしたスーツに身を包み、小ぶりに整った横顔と豊かに盛り上がった胸のシルエットが、内面の揺るぎない安定感を示しているように見えた。

「求刑。よって相当法条適用の上、被告人を死刑に処するを相当と思料いたします」

ドーンと大波のような動悸がタマミの胸を横切った。心臓が激しく打ち続け、すぐ近くにいる永沢の姿さえ霞んで見える。

廷内にも衝撃が走ったようだが、それは重苦しい沈黙になってその場に立ちこめた。

しばらくは誰も動かなかった。

その中で、ふいに席を立った者がいる。傍聴席の左端、弁護側から一番遠く、その最後列に坐っていた男性だった。眼鏡を掛けた顔を伏せ、身体を壁のほうに押しつけて後ろのドアへと急ぐ。グレーのTシャツに黒っぽいズボン。目立たない身なりの、かなり背の高い男だ。手ぶらだから記者とも思えない。

男がドアを細く開け、廊下へ滑り出る直前、蒼ざめた横顔がタマミの視野に入った。もう少しで声をたてそうになった。

3

タマミがその日、下神明のマンションへ帰ってきたのは夜九時半を過ぎていた。

論告が終ったのが五時で、その後は裁判官、検事、弁護人の三者で次回弁論期日の打合せが行われた。二ヵ月後の十一月十四日と決まって、谷川裁判長が閉廷を告げた。

永沢はそれまで被告人席に掛けたままだった。少し背中を丸め、斜め前の床に目を注いで、ジッと静止していた。小鼻から唇の脇にかけて深い皺の刻まれた横顔は、まるで上の空だった。ただ茫然自失していたのか、それとも、ひたすら何か別のことに思いを馳せているようにも見えた。

彼は一度も弁護人席を振り向かぬまま、看守に挟まれて退廷した。

人々も席を立ち、タマミは塔之木の後ろについて廊下へ出た。このあとは別の予定が入っているると聞いていた。彼は足を止めて、タマミを振り向いた。

「じゃあ、お疲れさん」

短くいって、眸にはいつもの優しい犒いがこもっていた。が、彼もある程度のショックを受けていることは、表情の微妙な固さでわかった。死刑求刑もまったく予想しなかったわけではないが、おそらく無期、と彼は踏んでいたのだ。

タマミは広やかなロビーの片隅の椅子に腰をおろした。

傍聴の人影がほとんど消えてからも、彰はまだ姿を見せなかった。

彼は大抵の公判で終る頃に裁判所へやってきて、タマミから審理の模様を聞いていた。その習慣は一月から始まったのだが、二月と三月には彼は国公立大の入学試験を受けた。前期は失敗したが、三月中旬の後期試験で合格し、四月に秋田の大学へ入学した。首都圏から離れて地方へ行きたいという希望が叶ったわけだった。

それでも五月二十四日の被告人質問では、傍聴はしなくても、直接タマミから父親の様子を聞くために秋田から帰ってきたものだ。

論告が九月十六日と決まると、その日も公判後に必ず来るといっていた。

でも、今日はもうここへは現れないだろう……。

時間が経つにつれて、タマミの予感は強くなった。だって、たぶん彼はすでに公判の内容を知っているのだから。

沈鬱な静寂に包まれていた法廷から、一人出て行った男の横顔は、見慣れない眼鏡を掛けてはいたが、彰に似ていたと思う。今日の法廷は八割程度の埋まり方だったから、傍聴券の抽選なしで入れたはずだ。彼は誰にも気付かれにくい隅の最後列に掛けて、論告・求刑を聴いていたのではないか。そして逃げるように姿を消した……。

タマミは彰の携帯に掛けてみた。三月初めに会った時には、彼が携帯を持っていないと聞いて少し驚いたが、秋田へ行く前に買ったらしく、タマミの携帯へメールでナンバーを知らせてくれた。

彰の携帯は電源が切られているか、電波が届かないといわれて繋がらなかった。とりあえず、連絡を待っているとメールを入れておいた。

つぎには永沢の自宅へ掛けてみた。真砂子が来ているかもしれない。求刑について訊かれたらと思うと躊躇いもあったが、やはり掛けないではいられなかった。が、誰も出なかった。

五時四十分を回ると、タマミは地裁を出た。真直ぐマンションへ帰るのも何か気が重くて、事務所へ寄ることにした。途中でも何回か彰に掛けてみたが、繋がらないし、掛かってもこなかった。

平松弁護士の仕事を手伝いながら、彼のことを話してみると、

「そうねえ、求刑を聞いたら、やっぱり平静ではいられないでしょう。今は誰とも話したくないかもね。でも、少し落ち着いたら連絡してくるんじゃない？　もう子供じゃないんだし」

そう、彰は今年五月で二十歳になったのだった。小学生の時、病気で一年休学したため、学年より一つ齢が上だった。そのせいか、彼の自宅ではじめて会った時は、一般の高校三年生のイメージよりいくらか大人びて感じられた。父親が殺人容疑で逮捕され、家は報道陣に包囲されて、これ以上ないほどとんでもない事態の中で、十九歳の彼は混乱しきっていただろうに、その内心を抑えて父親の様子や祖母の体調を気遣っているように見えた。

その後も何回か会った折々にも、心優しい青年の印象が覆されたことはなかった。むしろ、いつも控えめな彼の、精神的な靭《つよ》さにも驚かされた。きっと周囲の好奇や憐憫《れんびん》の視線に晒されながら、よく学校へ通い続けた。

それは父親の「伝言」に支えられていたからではなかったかと、タマミは今になって思う。最初の接見の終り、家族への伝言を尋ねたタマミに、永沢はふいに涙で声を詰まらせながらいった。

「――息子には、お父さんを信じて、学校に行きなさいと……」

あの時、永沢は自分の何を信じるようにと彰に伝えたかったのだろう……？

独り暮らしの2DKに帰ってきたタマミは、下神明駅から自宅までの間にたった一軒あるコンビニで買った弁当と、冷蔵庫の納豆で夕飯をすませた。日頃はもう少し何か自分で作るようにしていたが、今日は消耗しきっていた。求刑のショックと、彰のこともずっと心に掛かっている。

シャワーを浴びる間も、着メロの聞こえる場所に携帯を置いていた。

十二時頃、タマミはベッドに横たわった。今夜もまだ熱帯夜のようだ。マンションの部屋は六階なので、窓ガラスを半分開けて寝るのだが、それでも身体は汗ばんでくる。微風も入ってこない網戸の先で、夜空がぼっと赤らんでいた。枕に頭をつけていると、絶え間ない大都会の地鳴りのようなものが伝わってくる。鹿児島から出てきて、大学の寮に入った当初は、それが耳について、不便でも郊外へ移ろうかと迷ったほどだった。

赤い空の上に二つ三つ、小さな星が散らばっていた。見上げているうちに、ようやく睡魔が訪れてくれそうな予感があった。

実家にいる母の夢を見た。ブラウスとスカート姿のまだ若い母が、赤ん坊を抱いて高い場所に立っている。その赤ん坊はタマミ自身なのだが、自分は下から大声で母を呼ぼうとしている。やっと声が出た時、目が覚めた。

タマミが赤ん坊の頃、母は団地の六階のベランダからタマミを取り落としたことがあったそうだ。その直後、母はすぐ後を追って自分も飛び降りようとしたが、そばにいた五歳の兄が騒いだので、我に返った。植込みの中に落ちたタマミは怪我一つなかった。成長してから聞いた話を、覚めぎわの瞬時に思い出した。

携帯が鳴っている、と思った。枕元から慌てて取ったが、携帯は沈黙している。

チャイムだった。時計を見ると、三時十二、三分。窓の外はまだ真っ暗だ。

ベッドを降りて、部屋の明りを点ける。出入口のドアへ近付いた。

「どちら様でしょうか?」

「永沢です」

ドキッとした。

「え?」

「永沢彰です」

ああ……確かに彰の声だった。

「あの、ちょっと待って下さい」

タマミは室内へ戻り、急いでパジャマからTシャツと綿パンに着替えた。

チェーンを掛けたままで、そっとドアを開けた。暗い踊り場にTシャツとズボンの彰が立っていた。表情まではよく見えない。

「どうしたの、今頃?」

「すみません」

「電話くれればよかったのに」

彰は俯いている。タマミの目線だとすぐ前に、汗に濡れたグレーのTシャツが男の胸に貼り付いている。下は黒っぽいズボン。法廷を出て行った時と同じ身なりだと、何か遠いことのように気が付いた。眼鏡はもう掛けていない。

「さっきは、やっぱり来てたのね」

「すみません……」

「今までどこへ行ってたの？」

彰はまだしばらく顔を伏せていたが、急に息を吸いこむと、さし覗くようにタマミを凝視した。

「先生、父はどうなるんですか？」

思い詰めた語気に、タマミは返事に詰まった。

「父は、検事がいってた通り……」

あとのことばを声に出すのを恐れるように、彰は一度唇を嚙みしめたが、つぎには激しく抗う口調でいった。

「死刑になるんですか？」

「そ、そんなこと、まだわからないですよ。落ち着いて……中に入って話しましょう」

タマミは心を決めて、ドアのチェーンを外した。彰は一歩、玄関内へ足を踏み入れた。黒いバッグを手にさげている。タマミは彼の後ろでドアを閉めた。

「どうぞ、上がって」

だが、彰は土間に立ったまま、動こうとしない。異常に激しい感情か思考か、何かが彼の脳を占領していて、身動きさえ忘れているかのようだ。タマミは当惑と、かすかな怖さも覚えた。

「ねえ、ほんとに落ち着いて。まだ何も決まったわけじゃないんだから」

「……」

「これから塔之木先生が弁論をして、検事の主張をひっくり返すことだってできるのよ」

今なんとかこの場の空気を変えようとタマミは焦った。

「塔之木先生は有名な辣腕《らつわん》弁護士で、今までだって何回もそういうことが……」

「もし死刑の判決が出たら？」

「控訴すればいい。どこまでも事実を主張し続ければ、必ず正しい結果が出ます」

「事実……」

「そうよ！」

彰を励ますつもりが、自分でも強気になってきた。

「最初、お父さんにいわれたでしょ。お父さんを信じて頑張りなさいって」

「でも、ぼくはもう……」

「信じられないの？」

「父は、逮捕される前に、ぼくにいったんです。お父さんを信じていなさい、そうすれば、ものすごく悪い結果にはならないって」

「お父さんのことばを素直に信じてあげなさい」

彰は身体ごとゆらゆらと左右に頭を振った。

「そんなこと、もうぼくには耐えられない……」

「あなたが挫《くじ》けたらだめじゃないの！」

「先生……」

彰は再びタマミを凝視した。その目が異様に大きくなったかと思うと、彼は右手にさげていたバッグを落とすように床においた。タマミがそちらを見た時、いきなり肩を摑まれた。彰の手がタマミの両肩を摑んで引き寄せた。

タマミの顔は強い力で彼の胸に押しつけられた。小柄な身体全体が背の高い彰の両腕の中に抱き取られた形だった。

それでいて、彰はタマミの肩に顔を伏せて咽《むせ》び泣いていたのだった。

「ぼくなんです……ぼくがやった……」

タマミは聞きとれず、ただ反射的に頭をもたげた。くぐもった声がいった。

「ぼくたちはあんなに愛しあっていたのに……ぼくがハコを殺してしまった……」

第十七章　夜明けまで

1

「お父さんはハコなんて知らない、会ったこともなかった」

「お父さんがハコを見たのは、ハコが死んじゃったあとなんです」

そんなことばのいくつかを、タマミは聞き取ったと思った。タマミの頭の中でそれらがグルグル回転しているかのようだ。

とにかくタマミは彰を室内へ上がらせ、背の高い彼を引きずるようにして居間のソファに座らせた。自分も向かいあって掛けた。その間彰は、泣きじゃくったり、何か訴える口調で必死に喋り続けたりしていたが、切れ切れにしか耳に入らなかった。タマミもまた混乱の極だった。でも、彰がでたらめを話しているのでないことは、直感的にわかる気がした。断片的な単語やフレーズでも、妙に具体的だからか。彼が何回も何回も「ハコ」と口にする時の、胸が張り裂けるような思いが伝わってくるからか。

膝に両肱をつき、手と腕の間に埋めた頭を細かく震わせて泣いている彰を見守りながら、タマミは自分がどうすればいいか、必死で思い巡らせた。塔之木に電話を？——でも今は午前三時半だ。

こんな時刻まで、彰はどこをさ迷っていたのだろう？　論告を聞き終えた直後、逃げるように法廷から姿を消し……。それにこのマンションをどうやって探し当てたのか。

でもとにかく、彼はここを訪ねてきた。ここにはタマミ一人しかいないことはわかっていたはずなのに。

まず聞いてあげなければ――。

タマミはようやくその思いに行き着いた。彰の話を洗い浚《ざら》い聞いてみよう。自分も落ち着いて。そう、私がまず落ち着かなければ。

「お父さんはハコを知らなかったと、さっきいったけど、でも、ハコとはメル友だったんでしょ？」

「ぼくです。ぼくがメル友だった」

「お父さんは？」

「全然関係ない」

「じゃあ……あなたがパソコンで――」

項垂《うなだ》れたまま答えていた彰が、やっと少し頭をもたげた。両瞼が赤く爛《ただ》れ、顔中がむくんで、にわかに稚さを露にしていた。声もひどく掠れて、時々裏返る。自制心が強くて控え目に見えた以前の彼とは別人のようだ。

「携帯の代わりに父がパソコンをくれたんです。長いこと使ってないのが家にあったので、高二からぼくが一人で使ってた」

「じゃあ、Ｅメールアドレスなんかは？」

「父のプライベートのアドレスだったけど、気に入ったから、そのままもらったんです」

するとプロバイダーにはどこまでも契約者・永沢悟の名前が登録されていたわけだ。

「それから？」

「ハーティネットの会員になった」

「え？　つまりあなたが、お父さんのメールアドレスでハーティネットに会員登録したわけ？」

念を押すと、彰は重たく頷《うなず》いた。

「いつから？」

「一昨年《おととし》の、九月半ば頃……」

「お父さんは知ってたの？」

「一応断わりました。登録する時、クレジットカードのナンバーが要るから」

「お父さんは承諾したの？」

「ハーティネットの外国語学習のサイトを利用したいといって、父のカードを使わせてもらった。毎月そこから料金が落ちるんだけど、大した額じゃないので、父も気にしてなかったんです」

「それで、ほんとに外国語の勉強をしたの？」

「いや……ハーティフレンズの会員になった」

「ハーティフレンズって、メル友募集サイトの？」

「そうです……」

彰が通う私立の進学校は二期制で、九月に一週間ほど中間休みがあった。前期の期末テストの疲れから、勉強ばかりの毎日が息苦しくなり、何かちょっとした気晴らしがあったほうが勉強にも集中できるのではないかと思った。それでハーティフレンズに登録し、掲示板に出ている女性の〈名刺〉の中から気に入った相手を選んでポケメールを送ったと、彰はぽつり、ぽつりと話した。

「あなたも自分の名刺を出していたの？」

「いや、男は出してもほとんどメールが来ないから。でも、会員登録の時に、一応名刺は作んなきゃならないけど。ニックネームとか、生年月日、職業とかの自己紹介……」

「あっ、それが二十六歳で外資系保険会社だったんだ！」

タマミにもようやく最初のからくりに似たものが見えてきた。

メル友募集サイトの自己紹介なら、どんな嘘でも通用するのだ。年齢、職業はおろか、性別さえも。男が女のふりをして男に接近する「ネカマ」と呼ばれる種族さえいる。みんな互いに嘘かもしれないという前提で付合うから、嘘が罪悪にならない世界とでもいうのか。

会社がユーザーについて自動的に把握できるものは、パソコンではＩＰアドレス、携帯なら端末ＩＤ。それさえ押さえていれば、会社は確実に使用料を課金できる。万一事件など起きた時は、それを警察に届け、警察は容易に契約者を割り出すことができる。

昨年五月、永沢悟の被告人質問がタマミの脳裡に甦った。

『あなたは自己紹介の名刺に〈望〉のニックネームで、年齢は二十六歳、外資系保険会社社員と登録していますね。事実とちがうのはどうしてですか』

『ルックスの自己採点では、イケメン系に5点法の4をつけていますが——』

塔之木の指示で、タマミはあえて痛い質問を浴びせ、永沢を冷笑の渦に投げ入れた。

『それにしても、二十六歳というのは、当時の実年齢より十七歳も若かったわけですね』

しかし、実際は反対だった？

タマミは改めて目の前の彰を眺めた。今は泣き腫らした子供のように見える彰が、当時の実年齢なら十八歳を八歳も上に詐称したわけか？　今更のような驚きで、ふっと眩暈《めまい》に襲われる。

「望というニックネームは、何か意味があったの？」

「ただ好きな名前だったから。でも段々に、希望みたいなイメージになった……」

「どうして二十六歳なんて……？」

「付合うなら、年上のほうがよかったんです。年下は物足りないっていうか。クラスでも、ぼくはちょっと浮いちゃってたし……」

「ハコにポケメールを送ったのは、いつから？」

「一昨年の十二月半ばくらい」

一昨年の十二月すぎ、晴菜はすでに家族に内緒のピンクの携帯を入手していた。新しい携帯アドレスと〈ハコ〉のニックネームでハーティフレンズに登録した。以前、真田などとのメールに使われていたシルバーの携帯での〈ハミ〉の登録は、使われずに自然消滅の形になった。

〈ハコ〉も二十二歳、独身と偽っていた。

新しい名刺が掲示板に載った途端、多数の男性からのポケメールがハコのメールボックスに送られてくる。ハコは何人かに返信し、最後は〈二十六歳〉の〈望〉をメル友に選んだのだろう。

「ポケメールは何通くらいやりとりしたの？」

「十回以上はやったと思うけど……」

「本当の携帯アドレスを教えてほしいといい出したのも、あなたから？」

「ええ……」

女性は待ちの姿勢、男から仕掛けていく世界と、真田が法廷で語っていた。

彰が先にパソコンのEメールアドレスを教えると、晴菜も携帯アドレスを知らせてきた。そこで二人の関係は一ステップ前進して、直メールが始まったのは一昨年のクリスマス頃からだった。

パソコンは二階の彰の自室に置いてあった。学校や塾から帰ってくるのが七時か八時で、夕食後二階へ上ると大抵九時すぎになった。

「真っ先にメールを見て、すぐ返事を送ったり、パソコンをつけっ放しにしてて、勉強の途中で打つこともありました。なんか、メールしながらのほうが、勉強も捗《はかど》るような気がしたんだけど……」

その頃の浮きたつような興奮を思い出したのか、彰はしばらく眸を光らせて空間を見ていた。

タマミは自分の喉がカラカラに渇いているのに気が付いて、立ち上がった。冷蔵庫からミネラルウォーターを出して、彰の前に置くと、彼はちょっと頭をさげた。タマミが自分のボトルを開けるのを見て、彼もゆっくり手に取ったが、口をつけると、しばらくは貪《むさぼ》るように飲み続けた。

「お腹すいてない?」

彰は頭を振った。

「——それで、直接会ったのはいつ?」

「去年の一月十八日の日曜でした」

彰は日付をよく憶えている。

「会いたいといい出したのは、どちらから?」

「ぼくからです。ハコは、会う前に写真が見たいと……」

彰のパソコンからは写メールが送れない。実年齢がばれる恐れがあったのでかえって幸いだったが、残念だけど、と返した。そんなやりとりのあと、結局晴菜は会うのを承諾した。

「どこでもハコの都合のいい場所へ行くといったら、新百合ヶ丘の駅の、改札に近い柱の前でハコが立っているといって、服装なんかも教えあったんです」

日曜の午後二時に、二人はそこではじめて会った。駅ビルの中のティールームでお茶を喫み、一時間半くらい話した。

「想像してた以上にハコが可愛いひとだったから、ぼくはボーッとなってたけど、でも最初から、なんか自然な雰囲気になって……」

「名前などは、ちゃんと名乗りあったわけ？」

「一応。でも、ずっとニックネーム使ってたから、その後もそのままで呼びあってました」

「年齢のことは、何か訊かれなかった？」

「すごく若く見えるって驚いてたけど、怪しむような態度じゃなかった。でも、そのあと何回もメールしてるうち、やっぱり気が咎めて、本当は二十三歳で、サラリーマン一年生ですと送ったんです。ハコの名刺の希望する年齢が二十六歳以上になってたから、正直にいったら友だちになれないと思ったと……」

それにしても、彰はまだ五歳上にサバを読んでいたのだ。

会ったあとでは一挙に親密さが加わり、メールも増えた。三月中旬までにまた三回くらい、日曜の午後に渋谷や新宿で会い、お茶を喫んだあとで街をぶらつきながら話をした。

デートが日曜に限られたのは、土曜には彰が横浜の受験塾に通っていたのと、父親の永沢も日曜にはよく書類作業をこなすために事務所へ行ったので、そのあと外出しやすかったからだという。晴菜も日曜が一番都合が良さそうだった。

「二人でいる時、どんな話をしたの？」

「いろんなこと……ハコといると、不思議なほど話題が尽きなかった。ハコも話し相手に飢えてたみたいで、子供の頃の話とか、バイトの愚痴も聞いたし……」

「ハーティフレンズやハコとのことは、お父さんにはずっと内緒にしてたのね」

「勿論。とてもいえる感じじゃなかった」

複雑な苦いものを噛みしめるように、彰は低く呟いた。

「時々父のプライベートの携帯を借りることはあったけど。学校の友だちとどこかへ行くといって……」

「その携帯ナンバーをハコに教えたのも、あなただったわけね」

「待ち合わせする時、うまく会えなかったらと、ハコが心配したので。これは勤め先の会社の携帯だから、なるべく掛けないようにといって、会う前にはぼくから公衆電話で掛けたりしてました」

ハコも、自分に掛ける時には家の電話か、ふだんバッグに入れている携帯のほうへと望んだ。

「結局、ぼくらの連絡は大抵メールだったんです」

晴菜はピンクの携帯の存在を夫に知られることを恐れ、家の中にしまいこんで持ち歩かなかった。だが彰には「独身」と称していた手前、込み入った事情は喋らなかったのではないか。

一方彰のほうも、自分の携帯を持っていないことを、晴菜にはぼかしていたのだろう。

タマミはつとめてゆっくりと先を促し、彰もぽつり、ぽつりと話し続けた。

昨年三月二十日春分の日には、珍しく土曜の昼前からデートした。学校の友だちが下宿を変わるので引越しの手伝いをするといって、父親の車と携帯を借りた。

「車の免許は？」

「二年の夏休みに取ってたんです。父が会社の人たちと旅行に行って、モーターボートの事故で、脚を骨折した時、仕事で動き回れないのが困るといって、急にぼくに取らせて、しばらく運転させた」

春分の日は、ハコと高尾山のほうまでドライブした。山裾の道路脇で車を停めて、どちらからともなく、初めてキスした。それからは二人ともお互のことしか頭になくなった。遠からず深い関係になってしまうことを、どちらも予感し始めていたように思う……。

「その予感は、いつほんとに……?」

タマミも何か胸苦しい動悸を覚えながら、思い切って訊いた。

「四月十八日日曜でした」

「どこで?」

「相模湖のそばのホテル……」

彰は宙に視線を浮かせたまま、呟くように答えた。

「どちらから誘ったの?」

「ホテルのことをいい出したのはハコ……だけど、ぼくがキスしながらハコを欲しいといったから……ぼくは車の中でもいいと思ったけど、ハコが、こんな場所ではいやといって。ホテルなんて、ぼくは事情がわからなかったし、ハコもすごく緊張してて、可哀想みたいだった……」

彰は衝動的に啜り泣いた。

二人はシティホテルを捜したが、見当たらず、相模湖のインターに近いラブホテルへ入った。そのへんのホテルなら、晴菜は真田に連れて行かれたこともあったのではないか。多少でも勝手を知ったホテルのほうが、晴菜には安心だったのかもしれない、ともタマミは想像してみる。でも、気持はきっと真田の時とはまるでちがっていただろう……。

四月二十五日の日曜も、会わないではいられなかった。もう車は借りられなかったので、渋谷で待ち合わせして、喫茶店で話しこんだ。その時晴菜が、自分は本当は二十四歳の人妻なのだと泣きながら打ち明けた、という。

「だけど主人は出張ばかりしてて、家にいてもほとんど会話がない。ずっと一人ぽっちだった。でも今は望がそばにいて、何でも話せるから、孤独じゃないって。ぼくはものすごくショックを受けた。でもそれは、ハコがそこまで打ち明けてくれたことに、なんか感動したみたいなショックでもあったんです。それでぼくも、自分の身分を正直に話そうとしたんだけど、今ぼくが、まだ高校生だなんていったら、こんなにぼくを信じて、頼ってくれてるハコはどんなに落胆するだろう。ハコをものすごく傷つけるような気がして、とうとういい出せないで別れてしまった……」

彰は勉強が手につかなくなった。学校でも塾でも、一日中晴菜のことばかり考え、上の空だった。四月末、高三になって最初の学力テストでは、成績が急降下した。

それ以前から、父親は日曜ごとに外出する彰の様子に不審を抱いていたようだ。成績のことで、厳しく説教された。受験まであと一年を切り、自分でもこれではいけないと焦っていた。

五連休続いたゴールデンウィークは、父親に墓参りを付合わされたり、家の中でも一日中監視されている感じだった。父親が外出する日には、晴菜のほうの都合で会えなかった。

やっと連休が明けると、その間の不満や寂しさの埋め合わせのように、晴菜から「会いたい」のメールが続いた。無論気持は彰も同じだ。

五月十六日日曜は、父親が結婚披露宴に行った間に家を出て、晴菜とまた渋谷で落ち合った。でも短時間で振り切るように帰ってきたので、かえって気不味《きまず》い雰囲気が後を曳いてしまった。

「つぎに会った時には、今度こそきっと、本当のことを打ち明けようと決心しました。そんなメールも送ったんですが。ハコが怒って、別れるといったら、諦めるしかないと覚悟していました」

五月三十日日曜、父の留守中に勝手に車を使い、百合ヶ丘で晴菜をピックアップした。今日が最後になるかもしれないと思うと、無性にハコが欲しかった。彰のほうから望んで、最初に二人が結ばれた相模湖のホテルへ行った。

「ハコを抱いてたら、ぼくたちは絶対別れられっこない、いや、このままでもやっていけるんじゃないかと、ふっと思ったんです。働きながら大学に通って……高卒で就職してもいいかと……」

本当のことはまだいわないまま別れた。

六月早々、学年全員が有名予備校の模擬テストを受けた。結果は四月より無惨だった。

「お父さんにこっぴどく叱られました。でも、父が死んだお姉ちゃんのことまで持ち出して、涙を溜めているのを見て、ぼくは姉の分まで期待をかけられているんだと思ったら、すごくつらかった。父もハコも裏切っている自分が情けなくなって、急に何もかも自信がなくなっていくみたいでした……」

日頃は穏やかに見えた受け唇《ぐち》の脇にまた涙が滑り落ちると、タマミも思わず胸を締めつけられた。

「あなたは、やっぱり優しいのよね……」

2

六月中頃まで、彰は晴菜の誘いのメールに、〈残業がぎっしり〉とか、〈休日も出社〉などと苦しい言訳を返していた。実際、もう少し学力を挽回しなければ、都内の志望校にはとても受からないと、学校でも塾でも釘を刺されていた。

「ぼくだって会いたくてたまらなかったけど、なんとか今後の目処を立てなくては……このままずるずる続けていたら、二人とも潰れてしまう気がしたんです」

六月三回目の週末が近づく頃には、彰自身が精神的限界にきていた。学力テストは頻繁に行われたが、成績はさらに下降し続けた。焦りで常時頭がのぼせたようになっていた。晴菜は彼が自分を人妻と知って別れたくなっているのかと疑うようなメールをよこす。どうしても一度会って、これからのことを話し合い、彰自身も心をリセットしたかった。

四週目の日曜は六月二十日。

塾の仲間と気晴らしにドライブしたいというと、父親が車を貸してくれることになった。

二十日は朝から梅雨晴れの澄んだ青空がひろがった。父親は早めに事務所へ出掛けた。晴菜の夫も出張に行くそうだった。

彰は十二時五十分に車を運転して家を出た。百合ヶ丘の近くまで来てから、公衆電話でハコに着く時間を知らせた。朝、父がいる間に携帯を借りるチャンスを逃してしまったのだ。

「二時ちょっと前に、百合ヶ丘の変電所のコンクリート塀が続く道路で、ハコを車に乗せました。ハコはピンクのブラウスに赤いショルダーバッグを掛けてて、すごく可愛かった。でも、あとから考えれば、どこか今までと様子がちがっていた」

いよいよ事件の日の話になると、彰の口は急に重くなった。タマミも逸《はや》るような気持を抑えて、少しずつ促した。

その日も相模湖までドライブすることにした。午後三時半頃着いて、湖畔の公園でしばらくぶらぶらしていたが、晴菜がもっと静かな場所へ行きたいというので、「憩いの森キャンプ場」へ移動した。一台だけ駐まっていた車が入れちがいに出て行き、人気もなく、寂《さび》れた雰囲気だった。奥の湖面の見える場所に車を駐めた。

「車の中で、ハコを抱きしめてキスしたら、ハコが急に泣きじゃくって、家庭のことを打ち明けたんです」

この間出張から帰った夫の洗濯物に長い髪が一本絡みついていた、それで、以前から疑っていた夫の浮気はまちがいないと確信した。その髪の毛は証拠に取ってある――。

それから晴菜は、今まで二人の間では意識的に避けていた夫の話を始めた。製薬会社のMRをつとめる三十歳の夫が、たびたび日曜から家を出て、夜出張先のホテルに電話しても着いていなかったり、疑わしい兆候はいくつもあった。単なる浮気というより、決まった女性がいるような気配だった。何度も訊こうとして、土壇場で切り出せなかった。事実を告げられても、離婚して一人で生きていく勇気がなかった。ただ自分が惨めになるだけだと思って……。

『でも、望と出会ってから、段々変わってきたの。望と一緒なら、人生をやり直せるんじゃないかと。そんな時、決定的な証拠を見つけた。あれからまた幾晩も眠れずに考えたんだけど、やっと決心がついたの』

晴菜はそんなことをいって、思い詰めた目で彰を凝視した。

「ぼくは、怖くてすぐ訊けなかった。どんな決心かって。でも、ハコのほうからいったんです」

『私、離婚する。そして望と一緒に暮らしたい。いいでしょ?』

彼女の濡れた眸は、興奮と期待で輝いているように見えた。

「ぼくは、そんなハコがすごく愛おしかった。といって、しっかり受けとめる自信がなくて、思わず気持が引けちゃうっていうか……」

きっと彰が驚喜すると思いこんでいた晴菜の顔は、どこか戸惑っているような彼に気付くと、不審と驚きに変わった。

『どうしたの? 嬉しくないの? ハコと結婚するのがいやなの?』

その声はしだいに恐怖にかられたように震え出した。

『じゃあ、嘘だったの？　ハコを全部ぼくのものにしたいといったのも、みんな嘘だったの？』

「ぼくはとうとう打ち明けました。本当は高校三年で、この五月に十九になったばかりだって」

「ハコは、何と……？」

「顔色が真っ青になって、しばらく口もきけないみたいだった。それから狂ったように泣き叫んで、拳でぼくを叩いた……」

『最初から騙すつもりでメル友になったのね。でたらめのメールで私を弄んでただけなのね。私はずっとずっと、望だけを信じてたのに……』

しばらくはいろんなことばの交換があったが、今はもう正確に思い出せない。やがて晴菜ががっくりと項垂れたかと思うと、深い絶望と寂しさのこもる声でいった。

『何もかも、お終いになってしまったのね』

彰は何回も謝ってとりなし、これからどうすればいいか、話し合おうとした。

「ぼくが高卒で就職したら……でも、父が絶対承知しないのは目に見えてた。せめて大学を卒業するまで、ハコが待ってくれたら……」

『それまで私は一人で暮らすの？』といってハコはまた泣いた。

『私はもう一日もあの家にいたくない。望は私よりお父さんのほうが大事なのね』

「そんなわけじゃないとわかってもらうために、父や、死んだお姉ちゃんの話までしたんです。するとまた父の顔が目に浮かんで、成績のことで叱られたことを思い出した。今みたいな状態では、大学に入れるかどうかさえわからない。ましてハコのことをわかってもらうなんて、到底不可能な気がしてきた……」

「ええ」

「いっそこのまま家出したら、とも考えたけど、どこでどうやって暮らせばいいのか。すぐ見つけられて、連れ戻されたら、もうハコに会うこともできなくなる。といって、ハコを裏切って別れるくらいなら、死んだほうがましだ、……堂々巡りしているうちに、何もかも八方塞がりみたいで、自信喪失で目の前が本当に真っ暗になった……」

二時間か三時間近くも車の中にいた。

ハコは泣き疲れてぼんやりし、まるで心が空間を浮遊しているみたいな顔に見えた。今にも暮れかける空へ目をやって、ポツリと呟いた。

『私、もう死んじゃいたい……』

さっきチラッと思ったことをいわれて、彰はドキリとした。

『ぼくだって、しょっちゅうそんな気になるよ』

『ほんと？　じゃあ、ハコと一緒に死ねる？』

『うん、かまわない』

晴菜はメールでもよく〈死にたい〉ということばを使ったから、彰も最初はそれほどリアルな感じでなく受け流していた気がする。が、そんな会話で知らず知らず自分自身が暗示にかけられて嵌まっていくような、不可思議な感覚に陥り始めた。

『本当に、一緒に死んでもいい？』

『いいよ』

それができたらどんなに楽だろう、と、吸いとられるように感じた。

そのあとまたいくつかの会話があったように思う。

どれほどかの間黙っていたハコが、ダッシュボードを開けて、中をまさぐった。ティッシュペーパーでも出すのだろうと思っていたが、見ると彼女は赤いアーミーナイフを手にしていた。

車の外は急速に闇に包まれた。互の顔がよく見えなくなっていた。

晴菜はフロントガラスから射しこむ外灯の明りにすかすようにして、部厚いナイフから刃を抜き出した。それを手に持って、彰へ向き直った。

『望、ハコを愛している？』

『うん、愛してる』

『命よりも？』

『うん』

彼女は彰の手にナイフを握らせた。

『じゃあ一緒に死のう』と、ハコは囁き声でいった。

『先にハコを殺して』

『……』

『ここを切れば、簡単に死ねるって』

ピンクのブラウスのボタンを外し、はだけた襟元の頸動脈のあたりを指さした。

『お願い』

彰は呆然として、自分の心臓のおそろしい鼓動音を聞いていた。

できるか？

できるか？

『できるでしょ？』とハコがいった。

『ほんとにハコを愛してくれてるなら』

薄暗がりの中、彼女は異様に光る目で彼を見守っていた。その眸が、まるで死物狂いで彼の愛情の証を求めているように感じられた。

試されている？

そう思うと同時に、晴菜がたまらなく可哀想になった。

「ぼくがハコを騙してたから、ハコはぼくを信じられなくなってしまった。でもこれからは絶対裏切らない。ぼくはこんなにハコを愛してるんだ。それを示してやらなければ、ハコは救われない。そのことがぼくの義務みたいな気がした」

ちょっとだけ切れば、ハコはわかってくれるにちがいない。ほんの少し傷つける程度――。

彰はナイフを握り直した。彼女の指先が示すあたりへ、鋭利な刃を近づけた。

『じゃあ、いいね』

刃先だけでちょっと突いた。同時に彼女がビクリと動いた。

晴菜の左の頸から血が流れ出した。彰は慌てて自分のハンカチを取り出し、傷口に当てた。ハンカチはみるみる血に染まったが、それ以上、噴き出すほどではなかった。その間に、もし止まらなければ病院へ、この近くではどこにあるかと思い巡らしていた。

「――ところが、突然ハコがむせて、咳きこんだかと思ったら、身悶えるようにして、それから急にぐったりしてしまったんです。呼んでも答えないし、身体も動かなくなって……」

大声で呼び続けた。鼻と口に耳を当てても、呼吸が感じられない。口移しで息を吹きこんだが、胸は膨らまなかった。彰は車内灯を点け、ダッシュボードにあった懐中電灯で晴菜の顔を照らした。白目を剝いていた。目を覚まして！　と祈るうちにも、その顔が紙のように白くなっていく。

ハコを殺してしまった！

そう思った時、真っ先に浮かんだのは、自分も死ななければならないということだった。

『一緒に死んでもいい？』

『いいよ』

その会話が耳底にこびりついていた。その約束で、自分はハコにいわれた通り刺したのだ。少しだけ傷つければ、ハコは納得して、すぐやめようというに決まっていると思っていた……。

彰は自分の頸動脈にナイフを当てがった。

どれほど勇気を奮い起こしても、どうしても切れなかった。手首に変えた。左手首にすーっと血の筋が付いただけで、それ以上できなかった。

思い直して、もう一度ハコの名を呼んで、力一杯揺すってみた。彼女の腕や顔は、温もりがないというより、こちらの体温を吸い取る冷たい石のように感じられた。

それからどれほどの時間、車の中で自分が何をしていたか、彰には記憶がない。

車から出た時、キャンプ場は深い樹林の闇に包まれていた。ガランとした地面と立木がどうにか見えたのは、ほの暗い外灯と、古い電話ボックスがうら寂しい明りをはらんでいたからだった。携帯がないので、そこへ入った。助けを求める先は、父しかなかった。

「電話で父に何といったかも、よく思い出せないです。でも、『車を運転して帰ってこられるか』と訊かれて、『帰れると思います』と答えたことは憶えています。とにかく早くうちへ、父のところまで帰り着きたかった……」

父の指示通り、助手席を倒して、ハコの身体を仰向けに寝かした。トランクにあった毛布で襟元まで被い、顔にはハコのハンドタオルを掛けた。

『くれぐれも注意して、事故起こすんじゃないぞ』

父の声を繰り返し耳底で聞きながら、中央自動車道を走った。

十時すぎて自宅に着くと、父が庭先に出て待っていた。

「車をカーポートに納めると、とにかく家へ入れといわれました。おばあちゃんはもう寝ていて、居間で父から、何があったのか、きちんともう一度話してごらんといわれた」

「ええ」

「ぼくは、『ハコを殺してしまった』と一言いっただけで、大声で泣いてしまった。どんなに怒られるかと思っていたのに、意外に優しくいわれたので、急に身体中の力が抜けて、その場に崩れてしまいそうだった……」

「ハコを殺してしまった、と?」

タマミは確認するように繰り返した。彰は頷く。

「だって、その通りだから。何度も何度も、そればっかりいってたと、あとで父にいわれました」

しばらくたって、やっとあらましの事情を切れ切れに打ち明けた。ハコと出会ってから、今日までのいきさつを、前後しながら話した。

やがて父は彰を部屋に残して、カーポートへ引き返していった。

彰は恐ろしい虚脱感に襲われて、ソファに横になった。

「そのうち、自分がどこで何をしてるのか、現実感がまるでなくなって、意識が身体から抜け出していくみたいな感じになって、少し眠ったり、気味の悪い夢をみて目が覚めたり、長い時間、そんな状態でいたような気がします」

その間父が何をしていたのか、わからなかった。

何度目かに目を開けた時、室内には朝の光が充ちていた。

またどれほどかして、父が入ってきた。落ち窪んだ目の下に黒い隈ができ、やつれた頬は肌が粉をふいたようで、異常な疲労が顔にこびりついていた。父は前夜から眠ってないとわかった。

思わず身体を起こしながら訊いた。

『ハコは?』

父は自分の手に目を落とした。それから、強い視線で彰の眸を射抜くようにしていった。

『死体の始末はすませた。車の中に置いたままでは、明るくなればすぐ人目についてしまう』

『……………』

『お前はもう、全部忘れてしまいなさい。死体が出なければ、何もなかったと同じだ』

「父はその日、ふつうに会社へ行きました。東京に用事があるともいってました。出掛ける前に、ぼくにも学校と塾へは必ず行くようにと念を押した」

父はふだんより早めの午後七時半頃帰宅した。夕食後、彰の部屋に来て、前夜よりも詳しく話を聞いた。彰も父から、死体を湖に沈めた経緯を知らされた。晴菜の所持品などは山中に埋めたといっていた。

「晴菜さんのシルバーの携帯だけは持ってたはずよ。山手線の中から、ハコの友だち二人にメールを送ってますからね」

彰はつらそうに頷いた。そうか、偽メールは彰のアリバイ作りだったのかと、タマミは推測した。

「あなたはシルバーの携帯の中を見なかったの」

「父から渡されて、調べました。ぼくとのメールが全然残ってないので、暗証番号で隠してあるのかと思った。番号を知らなくても、データが隠されているかどうかはわかると聞いてたけど、ぼくもふだん携帯を使ってなかったから、はっきりとは自信がなかった……」

彰が調べてもわからないと、父はすぐ処分するといった。

「あなたがメールに使ってたパソコンは？」

「それも粉々に壊して捨てるといいました」

翌日が月一回の不燃ゴミ収集日に当たっていた。父が、明日自分は夜まで客と付合いがあるので、彰にパソコンとシルバーの携帯を破砕し、いくつかに分けて数ヵ所に捨てるようにと細かく指示した。翌日の夜遅く帰宅した父に彰がその通りにしたというと、

『これで証拠はもう何もなくなった。彼女の家族はたぶん捜索願を出すだろうが、警察ではいちいち家出人を捜したりはしない。死体が出なければ、事件にはならないのだ。これで何もなかったことになる』

父は繰返しいった。自分自身にもいい聞かせているようだった。

しかし、事件から四日後の六月二十四日、桂山湖で若い女性の変死体が見つかった。翌々日には身許が明らかにされた。

「ぼくは恐怖で立っていられないほどだった。父も相当に動揺していました。でもぼくには、警察はハコの携帯のメール先を調べ出して、自分へも事情を聴きにくるかもしれないが、お前は無関係な顔をしていればいい。メールの内容はどこにも残ってないのだから、自分が事件の

ことは知らないといい張れば証拠はないんだと……」

その後、捜査は思わぬ方向へ進展した。七月末、溝口晴菜のメル友だった三十代のフリーライターが有力容疑者として浮上した。マスコミの報道でも、その男が犯人と決まったようだった。

なぜ父へは警察から問合せもないのか？

やはりハコは別の携帯で彰とメールをしていたのか。そして運が良ければ、その携帯は発見されずにすむかもしれない。父もそれを考えていることが、目を見ただけでわかった。

フリーライターが容疑に挙がった段階で、父は車を処分することに決めた。事件の日に彰が使っていた白のレガシィの助手席と、下の床には、少量の血痕が付いていた。その夜のうちに父が洗い流したが、車はそのまま手放さずにいた。万一警察に調べられた場合、事件直後に車を売却していては不審を持たれる恐れがあった。

父は仕事柄、中古車販売店の知り合いも多数あったが、それまで行ったことのない東京・足立区の中古車屋に車を売り、また別ルートで色も形もちがう黒のバンを購入した。

彰はあとで聞いて知ったことだが、日野朔子から父へ電話が掛かってきたのは、フリーライターが浮かんでから約一カ月後の八月末だった。

九月四日土曜の午前十時すぎ、会社へ行っていた父の携帯へ朔子から三回目の電話が掛かった。その日父が家へ帰ってきたのは、夜八時すぎだった。

「おばあちゃんとぼくは夕飯を待ってたんだけど、父は帰るとすぐ部屋に籠ってしまって、一時間くらい出てこなかった。やっと三人でテーブルについたけど、父はほとんど口をきかないし、顔つきもふつうじゃなかった……」

翌日曜の午後、彰は父の部屋に呼ばれた。

「前の日の事件を打ち明けられました」

新横浜のホテルで電話の女性と二人だけになり、一刻も早く携帯を取り戻したかったので、用心に持って行ったナイフを突きつけて、返してほしいと迫った。その直後に催涙スプレーみたいなものを目に噴射された、などの模様を話した、という。

「それで？」

タマミは固唾をのんだ。彰にだけは、永沢はありのままの真実を吐露したのではないか？

「ナイフを、奪いあう形になって、気が付いた時には、女の人が足許に倒れていたそうです」

「お父さんが自分から切りつけたんじゃないの？」

「相手を傷つけたり、殺そうとした覚えはないといってました」

彰もまっすぐタマミを見返して答えた。永沢が塔之木やタマミに語ったこと、そして公判廷での供述と変わりなかった。

「しかし、今度は警察に捕まるかもしれないと、父は追い詰められた様子でした。あの女はやっぱりハコの母親だった可能性もあると……」

今回のことは、証拠品の携帯を取り返すためにやむをえない成り行きだったかもしれないが、万一自分が逮捕されても、彰には何も責任はない。自分にはあの女性を殺す気などなかったことも、必ず警察でわかってもらえると思うともいった。

『だけど、ハコの事件は……すべてがそれから始まったことでしょう？』

責任がないなどと、彰には思いも寄らなかった。だが父は、日頃の譲らない声でいった。

『今後どういう事態になっても、ハコのメル友は永沢悟で通す。彰ではない』

「それから父は、ぼくがハコと知り合った最初から、相模湖の事件までのメールの内容とか、デートの様子なんかを、ぼくからもう一回詳しく聞き出して、メモを作りました。相模湖のラブホテルへも、その後自分で見に行ったようでした」

永沢は懸命に「学習」したのだと、タマミは物哀しい気持で想像する。

「ただ、自分の立場では、ハコと一緒に死ぬつもりだったという話を警察は納得しないかもしれない。別の事情を考えなければならないと……」

身辺に刑事のような人影を見かけてから、永沢はメモを焼却した。彰の肩に手を置いていった。

『とにかくお前はふつうの生活をしていなさい。お父さんを信じていれば、そんなに、ものすごく悪い結果にはならない』

新横浜ホテル事件の殺人容疑で永沢悟に逮捕状が執行されたのは、昨年九月十五日、事件から十一日後の朝だった。取調べでは、彼は一度は追及に屈した形で朔子への殺意を認めたが、塔之木に励まされてすぐに翻し、殺意はなかったと否認した。

身柄が大月署へ移され、桂山湖事件の取調べでは、晴菜に結婚を迫られ、口論になった末の偶発的事故のように主張した。彼が終始認めたのは、晴菜の死体遺棄のみだった。

しかしながら、二件の殺人と死体遺棄容疑で、警察と検察の取調べがいかに遺漏なく詳細に亘るものかは、彼の予測をはるかに超えていたにちがいない。短時日の「学習」はたちまち突き崩され、あちこちで供述が矛盾したり、ホテルの名前をまちがえたりした。まして、メールが部分的に削除されていて、その再現を求められるなど、思いもよらぬ事態に直面させられた。

「被告人質問のありさまを先生から聞いた時、ぼくは身体が冷たくなるみたいでした。これでは両方の事件で父は有罪になっちゃうんじゃないかと。その上また新しい証人が現れて、朔子さんの手紙まで出てきた……」

「……」

「ぼくは絶望しかけたけど、それでもどこかで、まだ希望を棄てないでいました。父に朔子さんを殺す気がなかったことは、ぼくが現にはっきり知ってたから。検事だって必ず理解してくれるはずだ。ぼくが法廷に行ったのは、検事の論告を一刻も早く自分の耳で聞きたかったからです」

「……」

「でも、あいつはなんにもわかってなかった!」

彰は吐き出すようにいって、白い前歯でギリギリと唇を噛んだ。

「先生、もし二つの事件で、どちらも殺人にされて……つまり、二人殺したら死刑になるんでしょう?」

彰はまともにタマミを見るのが怖いように、顔を伏せたまま訊いた。タマミも動揺した。

「そんなこと……決まってないですよ。事件は一つ一つ、みんな事情がちがうんだし」

「ぼくがやったことで、父を死刑にするなんて、そんなことはできないです！」

最後は絞り出すような涙声になった。

「ハコを死なせたのは、ぼくなんです。ハコが死ななければ、父が朔子さんに会うこともなかった……」

タマミは、意識して深い呼吸をした。

「あなたは、本当のことを、全部私に打ち明けてくれたのよね」

「そうです」

「どうして？」

少し間をおいて、彰ははじめてタマミと正面から向かいあった。面差しが変わるほど腫れた顔には、でもタマミの印象に残る含羞《はにか》みに似た微笑の影があった。彼はむしろ控え目な口調で答えた。

「やっと決心がついたんです。警察へ行って、ありのままを話すつもりです。だけど、その前に、どうしても先生に聞いておいてほしかったんです」

タマミは胸が詰まり、熱い塊がこみあげて、声を出すためにまた喘ぐような息をしなければならなかった。

「あなたは、本気でハコと一緒に死ぬつもりだったの？」

「一度はそう思いました」

「ハコに、先に殺してと頼まれたのね？」

「そうです」

彰は迷いのない眼差のまま頷いた。その頬に光が射したような気がして、タマミは思わずあたりを見回した。

いつのまにか室内はずっと明るさを増していた。半分開けたままの窓の先に、淡いブルーとピンクの溶けあった空が見えた。そちらからまだ仄《ほの》かな輝きを帯びた早暁の光が流れこんでいた。

タマミの心にも一筋の光が射すのが感じられた。聞き慣れた法律用語、でも自分では扱ったことのない一つの罪名がおのずと浮かんできたからだった。

第十八章　確信犯

1

〈04／1／17　19：21
送信者・望　タイトル・いよいよ明日
会えますね！　ハコさんのいう通り、午後2時に新百合ヶ丘駅の改札の前の柱のところで待っています。人が多くてわからないといけないから、目印に黒い帽子をかぶっていくよ。望〉

〈1／17　19：24
送信者・ハコ　Re・いよいよ明日
ですね！　楽しみです♪　じゃあ私は白っぽいコートに茶色のブーツをはいていきます。よろしくね！　ハコ〉

〈了解。会って「思ってた感じとちがう」ってがっかりされないといいんだけど……。〉

〈あはは。私もがっかりされないといいな。じゃあ、明日ね！〉

サイト上で知り合って約一ヵ月、彰から望んで晴菜が会うことを承諾し、その日曜の前夜の確認メールだ。お互にまだ少しぎこちない「です。ます」調。

でも翌日の晩になると随分うちとけている。最初のデートで互に好印象を抱いたことがわかる。

〈1／18 20：03
送信者・望　タイトル・今日はほんとに
会えてうれしかったよ。ハコさんが思った通り……いや思った以上に可愛いひとでドキドキした。あがっちゃってあんまりうまく話せなかったけど、退屈しなかったかな？〉

〈送信者・ハコ　Re・今日はほんとに
すっごく楽しかった！　いろいろありがとうね。望さんて、背が高くて、スマートで、私が思ってたよりびっくりするほど若くて素敵だった！〉

〈よく若く見えるっていわれるんですよ。頼りないのかな。でも楽しんでもらえたみたいでうれしい。よかったらまた会えるかな？〉

こんな調子のメールが翌一月十九日の夜にも交換されているが、早くも彼は気が咎めて、年齢を少しばかり訂正する。彰が告白した通りだ。

〈1／19　19：41
こんばんは、何してる？　昨日のこと、何回も思い出してます。望さんて、やっぱりすごく若く見えるけど、ほんとに26歳？　学生さんっていっても通るくらいだよね。〉

〈――ホントいうと、実はまだ社会人一年生の23歳なんだ。別にだますつもりじゃなかったんだけど、いつも若く見られるのがコンプレックスなんで。それと、ハコさんの名刺では希望の相手が26歳以上になってたから、ついそれに合わせちゃったんだ。どうしても友達になりたかったから。ごめんね。怒ったかな？　それともがっかりした？〉

〈ううん、気にしてないよ。かえって年が近くってうれしいかも。じゃあ望さん、じゃなくて、望くんでいいね（笑）。〉

〈あはは。くんづけじゃなくて呼び捨てでいいよ。望って呼んで。ぼくもハコって呼んでいい？〉

ほんの百字か百五十字のメールの積み重ねで、二人の距離は急速に接近していく。一見おずおずと、それでいてどこか開き直ったような大胆さも見え隠れする。

いずれにせよ、この数件のメールの記録だけで、すでに晴菜のメル友が二十歳年上の永沢悟ではなく、年下の彰だったことの明白な証拠となりうるわけだ……。

一日が巡り、また夜が来ている——

パソコンから離した目を窓へ向けると、大小の角張った黒いシルエットの上で夜空が赤く滲んでいる。網戸の隙間からは微風も入ってこない、昨夜と同じ熱帯夜だ。

視野に入るものは何も変わっていないのに、あれからまちがいなく二十時間余りが過ぎたのだ。真夜中のチャイムで眠りを破られた時から。

タマミの今までの人生でいちばん長かったような、しかもおよそ現実感に乏しい一日。今でも嘘みたいだけれど、夢でも妄想でもなかった。その証拠は、目の前のパソコンに残されたこれらのメールだ。

彰の話を一通り聞き終え、彼の了解を得てから、塔之木の自宅へ電話したのが、今朝の五時半頃だった。奥沢の自宅から、塔之木は驚くほど早く、六時すぎに駆けつけてくれた。

電話では概略のみ聞いていた彼は、この部屋で彰に直接、話の要所要所を確認した。さすがの塔之木も驚愕と戸惑いを隠しきれない様子だった。

「それにしても……あなたの話を裏付ける、何か証拠のようなものはないかな」

「パソコンを持ってきました」

「え？」

彰は急に思い出したように、居間との仕切りが開け放された玄関のほうへ視線をさ迷わせた。同時にタマミも気が付いた。彰がここへ来た時、上り框に黒いバッグを置いた。その直後に彼は唐突な行動をとり、バッグは置かれたままになっていた。

彼がそれを持ってきて、ファスナーを開けた。A4サイズのノートパソコンが現れた。

「ぼくが父から借りて、ハコとメールしてたパソコンです。粉々にして捨てるようにと父にいわれてたけど、内緒で学校のロッカーに隠しておいたんです」

「なぜあなたはそうしたの？」

塔之木の問いに、彰は自分の指先を凝視《みつ》めて考えこんでいた。

「……たぶん、これを壊してしまえば、ぼくたちのことは何もかも消えてなくなってしまうから、ハコにすまないと思ったような気がします」

塔之木はパソコンを立ち上げ、彰もそばに掛けさせて、三人で多数のメールを読み返した。彰の告白をメールによって跡付ける形だった。彰にはつらい作業だったにちがいない。

ようやくそれが終ると、塔之木はやや改まって彰に尋ねた。

「あなたが自首するつもりのことは、ほかに誰か知っていますか」

「いえ」

「あなたの決心に、変わりはないね？」

彰の顔からは少し赤みが退いて、もともとの細面は急に憔悴して見えた。タマミの記憶にある控え目で穏やかな青年の面影が立ち戻ってくるようでもあった。彼は「はい」と静かに頷いた。

「では、まずお父さんの話を聞いてから、一緒に警察へ行こうか」

三人でコーヒーを飲んだ。それから、塔之木のアルファロメオの後部シートに彰とタマミが乗り、午前九時半に下神明のマンションを出発した——。

タマミはパソコンの画面に視線を戻した。今朝、ここを出る前に、〈望〉と〈ハコ〉のメールのデータをフロッピーに移した。それを今はタマミのパソコンで見ていた。デスクの時計は午後十一時を指している。

〈3／20　21：31
送信者・望　タイトル・今日のドライブ
すばらしかったね。車の中はほんとに二人だけの世界だものね。やわらかいハコの唇の感触を、今も繰り返し思い出しているよ。——〉

〈なんだか今も気分がふわふわして、ヘンな感じです。なんかもう望のことしか考えられない。——〉

〈かわいいハコ。ぼくだって同じだよ。早くハコにまたキスしたい！――〉

〈4／18　21：04
ハコ、ありがとう！　ハコは素敵だった！　ハコの唇、ハコの胸、ハコの……全部ずっとぼくのものにしておきたいよ。あれからぼくは舞い上がりっぱなしで、帰りはもう少しで信号無視するところだった！（笑）――〉

〈望と一つになれて、ハコもほんとに幸せだった。――正直ね、セックスってあんまり好きじゃなかったの。でもそれは本当に好きな人としてなかったから……なのね。望、またハコをぎゅっと抱きしめてね！〉

〈次に会う時まで我慢できそうにないよ。ああ、ハコ、早く会いたい！〉

〈ハコだって！　今夜は望の夢を見られますように……おやすみ、チュ♪〉

これは四月十八日日曜、相模湖のラブホテルで二人が初めて関係を持ったあとだとわかる。もしかしたら、晴菜はこれらを〈保護扱い〉で保存していたかもしれない。いずれにせよ、晴菜の携帯から削除されていたメールのすべてを、今朝、彰のパソコンではじめて見ることができたのだった。

今朝九時半に三人でここを出たあと、塔之木はまず永沢悟がいる横浜市港南区の横浜拘置支所へ車を向けた。彰とタマミを車内に待たせておいて、彼は永沢に接見を求めた。

彼がまた車に戻ってきたのは約一時間後の十一時半だった。

永沢に彰が自首を望んでいることを伝えてきたと、塔之木は彰に告げた。

「父は、何かいってましたか」

彰が沈んだ声で尋ねると、塔之木はしばらく無言でいた。やがて、

「いや、お父さんは何もいわなかった」

それだけ答えて、エンジンを掛けた。彰が物問いたげにタマミを見たが、タマミは窓の外を向いていた。もしかしたら、永沢は彰の話をなかなか肯《がえ》んじなかったのかもしれない。目を剝いて頑なに打ち消そうとする永沢の顔が、なぜか瞼に浮かんだ。

それから車は、港北署へ向かった。桂山湖事件の管轄は山梨県大月署だが、続く関連事件の捜査本部は港北署に置かれていた。塔之木は刑事課長に面会を求め、彼の前まで彰を連れて行った。ここへ来た経緯と、父親にも面会してきたことを伝えた。

「警察で改めて本人から話を聴いて、捜査をして頂きたいと考えまして」

課長は彰に姓名、職業などと、塔之木のいうことにまちがいないかと尋ねた。

「はい。溝口晴菜さんが亡くなった時、その場にいたのはぼくでした。父ではありません」

彰はまるで車の中で考え詰めていたような答えをして、自分のパソコンを提出した。

帰りは塔之木と二人だった。

「すぐには彼を逮捕しないと、刑事課長はいってましたね」

車が走り出して少したってから、タマミが口を開いた。

「本人の申し立てだけで身柄を押さえるわけにはいかないからね。山梨県警とも連絡して、充分な裏付け捜査をしてから逮捕状を請求するわけだから、二、三週間はかかるんじゃないかな」

「じゃあ、その間は？」

「毎日自宅まで送り返して、また朝連れて来て取調べをするんだろう。夜間は警察が家を張るかもしれないが」

「あの……でも、それなら……」

名古屋にいる真砂子にわけを話して、来てもらってはどうか。母親がそばにいたら、彰はまだしも気持が休まるのではないだろうか。

「できればそれがいいだろうね」と塔之木も同意した。

「弁護人には、誰が……？」

「ぼくらはやらないよ」と、彼は軽く断わっておくという口調で答えた。

「永沢の裁判と対立するような事案だからね」

「ああ……はい」

「いずれ甲府地検に送致されるから、あちらの知り合いにぼくから頼んでおく」

「はい」

タマミは、思い切ってまた訊いた。

「あの、彰君は嘱託殺人になるんでしょうか」

今朝早く、彰の告白を聞き終えたあとで、タマミの脳裡に浮かんだ罪名だった。

「メールなどが証拠になって、彼の話が事実と認められればね」

「そしたら、どれくらいの刑に……？」

「うーん、事件当時は十九歳の少年で、自首してるしなあ……」

「……」

「まあ、うまくいけば──」

第三京浜の入口が近付いて、彼はそのまま口をつぐんだ。

旗の台の事務所へ戻ったのは午後三時を回っていた。

その後、タマミは平松弁護士の民事事件の書類整理を手伝った。平松には今朝からのいきさつをかいつまんで話した。

「それじゃあ、タマちゃん、ほとんど寝てないわけね」と彼女は気遣ってくれたが、タマミは何か仕事をしていたほうが楽だった。

すっかり日が暮れた七時過ぎにマンションへ帰ってきて、手作りの夕食をすませると、自然とパソコンの前に座った。フロッピーの内容をもう一度ゆっくり読み返してみようと思った。

それくらいしか、彰にしてやれることはもうないのだから――。

2

〈4／25　19：12
送信者・ハコ
今日はごめんね。びっくりしたと思う。最初はダンナが仕事ばっかりでかまってくれないから、こっちも気晴らしにメールして遊べばいいくらいのつもりだったの。だから年齢も適当に登録して、結婚してることも別にいう必要ないと思ってた。でも、やっと望に出会えて、本当に好きになっちゃったら、とてものこのまま嘘ついていられなくなって――でも、途中から望が黙りこんじゃったんですごく心配になった。嫌われちゃったかな？――〉

つぎの〈望〉からのメールが、いつもの二、三分後ではなく、翌日の深夜のことが、彼の複雑な反応を物語っていた。

〈4／26　23：51
返信遅くなってごめんね。正直いうと、相当ショックでした。ハコが誰かの奥さんだなんて……。ほんといって、もう別れなきゃいけないんじゃないかと悩んじゃった。だけど、だんなさんとの仲は冷え切ってるっていうし、ハコの孤独がすごくわかって、自分でも不思議なん

だけど、正直に打ち明けてくれたハコのことが、ますます好きになってきた。今はぼくだけって言葉を、信じていいんだよね？〉

〈もちろん、今のハコには望だけだよ。アッチとはもうずっと、ほとんど話もしてない。出張ばっかりでよく日曜から出掛けるけど、本当かどうか……望、ハコを許してくれてありがとう！――〉

しかし、ゴールデンウィーク明けから、二人の立場の微妙なギャップが少しずつ読み取れるようになる。

〈5／06　15：57
GWはほんとに残念だったけど、今度の週末は無理しても会えないかな？　日曜にドライブとか？　ハコは土曜でも都合つけられるけど？〉

〈ごめん、今は仕事がちょっと立てこんでて、時間取れそうにないんだ。ぼくだってこんなに会いたいのに……ごめんね。〉

〈明日は仕事何時頃終りそう？　週末がムリなら、会社の帰りに待ち合わせして夕飯一緒にっ

ていうのはどう？〉
〈会いたいのはやまやまなんだけど、連日残業なんだ。明日もたぶんお客さん訪問が続くから、何時に終るって約束できないんだよ。――〉
〈5／16　20：02
今日は久しぶりにハコの顔が見れてよかった。あんまり時間が取れなくてごめんね。怒ってないよね？〉
〈短い時間だったけど、一緒にいれてうれしかった。でも、望がしょっちゅう時計を見て、時間気にしているみたいなのが、ハコにはちょっとつらかったかな。ハコより仕事が大事？(笑)〉
五月十六日日曜、父親が結婚披露宴に行った間に家を出た彰が、晴菜と渋谷で短時間デートしたあとのメールだ。振り切るように帰ってきたので、かえって気不味いムードが後を曳いてしまったといっていた。
その後は晴菜のどこかひがみっぽいメールと、彰の苦しい言訳が目につくようになる。このあたりも、晴菜の携帯から随所で間引きしたように削除されていた。彰のパソコンのデータと、晴菜の携帯の証拠写真とを比較して、タマミはその痕跡を一つ一つ確認できた。
晴菜の不満や恨みごとに追い詰められた彰は、ついに高校生の身分を打ち明ける決心をして、それを予告するメールを送った。

〈5／18　23：50
タイトル・今度こそきっと
ぼくの本当の話を聞いてほしい。ずっといいたかったけど、なかなかいい出せなくて……ハコにちゃんと打ち明けなくちゃいけないことがあるんだ。冷静に聞いてくれるとありがたいんだけど。──〉

〈Re・今度こそきっと
本当の話って？　前から決まった人がいるとか、ほかに好きな人ができたとか？　それとも主婦だったハコに幻滅しちゃった？……もしかして、最近なかなか会ってくれなかったのは、そういうことなの？──〉

〈ちがうよ！　そんなんじゃない。ぼくが愛してるのはハコ一人だ。神に誓ってもいい。ただ、ずっとハコに隠してきたことがあるんだ。本当のことがわかると、二人の間がダメになるかと思って……でも、今度会ったとき正直に話すから、聞いてほしいんだ。──〉

〈ハコと別れたいなんて、嫌だよ。私、望がいなくちゃ生きていけない！　お願いだから別れるなんて絶対いわないで！　ハコはすぐ死んじゃうからね。――〉
〈そんなことというはずないじゃないか。それよりもっと楽しいことを考えよう。今度会ったら、何かおいしいものを食べようね。ぼくの気に入りのイタ飯屋へ行こうか。――〉
やっと気持を落ち着けた晴菜は、五月二十日につぎのメールを送った。
〈5／20　18：16
Re・今度こそきっと
会社の近くにおいしいクリームあんみつのお店があってね。そこにハマってたら体重が何と2キロも増えちゃった。今度望に会うまでにダイエットしなきゃ……。〉
晴菜の携帯では、五月十八日の望からハコへ、最初の〈今度こそきっと〉以後二十日までの五件が削除されていたわけだ。取調べ段階では、二十日、十八時十六分のハコの送信〈Re・今度こそきっと〉だけが残っていたため、削除が明白になった。〈Re〉の前には必ず同じタイトルの受信メールがあるはずだが、機種や送り方によって、〈Re〉が件数だけ重なるものと、そうでない場合があった。

塔之木も元になったメールの内容をクリアにしておくため、接見で永沢に尋ねた。その時には、彼は直前のやりとりから推して〈今度こそきっと、ハコのすべてが欲しい〉と送ったと思うと答え、被告人質問でもそれを認めた。が、反対尋問で布施検事に冷ややかに覆された。息子のメールのあやふやな記憶に頼っていた永沢は、警察の取調べでは別の答えをしていたのだ。「あなたは刑事さんに、最初何と答えたか、憶えていますか。今度こそきっと、気に入りのイタ飯屋へ連れて行く」――。

五月三十日日曜、彰は今日こそ必ず打ち明けようと決意して晴菜に会った。が、相模湖のホテルで彼女を抱くうち、またも決意が鈍ってしまった。その前後のメールも、ピンクの携帯からは消されていた。

〈5／30　20：07
まだ望に抱かれた感触が残ってる……。会ってる時は幸せだけど、別れたとたんに寂しくなって、また望に会いたくてたまらない。一人ぼっちの暗い家に帰りたくない。どうして別れなきゃならないの？　そう思ってるのはハコだけなのかなあ……。〉

〈ぼくだって同じだよ。ぼくもいつまでもそばにいたいよ。会うともう帰したくなくなる。

――〉

〈ほんと？　ハコはね、時々望がだんだん私から離れていってしまうみたいでこわい。そんなこと思うと、つらくて死にたくなるくらい……。〉

〈離れるはずないじゃないか。ぼくはずーっとハコと一緒だよ。――〉

六月になると、また会えない日が続いた。六月早々の模擬テストが無残な結果に終り、彰は父親とハコの板挟みになっていた。晴菜は六月十三日日曜にもデートを強く望んだが、彰は〈残業〉や〈休日出勤〉を口実にしてとうとう会わなかった。

〈なんか、最近望、冷たい。会いたいのも、愛してるっていうのもハコばっかりで、ズルイな。ほんとはもうハコに興味がなくなってしまったんじゃないのかな、なんて（笑）〉

〈仕事、大変そうだね。ハコなんて、もうどうでもいいみたい。もう私のことなんて愛してないんでしょ？〉

〈私がイヤになったのなら、そういってね。こんなに思い続けてるのは、ハコだけなのかな。

このまま会えないくらいなら死んじゃいたい――〉

彰はそのつど言訳したり、懸命になだめるメールを返した。実はそんな応酬を繰返しながら、事件の六月二十日が近づいていた。

〈6／18　20：18
送信者・望　タイトル・久しぶり
で今度の日曜は自由になりそうだ。この間からいろいろごめんね。車の調子も良いから、またドライブに行こうか？――〉

〈タイトル・ハコはOK！
なんだかほんとに久しぶりの感じだね。今度はゆっくりできるよね？――〉

このあと、二十日日曜の午後二時に、百合ヶ丘の変電所近くの路上で彰が晴菜をピックアップする約束が交わされる。そのやりとりはピンクの携帯にも残されていたが、ここでは十九日夜九時五十一分のハコからの一件だけが間引きされていた。

〈6／19　21：51

送信者・ハコ　タイトル・思えば相模湖の
ホテルから、私たち、3週間も会ってないんだね。ほんというとハコは、もう望に会ってもらえないかと思ってた。そんな自分がバカみたい。でもこれで決心がついた。今度会った時、大事な話があるの。望も必ず喜んでくれると思う。〉
この一件のメールによって、二人のムードはがらりと変わる。どこか重苦しく思い詰めたものから、これがなくなると、ただ浮き浮きしたデートの約束になる。
〈6／20　09：05
送信者・望　タイトル・今朝起きて
外を見たら、きれいな青空がひろがっていたので、ぼくも気持が明るくなった。今日は本当にうれしい。遅れないように行くからね。〉
〈ハコも早めに仕度しておく。話したいことが一杯たまっているんです。〉
〈今から家を出ます。——近くまで行ったら、ぼくから電話するからね。〉
全部のメールの再読を終えると、さすがにタマミは重い疲労の澱《おり》が身体中に堆積しているのを覚えた。目の奥もキリキリ痛い。その目をまた窓に向けた。

夜が更けても、都会の空は赤いままだが、星影はもう見当たらない。

今朝ここを出る前に三人で飲んだコーヒーの香りが、ふっと甦る。

彰はどうしているだろう？

港北署の取調べはどんなふうだったか？

今頃は家で眠れているだろうか？

疲れきっているのに、タマミには奇妙なほど眠気は訪れない。

メールを削除したのはやはり朔子以外にないと、改めて思った。彰のパソコンに残されていて、晴菜の携帯にはなかったメールの意味を考えてみて、確信した。

〈ハコ〉が〈望〉とキスしたり、ホテルでセックスしたあとの生々しいやりとり。晴菜が不倫を犯した事実をあからさまに物語るメール。

後半にいくにつれて、〈ハコ〉のほうが強く〈望〉を求め、追い縋り、掻き口説くようなメールを送っている。それらを人目に晒すことは、朔子には耐えられなかったのではないか？

晴菜の死後、真っ先にピンクの携帯を発見した朔子は、まずメールのすべてを読んだ。そこに登録された携帯番号に掛けて、相手を呼び出した。

永沢の話によれば、最初は渋谷駅のビルへ出向いたが、相手の都合で急にキャンセルされたということだった。朔子はその時現れた男の後を尾け、住居を突きとめ、「永沢」の姓も知ったのではないだろうか。

永沢がどうみても四十過ぎだったことは、朔子にも驚きだったにちがいない。だが、メールの内容と照らし合わせて、朔子は想像する。晴菜は好色な中年男の女を操る巧みな手管に誑《たぶら》かされ、惑い溺れて追い縋ったあげく、もう晴菜が厭わしくなった酷薄な男に殺されたのではないか？

そんな哀しく恥ずかしい娘の姿を世間に晒すことは耐えられない。と同時に、男は最大限の厳罰に処せられなくてはならない。

邪魔なメールを取り除いてしまうと、二人のやりとりは他愛ない恋のメールになり、セックスがあったという証拠さえなくなった。

その結果、やがて逮捕された永沢悟には、年齢を偽って晴菜に接近し、若い肉体を求めて拒絶され、カッとなって殺害したという嫌疑がかけられた。二十歳の年齢差がその疑いを補強し、彼は「女の敵」として嘲笑と憎悪の標的にされた。

男が女に追い縋られて殺すより、拒まれて殺すほうが、罪は重い。朔子にそこまでの計算があったかどうかはわからないが。

もし彰の自首がなければ、永沢には検察の求刑通り、死刑が言い渡される虞《おそ》れもあっただろう！

タマミは深い溜め息をついて、思いはまた彰へ戻った。彼はどれくらいの罪になるのだろう？

「嘱託殺人……」

呟いてみる。今朝、彰の顔に朝陽が射すのを見て、自分も一筋の光明を見出したような気がした。

彰は晴菜に『先にハコを殺して』と頼まれて、彼女が指さした頸動脈のあたりを刺したと語った。頼まれて刺したことが認められれば、嘱託殺人に当たる。

嘱託殺人の罪は、ふつうの殺人よりずっと軽い。六月以上七年以下の懲役または禁錮のはずだ。

塔之木も、メールが証拠になって、彰の話が認められる可能性を口にしていた。

「まあ、うまくいけば――」と彼がいいかけて、車は第三京浜へ入り、そのあと彼の携帯に仕事の電話が掛かって、話はそれっきりになってしまった。

うまくいけば――？

タマミは思わず目を瞑る。

3

その後二週間、彰は港北署で任意の取調べを受けた。山梨県警の捜査員も出張してきて、取調べに加わった。

十月一日、殺人容疑の逮捕状が執行され、彰は大月署に留置された。それらの経緯は、塔之木と同期で甲府に事務所を持つ小久保弁護士から折々に報告された。

二十日間の勾留期間が十月二十二日で満期になり、彰は嘱託殺人被告事件で甲府地裁へ起訴された。「嘱託」が認められたことに、タマミはまず胸を撫でおろした。初公判は十二月八日と聞いた。

一方、永沢悟の公判は、彰の自首という予想外の展開のため、十一月の弁論が延期されていた。彰の起訴を待っていた形で、十一月十日に論告のやり直しと、弁論が行われることに決まった。

午前十時から開かれた法廷では、論告に先立って、検事から彰の供述調書と、その件に関する永沢の供述調書の証拠請求が行われ、弁護側は同意した。続いて、永沢の被告人質問が行われた。

約四カ月ぶりで証言席に立った永沢を見て、どこか変わったとタマミは感じた。陽に当たらないせいで顔が白く、頬がこけている。が、タマミは、彼の中から何かが抜け落ちたような、奇妙にすっきりした印象を受けた。彰の自首から約二カ月、彼もようやくその「事実」を受け入れる心境になっているのだろうか？

塔之木が立ち、永沢に、桂山湖事件でなぜ彰を庇い、すべての責任を自分が引き受ける行動をとったか、その経緯と理由を尋ねた。

永沢は、彰が晴菜の遺体を車に乗せて帰ってきた夜、はじめて晴菜のことを知ったと答えた。

「あなたはどう感じましたか」

「二十四歳の人妻と聞いた時、正直いって、私は激しい怒りが噴き上げました。彰はまだ十九の高校生で、それまでは真面目に学校へ通って勉強していたのです。そんな子供を、もう分別もあるはずの主婦が、自分のエゴから、こんな事件に巻きこんだ。これでもう、息子には一生、殺人犯の汚名がついて回る。わたしは目の前が真っ暗になり、晴菜さんが憎くて憎くて、許せない気持になりました」

抑えた声が震えた。

「殺人犯の汚名といわれましたが、彰さんは晴菜さんから『先に殺して』と頼まれて、嘱託殺人を犯したのです。そのことは考えませんでしたか」

「法律のことはわからなかったし、女の人が先に死んでしまえば、そんな言訳はとても通用しないと思いました。わたしは、もう二度と子供を失いたくなかったのです」

「それは、長女の碧さんが十三歳の時、水の事故で亡くなったことを指しているのですか」

「はい」と、永沢は嚙みしめるように二、三度頷いた。

「晴菜さんの遺体が発見されたニュースを聞いた時はどう思いましたか」

「死体遺棄は、彰には知らせずに、自分の独断でやったことです。その結果わたしが警察に捕まったら、すべての罪を背負っていこうと決心しました。息子にも納得させたつもりでした」

「晴菜さんに憎しみを感じたと、あなたは今しがたいわれましたが、水中に遺棄された無残な遺体を見る遺族の気持や、亡くなっているとはいえ晴菜さんの気持を、どのように考えましたか」

永沢は正面を向いたまま、上下の唇を強く吸いこむように口を結んだ。激しい呼吸に合わせて肩が上下し、最後は無言のまま深々と頭を下げた。

「彰さんが自首した時は、何と感じましたか」

またしばらく声が出なかった。

「――こういう結果になったからいうのではありませんが、彰が晴菜さんの遺体を乗せて帰って来た時、あのますぐに自首させておけばよかったのです。そうすれば、朔子さんが亡くなることもなかった……」

彼はせきあげるのを懸命に抑えて、聞こえるか聞こえないかの声で続けた。

「魔が差したというか、自分が一時の激情に支配されて、浅はかな行動に走ったことは、悔やんでも悔やみきれません。亡くなったお二人には、本当に……本当に申し訳ないことをしたと……」

呻きのような嗚咽と共にようやく謝罪のことばが出ると、塔之木は尋問を終わりにした。

検事の反対尋問はなかった。谷川裁判長が、永沢に後ろの席へ戻るよう告げた。続いて、

「検察官、論告をどうぞ」

布施昭子検事は晩秋にふさわしい焦茶のジャケット姿で、それが好みらしく、肩がピンと張っている。九月十六日の論告のあとの、今日は二回目のやり直しの論告で、彼女にも複雑な感情があるだろうが、クールな表情は何も感じさせない。

「論告。一、平成十六年十月三十日起訴状記載の公訴事実の第一、殺人については、無罪」

きっぱりした声が響くと、ほぼ満席の廷内からなんとも名状できない嘆声が洩れた。

無罪の論告。

「一生弁護士をやってたって、めったに聞けるもんじゃないぞ」と、今朝塔之木はいっていた。

「その他の事実関係及び情状については、前回論告の通りです。若干、付け加えて意見を述べます」

布施はややトーンを上げる。

「今回無罪の論告をした溝口晴菜殺害事件については、被告人自身も認める通り、その死体遺棄を息子には無断で行っており、最初から息子の犯行を隠蔽しようとする強い意思が窺われる。すると、新横浜ホテル事件において、先行事件の決定的証拠となる晴菜の携帯を持っている日野朔子から、それを取り戻し、さらに朔子の口封じをしようとする意思は、第一事件の犯行が自らではなく、あえて隠蔽工作をした息子の犯行であったがゆえに、なお一層強かったものと推断できる。

日野朔子に会いに行く前に、被告人はナイフを購入していた。これによっても、被告人の朔子殺害の計画性は明らかである。

被告人は第一事件の死体遺棄を躊躇いもなく行い、第二事件が端緒となって逮捕されて以後も、すべてを自らの犯行であると偽りの供述を続けた。死刑すらありうる二つの殺人事件の責任を、進んで自らが背負って息子を庇おうとした。いわばその行動こそが、事実を隠蔽し抜くためには朔子を殺害しなければならないという強固な決意を示す証左といわなければならない。

以上の事実関係、情状を前提として、前回の求刑意見をつぎのように改める」

前回と同じく、彼女は居ずまいを正すようにして裁判官席へ向き直った。

「被告人を懲役十八年に処するを相当と思料いたします」

タマミはショックで蒼ざめている自分を感じた。永沢が身を挺して彰を庇った親心は、少しもプラスの情状になっていない。そのことは塔之木からも聞いてはいた。

「ふつうなら犯人隠避に問われるところだが、親だから刑の免除の可能性があって起訴されなかったんだ」

それにしても、むしろ悪い情状に使われて、求刑も予想外に重い。

「弁護人、弁論をどうぞ」

裁判長の声で、塔之木は冷静な面持で立ち上がった。

「弁論。桂山湖事件の第一の事実は、無罪。第二の死体遺棄は、被告人も認めており、弁護人としても争いません。平成十六年十月六日付起訴状記載の公訴事実については——」

新横浜ホテル事件に移った。

「一、被告人は殺害行為をしていない。
二、仮りに実行行為が認められたとしても、殺意はなく、またその行為は正当防衛、もしくは過剰防衛である」
厳しい論告をどう覆すのか。傍聴席の視線は彼に集中している。

「一については、被告人が全くその意思のなかったことを終始主張している通りである。

二の正当防衛は、被害者日野朔子の一連の行動に示される攻撃性によって証明される。

事件当日、被告人をホテルへ呼び出したのは朔子である。その際、朔子はナイフと催涙スプレーを用意していた。スプレーは防犯用としても、バッグの中に鞘を払ったナイフを潜ませ、日頃の本人とはまったく異なる変装をしていた。被告人は何らの変装もしていなかったことと比べ、むしろ朔子のほうに周到な計画性が認められる。

被告人と会ったあと、さらに別のホテルに部屋を取るよう望んだのも朔子だった。二人はビューホテル新横浜の一室で、携帯電話の受け渡しをめぐり口論となり、検察官は朔子が逃げる暇もなく殺害されたと主張している。しかしながら、被告人は朔子に携帯電話の返却を促すための脅しとして、自分のナイフを朔子の襟元に突きつけており、二人はごく近接して対峙していたことがわかる。従って、朔子は防犯スプレーを直撃的に被告人の両眼に噴射することができたはずである。スプレーの強力な効果を考慮すれば、被告人は両眼の激痛に襲われ、視野を塞がれ、少なくとも数分間は無力に立ち竦むほかなかったと考えるのが自然である。その間に朔子が逃げられなかったはずはない。なぜ逃げなかったのか？」

塔之木は裁判官席と検事へ挑むような目を配った。

「翻って、そもそも朔子は、晴菜の遺品の中から秘密の携帯電話を発見した際、それをすぐ警察に届け出れば、被告人はもっと早く逮捕されていたはずである。それをせず、わざわざ被告人を呼び出し、自ら望んでホテルの一室で二人きりになるという危険極まる行動をとったのは、朔子に何らかの目的があったからと考えるべきである。被告人にナイフを突きつけられてすら、その場を動かなかったのは、その目的遂行のためと考える以外にない。では、その目的とは何であったか？」

タマミは無性に動悸が速くなり、胸の上に手を当てている。

「伊豆の秋元康介氏へ発送した手紙の中で、朔子は被告人に会う目的について、被告人に交際を求め、娘の最期の様子を聞くためだと記していた。それはすなわち、朔子が被告人を晴菜殺害の真犯人と確信し、携帯電話を取り戻したい一心で自分に会いに来る人間とわかっていたことを示している。そのような者が、たとえ朔子といささかの交際を持ったとしても、わざわざ犯行の詳細を打ち明けることなどありえようか。

およそありえないことを期待し、まさしく命がけの危険をおかして被告人に会いに行くこと自体、極めて不自然な、納得しがたい行動である。従って、秋元氏への手紙もまた不自然かつ作為的であり、本心を告げるものではなかったといわざるをえない。それでは、朔子の真の目的とは何か。

残る可能性は、自らの手による被告人への報復以外にはありえない。

朔子にとって、晴菜はただ一人の肉親であり、何者にも替えがたい愛情と生甲斐の対象であった。朔子は被告人がその晴菜を殺害したと思いこんでおり、さらに死体を水中に遺棄した被告人は絶対に許しがたい存在であった。そこで、ホテルの一室で二人きりになり、ふいをついて被告人にスプレーを噴射して抵抗力を奪った上、用意したナイフで刺殺する計画は充分に実現可能と考えたとしても不自然ではない。

ところが、実際には被告人が先にナイフを朔子に突きつけたため、朔子は咄嗟にスプレーで被告人の行動を封じ、さらにそのナイフで被告人を襲って報復を果そうとしたことが強く推認される。朔子の必死の攻撃は被告人にとって急迫不正の侵害であり、争った末、朔子の頸部を切って死に至らしめたことも、やむをえない防衛的行為であった。これ以外に、事件の経緯を合理的に説明しうるいかなる論理も見出し難く、翻って被告人の正当防衛を主張する論拠とする」

朔子の攻撃性を具体的に推論した塔之木の弁論は、説得力をもって受け容れられたと、廷内の空気からタマミは感じた。

塔之木も珍しく額の汗を拭い、そのあと永沢のほかの情状に言及した。

とくに晴菜の死体遺棄については、死者に対するこの上ない冒瀆ではあるが、当時冷静な判断力を失い、ただ息子を庇いたい一心の行動だったと弁明した。また永沢には前科前歴はなく、罪を償ったあとでは真面目な社会人として人生を全うする可能性があることなどを訴えた。

「——以上の事実及び情状を考慮の上、寛大な判断がなされることを切に希望して弁論といたします」

塔之木が着席した時、ふいに別の声がタマミの耳底で聞こえた。

『私は決して娘の復讐を遂げに行くわけではありません。自分の手で犯人を殺すつもりはありません……』

タマミはかすかに身動ぎした。なぜか鳥肌がたつような不安感に襲われた。

朔子の手紙の真の目的は何だったのか？

4

十二月八日、甲府地方裁判所で彰の初公判が開かれた。その日はタマミが手伝いをしている不動産所有をめぐる民事裁判と重なり、傍聴に行けなかった。

小久保弁護士からの報告では、初公判は検察官の起訴状朗読と冒頭陳述、証拠調べで終った。彰は大月へ移されて以後、むしろ段々と落ち着いた様子でいるという。

この裁判は事前の打合せで期日を詰めて入れられたため、スピーディーに運びそうだった。

十二月二十二日の第二回公判には、タマミが情状証人として出廷した。父親への死刑の求刑を聞いた彰が、翌朝まだ明けきらぬうちにタマミのマンションを探し当てて来たこと、その時の彼の様子などを、弁護人の尋問に応じて話した。彰が、時には感情に流されながらも、きっぱりと自首の意思を示し、証拠となるノートパソコンを提出したことを語った。

証言を終って傍聴席へ戻る時、被告人席の彰と交わしたかすかな笑みが、いつまでもタマミの胸に残った。

平成十八年が明けて、一月十六日に論告と弁論が行われた。検察側は、彰の行為はたとえ嘱託を受けたとしても、許されない人命軽視だと主張して、懲役五年を求刑した。

二月十七日、判決の言渡しがあった。タマミは事務所にいて、小久保弁護士の電話を直接受けた。

「判決は嘱託殺人で、懲役三年、執行猶予五年でした」と小久保が日頃の温和な響きの声でいった。

「やっぱり執行猶予でしたね！」

「ええ。パソコンのメールデータから、晴菜さんが度々『死にたい』というようなことばを使っていたことがわかって、嘱託が認められ、それに自首と犯時少年の情状が加味されたんですね」

事件当時、彰は十九歳の少年だった。執行猶予の判決が下れば、彼はすぐさま釈放される。

「検察官も控訴しないんじゃないですかね」と、小久保のコメントが付いた。

受話器を置くと、安堵のあまりか、タマミはしばらくボーッとしていた。間仕切りに囲まれたタマミのコーナーでは、廊下の窓から戸外が少し見える。雪雲が垂れこめた灰色の空と、凍《い》てついたような乾いた舗道。暖冬の予報を裏切ったこの冬は、東京でも何回か雪が積もった。内陸の盆地にある甲府では、きっと今も雪が残っているだろう。でも、暖かい陽射しの降り注ぐ道を彰と真砂子が談笑しながら歩いてくる光景が、まるでテレビドラマのように目に浮かんで、タマミは一人で苦笑した。

永沢悟の判決公判は、彰の判決を待つ形で、一週間後の二月二十四日と決まっていた。

その朝は久しぶりに東京の冬空が青く澄み、寒気も緩んでいた。駅へ向かう途中、電車のレール沿いに敷かれた小石の間に、雑草が点々と緑の新芽の切っ先を覗かせている。それを見るとタマミの胸はふわりと膨らんだ。新しい季節の明るい予感だ。

午前十時、三人の裁判官が席に着き、谷川崇裁判長が開廷を告げた。五十過ぎの若さで、女性検事の半分くらいのスリムな体型。細長い鼻の先にひっかけるように小さな眼鏡をかけている。

一昨年十二月初めから九回の公判のたびに、タマミは彼の顔を見上げてきたものだ。事実関係で争いのある裁判では、裁判官は公平を期すため多くは発言しないといわれる。谷川もそうだったが、彼の風貌からはなんとなく飄々とした人柄が想像された。それも今日限りか。この先再び法廷でまみえる機会は、めったにないかもしれないと思うと、一期一会のような感慨を覚えた。

彼はいつもの仕草で眼鏡を指先で押し上げ、やや鼻にかかる聞き慣れた声で口を切った。

「今から判決を言渡します。被告人は前に出て下さい」

濃紺のジャージィ姿の永沢が証言席に立った。谷川は永沢の様子をちょっと見守ってから、やはりいつもの通りの軽い調子で判決文を読み始める。

「主文、被告人を懲役十六年に処する」

鳩尾《みぞおち》のあたりから胃の底へずしりと重い石が落ちてきたような感覚をタマミは味わった。

谷川は桂山湖事件の殺人については「無罪」と続けた。

「今から判決の理由をいいますから、そこに座って下さい」

永沢が硬直した動作で腰を落とした。

「罪となるべき事実――」

第一は桂山湖事件の死体遺棄。

第二は新横浜ホテル事件の殺人。

起訴状で検察官が挙げた事実に、さらに詳細な状況を付加した文章を谷川は読み上げた。

「以上の犯罪事実を関係各証拠によって認めたものですが、事実認定についての補足説明をします」

第一の死体遺棄は弁護側も認めているのであえて触れない。

第二では、溝口晴菜の事件に起因して、ビューホテル新横浜の一室で永沢が朔子と会うまでの経緯を詳しく述べたあと、

「一、実行行為について。日野朔子の遺体鑑定によれば、左頸部の切創はその部位だけ長さ六センチ、深さ三・五センチに及び、周囲に擦り傷などは認められない、従って、加害者が相当の意思を持って切りつけたものであり、偶然できた傷ではないと断定できる。被告人は揉みあっているうちに偶発的に刺さった可能性を主張しているが、この鑑定結果によっても、被告人の実行行為は優に認められる。
二、殺意について。あらかじめナイフを用意し、室内でナイフを出したのは被告人である。それに対し、朔子は被告人の目にスプレーを噴射したが、それは防衛的行為と見るのが相当である。朔子が受傷した当該部位は左頸動脈であり、刃渡り八センチのナイフでそれを切断することは、その部位と程度に照らし、本件行為自体に殺意を認めることができる。
三、加えて動機の点から——」

息子の犯行を隠蔽し抜くためには、朔子から携帯電話を取り上げ、さらに殺害も避けられないという、検察官の主張した動機を認めた。

「強固な動機と、前記実行行為性、その行為自体に殺意が認められることを併せ、本件は明確な殺意に基いて行われた計画的殺人事件と認定される」

長い判決文を淡々と読み進める谷川裁判長の声は、むしろ聞く者にその内容が当然の冷厳な事実と感じさせるような響きを帯びてくる。タマミの感慨はとっくに吹きとんでいた。

「四、弁護人は被害者の攻撃性を指摘し、たとえ被告人に実行行為があったとしても、正当防衛ないし過剰防衛であったと主張しているが――」

タマミは固唾をのんで耳に神経を集中する。

「朔子がバッグの中にナイフを用意していたこと自体は何らかの攻撃性を疑わせる事実とはいえ、現に朔子が取り出したのは防犯スプレーだけだった。仮りに朔子が、弁護人が主張する攻撃性を有し、かつどこかで報復の意図を抱いていたとしても、本件現場で被告人を攻撃したという事実は認められない。

さらに弁護人は、朔子が咄嗟に被告人のナイフを奪って攻撃を仕掛け、それが被告人にとって急迫不正の侵害となったと指摘しているが、弁護人の主張は憶測に基くものであり、それを認めるに足る証拠はない。よって、正当防衛ないし過剰防衛の主張には理由がない」

それだけで、判決は次に進んだ。ほんの数行でバサリと切り捨てられた感じだった。

「五、情状――」

論告でも判決でも、悪い情状のほうが先に列挙される。晴菜の死体遺棄の無惨、朔子への犯行態様の冷酷さと、殺人という結果の重大性――。

「ただし、遺棄については息子の突然の犯罪を知って狼狽し、冷静な判断をすることなく行動に走ったこと。殺人については、被害者の落ち度とまではいえないが、朔子が証拠の携帯電話を警察に届け出ることなく、自ら被告人に接近したことが契機となって生じたという事情はある。これら被告人に有利な事情を考慮しても、主文程度の刑事責任はやむをえず、先程述べた通りの刑に処することとした」

谷川はもう一度永沢を立たせ、改めて主文を読みあげた。

「――以上の判決は有罪判決ですので、不服があれば控訴することができます。その場合には明日から十四日以内に……」

検察の論告にあった実行行為、殺意、計画性のすべてが認められていた。正当防衛は退けられ、弁護側の主張は何一つ通らなかった……。

「これで閉廷します」

谷川裁判長の淡白すぎる声を残して、三人の法服姿は後ろの扉から消えた。タマミは頭の中が空白になった。周囲が動き出す気配も、何か遠くに感じられた。

二人の看守に挟まれた永沢がそばを通り、タマミたちへ小さく一礼した時、一瞬われに返った。咄嗟に彼の腕に手をかけた。

「夕方面会に行くから！」

5

「先生には、彰のことまで心にかけて頂いて、本当にありがたく思っています」

小さな穴のあいたアクリルの板を挟んで向かいあった永沢は、タマミの顔を見るなり素直な口調でいって、また頭を下げた。ちょうど一週間前の今時分、彰の執行猶予を知らせに来た時も、同じことばを口にした。彰については今でも安堵を嚙みしめているような心情が伝わってきた。

でも、彼自身の今日の判決はどう思っているのか？　正当防衛が認められれば、朔子への殺人は無罪。すると永沢の刑事責任は晴菜の死体遺棄だけで、刑の上限は懲役三年のはずだった。

判決公判は午前十一時に終った。塔之木とタマミはいったん旗の台の事務所へ帰ったが、タマミは永沢に約束した通り、四時頃拘置所へ出向き、塔之木も明日か明後日には彼と会って、控訴について話し合うことになった——。

「塔之木先生にも、お世話になって、感謝しています」

タマミは何か胸が詰まった。

「でも、正当防衛が通らなくて……ショックだったでしょう？」

「まあ、だけど、以前塔之木先生にいわれてましたから。一度落ちてしまうと、あとあとまで不利なんだと」

タマミはちょっと驚いて彼を見返したが、そのことはタマミも塔之木から聞いていた。永沢は新横浜ホテル事件の起訴直前、殺意をもって朔子に切りつけたことを認める供述をしてしまった。が、塔之木に問い糺されると、自白は本当ではなかったと否定し、すぐに翻した。

しかし、一度自白したという「事実」は消せない。その痛手はいつまでも後をひくのだと、塔之木は悔しがっていた。

それにしても、あの時の永沢はどうして急に落ちてしまったのだろう？

タマミが不審げに眺めていると、こちらの内心が伝わったのか、永沢がまた話し出した。

「これは塔之木先生にも黙ってたんですが、あの時は取調べの刑事に、朔子さんのバッグなんかをどこに埋めたんだと、しつこく追及されましてね、わたしがはっきり答えられずにいると、息子に手伝わせたんじゃないのか、息子を共犯容疑で引っ張るぞと脅されてたんですよ。それでもう観念しちゃって……」

タマミはあっと胸を衝かれた。そんな経緯があったのか。永沢としては、警察が彰に目を向けることだけはなんとしても防がなければならなかった。弁護人にさえ、彰の存在にはなるべく注目してほしくなかったのだろう！

タマミはしばらく何もいわず、永沢を見守っていた。さまざまな感情が彼の胸のうちで渦巻いているのが感じられた。

「わたしはねえ、正直いって、彰が自首してしまってからは、この先あいつがどうなるか、そっちのほうが心配で眠れなかったんですよ」

やはり永沢から口を開いた。二人を隔てる小窓の下に目を落として、今までのいつよりも静かで沈んだ声だった。

「それでねえ、今さらながら、朔子さんの心中がわかるような気がしたんです。ほんとに、今になってそんなことをいうのも馬鹿みたいなんですが」

タマミは再び意外感にとらわれた。

「朔子さんの、どういう心が……?」

「彰が自首してから、わたしのとこへも刑事さんが事情を聴きに来たんですよ。彰のいってることにまちがいないかどうか……」

「ええ」

「話の途中で大月署の刑事さんから聞いたんですが、晴菜さんの遺体が発見されたあと、朔子さんは刑事に案内されてその現場を見に行ってね、ちょっと刑事が目を離した隙に、ダムの堤体の上から湖水へとびこもうとしたんだそうです。刑事が気が付くのがもう少し遅れてたら、どんなことになっていたかわからないと」

「………」

「あとで朔子さんに理由《わけ》を尋ねると、水の中にハコがいたんだと答えたそうです。ハコはあそこでわたしを待ってるから、行ってやらなければならないと……」

タマミはすぐにはことばも出ない。自分の母のことがかすかに脳裡を掠めた。

「自分も向こうへ行ってやりたいなんて、母親ってそんな気持になるものなんだなあ、と思ってねえ。その話を聞いた時には、本当に心底、申し訳ないことをしたと思いました。彰が晴菜さんを殺すつもりじゃなかったにしても、結果的に娘さんを死なせてしまったことがねえ……」

永沢は眉間に指を当てて目を瞑った。

「あなたも、朔子さんを殺すつもりなんてなかったのにねえ」

いっても詮無いことが、つい口をついてしまう。永沢も無言で頷くだけだ。

「ただ、ナイフを買ったことが軽率だったなあと、いまだに悔やんでいます」

すでに二人の間で、この一年半に何十回と知れず話し合われたことだった。

今のタマミには、永沢のいうことが、信じるまでもなく、そのことが見える気さえする。だから、被告人の側に立ち、彼の主張を前提とするならば、何一つ解決できない矛盾はなく、朔子の事件で彼は当然無罪なのだ。

しかし、裁判官たちはちがった。朔子の傷が相当の意志を持って切りつけられたものだという鑑定結果と、その場で永沢がナイフを出したという事実の側に立った。すると、偶発的に切ったかもしれないと主張する永沢は嘘をついていることになる。被告人の供述は信用できないという判断を前提として、矛盾のない論理が組み立てられた。

情に流されず客観的な判断をする塔之木は、おそらく最初から、永沢の主張は通らないと見越していたのだろう。だから、たとえ実行行為があったとしても正当防衛、という二段構えで闘うことにしたのだったが……。

「それとねえ、やっぱり里村先生にはどうしても打ち明けておきたいんですけど……」

永沢は眉根を寄せ、複雑な逡巡の絡みあった顔をしている。

「こうして何日も何日も拘置所の狭い部屋に一人でいると、いやでも事件のことを思い出しますよねえ。何回も何回も、ほんとにいやというほど」

「ええ……」

「でもそうしているうち、記憶が整理されてくるというのか、正しい記憶と、どうしてもちがうってものとが、頭の中で自然と選別されてくるような気がするんですよ」

「………」

「ねえ、先生」

「……？」

「わたしにはやっぱり、自分から切りつけた覚えはないんですよ」

「え？」

「スプレーを噴きつけられて棒立ちになったとき、ナイフを引っぱられて、奪《と》られそうな気がした。奪られたら殺されると思って、必死で握ってました。だから、揉みあいは確かにあったと思うんですが……」

これも何度となく聞いた話だ。

「だけど、そのあとの記憶は、気が付いた時、朔子さんが血を流して倒れていたことなんです」

「ナイフを引っぱられたと感じたのね？」

「朔子さんがナイフを自分の手から引き抜こうとしているような、だからわたしも、たぶん両手で握って抵抗してたが、とにかく目が痛くて……」

土砂崩れのあとで発見された永沢のナイフの柄には、永沢の三指の指紋と、ほかには特定できない指紋がいくつか残っていた。

「どれくらいの時間争っていたの？」

「何分間かと訊かれると、よくわからないけど、でもわたしがはっきり目を開けられるようになるまでは、しばらくかかりましたから」

「その間に切ってしまったということは？」

問答の内容はうんざりするほどの繰り返しだが、彼の口吻《くちぶり》は今までとはどこかちがっていた。

「だけど、朔子さんの傷には相当な力が加わっていたんでしょう？　それには、わたしのほうに切ろうという意思がなければできないんじゃないですか。でも、わたしには、心の底をひっくり返してみても、朔子さんを切ろうと意識した記憶がどうしてもないんですよ」

「………」

「塔之木先生にも、何回も訊かれたんです。切ったという実行行為は絶対になかったのか。あったらどうなるんですかと尋ねたら、正当防衛を主張するといわれた。殺意はあってもなくてもいいが、正当防衛の主張はまず実行行為があることを前提とするんだよ、と」

「ええ……」

「そういわれたからってわけでもないんですが、やっぱりそれならわたしも、絶対に切らなかったとはいえないという気持になってしまったんです」
「………」
「だけど、こうして裁判が終って、一人になってまた思い返していると、どうしても……」
途中からタマミは無言になった。平衡感覚が揺らぎ始めたみたいな、不安な混乱に陥ってい
る。
むしろ永沢は、心の奥底に押しこめていたものを吐露したからか、いつもより饒舌になって
いた。
「それにしても、朔子さんはあの日どうしてわたしに会いに来たんでしょうかねえ……?」
寒々とした接見室の灰色の窓の向こうに、何かを見ているような眼差を注いだ。
「あの人も、わたしを殺すつもりで来たんじゃないような気がするんですよ。その気だったら、
いくらでもチャンスはあったんですから……」
これにもタマミは答えが出ない。
「いつか秋元という人が、裁判で朔子さんのことを話してましたよねえ。娘さんとは三日にあ
げずメールをしていながら、娘さんの悩みや孤独に気付かず、至らない親だったと自分を責め
ていたと。それはわたしも一緒ですよ」
「………」
「わたしなんか、彰と一つ屋根の下で暮らして、毎日顔を合わせていながら、なんにもわかっ
てなかったんですよ。毎日学校と塾へ通って、真面目に勉強してる。それで当たり前くらいに

しか考えてなかった。まさか、メル友に嵌まって、まして人の奥さんと抜きさしならない関係になっていたなんて……」

「でも、彰君はお父さんには素直で、やっぱり最後はあなたを頼りにしてたじゃないですか」

「いやあ、彰だって、わたしが見えてなかったんです。わたしはあいつにそんなに過大な期待をしてたわけじゃない。子供の頃、病気もしたから、健康で、まっとうな人に成長してくれればいいと願ってただけなんですがねえ……」

「それなら、これからも希望が持てるじゃありませんか」

タマミは笑顔を見せてやっといった。

そのことばに偽りはなかったが、思考はなかば別のところへとんでいた。

6

修善寺から来たバスの終点は、136号線が那賀川を越えた先にあった。

白い漆喰と瓦を塗り固めた「なまこ壁」の土蔵や屋敷が目につく通りを、タマミは教えられた道順に従って歩いた。冬の終りの陽射が降り注ぐ路上には、建物の濃い影が落ちている。人通りはほとんどなく、まだ寒気の棘を含む風が吹き抜けていた。風の合間に底力のある波の音が響く。西伊豆の冬場は海が荒れると聞いていた。

やはり漆喰塗りの「ときわ大橋」に出て、那賀川をまた反対側へ渡る。水嵩の減った川に沿う道を二、三分も行って、タマミは足を止めた。

道路より少しひっこんだ木造二階家の前には、枯れ草の中にわずかな緑の混じる野原の一部のような庭がある。石榴《ざくろ》や百日紅《さるすべり》はまだ裸木だが、玄関脇で椿の小木がいっぱいに白い花を咲かせている。それが秋元の教えてくれた目印だった。

家に近付くと、「秋水窯」の目立たないプレートが戸口に掛かっていた。

タマミは気持を落ち着けるように、一回深呼吸をする。二月最後の日曜、永沢の判決から二日目に、自分がまた松崎町へ来ていることがふっと非現実的に感じられた。

ブザーを押すと、内部で足音が聞こえた。やがて内側からドアが開かれ、秋元康介がすぐ前に立っていた。がっしりした長身には黒のタートルネックと濃紺の作務衣のような上下を着ている。

「あの、昨日は夜遅くにお電話で失礼しました。今日はまたさっそくお邪魔しまして……」

タマミは少しせきこんで挨拶した。秋元のほうは、鼻梁の通った彫りの深い顔になんでもないような微笑を浮かべていた。ほとんどの公判を傍聴していた彼にも、タマミの顔は馴染みのものかもしれなかった。

ほの暗い廊下を伝って、明るいフロアへ案内された。粘土のこびりついた作業台や、空気にこもる匂いで、工房らしいとわかった。

突当りのガラス戸の下に川が流れて、ひろやかな眺めだった。向こう岸にある白壁の土蔵が午後の鈍い光を反射している。

川に面した縁側の椅子を勧められて、腰をおろした。秋元も向かいあって座った。

タマミは改めて、急な訪問を承諾してくれた礼を述べた。秋元は柔和な面持で頷いている。

「朔子さんは、毎週ここの陶芸教室に通っていらしたんですね」

「ええ。大変熱心でね、とても楽しんでいらっしゃるように見えましたが」

「百合ヶ丘へいらしてからも、毎日この工房の様子を思い出していますと、秋元さんへのお手紙に書いてありましたものね」

彼の太い眉根のあたりがかすかに翳った。

「早くまたこの町に帰って暮らしたいというようなことも」

「……………」

「でも……」

タマミは逸《はや》る気持を抑えながら、結局性急に切り出していた。

「でも朔子さんは、あの手紙を書かれた時、もうここへは帰らない決心だったのではないでしょうか」

秋元は二、三度瞬きして、さほど表情は変えずに問い返した。

「どうしてそんなふうにお考えになるんですか」

「最初は、朔子さんのバッグが土砂崩れの現場から発見された時でした」

ここへ来るまでに、タマミは幾度も自分の思考経路を顧みて、そこへ行き着いたのだった。

「ご存知の通り、バッグの中には、朔子さんが三島のホームセンターで買った果物ナイフも入っていましたが、鞘は外してありました。そのことは、咄嗟の場合の準備と考えることもできますが、ふつうなら外した鞘も一緒に入れておくものではないでしょうか。でも、バッグの中にはなかったのです」

「……」

「朔子さんが意識して鞘を捨ててしまったのかどうかはわかりませんけど、そのことを聞いた時、私は朔子さんがもう日常生活に戻るつもりはなかったんじゃないかと、最初に感じたのです」

注意深く耳を傾けていた様子の秋元は、少し首を傾げて、やはり穏やかな口調でいった。

「それは、なんともいえないのではないですか」

工房の奥のドアが軽いノックのあとで開き、カーディガンを着た小柄な女性が姿を見せた。彼女がタマミと短い挨拶を交わし、紅茶のカップをテーブルに並べて立ち去ると、タマミはいよいよ核心に入る気合をこめて続けた。

「朔子さんのお手紙は、昨年九月六日にこのお宅に届いて、秋元さんは九月十七日にお読みになったと伺いました。失礼ですが、なぜすぐ警察にお届けにならなかったのですか」

「だからそれは法廷で話した通りですよ。永沢容疑者がすでに逮捕されていたからです。それならば、プライベートな手紙をわざわざ公表する必要はない」

「そうでしょうか？」

手紙には、抑えた文章の中に、朔子の秋元への秘かな思慕がこめられていたように感じられた。秋元もそれは読み取っていただろう。でも、彼が手紙を伏せていた理由は、それだけではなかったと思われる。

「秋元さんも、あの手紙の不自然さに気が付いていらしたからではないんですか」

彼は一瞬眸を光らせ、どこか好奇のこもる眼差になった。

「不自然って、どんなふうに？」

「私は決して娘の復讐を遂げに行くわけではありません。自分の手で犯人を殺すつもりはありませんと、念を押すように書いてありましたね。私にはとりわけそこが不自然に感じられました。もしかしたら、その二行が、あの手紙の大事な目的の一つだったのではないかと……」

「目的って、なんですか」

やや鋭く問い返す。まるで彼のほうがタマミのことばを誘い出そうとするような調子だ。彼が全国紙の敏腕記者だったという話を、タマミは唐突に思い出した。

ちょっと口をつぐんで、ひとまず彼の質問をそらした。

「確かに、朔子さんは永沢を殺すつもりで彼と会ったのではないと思います。その気ならいつでも機会はあったと、彼も認めていました。ですが、永沢のほうも、彼自身にも、どんなに思い返しても、自分から朔子さんに切りつけた記憶はないというのです。今では私も、そのことばに嘘はないと信じています」

最後に力をこめ、たじろがずに秋元を凝視めた。彼はすぐまた切り返した。

「しかし、現に朔子さんは、左頸動脈を強い力で切られていましたね」

「そうです。とすれば、残る答えは一つしかありません」

「朔子さんは、永沢が握っていたナイフを自分の手で引き寄せて、自らの力で頸動脈を切ったのではないですか」

「……？」

秋元の顔には、予想したほどの強い驚きの色は浮かばなかった。彼もどこかでその推測を抱いていたのだと、タマミは直感した。が、彼はあくまで聞き手に回ろうとする。

「どうしてそんな答えが出てくるんですか」

タマミがどこまで考えているのか、探りたいのかもしれない。

「朔子さんには、晴菜さんを失った時点で、もう生きる望みはなかったのではないでしょうか。悲しみと孤独の中で生き続けるより、むしろ一日も早く、ハコのそばへ行ってやりたかった。ただ、もう一つの強い思いは、絶対に犯人を許せないということです」

「ならば晴菜さんの携帯を警察に届けるのが早道でしょう？」

「でも、それで犯人が逮捕されても、懲役何年かの軽い刑ですんでしまうことを恐れたのではないですか。犯人は自分に都合のいいことだけを申し立てるに決まってるし、晴菜さんは死人に口なしです。そこで、自分で永沢を呼び出した。勿論その時は、永沢を犯人と思いこんでいたわけですから」

「何のために彼を呼び出したんです？」

「自分を殺させるために」

「殺させる？」

「そのためにわざわざ永沢にホテルの部屋を取らせ、二人だけになった。永沢の犯行を疑っているような挑発的なこともいった。朔子さんは、殺されることを期待していたとも考えられます。証拠の携帯はすでに溝口さんに送ってあったから、犯人はすぐ逮捕されます」

「だけど、相手が期待通りの行動をとるとは限らないでしょう。そもそもナイフなど持って来るかどうかさえもわからない」

「多様なケースに対応するために、朔子さんはナイフと防犯スプレーを用意しました。相手が力ずくで携帯を奪って逃げようとしたら、スプレーで自由を奪い、自分のナイフを使うつもりだったかもしれません。実際には、永沢のほうからナイフを出して携帯を取り上げようとしたので、スプレーを浴びせた上、朔子さんが彼のナイフで自分の頸動脈を切った。朔子さんの目的は、自分の命と引き換えに犯人に二件の殺人を犯させ、極刑を受けさせることだったのではないでしょうか」

しばらくの間、秋元は観察するようにタマミを眺めていた。が、タマミからは、彼の内心を明白に読みとることはできなかった。

「すると、わたしへの手紙は？　さっきあなたは、手紙の目的ともいわれていたが……？」

「手紙の中に、自分は永沢を殺すつもりはないとはっきり書き残しておくことで、正当防衛などの、犯人の言い逃れの道を塞いだのです。晴菜さんを殺した犯人が、その犯行を隠蔽するために、口封じにまた朔子さんを殺せば、死刑になる可能性は高い。朔子さんにとっては、娘と自分と、二人の人生が犯人の手で奪われた。その犯人にも、日常の世界に戻ることは決して許せなかったのだと思います」

秋元は長い息を吐いて、ガラス戸の外へ視線を移した。雲の影を浮かべて静止したような川面から、流れの先を透かし見るように目を細めた。

「しかしねえ、里村先生が想定しておられることも――」

ゆっくりとタマミのほうへ向き直って口を開いた。

「それも一つの殺人ではないですか」

「え……?」

「たとえ自分の命と引き換えとはいえ、その意思のない犯人に自分を殺させ、その結果犯人が死刑に処せられたとしたら、それもまた殺人でしょう。確信犯に近い、窮極の殺人とでもいうのか」

タマミは虚をつかれて黙りこんだ。

「――ところで、先生はどうして今日わたしを訪ねてこられたんですか」

秋元は最初の何気ない微笑に戻っていた。

「それは、秋元さんがもし本当のことをご存知なら、教えて頂きたいとお願いするためです」

タマミはまっすぐな気持でいった。

「秋元さんなら、朔子さんの本心を聞いていらしたかもしれません。もしかしたら、法廷に提出したのとは別の手紙が届いていたのかもしれない。もし朔子さんの真実の心を知っていらしたら、裁判の公正のために、どうぞお話し下さいませんか」

一呼吸ののち、彼は静かに頭を振っただけだった。

「別の手紙などは存在しません。わたしが知っているのは、法廷に提出した手紙に書かれていたことだけですよ」

失望はさほど大きくはなかった。もともと、何百分の一の確率でしか期待していなかった。だが、否定されてしまえば、もはや秋元に語りかけることばもなかった。

秋元が尋ねた。

「永沢さんは、控訴するつもりですか」

「はい。塔之木弁護士が昨日、その手続きを取りました。永沢としては、計画性や殺意のなかったことだけは、どうしても認めてもらいたいという気持のようでした」

一昨日、永沢と面会したあとで、タマミはまず塔之木に、今日自分が秋元にぶつけてみた考えを話した。塔之木もその可能性に同意してくれた。翌日の昨日、彼は永沢と話し合って、控訴を決めた。

「物事にはいくつもの真実の可能性がある。別の可能性を新たな説得力で示すことができれば、こちらにも望みがないとはいえない」――。

「やはりそうですか」と、秋元は率直な関心を示して頷いた。どこかまた記者の目を感じさせた。

「わたしも控訴審の行方を見守っていますよ」

秋水窯を辞去したあと、タマミは松崎町の中をしばらく歩いた。この間はわからなかった朔子の住んでいた場所を、帰りがけに秋元に教えてもらった。

そのマンションの辺りに佇んでから、ひっそりとした商店街を抜けて、松崎港へ出た。思った以上の高い波が打ち寄せていた。潮風に髪をさらわれながら、砂浜を歩いた。消波ブロックの防波堤と、先端に立つ赤い灯台を眺めた。それらはどれも、朔子が日々の明け暮れで目にしていた風景にちがいなかった。

昨年の夏、堂ヶ島の「あじ幸」や日野伸造の家を訪ねて、タマミはいわば敵側の弁護士でありながら、なぜか不思議に自分の心が朔子に寄り添っていくのを感じた。以来、朔子の存在は、自分の中に一定の大きさを占めてきたような気がする。

今、朔子の日常の中にいっとき身を置くことで、朔子との訣別の時間を作っていたのかもしれなかった。

バスが国道を北へ走り始める頃、駿河湾には夕靄がたちこめていた。水平線は見えず、崖下に散らばる可愛らしい島々や、荒い波頭と白い渦が、ほの黒い藍色の靄の下のおぼろな世界になっている。

土肥で海と別れると、車窓はむしろ明るくなった。

あたりは緑と茶の入り混じる冬枯れの景色で、竹林だけが若草色にそよいでいる。幾重もの尾根が変化に富む曲線を描き、稜線が見分けられるのは山肌の色がちがうからだった。離れた山は暗いブルーに塗りこめられ、さらに遠くなるにつれ淡く霞んでいく。

遥かな峰の先に、ふいに目のさめるような菫色《すみれいろ》の夕映えがひろがった。

思わず背凭れから身体を起こした。

真実の新たな可能性がある限り、その細い道を進んでいかなければならないと、タマミは心に誓った。

謝辞

執筆に当り
福岡県弁護士会・弁護士
船木　誠一郎先生
慶応義塾大学教授・精神科医
大野　裕先生
東京医科歯科大学名誉教授（法医学）
支倉　逸人先生
ネット・携帯関連のライター
いちば　ゆみ氏
に懇切なご指導を頂きました。
『出会い系サイトと若者たち』渋井哲也著・洋泉社を参考にさせて頂きました。
巻末になりましたが、改めて心から御礼申し上げます。

二〇〇六年七月

夏樹静子

見えなくなった「人のつながり」——出会い系サイトとネット社会

いちば　ゆみ
（ITライター）

「出会い系サイト」という言葉を聞いて、貴方はどんなイメージを思い浮かべますか？　多くの人は、「危険」「いかがわしい」「援助交際の温床」というようなマイナスの印象を持たれているのではないかと思います。

警視庁の定義によると、「出会い系サイト（インターネット異性紹介事業）」とは、「面識のない異性との交際を希望する者の求めに応じて、その者の異性交際に関する情報をインターネット上の電子掲示板に掲載するサービスを提供し、電子メール等を利用して相互に連絡することができるようしていること」とあります。

ひとくちに「出会い系サイト」といっても、単にメールを交換するだけのいわゆる「メル友」募集を目的としたものから、援助交際・売春を目的としたものまでさまざまです。

もっとも、インターネット上に「メル友募集サイト」が生まれた当初は、そこまで悪いイメージはなかったように思います。同性・異性を問わず悩みを話し合える友人や趣味を通じた仲間募集を目的としたものもあれば、真剣な恋人・結婚相手探しを目的としたものもあり、ヤフーやエキサイトなど誰もが名前を知っている大手のポータルサイトが運営しているというケースも少なくありませんでした。

１９９8年に公開され話題となった映画「ユー・ガット・メール」の、会ったこともない相手とメールを通じてコミュニケーションを深め、やがては恋愛に落ちる……というシチュエーションは〝ロマンティック〟と、多くの女性の憧れを集めたものです。

相手の顔もプロフィールもよくわからない、相手も自分のことをよく知らないからこそ、身近な友人や家族には言えない話が打ち明けられる……という側面もありました。

出会い系サイトのイメージが一気に悪くなったのは、２００1年4月に出会い系サイトを舞台にして起きた「京都メル友殺人事件」以降なのではないかと思います。

本書の主人公・晴菜と同じく「メル友に会いに行く」という言葉を残して消息を絶った女子大生が、無惨にも殺害され遺体で発見された。犯人は出会い系サイトで知り合った25歳のメル友の男性だった……。

この事件で「出会い系サイトは危険」というイメージが一気に拡大しました。また、出会い系サイトを利用して援助交際相手を探す女子高生が大きな社会問題になり「援助交際・売春交渉の温床」というイメージが強く印象付けられたのではないかと思います。

では、出会い系サイトにアクセスする人、というのはそういった特殊な目的を持つ人たちだけだったのでしょうか？

少し古い調査になりますが、「主婦のＩＴ事情・出会い系サイトの利用」という調査（※1）によると、出会い系サイトを利用したことがある主婦は13％。ほぼ10人に１人です。利用動機としては「おもしろそう・興味があった・やってみたかった」が実に64%にものぼり、実際に相手と会った人も44%。特に現状に不満や孤独を感じていなくても興味本位でアクセスし、軽い気持ちで相手に会ってしまう人も少なくなかったのではないでしょうか。

思っているよりも出会い系サイトへの垣根は低いのです。情報サイトを見ているうちに、出会い系サイトの広告バナーをついクリック……ということもありますし、入り口はアンケートや懸賞応募サイトを装い、賞品のプレゼントなどを餌に巧妙に登録させる仕掛けを設けているサイトも最近よく見かけます。

またネットを利用している中では、「出会い系サイト」でなくても「顔も本名も知らない誰か」と知り合うのはそう珍しいことでもなくなってきています。

日本では2004年頃に誕生したソーシャルネットワーキングサービス（SNS）もそのひとつ。SNSは、すでに登録している人からの招待状がないと参加できず、登録者以外にはサイト内を閲覧できないという仕組みから「出会い系」に対して「知り合い系」などと呼ばれ「安心・安全」と言われていました。ところが現在では招待がなくても登録できるところや、招待制を廃止したところも増えています。

SNSサイト国内最大手の「mixi」の登録者数はサービス開始から5年間で約1，600万人（2009年3月末時点）となり、すでに知り合いである相手とのコミュニケーションを深められるサービスであると同時に、「見知らぬ誰か」と知り合える場にもなっています。

もちろん、その多くは共通の話題でつながれる仲間との出会いを求めているわけですが、なかにはネットワークビジネスや宗教の勧誘、男女の出会い等を求めている参加者も存在しているのが現状です。1、600万人もいればすでに「閉じられた安心な空間」ではないというのはご理解いただけると思います。最近では出会い系サイトを巡る事件はあまり耳にしなくなっているようにも思いますが、場所がどこであれ、顔も名前も知らない見知らぬ相手とのネット上での「出会い」には、危険はつきものなのです。

NTTドコモが、インターネット接続機能を搭載した携帯電話「iモード」を発売したのは1999年のこと。当時は小さなモノクロ画面で、閲覧できるサイトも文字情報が中心、メールも全角で250文字までしか受信できないといった制限がありました。

10年経った今、ケータイ端末はどんどん薄く軽くなり、画面は鮮やかな大型液晶になり、長文（NTTドコモの場合、全角5、000文字）やカラフルな絵文字や画像の入ったメールも送受信できるようになりました。パソコンがなくてもネットにアクセスできますし、写真を撮ったり、電車に乗ったり、買い物したり、ゲームやテレビ視聴も楽しめるように進化しました。

ケータイは、いまや私たちにとって「なくてはならないもの」となっています。

メールも、今ではパソコンよりケータイで利用する人の方が多数派となりましたが、そこにケータイならではの問題が潜んでいるようにも思います。

ケータイメールの特性は「即時性」。相手に伝えたいことをほぼリアルタイムに伝えられるということがまず挙げられます。そして届いたメールへの返信もなるべく早くするのがマナーとされています。株式会社アイシェアの調査によると、メールの返事が1時間以内にないと不安に感じるという人が2割にもなっています。（※2）

また、文字数制限が大幅に増えても、パソコンのメールに比べると短い文章のやりとりになる傾向が強いのも特徴です。

つまり、短時間に何通ものメールが行き来することで相手ととても親密になったような感覚を覚えやすい、でも実は短い文章の切れ端ばかりでそんなに深い内容はやりとりしていない、というのがケータイメールの特徴といえます。

そうやってひんぱんなメール交換で、相手と「つながっている」、相手のことを「よくわかっている」気持ちになっているだけで、もしかしたらその関係はとても希薄で脆いものなのかもしれない。そして実際に会った時にそのギャップから、思いも寄らないトラブルが起きてしまうこともあるのではないでしょうか。

また、ケータイというのは極めてパーソナルなツールです。

今では中高生はもちろん、小学生のうちから「自分専用」のケータイを持っていることも珍しくなくなっていますが、一人一人が「自分専用」として持ち、他人が勝手に触ることはタブーというのが常識になってきています。その結果、交友関係は全てケータイのアドレス帳の中に収められてしまい、どんな友人がいて、誰とどれくらい親しく付き合っているのか、たとえ家族でもわからなくなってしまっているのが現状です。

本書でも母親の朔子は、娘・晴菜の孤独を理解できず、娘を死に至らしめてしまったことについて自分を大変責めていますが、ケータイメールでのコミュニケーションが普及し、交友関係がどんどんケータイの中で〝個人情報〟として秘められていく中では、しかたのなかったことなのかもしれません。

たとえ肉親でも、相手が意図的に隠そうとしている「貌《かお》」は、知りようがない……。

しかし、出会い系サイトやメールで自分の年齢や素性をいくらでも偽れるとしても、犯人は完全に安全圏に居られるわけではありません。

ネットやメールはけっして実生活から切り離されたバーチャルな世界ではありません。「どうせ相手には自分の顔や名前はわからないんだから大丈夫」と、実生活ではしないような行動をすれば、それはいずれ自分に跳ね返ってくるのではないでしょうか。

この小説で詳細に描かれているように、現代の警察の力を持ってすれば、メールの送受信履歴やケータイの通話履歴などは、過去に遡って漏れなく調べ上げることができます。そこから相手の情報をたぐり寄せ、犯人が隠し通そうとした「貌」もいずれあぶり出されてしまうものなのです。

※1　『出会い系サイトと若者たち』　渋井哲也著　洋泉社（2003年刊）P33より
※2　株式会社アイシェア「友人への連絡に関する意識調査」2008年6月より
http://blogch.jp/up/2008/06/11113525.html

『見えない貌』

「小説宝石」（光文社）二〇〇四年十月号から二〇〇六年四月号まで連載されたものに著者が加筆修正を加え、二〇〇六年七月光文社より四六判刊行。

光文社文庫

長編推理小説
見《み》えない貌《かお》
著者　夏《なつ》樹《き》静《しず》子《こ》

2009年8月20日　初版1刷発行

発行者　駒井　稔
印刷　慶昌堂印刷
製本　明泉堂製本

発行所　株式会社　光文社
〒112-8011　東京都文京区音羽1-16-6
電話　(03)5395-8149　編集部
　　　　　　　8113　書籍販売部
　　　　　　　8125　業務部

落丁本・乱丁本は業務部にご連絡くだされば、お取替えいたします。
ISBN978-4-334-74628-5　Printed in Japan

組版　慶昌堂印刷

お願い　光文社文庫をお読みになって、いかがでございましたか。「読後の感想」を編集部あてに、ぜひお送りください。

このほか光文社文庫では、どんな本をお読みになりましたか。これから、どういう本をご希望ですか。どの本も、誤植がないようつとめていますが、もしお気づきの点がございましたら、お教えください。ご職業、ご年齢などもお書きそえいただければ幸いです。当社の規定により本来の目的以外に使用せず、大切に扱わせていただきます。

光文社文庫編集部